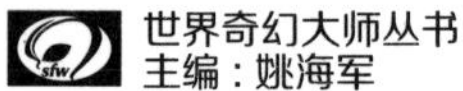
世界奇幻大师丛书
主编：姚海军

[美]
司各特·霍金斯
著

孙 加
译

上帝的图书馆

THE LIBRARY AT MOUNT CHAR

天地出版社

版权贸易合同登记号　图进字：21-2015-94

The Library at Mount Char

图书在版编目（CIP）数据

上帝的图书馆／［美］霍金斯著；孙加译．—成都：天地出版社，2016.2
（世界奇幻大师丛书）
ISBN 978-7-5455-1636-4

Ⅰ.①上… Ⅱ.①霍…②孙… Ⅲ.①长篇小说—美国—现代 Ⅳ.①I712.45

中国版本图书馆CIP数据核字（2015）第257465号

SHANGDI DE TUSHUGUAN
上帝的图书馆

出 品 人　罗文琦

丛书主编　姚海军
著　　者　［美］司各特·霍金斯
译　　者　孙　加
责任编辑　郭汉伟
特邀编辑　李克勤
封面绘画　郭　建
封面设计　李　鑫
版面设计　李　鑫

出版发行　天地出版社
（成都市槐树街2号　邮政编码：610014）
网　　址　http://www.tiandiph.com
http://www.天地出版社.com
电子邮箱　tiandicbs@vip.163.com

印　　刷　四川省南方印务有限公司
版　　次　2016年2月第一版
印　　次　2016年2月第一次印刷
成品尺寸　160mm×228mm　1/16
印　　张　25.25
字　　数　360千
定　　价　46.00元
书　　号　ISBN 978-7-5455-1636-4

CONTENT
目录

第一部

加里森橡树林的图书馆

第一章　日　出

1

美语里，一年中这个时节叫“十月”，有时候也叫“秋天”。但在图书馆员使用的历法里，这是一年中的第七个月，即“黑色悲恸之月”。

卡萝琳独自走在一条两车道的岔路上。她赤着脚，衣裙浸透了鲜血。这条岔路是从某条柏油公路中分出来的，美国人给这条公路的编号是78。但大多数图书馆员，包括卡萝琳，都管这条路叫“卷饼通道”，以此纪念他们不时偷跑去大快朵颐的墨西哥餐馆。*那边的牛油果泥色拉呀，*卡萝琳回味着，*真是太好吃了*。她的胃开始咕咕叫唤。她用来杀死迈那警探的黑曜石刀插在背后腰胯处。刀很锋利，藏得很好。

她脸上带着微笑。

这条路上汽车很少，她在夜里一路走来，总共只遇到五辆。这会儿，一辆老旧的福特F250停了下来，想看个究竟。这是第三辆停下来的车。司机把车停在对面的路肩上怠速空转，轮胎压得碎石子咯吱作响。车窗摇下来的时候，她闻到了嚼烟草、陈年油脂和干草的味道。方向盘后坐着个白发老人，副驾驶座上有条德国牧羊犬。

哎呀呀，真糟糕。她不想伤害他们。

“耶稣啊，”他说，“出车祸了？”他的声音里流露出温暖的关切——真心的关切，不像上一次停车的男人，心怀歹意却假装好心。她听到这话，明白老人看她就像看自己的女儿，稍微放松了一点。

“没事儿，”她看看那条狗说，“没出车祸。刚在马厩里忙了好一阵子。有匹母马遇到了点麻烦。”马厩是假的，母马也是假的。但她闻到了那男人身上传来的味道，知道他喜欢动物，而且明白照顾动物有时会弄得自己一身血。“她难产了。我跟她都筋疲力尽。”她苦笑一声，伸出双手在身上比了比。原本绿色的真丝裙子沾满了迈那的鲜血，变得又黑又硬。“还糟蹋了这条裙子。”

“放点俱乐部苏打。”男人一本正经地说道。身边的狗低叫几声。“别叫，巴迪。”

她不知道“俱乐部苏打”是什么东西，但从他的语调中听出，这只是个好心的玩笑。目的不是让人大笑，而是安慰。她用鼻子发出一声轻笑，“我会试试。”

“那匹马没事吧？”真心的关切又来了。

“没事儿，她挺好。马驹也挺好。这一夜太不容易，我出来走走，醒醒神。”

“鞋子都不穿？”

她耸耸肩，“我们这儿不娇惯孩子。”这话不假。

“要搭车吗？”

“不用。谢谢。我父亲家就在那边，不远。”这也是真的。

“在哪儿？过了邮局？”

“在加里森橡树林。”

老人眼神一阵茫然，努力回忆自己是否听过这名字。他想了一会儿，决定放弃。卡萝琳本可以告诉他，就算他在一千年里每天四次开车经过加里森橡树林，也不会记得这地方。但她没说。

“哦……”老人含糊地回答，“对。”他用不大像父亲的眼神瞄了一眼她的腿，“真的不用搭车？巴迪不会介意的，对不对？”他拍拍身边的肥狗。巴迪一声不吭，凶狠的褐色眼珠一动不动地盯着她。

“我没事，还在醒神呢。谢谢你。”她拉扯了一下面部肌肉，做出类似微笑的表情。

“小事一桩。”老人给卡车挂上挡，开走了，留下一团暖烘烘的汽油雾。

她站着没动，目送卡车的尾灯转弯消失。今晚跟普通人交流得够多了。她爬上峭壁，钻进树林。满月仍然高悬空中。光秃秃的树枝投下影子，掠过她脸上的伤疤。

走了约一英里[①]，她来到自己藏长袍的空心树旁。她拿出长袍，抖掉上面的树皮，尽可能把它弄干净。她喜欢身上的这条裙子，真丝穿起来很舒服，但这件粗棉布长袍熟悉得让她安心。它满足了她对衣物的所有要求。至于那件血污的裙子，她从上面撕下了一片，顺手把它丢到一旁。然后，她裹上长袍，戴上兜帽。

她向森林深处走去，踩着树叶和松针底下的石头。记忆中的感觉从脚下传来，满足了她的某种需求——在此之前，连她都不知道自己还有这种需求。*再转过一座山头，就是加里森橡树林了。*她脸上的表情难以捉摸。她既想把那地方一把火烧成灰，又觉得再见到它也不错。

家。

---

①1 英里＝1.6093 公里

2

在野外生存方面，卡萝琳不算特别训练有素，不像她的几个兄弟。大卫就比她强，父亲选他做了自己的学徒，专司谋杀。麦可这方面更厉害，代表父亲驻守兽群。但她也有她的优点。她不像大卫，脑袋里满满地装着自负；也不像麦可，麦可太温顺，比她温顺一倍都不止。

而且，她有过一个出色的老师，学习过在野外生存的各种知识。

卡萝琳和其他兄弟姐妹并非生来便是图书馆员。曾经——感觉已是很久很久之前——他们也是典型的美国人。对此，卡萝琳还有点模模糊糊的印象：有某样东西叫《无敌女金刚》[1]，还有某样东西叫“里斯花生酱巧克力杯[2]”。但是，卡萝琳约莫八岁那年夏天，父亲的敌人发动了袭击。父亲活了下来。活下来的还有卡萝琳和另外十二个孩子，而他们的亲生父母全都死了。

当时，父亲的声音透过黑烟传来。黑烟闻起来像熔化的沥青。他们从前的家已经变成深深的弹坑，发出呆板的橘红色光芒。

“从现在开始，你们就是佩拉匹了。”父亲站在弹坑前说，“这是个古老的词汇，意思大约相当于‘图书馆员’和‘弟子’。我会带你们去我家，用传统的办法抚养你们。我也是这样长大的。我会把我学到的东西都教给你们。”

他没有询问他们的想法。

卡萝琳不是不懂感恩的孩子。她尽全力学习。她的爸爸和妈妈都不在了。死了。她懂。父亲是她仅剩的依靠。一开始，父亲的要求似乎并

①美国1976–1978年间的电视剧，共三季。本书注释均为译注。

②一种甜点。

不高。但他的家与众不同。父亲家没有糖果和电视，只有阴影和古书——厚厚的羊皮纸手写书。他们慢慢明白，父亲已经活了很长时间。还有，在这一长段时间里，他已将各种奇门异术烂熟于心：他能召唤闪电，能使时间停滞，能跟石头交谈，而石头们还会称呼他的名字。这些技艺的理论和实践被归纳成十二大类——正好每个孩子学一类[①]。他只要求孩子们勤奋学习自己那一类技艺。

几周以后，卡萝琳才对自己的处境略有所悟。那时，她正在油灯照明的小隔间里学习。在图书馆的玉石楼层中，四处散落着这样的隔间。突然，大约九岁的玛格丽特从幽暗高耸的书架里冲了出来——那些书架上存放的图书属于灰色门类。她高声尖叫着，惊恐得连脚下的矮几都没看见，失足绊倒，一路滑行，停下的时候几乎撞到了卡萝琳的脚。卡萝琳打手势让她钻进自己的桌子底下藏好。

玛格丽特在阴影中颤抖了十分钟之后，父亲走过来拽走了她。卡萝琳低声询问，但她不肯说，也许是怕得开不了口。玛格丽特的眼泪中混着鲜血。而且，父亲把她拉回那些幽暗书架的时候，她尿了裤子。这足以说明问题了。卡萝琳时常回想起玛格丽特热乎乎、散发着阿摩尼亚气的尿液和古书经年灰尘混杂的味道，还有她回荡在一列列书架之间的惨叫。那一刻，是她领悟的开端。

卡萝琳所学的门类倒不吓人，但很无聊。父亲指定她学习语言。差不多有一年时间，她认真地学习各种初级语言。然后，她厌烦了这种一成不变的生活。于是，在受训的第一个夏天，也是她九岁那一年，她跑去见了父亲，使劲跺脚，“不学了！”她说，“我读的书够多了。我知道的词也够多了。我要去外面。”

只要父亲一个脸色，其余孩子就会畏缩。他说过自己是怎么长大的，也会让他们怎么长大。他说的一点没错。大多数孩子——包括卡萝琳——身上都有了几条伤疤。

但这一次，尽管脸色阴沉，父亲却没打她。过了一会，他出人意料地开口道：“是吗？很好。”

---

①上文提到活下来的孩子有十三个，这里却说正好十二个，不是作者笔误，也非译者疏漏，而是全书关键之一。请耐心往下看。

父亲打开图书馆前门，带她走进蓝天和阳光之中。这是几个月来的第一次。卡萝琳很高兴。接着，父亲带她走出小区，来到大卫和麦可受训的树林里。卡萝琳高兴得浑身颤抖，用赤脚在浅水中踩出水花，用手捕捉蝌蚪。

父亲在岸边召唤母鹿伊莎。她刚刚生下幼崽艾莎。自然，伊莎和艾莎应召前来。见到父亲后，她们先用极为真诚的方式向他发誓效忠，仪式颇为烦琐。卡萝琳对此毫无兴趣。她已经彻底厌烦了别人对父亲的卑躬屈膝。再说，鹿语很难。

效忠仪式结束后，父亲命令伊莎像教导自己的幼崽一样教导卡萝琳。他仔细地挑选词句，只用鹿语中的“小”词，以便卡萝琳能听懂。

伊莎起初并不情愿。红鹿的语言中有一打词汇表示优雅，没有一个能用在卡萝琳那双又大又笨的人类脚掌上。更别说一旁还有艾莎和其他幼崽小巧精致的蹄子，让她相形见绌。但伊莎忠于诺布朗加，森林之皇，因此也忠于父亲，而且她并不笨，所以，她并未抗议。

一整个夏天，卡萝琳都跟着这头山谷中的红鹿学习。这是她生命中最后一段温柔的时光，也许是最快乐的时光。在伊莎的指导下，她越来越娴熟地穿行于林中的小径，跃过倒下的、满是青苔的橡木树干，跪下来品尝甜美的苜蓿草，啜饮清晨的露珠。此时，卡萝琳自己的妈妈已经死去一年，她唯一的朋友也被放逐在外。父亲有很多长处，温柔却不在其中。所以，当第一个结霜的夜晚到来，伊莎唤来卡萝琳，让她跟自己和幼崽躺在一起取暖时，卡萝琳体内的某种东西融化了。她没哭，也没有其他软弱的表示——那不是她的天性——但从此，她把伊莎整个儿地、完完全全地装进了心里。

不久后，冬天用一场可怕的雷暴宣示了自己的到来。卡萝琳不怕雷暴，但每次闪电划过，伊莎和艾莎都会颤抖。她们三个已经是一家人了。她们躲在山毛榉下，卡萝琳和伊莎把艾莎夹在中间紧紧抱成一团，保持艾莎的体温。她们就这么躺了一整夜。卡萝琳感到她们纤巧的身躯在颤抖，每当炸雷滚过，她们就会抽搐。她想用抚摸安慰她们，但她们害怕她指尖的接触。长夜一点点流逝，她努力搜寻记忆中父亲教过的词汇，希望找到能安抚她们的词——“别担心”“很快就会结束”，或者“到早上就有苜蓿草吃了”。

天亮前不久，卡萝琳感到伊莎猛地痉挛起来，四蹄拼命蹬地，踢开了地上的落叶，露出黑色的腐殖土。片刻后，在她身体上流淌的雨水温暖起来，流进卡萝琳嘴里的水也变咸了。

闪电划过，卡萝琳看见了大卫。大卫站在她头顶约三十英尺①开外的树枝上，咧嘴笑着。他左手晃动着一条精工锻造的银色链条，链条的尾端还有一个坠子。借着最后一点残留的月光，卡萝琳强迫自己顺着银链望去。闪电再次亮起，她惊骇地看到了伊莎了无生气的眼睛。伊莎，还有她的幼崽，都钉在大卫的长矛尖上。卡萝琳伸出手，碰了碰穿透红鹿躯体、突出在外的青铜杆。金属很温暖，在她的指尖下微微抖动，放大了伊莎那颗温柔的心脏渐趋微弱的颤动。

“父亲让我跟踪你，仔细听你说了些什么。”大卫说，“如果你能想出正确的词，她们本可以活下来。”他一点点拉回链条，拔出长矛，“父亲让你回家。”他盘起链条，动作娴熟，“真正的学习要开始了。”说完，他就消失在了暴雨中。

卡萝琳站起身，独自挺立在黑暗中——她知道，自己会一直这么站下去，从那一刻直至永远。

①1英尺＝0.3048米

3

四分之一个世纪过去了。现在,卡萝琳四肢着地,趴在一棵倒下的松树树桩边,透过冬青树茂密的树冠往外望。把脑袋偏到某个合适的角度,她就能清楚地看到山下那块空地。空地约二十码宽,上面只有玛格丽特的垒石墓和公牛塑像。塑像比真牛大一点,由青铜铸成,在初升的太阳下闪着温润的金光。秋风吹起地下干枯的落叶,沙沙卷过半秃的树林。

她潜伏的地点离他们非常近。风向对的时候,她能清楚地听见他们交谈。大卫正在盘问麦可,逼他讲述自己旅途的见闻,以此取乐。见到这一幕,卡萝琳打了个寒战。麦可所学的门类是动物,他学得很好,有点好过头了。对他来说,说人话十分困难,甚至痛苦——尤其是当他刚从森林回来的时候。更糟的是,他毫无心机。

菲利希亚昨夜来到各个图书馆员的梦中,通知说大卫要他们“在日落前”到铜牛处集合。这和“越快越好”不一样。没人会忽略这一点,除了麦可。不过,也许这样更好。等候父亲传来消息这段时间,詹妮弗已经被迫跟大卫独处了几周。大卫在折磨麦可,詹妮弗则忙着搬开玛格丽特坟墓上的石头。她在空地上一趟一趟吃力地来回奔忙,脑袋大小的花岗岩压弯了她的腰。詹妮弗是图书馆员中个头最小体形最瘦的,但是跟大卫在一起几周后,哪怕在毒日头底下搬花岗岩,说不定也是种解脱。

卡萝琳在心里叹了口气:*我该下去帮他们*。哪怕没别的用处,她总能分担些大卫的攻击。

但卡萝琳不傻。她要先听个明白。

大卫和麦可站在俯瞰加里森橡树林的峭壁边上。麦可和他的美洲豹一样，什么都没穿。大卫穿着一件以色列军用防弹衣和一条浅紫色的芭蕾舞短裙，浸透了裙子的鲜血已经干硬发脆。防弹衣是他自己的，芭蕾舞裙是他从迈克吉利卡迪太太儿子的衣柜里找出来的。他穿成这样，卡萝琳也有一部分责任。

几周以前，当大家明白自己至少短期内回不了图书馆的时候，卡萝琳告诉大家，必须穿上美国式衣物，才能不过分显眼。众人点头，却没完全明白。他们跑去翻拣迈克吉利卡迪太太的衣柜。大卫挑了这条芭蕾舞裙——在他能找到的衣物中，这一件最像他平常穿的缠腰布。卡萝琳考虑过跟他解释，这不算“不过分显眼”，后来却还是作罢了。好笑的事情太少，多享受一点是一点。

她的鼻子皱了起来，风中传来腐烂的味道。难道玛格丽特也回来了？接着她意识到，气味是大卫身上传来的。过一阵子就会习惯，但她刚回来，所以闻着特别明显。苍蝇在大卫脑袋上嗡嗡盘旋，像朵乌云。

一两年前，大卫想了个新招：挤出受害者心脏的血液，滴到头发里。他的头发十分茂密，而每颗心脏能挤出的血不过几勺。但心脏的数量增加很快。渐渐地，头发和血液结成硬块，像顶头盔。有一次，出于好奇，她问皮特这种头盔的硬度如何。皮特的门类中包括数学和工程学，他盯着天花板想了一会儿，“很硬，”他沉吟着说，“类似钢筋混凝土。结块的血液会越变越硬，而他的头发就是钢筋。我很确定这顶头盔能挡住一颗9毫米(点三八)的子弹。说不定还能挡住一颗点四零。”有一阵子，大卫还把血液滴进胡子里。后来胡子变得太硬，弄得他连脖子都转不动。父亲便命令他用凿子凿掉了大部分，只留下一绺八字胡，只是稍微长点。

“你去哪儿了？”大卫质问道，抓着麦可的肩膀摇晃，“你肯定在林子里没心没肺地玩耍来着，对不对？你几周前就上了远山！别撒谎！”

麦可已经快慌神了，眼珠骨碌碌乱转，嘴里迸出不连贯的字词，使劲拼凑句子：“我在，呃，艾面。”

“艾面，艾面？你是说外面？外面哪里？”

“我跟，跟，小东西一起。父亲说的。父亲说要学习低贱的小东西。”

“父亲让他去跟老鼠学习！”詹妮弗朝身后喊了一句，替他翻译，石头压得她气喘吁吁，“学老鼠怎么跑动，怎么躲藏，诸如此类。”

“干你的活！”大卫朝她吼道，“你在浪费时间！”

詹妮弗拖着脚步慢慢走回石堆，在重压下呻吟。身高六英尺四英寸[①]、肌肉发达的大卫眼睛盯着她。卡萝琳觉得他微微笑了。接着，他转向麦可，“呸！这么多动物，非去学老鼠。”他摇摇头，“知道吗？你大概比卡萝琳更没用——我原本以为这种事是不可能的。”

安安全全躲在暗处的卡萝琳朝他比了个下流手势。

詹妮弗又扔下一块石头，山下灌木丛响起一阵枯枝断裂的响声。詹妮弗喘了一阵气，用颤抖的手擦拭着前额。

“卡萝琳？什么？我……不知道……我……”

“闭嘴。让我理清楚——我们几个费尽力气寻找父亲的下落，你却在跟一群老鼠玩耍？”

“老鼠……对，我以为——”

一声清脆的“啪”声响彻空地。卡萝琳尝过大卫的掌掴，闻声打了个寒战。这掌他用的力气很大。

“我没问你想什么。”大卫说，“动物不会想。你不就盼着变成动物吗，麦可？说到这个，我看你也就是个动物罢了！”

“你说什么就是什么。”麦可轻声回答。

大卫沉默了一阵。他背对着卡萝琳，但她能清晰地想象出他脸上的表情。他肯定在微笑，至少牵牵嘴角。要是掌掴出了血，他甚至会笑出酒窝来。

“还是……闭嘴吧。你让我头疼。去帮詹妮弗，或者干点别的。”

麦可的美洲豹又发出咆哮，声音不再轻柔。麦可低嗥一声打断了它，让它安静下来。

卡萝琳眯缝起眼睛。大卫身后，山谷西侧的草叶晃动，表明风向转了。现在她在下风处；但片刻后，他们三人就会位于她的下风口。跟美国人相处的日子里，卡萝琳已经开始习惯他们身上的味道——万宝路、香奈儿、维达·沙宣——眼睛不会再受刺激流泪。但麦可和大卫还不行。只要风向转成西风，她马上就藏不住了。

她冒险直视着他们。伊莎教过她，目光直视会引起对方的注意，但有

①1英寸＝2.54厘米

时免不了会有这种事。她只希望北边能有什么东西分散他们的注意力。真巧,麦可的目光落在一只拍拍翅膀停在坟头的飞蛾上。大卫和美洲豹出于猎手的本能,也追随着麦可的目光。卡萝琳利用这短短的一瞬,溜进了灌木丛。

她朝东南方迂回下山。走了四分之一英里后,她折了回来。这一次,她没有多加小心,甚至故意踩断了脚下的一根枯枝,宣告自己的到来。

“啊,”大卫说,“卡萝琳,你比从前更吵更笨了。用不了多久,你就会是个真正的美国人啦。”他说的是佩拉匹语,这种语言跟英语以及其他任何现代语言都没有相通之处,“从山脚下,我就听到你笨重的脚步声了。过来。”

卡萝琳依言而行。

大卫盯着她的眼睛,手指轻柔地拂过她的面庞。他的指头上满是变黑结块的血。“父亲不在的时候,我们大家都得留神,确保安全。每个人都要提高警惕。你明白么?”

“是——”她开口道。

大卫的一只手仍然轻抚着她的面颊,另一只手却一拳打在她胸腹间的太阳神经丛上。她料到他会这么干——不是打这儿就是打那儿——但肺里的空气仍然喷了出来。不过她总算没跪到地上。还算不错,挺住了。她品尝着嘴里血液的金属铜味儿,心想。

大卫用杀手的锐利目光注视了她片刻,见她眼中没有反抗之意,这才点点头,转过身去,“去帮他们搬石头。”

她强迫自己深呼吸一口。过了一会儿,视线再次清晰起来,她来到玛格丽特的垒石墓旁。干枯的秋草摩挲着她光裸的双腿。78号公路上,一辆卡车隆隆驰过,大部分噪音被四周的树木阻挡在外。“你好,詹。”她说,“你好,麦可。她死多久了?”

麦可没出声。她走近的时候,他亲热地嗅嗅她的脖子,她也嗅嗅他的脖子。这是礼仪。

“你好,卡萝琳。”詹妮弗说。

詹妮弗把手中的石块扔进灌木丛,擦了擦眉头的汗水,“她是上次满月时死的。”她双眼充血,“有多久了?大概两周。”

实际上，应该是快四周了。她又嗑药嗑高了。卡萝琳暗暗皱了皱眉，但随即转了念头。谁能怪她呢？她可是跟大卫两人独处啊。于是卡萝琳只说了句："哇，时间比平常长不少啊。不知道她在干什么。"

詹妮弗奇怪地看了她一眼，"当然是找父亲啊。你以为呢？"

卡萝琳耸耸肩，"也不一定。"就像麦可大多数时间跟动物在一起，玛格丽特在死者的世界里更自在。"有收获吗？"

"我们很快就知道了。"詹妮弗说着指指那一堆石头。卡萝琳明白她的意思，走向石堆，扛起一块中等大小的。三人以多次重复后的熟练节奏默默工作。人数增加后，石堆一会儿就不见了，石块散落到四周的灌木丛里。石堆下的土地只比埋葬时下陷了一点儿，土质仍然比较松软。三人跪下，用手挖土。挖到六英寸时，玛格丽特的尸臭猛地浓烈了不少。卡萝琳已经有一阵子没干这活儿了，猛一闻到，不禁干呕起来。她小心地没让大卫发觉。挖到两英尺时，她摸到了某个软绵绵的东西。"挖到她了。"她说。

麦可帮她拂去尸身上的泥土。玛格丽特的身体已经肿胀发紫，腐烂不堪。詹妮弗爬出坟墓，取来自己的装备。玛格丽特的脸和手一露出来，卡萝琳和麦可立即争分夺秒地离开坟坑。

詹妮弗从包里拿出一只银色小烟斗（这是美国货，卡萝琳送的礼物），用火柴点着，深深吸了一口。接着，她叹了口气，俯下身去开始工作。无论嗑不嗑药，她都是个天才。一年前，父亲给了她最高奖赏——把代表医疗的白色饰带传给了她。这表明，现在这一门类造诣最高的人已经是她，而不是父亲了。他们之中只有詹妮弗获得了这个荣誉。

这一次，玛格丽特的致命伤是心脏上的一个洞，宽度与深度跟大卫的刀相吻合。詹妮弗骑在尸体身上，用手捂住伤口，捂了呼吸三次的时间。卡萝琳好奇地望着，观察詹妮弗什么时候低声说出"思维、身体和灵魂。"她很小心，不露出任何正在观察的迹象。学习非本人门类的学问——这种事，你绝不会希望被人发觉。

麦可已经远远避到空地另一头，躲开臭味，笑着跟他的美洲豹玩摔跤，不再留心其他人。卡萝琳靠着铜牛的一条腿坐下，离得不远，以便观看。詹妮弗移开手掌的时候，玛格丽特胸部的伤口已经不见了。

詹妮弗从坟墓中站起身，卡萝琳猜她只是为了吸点新鲜空气，而不是为了治疗。卡萝琳这儿已经是臭不可闻，想来坟坑里一定能熏倒人。詹妮弗深吸一口气，又跪了下去，用手抚弄玛格丽特的眉毛，然后俯下身，用自己温暖的嘴唇覆盖住玛格丽特冰冷的嘴巴。这个动作同样保持了呼吸三次的时间。接着，她直起身来，干呕一阵，开始在玛格丽特身上涂擦各种乳液。有意思的是，她用乳液涂出的是佩拉匹语的象形文字——先是“雄心”，接着是“洞察”，最后是“悔恨”。

完成这一切后，詹妮弗爬出了坟墓。她走向卡萝琳和麦可，才走两步，她的眼珠就瞪圆了。她捂住嘴巴，冲进灌木丛，大声呕吐。清空胃部之后，她朝卡萝琳走来，脚步比之前更加蹒跚缓慢。一层薄薄的汗珠在她眉间闪亮。

“这么难受？”卡萝琳问道。

詹妮弗摇摇头，吐了口唾沫作为回答。她坐到卡萝琳身旁，脑袋在她肩上靠了一会儿。接着，她掏出银色小烟斗，点上火。浓烈香甜的大麻味弥漫了空地。她把烟斗递给卡萝琳。

“不，谢谢。”

詹妮弗耸耸肩，又吸了第二口。第二口更深更长。被活死人擦得闪闪发亮的铜牛光洁的肚皮映出烟斗中燃烧的大麻的光亮。“你不会被逼疯吗？”她问。

“被什么？”

詹妮弗朝坟墓、加里森橡树林和铜牛挥挥胳膊，“这一切。”

卡萝琳想了想，“不，不会。再也不会了。”她看着詹妮弗的头发，从中拣出一条蛆虫，虫子在她指尖扭动，“曾经会，但我习惯了。”她按死虫子，“人几乎什么都能习惯。”

“也许你能。”詹妮弗又吸了一口，“有时候我觉得，这群人里就我俩没疯。”

卡萝琳想着该不该拍拍詹妮弗的肩膀或者抱抱她什么的，但她决定什么也不做。光是这种谈话就够动情了，动情到她觉得不舒服的地步。为了转换话题，她朝坟墓的方向点点头，“要多久她才能……”

“我不确定，”詹妮弗说，“说不定要一阵子。她从没在下面待这么久过。”她做个鬼脸，又吐了口唾沫，“呕。”

“对了，”卡萝琳说，“我给你带了样东西。”她在塑料购物袋里摸了一阵，掏出一瓶半满的李施德林漱口水。

詹妮弗接过瓶子，“这是什么？”

“倒一点到嘴里，四处漱漱。别吞下。几秒钟后再吐掉。”

詹妮弗看着这东西，满腹狐疑，不知卡萝琳是否在捉弄自己。

“相信我。”卡萝琳说。

詹妮弗犹豫了一阵子，喝了一口。她瞪大了眼睛。

“嘴里漱漱。”卡萝琳交替鼓起自己的左右面颊，示范给她看。詹妮弗照做。“现在吐出来。”詹妮弗又照做。“感觉好些没？”

“哇！”詹妮弗说，“这可真是……”她转过头去，看看身后的大卫。大卫没注意这边，但她仍然压低了声音，“真是太奇妙了！本来我嘴里的味道要好几个小时才会散掉！”

“我知道，”卡萝琳说，“这是美国货。叫‘漱口水’。”

詹妮弗用手指抚摸着漱口水标签，脸上现出孩子般的惊讶表情。接着，她一脸不情愿地把瓶子还给卡萝琳。

“不用，”卡萝琳说，“你拿着。这是我给你弄来的。”

詹妮弗什么都没说，但她笑了。

“你活儿干完了？”

詹妮弗点点头，“我想是的。反正我已经把玛格丽特弄好了，她已经听到了召唤。”她提高声音，“大卫，还有事吗？”

大卫背对着他们。他正站在悬崖边上，俯瞰78号公路通往加里森橡树林的入口，心不在焉地挥了挥手。

詹妮弗耸耸肩，“我猜这表示我的活儿干完了。”她转向卡萝琳，“那，你怎么想？”

“我不知道。”卡萝琳说，“即便父亲真的混在美国人中间，我也找不到他。你有消息吗？”

“麦可说他也不在兽群里，活不见人，死不见尸。”

“其他人呢？”

詹妮弗耸耸肩，“到目前为止，只有我们三个回来。其他人应该也快回来了。”她朝后一躺，头枕着卡萝琳的膝盖，“谢谢你带来的——叫什么来着？”

“李施德林。”

“李施——德——林。”詹妮弗重复道，“谢谢你。”她闭上双眼。

下午，其他图书馆员陆续到来。有些独行，有些成双。有些带着东西。阿莉西亚举着黑蜡烛。蜡烛仍在燃烧，就像在时间尽头的金色废墟中一样。瑞秋和她的鬼魂孩子们悄声说着只有他们自己能听到的话，说的是没有实现的多种未来。双胞胎皮特和理查德专注地看着图书馆员们填满缩微圆周的十二个空位，研究着只有他俩能看到的深层秩序。

最后，日落前不久，玛格丽特伸出一只苍白颤抖的手，朝向阳光。

“她回来了。”詹妮弗喃喃道。

大卫微笑着走向坟墓。他伸手向下，握住玛格丽特的手。在他的帮助下，她摇摇晃晃地站起来，身上的泥土簌簌而下。大卫把她拉出坟墓，“你好，我的爱人。”

她站在他身前，头还不到他的胸口。她把头朝后一仰，微微笑了。大卫替她掸掉大部分泥土，抱住她的胯部，把她举起来，深深地吻她。她的小脚在离开黑色土地六英寸高的地方晃荡着。卡萝琳发现，自己看不出玛格丽特穿着下葬的衣服的颜色。可能是烟灰，也可能是玩偶娃娃的皮肤在太阳下暴晒后褪成的肉色。不管是哪种颜色，现在都和玛格丽特浑然一体，无法区分。她几乎不能算回来了。真正回来的只有那股尸臭味。

玛格丽特跌跌撞撞地走了一会儿，这才在坟墓旁松软的土堆上坐下。大卫冲她挤挤眼，伸出舌头舔了一圈牙齿。玛格丽特咯咯地笑了。詹妮弗又干呕起来。

大卫蹲到玛格丽特身边，揉揉满是尘土的黑发。“喂！”他朝理查德和皮特以及其他人喊道，“你们还等什么？人都到齐了。各就各位。”

众人聚拢，大致围成一个圆形。卡萝琳望着大卫。大卫不自在地瞅了瞅公牛，最终选了个背对雕像的位置。直到现在，他仍旧不喜欢看这东西。她对此十分理解。

“好了，”大卫说，“你们都有整整一个月的时间探查。谁有答案？”

没人说话。

“玛格丽特？父亲在哪儿？”

“我不知道，”她说，“他不在被遗忘之地，也没有去更深的黑暗里游荡。”

“这么说，他没死。”

“可能没死。”

“可能？什么意思？”

玛格丽特沉默良久，“如果他死在图书馆里，就得另当别论。”

“怎么个别论法？死在图书馆就不会去被遗忘之地？”

“不会。”

“那去哪儿？”

玛格丽特避开他的目光，“我不该说。”

大卫揉揉太阳穴，“我没想让你讲自己的门类，但……他走了很久，我们得考虑所有的可能性。能不能用普通人的话说说，要是他死在图书馆里，会怎么样？他会不会……”

“这太荒唐了。”卡萝琳差点喊出来，脸涨得通红，“父亲不可能死——不会死在图书馆里，也不会死在别的鬼地方！”其余人嘟哝着表示赞同。“他可是……他可是父亲！”

大卫脸色阴沉，但没有发作，“玛格丽特，你怎么想？”

玛格丽特不感兴趣地耸耸肩，“卡萝琳说不定是对的。”

“嗯。”大卫并不满意，“瑞秋，父亲在哪儿？”

“我们不知道。”她说着，手伸向背后，指指在她身后沉默列队的鬼魂孩子们，“他不在我们能看见的任何可能的未来里。”

“阿莉西亚？真实的未来呢？他在吗？”

“不在。”她说，“我一路查看，一直查到了普通宇宙的热寂，没有发现。”

“他既不在任何未来中，也没有死，这怎么可能？”

阿莉西亚和瑞秋对望一眼，耸耸肩。“这还真是个不解之谜。”瑞秋说，“我没法解释。”

“这不算回答。”

“也许你问的问题不对。”

“是吗？”大卫向她走去，脸上挂着阴沉的笑，下巴肌肉抽搐，“真的吗？”

瑞秋脸色发白，“我不是说……”

大卫任她哆嗦了一会儿，用手指碰碰她的嘴唇，“等会儿再说。”她一下子坐倒在地，在月光下剧烈地颤抖着。

“皮特，你应该擅长所有抽象的劳什子，数字什么的。你怎么想？”

皮特犹豫片刻，“父亲有些工作从不让我看……”

“父亲对大家都那样。回答问题。”

“他失踪的时候，正在研究某个名为《始终回到原点》的课题。”皮特说，“意思是宇宙的结构天生注定，无论你解决多少谜团，接下来总有另一个谜团等着你。父亲似乎非常……”

“妈的！你到底知不知道父亲的下落？”

“不能说知道，但如果你循着思考的脉络追寻，也许能解释……”

“算了。”

“但……”

“闭嘴。卡萝琳，等会儿跟皮特交流一下，把他的话翻译成普通人能懂的语言。”

“好的。”她说。

“麦可，远山那儿呢？有什么迹象吗？”

远山是森林之神的天堂，聪明的小兽死后会去那儿——大概是这么回事吧。卡萝琳一直以为这是神话。说起来，她也一直以为森林之神并不存在，直到现在。

“不，不在那儿。”这会儿，他的语言能力已经有所提高。

“森林之神呢？他有没有……”

“森林之神正在安眠。他没有对我们派出军队。他的群臣跟往常一样耍些阴谋，但没有跟我们直接相关的。我觉得没有理由认为……”

“认为？你？真好笑。”他转过身，“菲利希亚，你……”

“还有件事。”麦可说，“我们有客来访。”麦可瞪着他。

“访客？你怎么不早说？”

“你打了我的嘴巴，”麦可说，“让我闭嘴。”

大卫下巴的肌肉又开始抽搐，“现在我让你别闭嘴。”他说，“谁要来？”

“诺布朗加。”

“什么？来这儿？”

“他担心父亲的安危。”麦可说，“他想亲自来调查一下。”

“哎呀，妈的。”卡萝琳说。她的声音很轻，说的又是英语，没人注意到。

“什么时候？”

麦可的眉头皱成一团，“他……他到这儿的时候……呃……就来了？”

大卫咬紧牙关，“我们知不知道那是什么时候？”

“稍后。”

“稍后，到底有没有确切时间？”他的手已经攥成了拳头。

“大卫，他不明白的。”詹妮弗轻声说，“他的时间观念跟人不一样，已经彻底变了。你打他也没用。”

麦可此时已经彻底慌了神，眼珠来回扫视着詹妮弗和大卫，“老鼠们见过他！他已经近了！”

大卫松开拳头，揉揉太阳穴，“算了，”他说，“没关系。他说得也没错：诺布朗加要来的时候自然会来。我们能做的只有尽地主之谊。皮特、理查德——收拾图腾。”双胞胎跳了起来，忙不迭地遵从命令。

“卡萝琳，我要你回趟美国。我们需要一颗纯真的心。诺布朗加来的时候，我们要把这颗心献给他。你觉得你做得到吗？”

“一颗纯真的心？在美国？”她犹豫了一下，“也许吧。”

大卫误解了她犹豫的原因，说：“很简单，挖出来就行。”他用手指在空中比画着挖的动作，“就像这样。要是你自己弄不出来，派人来找我。”

“好的，大卫。”

“今晚就这样吧。卡萝琳，你准备好了随时可以走。其他人别走远。”他不安地瞄瞄铜牛，“理查德，皮特，动作快。我想，呃，回迈克吉利卡迪太太家。晚饭就快好了。”

瑞秋坐在地上，她的孩子们围着她。一时间，她被他们完全遮住了。卡萝琳想跟麦可谈谈，但他和他的美洲豹已经退入树林。詹妮弗铺开几张睡觉用的皮子，呻吟一声躺了上去。玛格丽特绕着大卫转悠。

大卫在他的背包里仔细找了一阵。“给你，玛格丽特，”他说，“我给你带了件礼物。”他拉出一颗老人的头颅，抓着老人又长又细的胡须，在空中来回晃了几下，扔给玛格丽特。

玛格丽特双手接住，被头的重量压得咕哝了一声，接着高兴地咧嘴笑了。她的牙齿是黑色的。“谢谢。”

大卫坐到她身边，拂开遮住她眼睛的头发。“还要多久？”他朝身后喊道。

“一小时。”理查德回答着，一边伸手在图腾碗里忙活。碗里装着：麦可拿来的森林之神的毛发，黑蜡烛，卡萝琳裙子的碎片（沾满了血，已经发硬），黑蜡烛的一滴烛油。这些东西将被用作某个N维空间追踪工具的节点。他们确信——呃……至少相当有信心——这一工具能为他们指出父亲的去向。反正……有这种可能吧。但卡萝琳心存疑虑。

“不超过一小时。”皮特赞同道。

玛格丽特把那颗人头放在膝头上开始摆弄它：抚摸它的面颊，柔情低语，理顺它浓密的眉毛。如此片刻后，死人的眼皮开始颤动，继而睁开了。

“蓝色的眼睛！”玛格丽特惊喜地叫道，“哦，大卫，谢谢你！”

大卫耸耸肩。

卡萝琳偷偷看了一眼。这人的眼珠从前或许是蓝色的，但现在已经瘪了下去，蒙上了薄翳。但她还是认出了他。他是父亲内阁里的一个小朝臣，还当过日本首相。一般来说，这种人物身边缺不了护卫。大卫当时肯定兴致很高。头颅又眨了眨眼，紧盯着玛格丽特，舌头开始颤动，嘴唇也动了起来。当然，没有肺，他发不出声音。

“他说什么？”大卫问道。在美国过了六周的放逐生活之后，他们大多数人都耳濡目染地至少学会了几句美语，但能说日语的只有卡萝琳一个。

卡萝琳靠近一些。头颅的臭味让她的鼻子皱了皱。她歪歪头，碰碰头颅的面颊。“Moo ichidoittekudasai, Yamada-san[①].”死人又说了一遍，用无神的眼睛恳求地望着她。

“他在询问千惠子和希子的情况。”卡萝琳说，“我想她们是他的女儿。他想知道她们是否安全。”

①日语，请再说一次，山田先生。

“啊,”大卫说,“告诉他,我把她们开膛破肚了,练练手。她们的妈妈也一样。”

“真的?”

大卫耸耸肩。

“Sorera wa anzendesu, Yamada san. Ima yasumudesu nei[①].”

卡萝琳告诉他,她们都安全,他可以安息了。死人的眼睛终于闭上了,左眼眼皮边缘挂着一滴泪珠。玛格丽特用明亮贪婪的眼神盯着这滴泪水。当泪水落下、滑过山田的面颊时,她低下头,像鸟儿一样舌头灵巧地一卷,舔干了这滴泪。

死人面颊一鼓,接着吐出一口气。这是卡萝琳听过的最轻柔、最悲哀的声音。大卫和玛格丽特一同大笑起来。

卡萝琳也朝他们微笑。她的微笑假得恰如其分——老好人卡萝琳,总是礼貌地强作笑颜。说不定她在跟自己的良心做斗争?也可能是人头的气味太臭了。没人能从她脸上看出谎言。

但她的指尖仍然记得那根青铜矛杆传来的渐微渐弱的颤动。在她心中,对他们的憎恨如黑色的太阳般炽烈。

①日语:她们都安全,山田先生。现在请安睡吧。

第二章　混蛋也能学佛

1

“好吧，”她说，“你想不想来一次私闯民宅？”

斯蒂夫僵了许久，嘴巴张得老大。酒吧那头，自动点唱机的肚子里传来几声叮当响。有人投了一枚硬币。他放下手中的康胜啤酒，一口未抿。*她叫什么来着？克里斯蒂？卡西？*

“你说什么？”最后他终于开口。这时，他总算想起了她的名字——卡萝琳。“你在开玩笑，对吧？”

她吸了一口烟。烟头闪亮。桌上半打油腻腻的酒杯和一小堆鸡骨头上映出烟头的橘红光芒。“没有啊。我百分之百认真。”

自动点唱机嗡嗡作响。片刻后，传来本尼·古德曼“唱，唱，唱”的强劲开头。鼓点传遍整个酒吧，就像某个失落的野人部落的战斗号角。斯蒂夫的心脏突然在胸腔里狂跳起来。

“哦，好吧。你没开玩笑。那么，你说的是一种严重的犯罪行为。”

她没回答，只是看着他。

他搜索枯肠，想找点俏皮话。但他能想到的只有：

“我是个管子工。”

“你从前干过别的。”

斯蒂夫放下啤酒，瞪着她。这是真话，但她绝对不可能知道。他做过噩梦，梦中才有这一类对话。为了掩饰恐惧，他抓过盘子里最后一只鸡翅，蘸了点蓝芝士[1]，送到嘴边，却没吃。这儿的鸡翅味道很妙。胡椒和醋的味道传入他的鼻中，就像某种警告。"不行，"他说，"我得回家喂派迪。"

"谁？"

"我的狗，派迪。它是只可卡……"

她摇摇头，"喂狗的事不急。"

转换话题。"你喜欢这地方吗？"他绝望地咧嘴强笑。

"挺喜欢。"她说着，指指斯蒂夫刚才读的报纸，"这地方叫什么来着？"

"华威厅。我想是用了从前某个地下酒吧的名字？反正诸如此类。"华威厅差不多是斯蒂夫在这世上最喜欢的地方，因为它并不完全存在于这个世界。至少并不完全存在于现代世界。他读的报纸日期是今天，但却是七十年前的今天——那是一份旧报纸的复制品。报纸的头条是本尼托·墨索里尼组建了新政府。还有，最近有人想办法为"世界大赛"[2]设立了无线电转播频道。所有人都为此欢欣鼓舞。酒吧的老板兼酒保是个快活的女管家式的妇人，名叫卡丝，背景神秘。她在地下室存放着旧报纸的缩微胶片，从中印出复制品，摆在酒吧里，组成酒吧氛围的一部分。

"对。"卡萝琳抿了口啤酒，转身面对镶框的海报——有劳尼·强森[3]，举着小号的罗伊·埃德里奇[4]，还有一张1920年左右的广告，为十月三号和四号"非同寻常的烤海鲜"做宣传。"这地方与众不同。"

"没错，就是这里。"斯蒂夫从烟盒中摇出一支烟，又把烟盒递给她。她拿了一支。他用火柴为二人点上烟。"这地方在禁酒令期间是歌舞厅。我想应该是合法舞厅。现在这是个私人俱乐部。我开始来这儿是因为这是附近唯一一家允许室内吸烟的酒吧，后来我就慢慢爱上了它。"

出于只有卡丝自己知道的原因，她让华威厅逼真地重现了胡佛时代的模样，注重细节简直到了病态的地步。旧报纸只是开头。这儿不准带手机——带了也没用，酒吧在街底深处，手机收不到信号。卡丝在酒吧柜

---

①青霉菌发酵而成的干酪，表面有蓝色斑纹。

②世界大赛(World Series)是美国职棒球大联盟每年十月举行的总冠军赛。

③美国著名爵士和蓝调歌手。

④美国著名爵士乐小号手。

台下放了一部投币式手摇电话机,供没有电话活不成的主顾使用。玩手提电脑的人会被赶出去。自动点唱机里的音乐都是……

“我给你一点时间考虑考虑。”她说,“我问得太突然了。女洗手间在哪儿?”

“不用考虑。回答是‘不行’。女洗手间在那边后面。”他朝背后竖了竖大拇指,“女洗手间我没去过,但要冲男厕所的便池,你得拉一根黄铜链条。我花了一分钟才明白该怎么用。”他停了停,“你到底是谁?”

“跟你说过,”卡萝琳说,“我是图书馆员。”

“好吧。”起先,她那一身打扮——圣诞毛衣(上面还有驯鹿)、紧身弹力自行车运动短裤、红色橡胶雨靴,再配上20世纪80年代的暖腿套——让他觉得这女人肯定是精神分裂症患者。现在他开始怀疑自己的判断了。

好吧,他想,不是精神病人。那是什么?卡萝琳的仪表不算精心修饰,但她不乏吸引力。而且他觉得她很聪明。一个半小时前,她突然出现在他面前,端着几杯啤酒,问能否坐他身边。斯蒂夫是个单身汉,唯一的牵挂只有家中的狗,回答说“当然”。两人聊了一会儿。她不停地问他问题,有关自己的事却语焉不详。同时,她还用深褐色的眼睛专注地研究着他。

斯蒂夫隐隐觉得她有可能在大学工作,说不定是某种语言学家?她跟卡丝说法语,还吓了另一个常客艾迪·胡一跳——她竟然跟他说流利的中文。跟图书馆员这一行还算对得上。他想象着她蓬头散发、坐在摇摇欲坠的书堆当中,对着污迹斑斑的咖啡杯(里面装着职员休息室供应的咖啡)低声咕哝,盘算着入室盗窃的事。他咧嘴笑了,摇摇头。不可能。

卡萝琳去了好一会儿还没回来。斯蒂夫又给自己倒了一杯啤酒。他一边喝,一边决定把自己的判断从精神病人改为“根本不在乎穿着”。很多人宣称自己不在乎。真正不在乎的人很少,但的确存在。

斯蒂夫的高中就有这么一个同学,叫鲍勃什么的。这家伙贩毒,成功地逃到南太平洋的小岛上过了两年。回来以后变得富可敌国——两部法拉利,老天——但他什么旧衣服都穿。他记得有一次,鲍勃……

“我回来了，”她说，“抱歉。”她的微笑很美。

“我又给你要了一瓶。”他指指她的啤酒。

“谢谢。”

他为她倒上，“请不要介意，但这太怪了。”

“什么意思？”

“我认识的图书馆员都喜欢，呃，茶和安全无害的小谜语什么的，而不是私闯民宅。”

“对。不过，我的图书馆和那种不一样。”

“恐怕我需要进一步的解释。”话一出口，他就后悔了。你该不是在认真考虑私闯民宅这事儿吧？他很快审视了一下自己的想法。没有。他没想。但他好奇。

“我碰上了一点麻烦。我姐姐说你也许有我需要的解决问题的经验。”

“我们说的具体是什么经验？”

“民宅锁——很普通——还有罗莱克斯警报器。”

“就这些？”他想到了他放在卡车车斗里的工具箱。当然，里面有修水管的工具：电筒，焊接剂，管钳，扳手……但也有其他东西：电线剪，撬棍，多用计量器，还有一把小钢尺，用来……不行。他掐断自己的念头。但为时已晚。他体内有某种东西苏醒了，蠢蠢欲动。

“就这些。”她回答，“小菜一碟。”

“你的姐姐是谁？”

“她叫瑞秋。你不认识她。”

他想了想，“没错。我认识的人里没有叫瑞秋的。”她肯定不是那个小圈子里的人。只有那个圈子（非常小的圈子）里的人才知道他过去的职业。“那，这个叫瑞秋的人怎么这么清楚我的事？”

“我自己也不知道。但她很善于发掘秘密。”

“那，她究竟发掘了我的哪些秘密？”

卡萝琳又点上一支烟，从鼻孔喷出两股烟柱。“她说你对机械很在行，有犯罪前科。还说你犯过超过一百件入室盗窃案。我想她说的是一百一十二件。”

一点没错。尽管说的是十五年前的事。突然，他的胃揪了起来。当年他干的事——更糟的是，他当年没干的事——一直在他的意识之上盘旋，从未远离。随着她一番话，这些都降落到他的意识表层，撕扯着他。“我想请你现在就离开。”他轻声说，“拜托。”

他想一个人静静读报。他想远离21世纪，钻进帕尔默搜捕行动[①]、老罗斯福的白宫和1929年世界经济大萧条中避难。

“放松。这对你有好处。”她从地板上推了一样东西过来。他看了一眼桌子底下，发现是个蓝色旅行袋。“瞧瞧里面。”

他拉住提手，拎起袋子，心中已经略微猜到里面的内容。他拉开拉链看了一眼。现金。大捆现金。大多数是五十和一百面值。

斯蒂夫放下袋子，推了回去，“里面有多少？”

“三十二万七千。”她弹弹手中的烟，“左右。”

“这数字可真怪。”

“我是个怪人。”

斯蒂夫叹口气，“你算是把我吸引住了。”

“你愿意干了？”

“不。绝不。”佛教徒有戒律，不是施予的东西不能拿。他停了停，做了个鬼脸。去年他的报税单上写的收入是五万八千美元。他的信用卡债务比这个数额稍微少点。“也许。”他又点了一支烟，“这钱可不少。”

“是吗？应该是吧。”

“至少对我来说不少。你很有钱？”

她耸耸肩，“有钱的是我爸爸。”

“哦。”富爸爸，这就说得通了。至少一部分说得通。“你是怎么弄到——你说多少钱来着？”

“三十二万七千美元。我去了趟银行。钱对我来说不是问题。这些够不够？不够我还能多弄点。”

“应该够了。”他说，“我从前认识些人——很有本事的人——只要三百美元就肯干。”他满怀希望地等着，希望她撤回自己许诺的数额，或者让

①美国司法部于1919–1920年间将左翼与无政府人士逮捕并逐出美国的行动。

他介绍某个有本事的人。但是，两人只是大眼瞪小眼地静默片刻。

“我只要你。”她说，“如果不是报酬的问题，你还有什么顾虑？”

他考虑该不该向她解释，自己是如何努力向善。他可以说，有时候我觉得我像棵新生的植物，刚刚从土里冒出芽来，正向着太阳拼命伸展。但他说出口的却是：“我想知道你从中能得到什么好处。这是不是什么富家子弟的古怪爱好？你是不是无聊过了头，想找点刺激？”

她轻蔑地一笑，“没有。我的处境和无聊正好相反。”

“那你到底想要什么？”

“多年以前，有人从我这儿拿走了一样东西。珍贵的东西。”她朝他冷冷一笑，“我打算拿回来。”

“你得说详细点儿。那东西到底是什么？钻石？珠宝？”他迟疑一下，又说，“毒品？”

“不是那一类。是有情感价值的东西。我只能告诉你这么多。”

“为什么找我？”

“你声誉很高。”

斯蒂夫思考片刻。卡萝琳身后，舞池里，艾迪·胡和卡丝正在练习查尔斯顿舞[1]。他们跳得越来越好了。斯蒂夫想起了擅长某样东西的感受。曾经，在某些圈子里，他的确有些名声。也许还有人记得。“好吧，”他终于开口，“我想我接受。但我还有几个问题。”

“只管问。”

“你确定我们要对付的只有最基本的民宅警报器？没有保险柜、没有古怪的锁之类的？”

“我确定。”

“你怎么知道？”

“也是我姐姐说的。”

斯蒂夫张开嘴巴，想质问这种信息来源的可靠性。接着他想起，哪怕被人用枪指着脑袋，他也想不起究竟干过多少桩入室盗窃。不过，一百一十二件听着差不多。于是他改口道：“最后一个问题。如果你要找的东西不在那儿呢？”

①一种快步舞，流行于美国20世纪20年代。

“钱照样给你。”她微微一笑,俯过身来,“说不定还有奖励哦。”她眉毛一挑,笑容中略有挑逗之意。

斯蒂夫又想了想。在她扔出入室盗窃这个炸弹之前,他倒是希望两人的对话能朝挑逗的方向发展。可现在……“我们还是公事公办吧。”他说,“我拿钱就够了。你想什么时候干?”

“你接受了?”她的双腿强健,呈古铜色,四处走动的时候,能看到肌肉在皮肤底下蠕动。

“对。”他回答,心里清楚这是个糟透顶的决定,“大概吧。”

“择日不如撞日。”

2

斯蒂夫喜欢华威厅的另一个理由是，这地方非常干净。擦得发亮的木头，闪光的黄铜，弹性十足的皮革座椅（就像对你的屁股在发出友好的邀请），地上铺着黑白相间的地砖，图样严谨得能让欧几里得心花怒放。

但是，只要一走出大门，气氛就全没了。要回到现代世界，你得爬上几级油腻腻的水泥楼梯，才能上到大街。楼梯黑黢黢的，满是经年的尘土，是流浪猫喜欢的坟场。楼梯拐角堆着各种垃圾：香烟屁股、快餐袋、装了半瓶烟草末子的“达萨尼”[①]瓶子。今晚天挺冷，所以味道不算浓烈。若是夏天，爬楼梯的时候他得屏住呼吸。

卡萝琳也不喜欢这几级楼梯。她在门槛处穿上雨靴，等爬完楼梯又把雨靴脱掉。她的暖腿套是条纹糖果色，像一道道彩虹，过时到了极点。哎呀，我实在得问问。“你这些东西到底是从哪儿弄来的？”

“啊？”

他指了指她的装扮。

“我住在一位女士家里。这是她放在衣柜里的。”脱掉雨靴后，她光着脚踩地。停车场的地面是碎石子铺成的，但她踩在上面似乎浑然不觉。

“我的卡车停在那儿。”那是一辆白色的工作卡车，已经用了几年，车门上用红色字母印着“霍奇森水管修理”字样。他的工具箱用的是“美迪高”[②]锁，最好的锁。“姑娘们喜欢这种制服卡车之类的调调。你可别太冲动哦。”太阳下山后温度下降，他说话的时候嘴里呼出白汽。

她朝他歪过头来，一脸困惑。

①可口可乐公司出品的瓶装水。

②美国著名锁具品牌。

“冷笑话。别介意。”他上了司机座位。她拽着车门把手拉不开。

“卡住了?”

她紧张地笑笑,拽得更用力了。他探身过去,从里面打开门。

“谢谢。”她把雨靴和装着三十多万现金的旅行袋扔到车里地板上,跟“激浪”[①]瓶子、牛肉干空袋子混在一起。她在副驾驶座上盘腿坐好,双腿压在身下,灵活得像个八岁的孩子。

“我在后面有件备用的夹克,你要不要穿上?天挺冷的。”

她摇摇头,“不,谢谢。我挺好。”

斯蒂夫发动卡车。卡车轰轰启动,排气管中喷出冷气。*最后的机会。*他想,*这是最后的退出机会。*他觑了一眼地板。色如浓痰的黄色街灯下,他能看见一捆钞票的轮廓从旅行袋中凸了出来。他做了个鬼脸,像吞了一剂苦药。“你知道那房子的地址吗?”

“不知道。”

“那我怎么……”

“出了停车场左转,朝前开两英里,然后……“

他抬起一只手,“先等等。”

“我们不是今晚就干吗?”

“要干的。但我们得先谈谈。”

“啊,好吧。”

“你是神经敏感的人吗?容易紧张型的?”

她脸上闪过一丝苦笑,“我还真不知道。就算是,我也能控制住。”

“嗯,好。我不知道你有什么打算,但这可不是蹦极。你第一次干,会有点紧张。这很正常。但几次以后就变得很无聊了。就像帮某个哥们儿搬家,不会像电影里那么惊险。”

她点点头,“我明白。我……”

他又抬起手,“无论如何,有几件事要牢牢记住。你有手机吗?”

她一脸迷惑,片刻之后摇了摇头。

“真的?”

“真的。我什么电话都没有。是个麻烦?”

---

①碳酸饮料品牌。

“不是。就算有，我也要让你处理掉。手机会被追踪。但如今几乎每个人都有。你有手套吗？”

“没。”

“我有一副，你可以用。你还得穿上雨靴——不能留脚印。光是入室盗窃，警方大概不会大动干戈地来个犯罪现场调查的全套毛发和纤维检测，但他们可能会撒灰找脚印。还有，要听我的，除非必要，什么都别碰。你没枪吧？”

“没。”

“好。有枪可不好。”除了不想伤人之外，斯蒂夫还曾是重罪犯，要是被警方连人带枪抓住，至少得坐五年牢。

“我拿点东西。”斯蒂夫从口袋里掏出手机，取下SIM卡。他知道通过手机连接的各个基站，警方能标出某人经过的准确路线。拿掉SIM卡应该就没法追踪了吧？他不敢肯定。他干这行当的时候还没有手机呢。他考虑把手机放在卡车后面带锁的工具箱里。他觉得工具箱就像电梯，能阻挡信号。但还是不保险。哎呀，妈的。他想，我还是砸掉它算了。这么做大概有点过头，不过既然要做，就得做好。

他的卡车停在停车场的角落里。头顶有盏灯，不过旁边没有其他人，最重要的是没人能看见这儿。积习难改。他嘴角一牵。卡车轮子上方的金属工具箱的链条上足了油，一拉就顺顺当当打开了。

他开始从里头拿出工具。MAKITA无线电钻，几把螺丝刀，一根小撬棍，五磅重的锤子，还有他自己制作的撬门小钢尺（原料是“一流硬件”生产的钢片）。做这个，呃，也算是种练习吧。他用毛巾把手机包起来，两锤就把这东西砸了个粉碎。他把其余东西插进工具带，还放了两双皮革工作手套，然后把工具带塞进背包。我有好久没把这套家伙带出来啦。他突然感到一阵怀旧，赶紧狠狠压制下去。自己居然如此怀念这一行，这让他恼怒不已。他一心向善，而且大多数时候做得很好。哪怕过了十五年，他也从未忘记终结他盗贼生涯的那一巴掌，还有那句判词——你这小混蛋。

但……这可是三十万啊。他叹了口气，“有多远？”

“大概二十分钟。”

“是什么住宅？别墅？公寓？”

“别墅。”

“独立别墅？不是排屋什么的？”

“对，独立别墅。在一块住宅用地上，但附近几乎没有人家。主人上夜班，所以我们时间很充裕。”

“好。第一，我得给我们另找辆车。”

“为什么？”

“哎，别的不说，这卡车的门上写着我的名字呢。”

“哦，行。”

他们开车到机场。他把卡车停在短期停车处，把背包甩到肩上。两人走进候机楼，从另一头走出，坐摆渡车到了长期停车处。他在一排排车中间寻找，最后选定一辆把停车卡夹在显眼处的深蓝色丰田凯美瑞。这是最大众的车型。车主昨天才把车子停在这里。太好了。

“你站到那边去，行吗？”

卡萝琳站到车头处，正好挡住他。他把撬棍挂到工具带的环扣中，把电线剪塞进后袋。接着，他从背包中拿出钢尺，插进车窗的橡胶条和玻璃之间，拨开车锁。他以为车内警报器会鸣叫，结果竟然没有。他按了车里的按钮，打开行李厢盖，扔进背包。“你来吗？”

她坐进副驾驶位。“动作真快。”她说，“我姐姐说得对。”

“所以他们才出大钱请我干活儿。”他用撬棍打开转向柱的盖子，用螺丝刀旋开点火装置的螺栓。只一下，凯美瑞就发动了。停车场有几个出口是自动的，但需要用信用卡。他没选那些自动出口，唯恐信用卡留下电子痕迹。他先将转向柱恢复原状，准备好钱，这才驶往人工收费窗口。其实根本没必要这么麻烦。停车场管理员是个五十多岁、神情淡漠的黑人，一直在看电视，头都没抬。

两人消失在黑夜中。

3

斯蒂夫在心底深处，想象自己是个佛教徒。

几年前，他一时心血来潮，在书店买了本叫作《呆瓜也能学佛》的书。他把书放在床底下。现在，书已经卷了角，还沾上了披萨的油渍，还有洒出的可乐。这是经常阅读的证明。有时候，他睡不着觉，就会想象着自己放弃所有世俗财物，搬到中国去，到一座寺庙出家。寺庙最好在半山腰上。他会剃个光头，与竹子、熊猫和茶为伴。他会穿上橘色的僧袍，也许下午还会诵经。

*佛教，他想，是种清净的宗教。*你从没听说过佛教徒和某某起了长期冲突，还把八个人——其中两个还是孩子——给他妈的炸飞了。佛教徒也不会在你看比赛正看到紧要关头的时候敲你家的门，给你塞份传单，赞颂乔达摩·悉达多王子是个多么伟大的人。或许，这只是因为他在现实生活中一个佛教徒也不认识。但他仍然抱着希望，希望佛教徒跟别人不一样。

也许他这些想法全是狗屁。也许等他真去了某个佛教法会，就会发现那儿的人跟其他人一样，鸡毛蒜皮，狗屁不通。说不定在诵经间歇，他们也会八卦说某某穿的是上一季流行的僧袍，或者小张伟那天烧的香是谁都看不上眼的便宜货，因为他家是穷光蛋，哈-哈-哈。不过现在，他身在美国弗吉尼亚州，职业是管子工。干吗不让自己做个美梦呢？

当然，他从没打算真的买张机票去中国。想也没想过。他不笨。退一万步，就算他对佛教的想象有一点真实性，穿上橘色僧袍、剃个光头也改变不了他是个烂人的事实。迟早都会露馅。

八成只会早，不会迟。佛对偷盗的态度十分明确。“杀生、说谎和偷盗会断了你的善根。如果不能自制，造下的恶业会让你受尽苦楚。”这里的“受尽”还是加粗加黑，着意强调的那种。

可是呀，他在心里叹了口气，我还是走了这一步。

“……到那儿左转。”卡萝琳说。

“能再说一遍吗？抱歉。”

“我说，到红色汽车那儿左转。”

两人已经开了二十分钟的车。卡萝琳一直在指路。“这儿左转。到大路右转。哎呀，抱歉，请掉头。”她的声音低沉沙哑，有催眠功效。加上他没什么方向感，不久他就完全不知身在何处了。说不定方向是斐济，也可能是名古屋，或者月亮。他已经没数了。

“你确定方向对？”

“确定。”

“我们快到了吗？”

“再开几分钟，不远了。”

她蜷在副驾驶座位上，背靠车门。这个姿势，加上她穿的是自行车运动短裤，让她露出了大半条腿。他得努力克制才能不去看。每次他们开车经过她那一侧的公告牌或者路标的时候，他都会趁机瞄上一眼。她似乎不介意，或者根本没发现。

“到那儿转弯。”她说。

“这儿？”

“不，下一条路。就在那儿——对。”她对他微笑。月光下，她的眼神野性未驯。“我们近了。”

前方的路一片漆黑。两人已经到了城外，靠近乡下。他们开到一片空荡荡的住宅用地上。这片空地很大——或者说，规划得很大——面积足以建造一百幢附带院子的别墅（只要院子的大小跟邮戳差不多就行）。空地上零零落落地散着几幢已经完工的房子，还有几幢只打了地基，野草在地基的砖缝里疯长。除此之外，土地上空空如也。

“太理想了。”斯蒂夫喃喃道。

“那儿，”她指指，“就那幢。”

斯蒂夫顺着她手指的方向望去，看到一栋刷成浅绿色的农场式小房子。这颜色哪怕在夜里也难看极了。车道空着。唯一的光源只有角落里立着的一盏孤零零的街灯。

他慢慢开过房子的小院。这地方不知为什么让他想起某支说唱乐的MTV。他暗笑自己荒唐。一百码开外，路拐了个弯，一排树木正好将房子彻底挡在视线之外。他停下车，转身看着她。

“最后的机会。”他说，“你真的想干？要是你肯告诉我要找什么，我会……”

她的眼睛在月色下闪着光，“不。我一定得和你一起去。”

“那好吧。”他又偷瞄了一眼她的大腿，出了车子。车门关上的声音听来轻得让人满意。他绕到车后拿背包，“你是不是……”

她用指尖轻抚他的后颈。他一哆嗦，后颈上汗毛直竖。他转过身，发现她离自己很近，近得能闻到她身上的味道。她闻起来像是有，嗯，一阵子没洗澡了。但那是一股好闻的没洗澡的味道——就像麝香，女人香。他的鼻翼鼓动起来。

“走吧。”她说。她已经在暖腿套外面穿好了雨靴。

两人抵达目标房子的时候，斯蒂夫看了看信箱。信箱里塞满了至少一周的垃圾邮件。*房主已经有一阵没在家啦*，他想，*太好了*。他随手取出一封信，在月光下把信封转到合适的角度，好看清上面的地址。“马文·迈那先生，或现任住客收。”他看看卡萝琳，“我想迈那先生不在家。”

“嗯。”

斯蒂夫犹豫一会，踏上车道，走到前门，按响门铃。房子里没有动静。

“你干吗这么干？”

“我想里面没人，但要是有只罗威那犬[①]什么的，还是早点知道的好。”

“啊，好主意。”她的声音里满是厌恶。

“你不喜欢狗？”

她摇摇头，“狗很危险。”

斯蒂夫困惑地看了她一眼。通常，他晚上回家的时候，他的可卡犬派迪都会朝他猛摇尾巴，连整个屁股都会跟着一起摇动。*等这一票干完，我*

①大型猛犬，黑黄皮毛，常作警犬。

和派迪也许会去中国。他想象着在某个明媚的春日,他和派迪搭车上山去寺庙。派迪在他身边蹦蹦跳跳,而内心的安宁正在山顶等候他们。

先干正事。斯蒂夫掀起脚垫,看有没有钥匙。没有。他又用手指摸过门框顶部。卡萝琳疑惑地瞧着他。“很多时候,人们都会把备用钥匙放在门口。”他手套的指尖沾了一层灰。没有钥匙。“哦,好吧,”他说,“看来只能用笨办法了。”

两人走到后门口。斯蒂夫拔出撬棍,看准锁头的部位,用力塞进门和门框之间。

他往口袋里放了一把十字螺丝刀和一把一字螺丝刀,还有一把电线剪。“要是警报开着,在它报警之前,一般我都有整整一分钟时间来关掉它。”他说,“时间充裕。不过你得在这儿等着,我可不希望你碍手碍脚。”

她点点头。

斯蒂夫用力一扳撬棍,哼了一声。门框弯了一英寸左右,锁舌从锁洞里滑了出来。门开了,里面黑乎乎的。温暖的空气涌了出来。他等着,但没听到警报器的“哔哔”声。

“看来我们碰巧了。警报器没开。”

房间里漆黑一片。所有窗子都遮着窗帘。窗帘用的是厚重的料子,月光和孤零零的街灯光都透不进来。房间里唯一的光源是一架巨大的立体声音响,足有斯蒂夫那么高。音响靠近顶部的地方亮着浅蓝色的LED灯,犹如某个异教偶像的眼睛似的在房间里闪亮。

“你还在等什么?”卡萝琳问道。她的声音从他前方传来。斯蒂夫虽然没跳起来,但也打了个寒战。他没听到她的脚步声。

“我得给眼睛几分钟适应黑暗。”斯蒂夫应道。他朝四周张望。整个房子里最亮的光源来自隔壁厨房里的几样小电器。厨房料理台上满是空啤酒罐子。“嗯。”他轻轻走进厨房,拉开冰箱,事先眯起一只眼睛,免得被里面的光破坏了夜视力。冰箱的白光在黑暗中亮得晃眼。里面几乎没有食物,只在门上放着一罐半空的腌黄瓜和一支软管法式芥末酱,还有一箱啤酒。斯蒂夫感到一阵口渴,他内心斗争片刻,终于关上冰箱门,用塑料杯在洗涤池里接了一杯水喝了。

“卡萝琳?你渴吗?”

她没回答。

他从厨房探出头，“卡萝琳？”

“嗯？”她已经不在老地方了。

她的声音是从他身后传来的。这一次，他真的跳了起来。他转身看着她。她离得很近。

“你想要……”他说不下去了。

她又靠近了一点，用指尖滑过他的胸膛，“想要什么？”

“嗯？”

“你问我我想要什么。”她在“想要”这两个字上加重了语气。

“哦，对。抱歉。忘了我想说什么了。”他顿了顿，“你想让我帮你找……那个什么东西吗？”

她说了个他听不懂的词。

“什么？”

“我说了中文。抱歉。语言太多，有时候我一兴奋，词就混在一起了。”她在他胸口的轻抚就像触电。他后退几步。这时候，他的眼睛已经适应了黑暗，刚才只能看见黑暗和轮廓，这时已经能分清沙发、电视机、椅子和桌子了。他走向电视机旁边的柜子，打开看看。“不错呢。”他说。电视是德国牌子，没想到这么个不起眼的房子里还有这么好的东西。“你想要音响吗？”

“不要。”

斯蒂夫自己的音响本来就不是什么好货，而且已经有了不少小毛病。他伸手去拿——*本来就是入室盗窃嘛，对不对？*他的手在电源线上方悬了一会……又抽了回来。他在脑中踢了自己一脚。*说谎、欺骗或偷盗，就是自断善根。*他抬起头，发现卡萝琳已经走了。“嗨，”他问道，“你去哪儿了？”

“在这儿，”她说，“我找到了。”

她的声音从隔壁另一个房间传来。斯蒂夫又吓了一跳。找到什么了？他循声而去。她在餐厅，正坐在一张看来相当正式的长长餐桌上。街灯苍白的灯光勾勒出她的剪影。她晃荡着双腿，身后的瓷器柜就像她的黑色王座。

“卡萝琳?”

“到这儿来。”她说。她的双腿略微分开。他走了过去，站在她身前。

“东西在哪儿?”

“这儿。”说着，她伸手揽住他的后颈，把他拉近。

“等等，”斯蒂夫嘴里说着，却并不十分抗拒，“怎么了?”

她略微偏了偏头，身体前倾，吻住他。她的嘴唇丰满柔软，有盐和铜的味道。有片刻时间，他任自己沉迷、沉醉在这个吻里。但他的天性不允许他闭上眼睛。

她身后的瓷器柜玻璃门上映出了某个活动的人影。

斯蒂夫一激灵，猛地转身。房间角落的阴影中站着个男人，手里握着长枪。

“哇，”斯蒂夫说，举起双手，“等等……”

“对不起，斯蒂夫。”卡萝琳说。她不知何时已经从餐桌上溜下来，到了房间的另一边。

“你被捕了。”男人说。他举起枪口，对准斯蒂夫。

“哦，”斯蒂夫说着，慢慢举起双手，“行，没问题。”

男人朝前走了几步，走进街灯的苍白光线中。男人的头发根根直竖，眼睛在眼眶里乱转。这人到底怎么回事？吃了抗抑郁药？大脑受损?

“你被捕了。”男人又说了一遍，将枪举到肩膀的位置。

“嗯，”斯蒂夫说，“好，我该转身还是……”

“停下，否则我就开枪了。”男人说。他嘴边滴下一滴口涎。

“等等！等等，我会……”

“开枪。”卡萝琳说。

男人开了枪。小小的房间里闪过明亮的火光，枪声震耳。斯蒂夫却似乎一点儿也没听见。再次恢复视力的时候，他发现自己躺在地上，望着天花板。身后有轻轻的“哗啷啷”的声音。他朝声响的方向转转眼珠，看到瓷器柜的玻璃门碎了，一大块玻璃倒了下来，声音动听。玻璃门上是什么？他琢磨，看起来黑黢黢湿漉漉的。

卡萝琳俯身进入他的视野。“对不起。”她又说。

“我……救救……我得回家……得喂派迪……得……走……”

她伸出手，摸摸他的面颊。

黑暗。

4

斯蒂夫死后，卡萝琳花了几分钟重振精神。她用力闭上眼睛，长长地吐出一口气。

“你被捕了。”迈那警探又说了一遍。他在房间里蹒跚，走到了房间角落里，背对着卡萝琳。只见他朝前迈了一步，一头撞上了墙壁。卡萝琳朝他走去，轻轻扳着他转了个身，从他手里拿走霰弹枪，而他乖乖地交了出来。

她熟练地一拽枪管，往枪膛里再顶上一发子弹，然后将枪放在餐桌上。她扶着迈那警探的肩膀，视线避开斯蒂夫的尸体，带他来到餐厅和厨房之间的过道拱门处。

“站在这儿。”她说。

他盯着她看了一会儿，眼珠又开始乱转。“你被捕了。”但他没动。

卡萝琳走回斯蒂夫身旁，拿过霰弹枪，在他尸体的右侧蹲下，让尸体的左手握住枪托，用自己的手替他稳住。随后，她又让尸体的右手食指扣住扳机，将枪口对准迈那警探。

迈那漠然地望着这一幕，“停下，不然我就开枪了。”

卡萝琳扣动扳机。子弹打中迈那的胸膛，炸开他的心脏和肺部，在后背开了一个大洞，带出一大块内脏组织。迈那倒在地板上。

卡萝琳放下枪，走向电灯开关，同时摘下右手手套，用大拇指在开关的黄铜盘上一滚一压，按了一个完整的指印，还小心地不让指印糊开。之后，她又戴上手套。

现在，所有的事都完成了。她把枪留在斯蒂夫手里，自己转过身面对他。即便此刻，她也不允许自己哭泣，而是带着无限的温柔伸出手，抚过他的眼睑，替他阖上眼睛。“Dui bu qi，”她抚摸着他的面颊，“U kamakutu nu，”她又说，“Je suis désolé，”“ek het jou lief，”“Lo siento，”“Tá brón orm，”“Het spijt me，”“Je mi lí to，”“ik hald fan di，”“zür dilerim，”“A tahn nagara.”等等，等等。

她坐在斯蒂夫的尸体旁边，前后摇摆一会儿，双臂抱着自己。接着，她把他的头放在自己膝盖上。银色的月光照亮了这个满地破碎的房间。此刻，她孤身独处，卸下了所有伪装。那一整夜，她一直抱着他，用指尖梳理他的头发，轻柔地跟他说话，用地球上所有的语言不断重复着“对不起”“请原谅”和“我爱你”。

插曲I　雷霆，在东方响起

1

伊莎和艾莎被杀后，大卫一肩扛一个，把两头鹿的尸体带回了图书馆。第二天早晨，他在丽莎父母的车道上给两头鹿剥皮。父亲坚持要卡萝琳帮忙。她毫无怨言地照办，过后还把她的朋友们血淋淋、充满弹性的毛皮带给丽莎制革，把肠子带给理查德制作弓弦。父亲自己拿走了剩下的鹿肉。当天下午，父亲把两头鹿串上烤叉，用盐和孜然腌制，最后放进他的铜牛腹中烧烤。

卡萝琳请求父亲不要大张旗鼓地庆祝她的归来，但父亲不听。父亲的所有朝臣都参加了庆祝会。被遗忘之地的大使带来了女主人的歉意。大使身穿黑色长袍，在冰冷的活人世界中热得冒烟。连最后的“怪兽研究者”[①]也露了面（他隐居在时间尽头的黑色金字塔皇冠里，与前世几乎隔绝），真是很给面子。有人说，最后的怪兽研究者不过是父亲早些时候的一次转世投胎。卡萝琳仔细观察，想寻找两人身上的相似之处，但没发现任何迹象。还有其他整整两打宾客——公爵、莱塞尔，以及许多她不认识的人。贵宾们开怀大笑，互相打趣，大吃大嚼。火光中，鹿肉的油脂在他们的面颊上闪亮。

卡萝琳没吃。早在所有宾客到齐之前，她就请求父亲允许自己回房

①Monstruwaken，作者生造的词汇，没有详细解释，似为monstrous和waken两词组成，故有此译。

间。她说，她想补上落下的功课。父亲盯着她看了一会儿，点点头。过了一周左右，他测试了她，让她叙述夏天的经历，先用中国普通话，然后用底层龙族的黑话。父亲说他对她的进步很满意，卡萝琳微笑着表示感谢。

如此，生活持续了一段时间。

宴会大约一年后，麦可敲响了她的房门。那时候她大约十岁。卡萝琳的房间在图书馆的玉石楼层底下，凉爽黑暗。而此时，在户外，在加里森橡树林，时节已近夏至。父亲允许孩子们在傍晚出门。但自从上周的事件以后，她再也不去了。想起来就浑身发抖。*她不想重蹈瑞秋的覆辙。*

瑞秋的门类跟预测及操纵可能的未来有关，有时通过数学计算，有时通过解读云彩和海浪中的预兆。而大多数时候，瑞秋要派遣使者去未来打探消息。使者们都是她的亲生儿女。确切地说，是她亲生儿女的鬼魂。要让他们变成使者，瑞秋就得趁他们还在摇篮里的时候(通常是九个月大)掐死他们。这是父亲的要求。父亲还说，瑞秋必须亲自动手。这很重要。

瑞秋是在她十二岁生日这天得知这一切的。那是三周前的事。上周，她试图逃走。那天晚上，父亲不在家，她撒腿就跑，箭一样冲进夏日黄昏投下的长长阴影中，赤脚踏过因干旱而枯黄变脆的草坪。自然，谭恩不会放过她。在她就快跑出加里森橡树林的路牌标志时，他和其余哨兵抓住了她，把她撕成了碎片，就在其余孩子的眼皮底下。

瑞秋的右手，血淋淋的手，从一大堆毛茸茸的躯体中伸出来，缺了两根手指。她挣扎着抓紧……

卡萝琳的房门响了。声音很轻，就像爪子摩擦树干。有那么一会儿，她不打算理会。父亲正外出办事，而大卫异样的眼神让她不自在。房门里外都上了锁。如果她……

“卡萝琳?”是麦可的声音。

卡萝琳笑了。她拉开内侧的门闩，打开一条缝。麦可站在门口走廊上，浑身赤裸，皮肤黝黑，肩头带着一层薄薄的白色脆壳。盐？麦可手中握着一纸残片。她挥手让他进来。他进门后，她立刻关上门，上好闩。

她的房间边长约四步，每面墙上都排满了书架，架子上满满挤着父亲给她的课本，卡萝琳在课本上写满了笔记。自然，房间里没有窗户。她本可以装饰一下——装饰是允许的,其他孩子大多挂了一两幅画——但她没有。地板上也摆满了摇摇欲坠的书堆。余下的只有她那张伊森·艾伦牌的书桌和一卷睡袋,别无长物。

“麦可!”卡萝琳给他一个拥抱,全不介意他的裸体,“好久没见你了!你去哪儿了?”

“在……”麦可嘴巴开合了几次,却没发出声音。几秒钟后,他朝身后胡乱挥了挥手。

“森林?”她提示。

“不,不是森林。”他做游泳状。

“海洋?”

“对,这个。”麦可朝她微笑,感谢她的帮助,“我跟——潜水者之眼——习——学习。”潜水者之眼是只海龟,父亲的朝臣之一,随侍多年,忠心耿耿,只手掌管太平洋,防御鄂霍茨克海中敌人的重任也完全由他负责。麦可用一只结满盐霜的手碰碰她的面颊,“想你。”

“我也想你。外面的世界怎么样?”卡萝琳大多数时间都待在图书馆里,只在测试新语言掌握程度的时候才会外出实地考察。

麦可一脸吃力,“不一样。不像这儿。海洋很深。”

卡萝琳想了想,想不出对这句话有什么可说的。“对。对。的确很深。”

“这儿怎么样?”

“你说什么?”

“这儿……一直以来……怎么样?”

“哦!嗯,还凑合。最近更糟了一点儿。玛格丽特仍然尖叫,总把大家吵醒。说实话,我觉得她快疯了。肯定是因为父亲命令她读的那些可怕的蜘蛛网似的书。最近她坚称父亲就快谋杀她了。”卡萝琳翻了翻眼珠,“真是小题大做。”

“哦。悲伤。大卫呢?”麦可和大卫一直是好朋友,从他们还是美国人的时候就开始了。只要有机会,两人仍会一块玩儿。

“哎呀,你了解大卫。还是那副熊样,他‘爱’每个人。”卡萝琳翻了个白眼,“真是个大好人,真他妈好得不得了。这个笑话真是太老了。”

“你呢?”

“不算最糟,但有可能更糟。”这话一点没错,然而此时她还不知道。这时她还以为自己在说谎。接着,为了转换话题,她指指他拿来的纸片,“你拿什么来了?”

麦可自己皱着眉头瞧了瞧纸片。纸片上全是手写的字迹,卡萝琳认出那是楔形文字,不是佩拉匹语。“父亲说……”他拿着纸片上下挥挥,递给她。

“当然可以。”父亲经常派这个或者那个孩子给她送点东西,让她翻译。麦可已经把佩拉匹语忘得差不多了。他的教育大部分来自丛林和丛林生物,不是书本。她接过纸片浏览片刻,“我要把整段都念给你听吗?”

麦可一脸苦相,“你能不能……”他做了个压缩的手势,无助地望着她,“我不……词难,现在,对我。”

“我知道。”她温和地说,“我替你概括一下。”他一脸茫然。“几句话简单说说。给我几分钟。”她用训练有素的眼光快速扫描文本。“这东西很古老,”她说,“不过,这是复制品。说的是在第二世纪发生的一场战役,大约六万五千年前。”他不明白这个时间概念。她只好换了种说法,“很久、很久以前。很多冬天、很多代生命之前。”

“哦,”他说,“明白了。”

“这是关于……嗯,等等。”她走到后墙,拿下一份满是灰尘的古老卷轴,眼睛飞快扫过,查阅某个词汇,点点头,“关于父亲。大概。”

“父亲?”

“嗯,差不多。这儿说,嗯,一开始,黎明没有按照计划进行。”“黎明”是大家对一场战役的称呼,那场战役标志着第三纪的结束。之后的一切都属于第四纪,即父亲统治的纪元。“第一次日出还算顺利,静默者——我想是叫静默者?——被驱入了阴影。但是,当父亲发动对皇帝的最后总攻时——哇!这儿说,父亲被‘摧折’了。”她看着麦可,眉毛挑起。

他茫然地看了她一眼,“我没……我不……”

“意思是说,父亲被人海扁了一顿。”

“父亲?”他一脸震惊。

她耸耸肩,“这儿是这么说的。反正,父亲被这个叫皇帝的家伙揍了一顿。”卡萝琳听说过皇帝，但只知道他真实存在过，还统治过第三纪，此外就没别的了。不过，有本事摧折父亲的肯定不是一般人。“如此这般……如此这般……穷追猛打，穷追猛打……看来对父亲很不利……接着……”卡萝琳的声音轻了下去。

“怎么了？”

她查了个词，“抱歉。”她大声读道，“‘接着，雷霆，在东方响起。闻声，阿布拉卡’——阿布拉卡是人家对父亲的称呼——‘阿布拉卡站起身，朝东方望去。阿布拉卡看见，雷霆是某个男人发出的声音，而此人他并不陌生。此人曾是……’——呃，我不知道这个词的意思。‘此人曾是皇帝的什么什么，还是皇帝信赖的亲信。但如今，此人醍醐灌顶，率部投向阿布拉卡。见此，阿布拉卡的，嗯，愤怒？不，不是愤怒。他好战的心。

“‘见此，阿布拉卡好战的心再度燃起，东山再起。阿布拉卡被屠戮——我猜，就是被杀？……的军队也卷土重来。’如此这般，如此这般……穷追猛打，穷追猛打，穷追猛打……‘于是，世界第四纪露出曙光，阿布拉卡的纪元开始。”她把纸片还给麦可。“明白了吗？”

他点点头。

“好，那就好。这究竟有什么用？”

麦可耸耸肩，“明天我得去面见这个人——跟着他学习。”

“哦。”她的心一沉。麦可是她最接近朋友概念的人。她想问他要去多久，但他也不会知道。无论如何，她想，至少我们还有今晚。在图书馆，只能尽情享受罕有的美好时光。

“名字，”麦可问，“他叫什么名字？”

“父亲？”

“不，东方的雷霆。他。”

卡萝琳眯眼看看自己小手中拿着的文稿。她的手皮肤干燥，永久地沾上了墨水渍。

“诺布朗加。”她说，“他的名字叫诺布朗加。”

第三章　入者斩

1

第二次谋杀迈那警探之后的早晨，卡萝琳在迈克吉利卡迪太太家的客厅地板上醒来。天刚拂晓。按照习惯，她醒来后一动不动地躺着，闭着眼，小心不露出任何已醒的迹象。她嗅嗅房间里的空气，用嗅觉收集信息。麦可已经走了。他们说好，他在日出前先走，稍后他们会在铜牛处会面。

大多数人都还在，仍然熟睡未醒。后面的卧室传来微微的气息。她闻到酸甜和新鲜血液的味道——是大卫。和大卫的气息混合的是褐土和腐肉的味道——玛格丽特。离卡萝琳更近的是阿莉西亚。她刚从遥远的未来回来，一身沼气。迈克吉利卡迪太太在厨房做饭——咖啡、大蒜炸土豆，还有某种酱料。

卡萝琳的眼睛睁开一条细缝。这个房间和摆设跟她童年记忆中的略有些相似。但她现在看来只觉得古怪。有样东西叫“沙发”，用来坐人，比她惯用的枕头要高得多。房间角落里有个盒子叫“电视机”，也叫“电视”，会播放活动的图画。没有蜡烛，没有油灯。舒服是舒服，就是有些古怪。

迈克吉利卡迪太太是个活人。美国人。她自愿让他们住进自己家。*呃……差不多是自愿。*丽莎的确跟她谈了谈，但那只有暂时性的效果。另外，詹妮弗也给了她一种蓝色的粉末，让她对他们身上的古怪之处不那么好奇。但，寡居独住的迈克吉利卡迪太太喜欢有他们做伴，这也是真的。

他们已经在这儿住了六周。被拦在图书馆和加里森橡树林之外的第二夜,他们就明白,不管是什么东西让他们回不去,那东西短时间内都不会自动消失。皮特和另外几个已经开始抱怨睡不好了。大家都饥肠辘辘。他们本可以投奔父亲的某个朝臣,但大卫认定这么做不明智。“弄清是谁在捣鬼之前,我们只能靠自己。”

地平线上,美国的灯火闪亮。

于是,众人一同出发,沿着78号公路朝东的车道走去。出了山谷约一英里左右,他们爬上一座小山,拐进遇到的第一处住宅区,随便敲了一户人家的门。当时还没到午夜。卡萝琳站在队伍前方,大卫像座塔一样立在她身后,手持长矛。

迈克吉利卡迪太太只有一个独子,他连个电话都不给她打。她穿着家居服出来应门。

“嗨!”卡萝琳开朗地招呼,“我们是外国交换生!项目出了点问题,我们连住的地方也没有了!不知您能不能让我们在您家过夜?”

卡萝琳穿着学徒的长袍,那是一条灰绿色的棉布袍服,有点像和服,带着兜帽,腰间系着腰带,其他人也穿得差不多,看起来根本不像外国交换生。

“微笑。”卡萝琳压低声音,用佩拉匹语说。众人照做。但迈克吉利卡迪太太没有放松警惕。

哎,卡萝琳想,试试总没坏处。很多文化都有接待陌生人过夜的传统,显然美国没有。

“呃……我想路那头就有个假日酒店。”迈克吉利卡迪太太说,“在路左边。”

“是啊,”卡萝琳说,“但这可能不行。”接着,她用佩拉匹语说,“丽莎,你能不能……”

丽莎上前,碰碰迈克吉利卡迪太太的面颊。老妇人起先身子一缩,但随着丽莎的话语,她的面部放松下来。丽莎说的话不属于卡萝琳掌握的任何一种语言,而且没有任何语法甚至规律,至少卡萝琳没发觉。无论如何,这不是她的门类。但对老妇人有效,就像对所有美国人都有效一样。过了一会,老妇人说:“当然可以,亲爱的,你们都请进。”

众人进门。

即便受制于丽莎那不知为何的技能，迈克吉利卡迪太太一开始对他们也是冷冷的。卡萝琳看得出，她很害怕。老妇人问了一大堆问题，而且对卡萝琳的回答不甚满意。接着，食物的话题被提了出来。

“你们饿了？”迈克吉利卡迪太太问，“真的？”

“是的。不用太麻烦，您有什么都……”

“我来做一锅千层面！”老妇人嘴咧开了，就像多年来第一次露出笑容，“不不，两锅千层面！发育期的男孩子！只要一会儿就好！”

事实上，他们等了好几个小时。不过，她先拿出了一些叫“娱嘴”（就是让嘴巴高兴）的东西。卡萝琳很喜欢这个词。“娱嘴”是些大小正好一口的零食：奶酪、橄榄、香肠、大蒜和油炸过的面包，诸如此类。她还拿出了葡萄酒。詹妮弗的银色小烟斗也供大家轮流吸了几次。等到凌晨三点，当千层面上桌的时候，众人都已醺醺然，开怀大笑，种种忧虑都被暂时抛在了脑后。

只有一刻让人不安。大卫吃完了橄榄，又去料理台上拿葡萄酒，顺便把手指伸进奶酪色拉里，捞了一点放进嘴巴。迈克吉利卡迪太太啪地打了他的手。

所有人都僵住了。

哎呀糟糕，卡萝琳想，本来一切都很顺利的。

大卫的脸一沉。他高大的身躯朝老妇人俯下去。老妇人朝后仰起头，对上他的视线。此时她已经了解到他们不会说英文，至少不流利。她对着他的面孔摇摇手指。大卫的眼睛瞪大了。

卡萝琳转开视线，预备血淋淋的场面出现。

迈克吉利卡迪太太指指洗涤池。大卫一脸困惑。应该说，大家都不明白……但至少，老妇人还活着。

“呃……大卫？”过了一会儿，理查德说。

大卫瞪着他。

“我想，她的意思是让你打开水龙头，洗手？”他以手势示意。

大卫思索片刻，点点头。他走向洗涤池，打开水龙头。哦不，卡萝琳绝望地想，*他要用水溺死她。要么就是煮死她。总之就是这一类。*

但大卫竟然没有，而是去洗手了。他先让清水冲干净手上的蛋糕屑和凝结成块的血液，然后用某种叫“棕榄”[①]的东西彻底清洗了双手。洗完后，他的双手直到手肘都干净闪亮。他举手给迈克吉利卡迪太太看。

“你是个好孩子。”她用英语说，“他叫什么，亲爱的？”

“大卫。”卡萝琳说，她的嘴唇发木，“他叫大卫。”

“你是个好孩子，大卫。”

大卫朝她微笑。接着，卡萝琳见过的最不可思议的事发生了。大卫在自己旧石器时代的记忆深处搜索片刻，找出了一个英文词汇，“学学（谢谢）……来来（奶奶）。”

迈克吉利卡迪太太笑了。

大卫也笑了。

迈克吉利卡迪太太把脸颊伸了过去。

大卫弯下身子到自己腰的高度，亲了老妇人一下。

詹妮弗看看自己的银色烟斗，眨巴着眼睛，接着抬起头，“你们都看到了？”

“看是看到了，信却不敢信。”皮特说。

迈克吉利卡迪太太拿了一把干净的勺子，剜出一勺奶酪鸡蛋色拉喂给大卫，接着又用勺子替他刮掉下巴上漏下的一点奶酪。他摸摸肚子，发出满足的声音。

卡萝琳沿着迈克吉利卡迪太太的餐桌看了一圈，只见满桌瞪大的眼睛和快掉下的下巴。

大卫斟满自己的酒杯，回到桌边。“干吗？”他看看他们，“哎呀，老天。你们这些人，总把我当食人怪看。”

①一种洗涤剂品牌。

2

现在离那时候已经过去了一个多月。卡萝琳起身，踮着脚从横七竖八的熟睡身躯中走过，来到迈克吉利卡迪太太的圣堂圣所——厨房。某种黄色的酱汁在炉子上温和地冒着泡泡，旁边摆着各种原料：奶油、鸡蛋、黄油。迈克吉利卡迪太太站在她百科全书般的香料架子旁边，手指敲打面颊，思索着。“没有新鲜的了。”她抱歉地说，晃晃手中小小的干瘪柠檬。

卡萝琳微微一笑。迈克吉利卡迪太太有颗好心肠。她对生活的唯一要求就是做饭填饱某人的肚皮。而且她的饭做得真是好。早餐竟然是某种叫“本尼迪克蛋”[①]的复杂料理，连通常对食物毫无兴趣的卡萝琳也添了两次。直到再也吃不下的时候，她才摇摇晃晃地走向洗手间洗漱。

出了洗手间，她发现皮特的眼睛睁着，正看着她。她悄悄伸出一根手指，在胸前比成特定的角度。这个角度相当于太阳在早上十点左右的高度。

到那个时刻，皮特就会到铜牛那儿跟她和麦可会面。

瑞秋的鬼魂孩子说，诺布朗加会在今天的某个时间到来。他迟早要和大家都见上一面，但卡萝琳打算让自己、麦可、皮特和阿莉西亚先跟诺布朗加私下会一面。皮特默默点头，表示明白。阿莉西亚还没醒，但皮特会传话。

她回到厨房，看见詹妮弗坐在餐桌旁边，面前摆着一杯热气腾腾的黑咖啡。“早上好。”她用佩拉匹语问候。

“早上好。睡得好吗？”她的微笑温暖而真诚。但是，尽管她和詹妮弗

①英式松饼上加火腿或培根、流黄的煎蛋，浇荷兰酱。

也有私下的交情，她却没向詹妮弗打出跟皮特一样的手势。她很喜欢詹妮弗，但他们要跟诺布朗加讨论的是生死攸关的大事。在卡萝琳看来，詹妮弗早就沉溺在她的毒品和恐惧里了。她没有用。

迈克吉利卡迪太太转过头看着卡萝琳，"你能问问你的朋友，看她饿不饿吗？"

"她会吃的。"接着，她转向詹妮弗，"我希望你饿了。"

詹妮弗呻吟一声，"我的胃还没从晚餐中恢复呢。真那么好吃吗？"

卡萝琳郑重点点头，"好吃得不可理喻。我都不知道她怎么做出来的。"

迈克吉利卡迪太太满心愉悦地搅着一锅快开的水，磕开蛋，放进旋转的水流中。

詹妮弗叹口气，"哎，好吧。"她打开装药的皮革小包，又叹了口气。小包快空了，"我想你大概不会……"

"你错了。"卡萝琳说，"我还真拿来了。"

詹妮弗咧嘴一笑，"我的英雄！"

卡萝琳走到自己的包旁边，拿出一块锡纸包装的砖块状物，大约有平装书大小，扔给詹妮弗，"拿去，烟鬼。"

詹妮弗接过砖块，拿在手里翻转，怀疑地打量着它，"这是什么？"

"这叫印度大麻，"卡萝琳说，"我觉得你会喜欢。跟你平常抽的差不多，但浓度更高。"

詹妮弗打开砖块，闻了闻，捏起一小撮，按碎，塞进烟斗里，点火。片刻后，"哇哦！"

"你喜欢？"

只见她鼻孔中缓缓逸出烟雾，咳嗽了几声，这才满足地叹口气，把剩下的烟喷出来。"真是我的英雄。"她又吸了一口，把烟斗递给卡萝琳。

"不，谢了，"她说，"对我还太早。"

"随你便。"詹妮弗最后抽了一口，收起烟斗放进药包。两人在沉默中坐了片刻，看着迈克吉利卡迪太太做饭。

"可怜的老妇人。"詹妮弗用佩拉匹语说着，摇了摇头。

"什么意思？"

“很明显，她有个心煤。”

“她有什么？”

詹妮弗不解地看了她一眼，“我以为你什么语言都懂呢！”

“我懂，也不懂。”卡萝琳说，“我是说，我明白你说的字，但我不明白它们的意思。我猜这是专业词汇？来自……你的门类？”她赶紧加了一句，“我可没想让你解释！”

谈论自己的门类是绝对、严格禁止的。父亲从未解释原因，但他对此非常严肃。大部分人觉得这是因为父亲不愿看到他们中的某人变得过于强大。但自从大卫那件事之后，再也没人胆敢质问。

“没关系，”詹妮弗说，“规矩在我这儿有点变通。我可以解释医学状况，比如症状、诊断、可能的后果等等，任何病人可能有的合理疑问。我不能说的只有治疗的技术细节。”

“哦？这我倒不知道。”她和詹妮弗聊得不多。她们已经多年没长聊过了。“那这是……什么？瓣膜坏了之类的？”

“不不，不是身体上的。‘心煤’只是针对这种症状的术语。”

“还真花哨。”

詹妮弗耸耸肩，“父亲有点诗人的倾向。”

卡萝琳盯着她，“你说是就是吧。那，老妇人怎么了？”

詹妮弗撇撇嘴，想着该怎么表达，“她做‘不拉你’。”

“‘不拉你’？你是说‘布朗尼’蛋糕？”

“对了！”詹妮弗点头，“瞧，你的确明白。”

“呃……詹妮弗，抱歉，我根本不明白。”

詹妮弗的脸色沉了下来，“她做布朗尼蛋糕。”她说，“她自己不吃，但她还是要做，而且隔几天就做一次。”

“我还是不……”

“有时候她还边做边唱歌。”詹妮弗说，“所以我才知道。我不需要语言。听某人唱歌或哼歌，我就能看穿一切。”

“一切什么？”卡萝琳彻底迷糊了。

“她的症状。”詹妮弗说，“布朗尼不是给她自己吃的，是给某个她失去很久的人准备的。”

“她丈夫?”迈克吉利卡迪太太的丈夫在几年前死了。

“不,”詹妮弗说,“不是他。他们的婚姻生活中,他的时间大都用在工作上了,那是他的价值所在。而且他还有别的女人。有一次她想跟他谈谈外遇的问题,结果他打了她。”

“真贴心。”

迈克吉利卡迪太太在厨房里忙碌,眼光落在远方。

“他们有过儿子。她自己也不明白,但她做布朗尼其实是为了他。”

“那男孩怎么了?”

“那孩子是个同性恋。”詹妮弗说,“这让他爸爸很生气。有一天,夫妻俩回家,发现儿子正在沙发上跟一个男人乱搞。那人比他年纪大,是他父亲的朋友。她倒不十分介意,但孩子的父亲气得发疯。他狠狠地打了孩子,打断了他的胫骨和下颚。孩子住了很长时间医院。骨头最后愈合了,但精神创伤太重,完全是场灾难。孩子小的时候跟他爸爸很亲。他爸这顿狠揍让他垮了。孩子开始吸毒,大多数时候是安非他命;此外能搞到什么就抽什么。他闭缩进自己的世界,开始一连几天不回家。终于有一天,他再也没回来。此后,夫妻俩又跟儿子说过一两次话,用……”詹妮弗指指墙上的东西。

“电话。”卡萝琳说。第一次谋杀迈那之前,她让他解释过电话的用法。

“对。就这个。他们在电话里说过两次话,还有一次留言。一次他在一个叫丹佛的地方,还有一次在迈阿密。此后,他们就没再接到过电话。那是十年前的事了。”

“他现在在哪儿?”

詹妮弗摇摇头,“也许死了,没人知道确切情况。起先,这让她痛苦极了。每次电话,每次敲门,都会撕开她的伤疤。她有好几年夜夜失眠。她丈夫倒是恢复了……向前看了,忘记了。他是个没有深情的男人,没有什么东西能常留心底,就像迈克吉利卡迪太太的爸爸一样。但尤尼丝没法向前看。她在黑暗中孤独地躺着,等她的小儿子回家。现在,只剩下这点等待支撑她活下去。”

卡萝琳看着那个悲伤的老妇人在厨房里忙碌,心中有什么东西被搅动了。那东西是同情,但她不知道,因为她很少有这种体验。“哦,”她轻声说,“我明白了。”

“她觉得,只要儿子回家,她就会像从梦中醒来一样,又能感受周围的事物了。但那男孩子是不会回家的。她强迫自己不理会这个事实,但她心里其实一清二楚。所以,她做布朗尼蛋糕,以此纪念自己的宝贝。她忍不住——微弱的安慰也比没有安慰好,对不对?她的世界一片冰冷,她只能用这一点东西来安慰自己。”

詹妮弗看着在厨房里煮蛋的老妇人,悲哀地笑笑,“这就是心煤。”

“我们该做点什么。”卡萝琳说。她的声音里只有最微弱的颤抖。“瑞秋能找到她儿子。即使他已经死了,你也能……”

詹妮弗惊讶地望着她,“你真好心,卡萝琳。”她摇摇头,“但这没用。不会像你想得这么顺利。心煤有个很大的问题,那就是:回忆总是跟现实有差别。她记忆中的儿子是理想化的形象。她忘了他是多么自私,多么喜欢故意惹父母生气——夫妻俩那天撞见儿子和另一个男人乱搞其实并非偶然。即便他现在回来也于事无补。用不了多久,他又会离开。而这一次,她就连拿来安慰自己的幻想也没有了。她很可能会被毁掉。她还不够坚强。”

“那怎么办?有什么能做的吗?”

詹妮弗摇摇头。“没有。什么都做不了。她要么想办法让自己别去思念那孩子,要么抱着回忆死去。”

“我明白了。”之后,两人在沉默中对坐。詹妮弗喝完咖啡,又添了几次。卡萝琳啜着柠檬苏打水。

其他人醒了,陆陆续续走进厨房。卡萝琳把他们的早餐要求翻译给迈克吉利卡迪太太听,并向她道谢,还在合适的时候帮忙洗碗。接着,卡萝琳说自己要出去散个步,之后溜进树林,向西边的铜牛走去。

卡萝琳自己也有“心煤”。她一边走,一边强烈地意识到了这一点。不知道她有没有在詹妮弗周围哼唱过。自然,最近这十年——自从她的计划开始成形以来——她肯定没有,但那之前就不清楚了。即便詹妮弗知道,她也没露声色。但……卡萝琳在心里琢磨了一会儿,便把这个问题放在了一边。詹妮弗可能知道,或者怀疑,也可能并没发觉。都无所谓。

现在要回头已经太晚了。

3

一小时后，她已经站在了俯瞰78号公路的山脊上，立于两块大石之间。脚下一百英尺外，历经风吹雨打的“加里森橡树林”路牌在风中吱嘎作响。作为住宅区的标志，这块牌子曾经做得精致华美。但现在，凸出的木制字母已经褪成了银色，因年久日深出现了裂纹。做得太完美了。撇开其他本事不提，父亲在伪装方面也是行家。

她来得有点早，所以一个人先到这儿来理理思绪。铜牛就在她脚下，闪闪发亮，外形可怖，树丛也遮不住。这就是他们预定会面的地方，但她打算拖到最后一刻再过去。

她的思绪转向诺布朗加。她从没见过他，可她期望这次会面能顺利进行。这非常重要。

她对他了解不多。自然，她读过有关“东方雷霆”的片段，但那是很久之前的事了，应该说很久很久以前。不像父亲的其他早期盟友，诺布朗加从未失宠，也从未被褫夺爵位。那么，他肯定会忠于父亲。毫不动摇的忠诚。肯定还不只忠诚，应该假设他和父亲也是朋友(父亲和某人是朋友这念头真够古怪)。但麦可毫无保留地爱着他，所以他也许是个高尚的人，而且素来有聪慧的声名。也许我们可以……

她身后远方的丛林深处，传来树木折断的声音。

卡萝琳歪了歪头，突然提高了警惕。这声音不小。她从伊莎和艾莎那儿受的教育足以让她肯定，那不是树木倒下的声音。不，是树枝折断。而且听起来，是被体型庞大之物踩断的。是公爵？莱塞尔？现在还太早，不可能是……

她在巨石上转过身，让自己的视野更广些，然后让眼光失焦，将全副身心投入聆听。公路上有汽车开过，然而很遥远。不远处，一只北美夜鹰叫唤了一声，她不太明白个中含义，但听来十分紧急。*麦可肯定知道它在说什么。*

咔嚓。

这一次，声音近了。

她从巨石上跳下，紧张起来。伊莎和艾莎一直生活在对熊的恐惧中。她从没见过，但麦可说附近的确有几头，还有些非自然生物——食气怪之类。*父亲在时，他们算不上威胁。但现在……我想，该走了。*

即便如此，她并不十分担心。任何非自然之物都会闻出她身上的图书馆味道，然后生出惧意。最糟的可能性是一头饥饿的熊。但是，刚刚过去的可怕一周她都熬过来了，才不会害怕一头熊。

又是咔嚓一声。

夜鹰又叫了一声。一只兔子从矮灌木丛中惊慌地突然蹿出，朝铜牛奔去。

*无论来者何物，肯定都是冲我来的。*她叹口气，一路小跑奔向铜牛。奔跑时，她用上了伊莎教给她的所有技巧，加上她后来学会的其他本事。她的速度很快，而且悄无声息。直到这时，她仍旧不十分担心。除了物理世界，铜牛还同时出现在另外几个位面上。这一点，动物比人类更敏感，它们会觉得很不自在。所以，没有任何自然的野兽会靠近铜牛。只要进入铜牛周边的一投石之地，她就安全了。

她听到身后响起沙沙声。很轻，但不会错。*这东西难道在跟踪我？*

不可能。

接着，在一百码开外，透过番红花树的树冠的遮掩，她看清了跟踪她的东西。

一只老虎？不会吧？在弗吉尼亚州？

视线相遇。曼陀罗长着尖刺叶子的枝条半掩着它的脸部线条。老虎沿着枝条挪动。短短一瞬间，它向卡萝琳展示了自己的全貌——橙色毛皮，黑色条纹，白色肚皮——随即朝她奔来，一路小跑，令人着迷的优雅，绿眼睛闪着光，鼻翼扇动，身后三英尺长的尾巴轻柔地甩动。

卡萝琳的本能告诉她猛然停步、转身，朝反方向跑。但是，她却朝着这动物冲过去，甚至加快了速度（加速并非自愿，只是肾上腺素的作用）。她从身后抽出藏在腰胯处的黑曜石匕首，大叫起来。这是战斗的呼号，而非恐慌的尖叫，声音低沉野蛮。

老虎的眼睛略微瞪大了一点点。

接着，她突然轻盈地一转，左拐躲进一棵茂密的松树后。当它从她眼前消失——更重要的是，它暂时看不见她的时候——她朝下一棵松树跑去。这棵树比上一棵小些。她借着跑动的势头纵身蹿上树去，跳到了离地整整五英尺的高度，双腿盘住树干，紧接着双臂也抱住，开始往上攀爬。贴着她胸口、肚皮和大腿的树皮很粗糙。她一路往上爬，粉碎的树皮屑簌簌地落进她眼睛里。

几秒钟后，她小心地朝下看了一眼，吃惊地发现自己已经到达了三十英尺的高度。底下的地面空无一物。一霎时，她还以为那东西是自己幻想出来的，是……

不，她想，的确有只老虎。没错。

它懒洋洋地从那颗粗大的松树后踱步而出。即使侧耳倾听，她也没感知到任何声响。*刚才它肯定在逗着我玩儿。弄出点小动静，踩断一根树枝，看我有什么反应。它肯定……*

老虎抬头看看她，咆哮起来。卡萝琳强忍着尿裤子的冲动，继续朝树上又爬了两英尺。这是她能上的最高位置。此处的树干已经开始变细，她担心自己的重量会……

老虎蹲坐下来，举起一只巨大的爪子，仔细瞧瞧，又舔了一下。

片刻后，麦可走进她的视线。“卡萝琳？”他唤道。他的声音中有些不自然的停顿。长期跟动物说话，蓦地转为人类语言时，他总会这样。“你干吗爬到树上去？”

她闭上眼，牙齿咬得咯咯响，“你好，麦可。”她说，“我上来吸点新鲜空气，顺便锻炼。我觉得爬树很好玩儿。你今天怎么样？”

“我挺好的，”麦可明显不解她为何怒气冲冲，“你该下来，卡萝琳，你看起来挺傻的。”

“对。对，我当然知道自己傻。”她开始慢慢爬下树。

待她双脚着地后，麦可和老虎盯着她看了一会儿，麦可朝地下指指。她茫然地瞧着他，没明白。他又指指地下，接着拍拍肚子。

哦，卡萝琳想，好吧。她仰面躺到地上，把肚皮展示给老虎。老虎用头拱拱她，在她身上四处嗅了嗅。完毕后，卡萝琳站了起来。

“诺布朗加老爷光临，我们三生有幸。”她说。

麦可把卡萝琳的话翻译给老虎听，老虎的胸腔中发出深沉得难以置信的咕噜声。

接着，卡萝琳悄悄咬了咬麦可的耳朵：“你早该告诉我他是只该死的老虎，麦可。”

麦可朝她眨眨眼，一脸无辜和茫然。那一刻，她真想把他掐死，一边掐一边开心地微笑。

“你不知道？我以为每个人都知道呢。”

4

接受诺布朗加的祝福后，卡萝琳往回走了一点，去迎接皮特和阿莉西亚。她想提前给他们打个预防针，免得他们跟她一样吓坏。现在大家都神经紧张。她往回走了半英里左右，在一处悬崖截住了他们。她惊讶地发现他们两人走在一起。

“你们是怎么跟大卫讲的？用的是什么借口？”她问。皮特的门类是数学，阿莉西亚负责探索诸种可能的未来。卡萝琳想不出有什么公干需要他俩一起出动。

两人互相望了一眼。

“我们，呃……”皮特没能说完。他脸红了。

阿莉西亚牵过皮特的手，十指交握。“我们经常一起散步，已经有一阵子了，卡萝琳。”她镇定地说，“现在已经没人觉得奇怪了。我还以为你也知道呢。”

“你们干吗一起……哎呀！我，呃……我明白了。”卡萝琳揉揉前额，“抱歉。越来越多的证据表明，我的观察力有待提高。不过先别管这个。诺布朗加来了。”

“来了？在哪儿？”

卡萝琳指指78号公路。诺布朗加正在东向车道上来回踱步。对面车道上，有辆车从它身边开过。不知司机对一只八英尺长的老虎在上午十点的公路上溜达有什么想法，总之他并未表现出任何异样。也许他根本没有去想这回事——父亲采取过某些措施，但没人知道是什么。

“那就是他？”阿莉西亚问。

“他是老虎?”

“哎呀,抱歉,伙计们,”卡萝琳轻快地说,“我还以为你们知道呢!对,这就是他。让人印象深刻,对不对?”

“我大概从没这么近看过老虎。”皮特说。

“你看过。”卡萝琳说,“我也看过。那次宴会上,他来过。就是我从……从暑期外出回来以后。”她跟伊莎和艾莎在一起的夏天以后。“那差不多肯定是他。但我离开宴会很早,不知父亲有没有把他介绍给我,反正我不记得了。”

“哦,对,”皮特说,“我想起来了。”

“麦可就是跟着它——他学习的?”阿莉西亚说,“我以为诺布朗加是……呃,一个人。”她看着诺布朗加来回踱步,“哇。没别的意思,哇噢。”

“不只是诺布朗加,我想。”卡萝琳说,“每次跟麦可聊天,他都从不同地方回来:非洲、中国、澳大利亚。但替他引见的都是诺布朗加。他的威望很高。”

“看起来真凶猛,是不?”

卡萝琳点点头,“对。真是,你想不到有多凶猛。”她顿了顿,用随意的语气道,“不知道会不会是他。”

“什么意思?”

卡萝琳揉揉太阳穴,“我不想承认,但大卫说得有理,父亲从未出门这么久过。”她久久地直视着他俩,“有可能出事了。坏事,甚至是死讯。”

“你不是认真的……”

她举起一只手示意对方噤声,“我只是说‘可能’。但,我觉得你们也该同意,有能耐对父亲实施暴力伤害的生物不多。我一时间能想到的只有三个:大卫、公爵和诺布朗加。”

“可能还有别人,”阿莉西亚说,“某些我们不常见的人。比如北方Q-33?”尽管这么说,她已经开始若有所思地望着诺布朗加。

“有触手的那个?”

“不,有触手的是巴利·欧席。北方Q-33像座有腿的冰山。记得吗?远在挪威。”

“哦,对。”

“我还是觉得是大卫干的。”皮特说，“你们还记得吗？父亲对他……”

“我记得。”卡萝琳说，“理论上，我同意你的意见。几乎只能是大卫，所以我才建议我们会面。如果大卫已经对父亲不利，他肯定有对付诺布朗加的计划。诺布朗加得有点防备。他有可能踏入圈套。”

“诺布朗加阅历很深。”阿莉西亚说，“有人说他已经六万岁了。有人说还不止。我自己才不到三十。卡萝琳，在他眼里，我们连孩子都算不上。你确定他需要我们的建议？”

“父亲的阅历也很深。”卡萝琳说，“而他现在在哪儿呢？”她等着，没人回答。“走吧。”最后，她开口道，“我们别迟到了。”

三人沿着悬崖边朝铜牛走去，眼睛一眨不眨地盯着诺布朗加。他已经走下阶梯，穿过了公路，站在加里森橡树林的路牌前。一辆皮卡车从78号公路上驶过，后座的狗纳闷地吠了几声，司机则似乎完全没有注意到。

诺布朗加在路牌前打转——一次，两次，三次。皮特已经被他迷住了，差点失足跌下悬崖，多亏阿莉西亚把他拉了回来。

三人来到两百码开外时，诺布朗加咆哮一声，朝麦可吼了些什么。麦可冲下台阶穿过大路，上前伺候自己的导师。两人又说了一会话，发出卡萝琳几乎听不到的深沉咕噜声，加上手势。接着，诺布朗加用肩膀拱拱麦可的胸膛。

麦可似乎发了狂，手臂乱挥，显然十分不安。老虎任他发泄了几分钟，然后又咆哮一声。终于，麦可不作声了。他穿过大路，走回铜牛处，坐在最低一级台阶上，双手捧着脑袋，十分沮丧。

究竟怎么回事？

诺布朗加背朝公路，面向加里森橡树林，巨大的爪子朝图书馆方向迈了一步。

他一步一步、倍加小心地缓缓向前。

“等等……他在干吗？”

“不是明摆着吗？”阿莉西亚说，“他要去找父亲。”

“可是，”皮特说，“如果……不管那东西是什么……”

“对。”卡萝琳说，“还有那东西。”她朝麦可喊道，“麦可，你有没有告诉他……”

“别说话，卡萝琳！”麦可喊道。他在哭，卡萝琳有些吃惊。“别说话！他得专心！”

卡萝琳更加郑重地点点头，“没错。他正打算这么干。他要去找父亲。”

标志着住宅区入口的路牌就是……那东西——不管它是什么——的边界。从那里开始，你会感觉到那东西的效果：头疼、麻木、气短、出汗，等等。每个人感应到的都不一样。

诺布朗加慢慢走过路牌，似乎没有明显的不适症状。

“他还真行！”阿莉西亚佩服地说。她本人只坚持了两步路，眼珠就开始流血。她立刻转身回来了。尽管詹妮弗替她止了血，有好几天她都看不清东西。

大卫走得最远——八步。他回来的时候，耳朵、眼睛和鼻子都在淌血。他没叫——要让大卫叫出声很不容易——但他转身之前跨最后一步的时候发出了一声呻吟，就像受伤的动物。

诺布朗加只跨了四大步就超过了大卫的距离。

“看来对他没影响。”皮特说。

“可能吧。”卡萝琳说。

从住宅区入口到图书馆大约有三条街的距离。诺布朗加已经到了第一条街，没有任何不舒服的迹象。在第一个十字路口，他停了下来，朝后看看麦可。

“这是reissak ayrial！”老虎喊道。他用的不是老虎的语言。虎语只有麦可能懂，他用的是众人通用的佩拉匹语。他的声音带着点咆哮音，但完全能懂。“我去找那个标志物，然后毁掉它。”

“他能说话？”皮特问。

“什么是reissak ayrial？”阿莉西亚问。

“意思是‘入者斩’。”卡萝琳说，“嘘！我想看下去。”

诺布朗加又走了一步。

“他真的不受影响。”阿莉西亚的声音中带上了希望，“我就知道。看来我们总算可以回家了……”

“看着。”卡萝琳说。

经过第一个十字路口处的停止标记三步，诺布朗加停了下来，举起一只巨大的爪子。卡萝琳的视力很好，她看出他在颤抖。

诺布朗加又转向麦可。这会儿，他绿色的眼睛里有鲜血滴下，流过他的口鼻。

“不！”麦可大喊，又用虎语喊了几句，开始奔跑。

“麦可！”轮到卡萝琳大喊起来，“不！”她跟着跑起来。她速度很快，除了大卫，卡萝琳是跑得最快的。但麦可远在她前面。卡萝琳冲下陡峭的悬崖，差点摔倒。当她来到柏油路的时候，麦可早已穿过了公路。

“不！”

麦可一头冲向诺布朗加。他的势头太猛，一下子冲过了路牌二十码远的距离，卡萝琳来不及阻止。接着，向前的势头又带着他朝前跑了八英尺。

接着，他摔倒了，躺在地上一动不动，就像脑袋挨了一枪。

“麦可！”卡萝琳又大喊一声，声音中带着真切的痛苦。公路上开来一辆金色的宝马，从她身边绕过，喇叭声大作。她冲车子尖叫，然后只用几秒钟就跑完了她跟麦可之间一百英尺的距离。她冲过边界，随即跟麦可一样，脸朝下摔在水泥地上。

麦可只能瘫在地下，卡萝琳却爬了起来。

她用胳膊肘和膝盖撑起身子。鼻子摔破了，面颊也割伤了，脸上鲜血直淌。她吃力地拖着身躯，爬爬停停，一点点朝前。一步，又一步，再一步……再有两步，就能抓到麦可的脚踝了。

她抓住了他的脚踝，胃里涌出一大股柠檬苏打水和蛋的混合物。她抓紧麦可的脚踝后，转过身，把麦可拖在身后，开始爬回大路。

一寸又一寸，她把自己和麦可拽到安全之处。一到铁门口出了那东西的边界，她就脸朝下趴倒在地，筋疲力尽。片刻后，皮特和阿莉西亚靠拢过来，动作谨慎而缓慢。

“你还好吗？”阿莉西亚问。

卡萝琳躺在地上翻了个身，深深呼吸几次。她脸上满是鲜血。“过会儿会好的，我想。”她说，“麦可呢？……”

麦可咳嗽起来，干呕几声。

“把他……把他翻到侧躺，免得被呕吐物呛到。”两人照办。麦可又咳了几声，吐出血来。

“我们得把他带到詹妮弗那儿去。”卡萝琳说，“诺布朗加呢？在哪儿……”

皮特朝远处望去，摇摇头。“他在摔倒前已经走了一条半街，正侧躺在地上。他的胸膛起伏了一阵，但现在……”他望着地下的卡萝琳，“已经没动静了。”

卡萝琳用力闭闭眼。“Ebn el sharmoota!”她用阿拉伯语骂道，接着，“操！Neik! Merde! Poopy-天杀的-kaka!”她一个侧翻，接着坐起身来，朝图书馆方向望去。皮特说得对，诺布朗加没动静了。“就算我能坚持到那么远，我也没办法拖他出来。他太重了。”她说，“我搬不动。一个人不行。”

皮特用夹杂着钦佩和恐惧的眼神望着她，“有没有某个词同时表示‘勇敢’和‘愚蠢’？”

“有，”卡萝琳回答，“很多。”她想着该不该把美语里的“缩头乌龟”这词解释给他听，考虑了一下还是算了，怕产生不良后果。卡萝琳爬到麦可身边，用指尖搭搭他的脉搏。感受到她指尖的触摸，麦可的眼皮动了动，“卡萝琳？卡萝琳，他在哪儿……？”

他从她的眼睛里读出了答案，痛苦地呻吟起来。他的嘴巴开合，却说不出话。他的悲痛无以言表。

“嘘，”她说，用手抚摸他的头发，“嘘，麦可，嘘。”她能说的只有这个。

5

过了一小时左右，麦可看来没什么大碍——至少身体没什么大碍。但他的心碎了。他毫无保留、不加掩饰地痛哭着，就像个幼童。卡萝琳想找个比较隐蔽的去处，暴露在大路边让她紧张。于是，三人扶着麦可爬上台阶，来到铜牛所在的空地，接着转身进了树林。树林里才是麦可真正的家。

不远处有条小溪，还有个小小的瀑布。在跟伊莎和艾莎共同生活的夏天里，卡萝琳见过那个地方，现在还记得。那地方让人心情舒畅，而且看不见加里森橡树林住宅区，也看不见诺布朗加的尸体。三人扶着麦可(他自己还无力行走)来到溪边，让他休息。

也许是误会了他俩的关系，皮特和阿莉西亚留下卡萝琳和麦可独处。

卡萝琳和麦可不是情侣。曾有一次，他们尝试过做情侣。那是他们——多大来着？——二十出头的时候。大约十年前，但感觉上似乎更久远。卡萝琳觉得那个晚上是她主动，但她实在不明白自己当时在想些什么。记忆中，她从未对性产生真正的兴趣，尤其是大卫对她做过那种事情之后。那天晚上是不是因为她太绝望，或者太孤独？她不知道。

那天晚上，其他人都不在，她引诱了他。差不多可以叫引诱，至少她试着这么做。结果糟透了。不知为什么，麦可怎么都不行。他俩尴尬地尝试了很久，麦可十分轻柔地推开了她。那一夜，两人一同睡在火堆边，但没有触碰彼此。她半夜醒来，听到他在梦中哭泣。第二天，他天亮前就离开了。之后，她见他的机会就越来越少。

但他们仍然对彼此友善，尽管不算十分亲密。两人没有彼此怨恨，只要有可能，还会保护对方。在图书馆，这已经很不容易了。在这个秋日的午后，卡萝琳把麦可抱在自己膝上，说着诸如“我很难过”“我知道你们是朋友”这样的话。但这些言词干瘪得像满嘴的尘土。她知道世上所有的词汇，却想不出能缓解他痛苦的言语。她只能用指尖抹去他流下的泪水。

日落前不久，麦可站了起来。他在小溪里洗了脸，唤来皮特和阿莉西亚。两人匆忙赶来，都是满面通红，而且阿莉西亚的袍子里外穿反了。

“诺布朗加在出发前说了些话。”麦可有时像个孩子，但他并不软弱。他已经镇静下来，尽管悲伤，声音却并不发抖，“你们都该听听。”

“我们很难过，麦可。”阿莉西亚开口道，朝他伸出手。

麦可挥挥手，拒绝了她的安慰，“你们都知道诺布朗加远不止——生前远不止——看起来这么简单，对吧？他很古老，也很有智慧。他告诉我，他知道这儿是怎么回事。他说父亲不会让他受到任何伤害。现在看来他这句话没说对——”他朝后指指住宅区，“——但如果因此无视他的其他意见，那我们就是傻瓜。”

“他说了什么？”

“他知道那东西是什么。”麦可说，“那个不让我们进入的东西。他从前见过。在第三纪有人用过。这东西叫‘reissak ayrial’。”

“对，他说的时候我们听到了。这到底是什么？”

“意思是‘入者斩’。”卡萝琳说。

“对，我们知道，卡萝琳。”皮特说，“但这究竟是什么意思？”

卡萝琳耸耸肩，想起了“心煤”，“诗人创造的词汇？”

“我知道。”阿莉西亚说。

“你知道？”

“对，但我什么都不会说。这是我的门类。”阿莉西亚的门类是遥远的未来。

“哦，那就别……”皮特开口。

阿莉西亚把手放在他的手臂上，“没关系，真的。这个reissak ayrial今天就会发生。”

“你知道些什么？”卡萝琳问，“我是说，你能告诉我们些什么？”

“嗯……”阿莉西亚想了想，“详细的专业情况我不能说太多。我自己反正造不出这东西。但我知道这是某种边界防卫机制。从本质上说,它是个球体,根子扎在悔恨位面。和它联系在一起的还有个类似标记物的东西……”

“标记物?”皮特问,“比如什么?”

“什么都有可能。标记物必须是真实的物体,但只起到锚定球体的作用。你越靠近标记物,效果就越强烈。”

“这倒没错。”卡萝琳的声音若有所思。

“别忙着下结论,还有呢。这东西还有触发物。”

“我不明白。”

“触发reissak ayrial,让它发生作用的东西,存在于人的身上。”

“比如?”

“触发物可以是内心的某种情感、某段经历或记忆……”阿莉西亚耸耸肩,“诸如此类。拥有这种触发物的人都会受到reissak ayrial的影响。而对于别的人来说,这东西就像不存在。”

皮特想了想,“是这么回事儿,跟实际情况对得上。”

“我们当中谁能做出这种东西?”卡萝琳问,“大卫?”

“不,不可能……大卫不可能。reissak是种防卫机制不错,但它不是长矛之类的武器。它要复杂得多。”

卡萝琳怀疑地看了她一眼。

“我? 开什么玩笑!”阿莉西亚叫道。

“得了,卡萝琳。”皮特说,“我们知道不可能是……”

“嗯,”卡萝琳说,“我想我倾向于相信你。”这个障碍物——reissak ayrial——刚刚冒出来的时候,大家都尝试过突破。阿莉西亚受的伤害是体内大出血。开始并不明显,一天后,她就浑身青紫,一直持续了几周。不管触发物是什么,她身上肯定有。

“如果不是你,那是谁?”皮特问。

阿莉西亚同情地看了他一眼,“我不愿意开这个口,但最有可能的候选人是……唉,你。”

“我? 阿莉西亚,得了,你知道——”

阿莉西亚举手示意他噤声,“我知道,但卡萝琳和麦可也许不知道。”

她转向他们，“Reissak大致属于数学建构。”数学是皮特的门类。“抱歉，亲爱的。”

“各位，我可从没听说过这么个东西。”皮特说，“随你们信不信，但……”

“没关系，”卡萝琳也举起一只手，“我记得。我相信你。”reissak刚开始的那天，也是父亲失踪的第一天，皮特只往路牌里走了两步，身上就开始冒烟。他回来的时候，皮肤上已经起了水泡。

“那是谁？”皮特问。

“我不确定，”卡萝琳说，“但我有个办法。你们刚才说的触发物——有办法弄明白究竟是什么吗？”

“我不清楚。怎么了？”

“嗯，我突然想起一件事。”卡萝琳说，“几乎每天都有包裹快递，给那些活死人的。还有，大卫喜欢的那种又大又圆、像面包、加奶酪的东西，每天都有人送来。”

“披萨？”皮特说，“我也喜欢。这想法不错。要是reissak对美国人也起作用，街上早就出现成堆的尸体了。”

“对，”卡萝琳说，“我想到的也是这个。你说标志物可能是任何东西，但防御机制本身的作用范围是个球体。如果真是这样，只要划出球体的作用范围，然后就可以比较准确地知道标记物的位置了。对不对？”

皮特咧开嘴笑了，“只要知道那东西在哪儿——”

“——我们就能找个人拿掉它。”阿莉西亚接口道。她也开始笑了，“卡萝琳，你真是个天才！图书馆，我们要回来喽！”

“嗯，不过，现在庆祝还太早了点。撇开其他不谈，我们还需要个美国人。你们认识这样的人吗？”

其余三人一同摇头，“这人得由你来找，卡萝琳。我们都不会讲美国话。”

“对，”她说，“好。没错。我来想办法。还要考虑怎么对付那群卫兵。”

四人又计议一阵，直到天黑。卡萝琳开始装作并不情愿，最后才向其余三人屈服，让大卫也加入计划。

插曲II　Uzan-iya

1

孩子们的学徒生涯开始后第三年，外面的世界已经差不多被他们遗忘了。卡萝琳此时十一岁，几乎所有的时间都待在图书馆里。其余人学习之余也会外出。麦可去森林或海洋。大卫十二岁的时候已经在每个大洲都杀过几十个人。玛格丽特跟着这些死者进入被遗忘之地。詹妮弗则让其中的某些人复活。

这几年，陪伴卡萝琳的只有油灯的金色光晕，四周围着高高摞起摇摇欲坠的书本、对开本和积灰发脆的羊皮纸。如此忘我的学习完全出于自愿，这也是一种逃避方法。有一天，她突然发现，自己连亲生父母的面容都想不起来了。

掌握的语言超过五十种以后，她就不再记得具体数量了。她天性不爱炫耀自己的成绩，但她觉得累积的数字肯定已经挺大了。今天，她学习的是阿图尔语，即阿图尔部使用的语言。阿图尔部是喜马拉雅山脉（当时还是草原）部落，六万年前就灭绝了。他们的语言大部分中规中矩——卡萝琳积累的知识已经让她对这些"规矩"了如指掌，几天内就能学会一种新的语言——但阿图尔语有些很有意思的短语。其中一个叫"Uzan-iya"，意思是一颗纯真心灵第一次实施谋杀并因此蒙上污垢的时刻。对阿图尔人来说，谋杀的罪孽是次要的，心灵堕落才是主要的。这种想法和个中深意深深吸引了卡萝琳。她在脑中翻来覆去地思考这个词，直到气恼地发觉自己的肚子咕咕直叫。她上次吃饭是什么时候？昨天？前天？

她走向储藏室，里面空空如也。她呼唤皮特（皮特的门类也包括做饭），没有回应。于是她走向前门，准备外出去加里森橡树林。

詹妮弗正坐在门廊上学习，“嗨，卡萝琳！你总算出来透气了，真好。”

“有吃的吗？”

詹妮弗大笑，“原来是饿出来的？我就知道。嗯，我想有些活死人上礼拜刚刚收过快递杂货包裹。”

“哪些？”

“从这儿数起的第三幢房子。”

“谢谢。要我给你带什么东西吗？”

“不用了，我不饿。但……”詹妮弗偷偷瞄了瞄街道，“……你晚上来我的房间吗？”

“怎么，出什么事了？”

“这是麦可上次旅行带回来的。”她举起一包绿色的叶子。

“这是什么？”

“这叫大麻。听说抽了它会感觉舒畅。我们今晚想试试。”

卡萝琳考虑了片刻，“不行。明天父亲要考我。”上次她没答对父亲的一个问题，结果挨了十鞭子。

“哦，好吧，那就下次？”

“太好了。”卡萝琳顿了顿，“你邀请玛格丽特吧，我觉得她也该高兴一下。”玛格丽特现在已经不会每晚尖叫着惊醒了，让大家都松了口气。但她又开始神经质地咯咯尖笑。真是没有最糟，只有更糟。

詹妮弗做了个鬼脸。“我去问问。”她听来兴致不高。

“怎么了？你们以前是好朋友啊。”

“玛格丽特臭死了，卡萝琳。而且我跟她有很长时间没一起玩儿了。你真该多从房间出来看看。”

“哦。”卡萝琳想起来了，前几次见玛格丽特时，她身上的确有浓烈的臭味，“那……这也不是她的错呀。”

“对，不是。但她实在太臭了。”

卡萝琳的肚子又咕噜噜地响了。“我得去找东西吃了。”她抱歉地说，“等会儿再跟你聊。”

卡萝琳快步跑到街上。加里森橡树林的所有房子都属于父亲，里面住的东西也是。大多数房子里都住着活死人，这也算是一种伪装。有些活死人生前是图书馆孩子们的父母，还有些是父亲收养他们那天没被蒸发的邻居。卡萝琳不十分确定他们是如何变成活死人的，但她能隐约猜到。

过去的一年间，父亲通常一周谋杀玛格丽特两三次。他会用各种各样的办法。第一次，他在他们吃饭时，拿着板斧偷偷走到她身后，一斧子劈开她的头，把大家吓了一跳。玛格丽特自己也一样。接着是枪杀、毒杀、吊死，等等。有时父亲出其不意地偷袭，有时则会提前预告。有一次，父亲用一把细剑穿透了她的心脏。那一次他就提前向她通告了自己的打算，还用一个银托盘盛着那把细剑放到她面前，让她整整三天三夜对着这东西。卡萝琳觉得还是板斧劈头比较可怕，但玛格丽特似乎觉得细剑吓人得多。盯着细剑一天以后，她开始发出神经质的尖笑。从那以后，这种尖笑就没停过。可怜的玛格丽特。

玛格丽特死后，有一两天时间，她会留在被遗忘之地，预习她的门类中下一步要学的内容。然后，父亲会让她复活。到现在，卡萝琳已经多次见过复活过程，猜出彻底复活需要两个阶段。

首先，父亲——最近换成了詹妮弗——会修复玛格丽特身体所受的致命伤。接着，他会发出召唤，让她回到自己身体中。曾有一次，父亲中断了复活过程，去上了趟厕所。玛格丽特已经治愈的身体自己爬了起来，在屋子里四处走动，随意拿起手边的某样东西，一再重复“哦，不”这句话，似乎并未完全恢复神智。

卡萝琳猜测，活死人就是这么来的。他们的身体恢复了活力，精神却没有。他们看起来还算正常——至少从远处看还过得去。他们会修剪绿色的草坪，去杂货店买东西；但是，人之所以为人的所有重要东西，都还留在被遗忘之地。活死人能跟别人打招呼，甚至能跟普通美国人交谈——彼此交换自制的菜肴、给汽车加油、点披萨、粉刷房子……这些事他们都可以自动完成。这些人挺有用的，卡萝琳想，比雇人修剪草坪方便多了。

活死人同时还是一重安保系统。总有个把陌生人时不时地误入加里森橡树林，四处敲门，比如推销员、迷路的联邦快递员、传教士。大多数时候，这些外来者不会发觉这里有什么异样。但有一次，某个夜盗闯进了一幢住宅。一旦见过房中景象，就不能再让他回到外部世界了。这个夜盗想从窗户溜走，却发现活死人们正等着他，冲他一拥而上，将他撕成了碎片。之后，父亲让他也变成了活死人，把他安置在某幢房子里，作为某人的表弟艾德之类。

但卡萝琳和其他图书馆员可以自由进出。饥肠辘辘的卡萝琳推开詹妮弗指点的房门，走了进去。里面有三个活死人：一个八岁的小女孩，一个十几岁的男孩，还有个成年妇人。如果听到的命令是他们熟悉的动作，他们会遵令而行。但他们学不会新东西，也无法按照新指令做事。

“给我做些吃的。”卡萝琳对妇人说。

卡萝琳最近一直在学失传的语言，舌头吐出英语的感觉很怪。而且，很明显，她的英语听起来同样古怪。她重复了两次，活死人妇人才听明白她的意思。她点点头，开始从各处拿出东西：一听鱼罐头，从缸里掏出些白白的东西，还拿出了某种黏糊糊的绿色液体，闻起来像醋。

卡萝琳在桌边坐下，坐在小女孩身旁。她正在画一幅画：母亲、父亲、两个女儿、一条狗。一家人站在公园里，某样东西高高挂在天上，明亮耀眼。这东西显然深深印在小女孩的记忆中。那不是太阳。它太近，也太热。卡萝琳看着小女孩拿出黄色铅笔，在画中父亲背上加上火焰。卡萝琳忽然明白，画中父亲那红色的O型嘴巴，是在尖叫。

卡萝琳看不下去了，迅速站起身。木头椅子吱地划过油毡布地板。她逃到起居室。那个十几岁的男孩子正呆呆地坐在一个发光的盒子前。*他们会不会长大？还是永远是这副模样？*起先，她不明白男孩子在做什么。接着，她想起来了。*电视。*她微微一笑。*我记得电视。*她在活死人男孩身边的沙发上坐下。男孩似乎并未注意到她。她伸手在男孩子眼睛前上下晃动，他这才转过头，漠然注视着她。屏幕上，巨大的机器人正用激光互相射击。

几分钟后，妇人走了进来，递给她一盘食物，还有一个红色的易拉罐，上面写着“可乐”。卡萝琳大口猛吃起来。饮料甜甜的，很好喝。她喝得太快，喉咙被刺激得火辣辣的。她已经忘记了可乐的味道。妇人看着她吃，脸上掠过一丝不安。“你好，”她说，“你肯定是……”她的声音渐渐低下去，她改口道，“你是丹尼斯的朋友吗？丹尼斯，这是……”她问男孩子，接着住了口。“你不是丹尼斯。”她——它——对男孩子说，“丹尼斯在哪儿？”

卡萝琳知道这是怎么回事。父亲制造活死人的时候，房子的分配多少是随机的。沙发上的男孩子不是妇人的儿子，也许那小姑娘也不是她的女儿。晚上睡在她身边的也不是她的……

“丹尼斯？”

卡萝琳站起身，抓过三明治，把盘子递给妇人，“谢谢你。”

“别客气，亲爱的。”她茫然地说，“丹尼斯？”

电视上，有个机器人尖叫起来。卡萝琳大步走回前门，回到夏日的艳阳下，重重关上身后的门。只要她离开，他们就会静下来。

但是，等她发现自己将要面对什么时，她真心希望她仍然跟活死人们待在一起。回图书馆的半路上，她就发现黑云在太阳周围翻腾，遮住了半个太阳。气压下降，耳朵疼痛。树梢在疾风中几乎弯成九十度。随处可以听到不够坚韧的树枝发出断裂的声响。

父亲回来了。

2

大家都从雷声中得知了父亲归来的消息。按照惯例，众人都在图书馆等候。孩子们陆陆续续聚集在草坪上:麦可来自森林，詹妮弗来自牧场，等等。除了玛格丽特。她已经在父亲身边了。

“瞧。”父亲说。众人依言望去。玛格丽特的左臂断了，伤势很重，软绵绵地垂着，一截骨头戳在皮肤之外。詹妮弗上去帮她，但父亲挥手制止。“她为什么没有哭?”父亲轻声问，就像在对微风讲话。

没人回答。

“她为什么没有哭?”他又问。这一次，声调阴沉下去，“怎么没人回答?肯定有人知道。”

大卫嘟哝了一声。

“什么?我听不见。”

“我说，‘gahn ayrial’。”

卡萝琳的大脑快速转动起来。“gahn ayrial”一词的字面意思是拒绝受苦。这个短语本身毫无意义——苦楚到处都有，随便看看周围就行——但他说这个词的声调表明，这是某种技能的名称。*某种自我麻醉法?卡萝琳知道父亲掌握着此类本领，以及如何为伤口止血、治疗之类，但他只把这种本领教给了大卫。*她慢慢意识到了父亲的用意，恐惧就像沸水，开始冒泡。*如果玛格丽特会“gahn ayrial”，那就是说……*

“有人读了不属于自己门类的书。”

少年图书馆员中响起枯叶般的沙沙低语声。

“我不责备玛格丽特，”父亲若有所思地说，“她学习的门类通常伴随着痛苦。她想缓解这种痛苦,不能怪她。不,不怪玛格丽特。”他用指甲敲敲牙齿,“那怪谁呢?”

“我。”大卫轻声说,“是我。”

“你?”父亲用假装的惊讶声音回答,“你? 真的吗? 有意思。告诉我,大卫,你认为我为什么自己不教玛格丽特gahn ayrial?”

“我……我不知道。”

“因为我不希望她学会!”父亲吼道。所有人都闻声一颤,除了大卫。大卫是父亲最喜欢的孩子,他自己也知道。“但是……既然你敢教别人学gahn ayrial,那你自己肯定完全掌握了喽。我倒不知道你已经学得这么好了。我得承认,我吃了一惊。”他挥了挥手臂,“跟我来。”

众人惊惧,不敢不听从。一行人跟着父亲和大卫沿着住宅区主街行进。走过活死人的房子时,卡萝琳真希望自己也跟他们一样是死人! 她从没见过父亲这么生气,接下来的事一定恐怖至极。众人穿过公路,爬上嵌在泥土中的陡峭阶梯,来到山顶的空地。

空地上立着父亲的烧烤架。卡萝琳记得这东西,但从没多想。这东西由黄铜铸成,形状是头母牛,不,应该说是公牛。大小跟真牛差不多。通体都是半英寸厚的黄色金属。父亲假装成美国人的那段时间,他把这头牛放在自己的后院里。有时候,街坊邻居举办野餐会什么的,他就会在里面烤“汉堡包”,或者猪肉。那时候父亲看来跟普通人没什么两样。卡萝琳隐约记得大伙儿——也许甚至还有自己的亲生父母? ——议论过这个不同寻常的烧烤架,但没人认真。

父亲收养他们不久,就让人把铜牛挪到了山顶。卡萝琳一直不明白,但其中肯定有原因。这烧烤架重得吓人。搬运过程持续了几天,还砸死了好几个活死人(父亲再次复活了他们的身体)。活死人们围着铜牛一同用力,在夏天烈日中挥汗如雨,气喘如牛。即便如此,铜牛一次也只能慢慢移动几英寸,蹄子在草地上犁出一道道沟壑。

现在是卡萝琳这几年来第一次见到它。她能想到的只有:哦,对,这东西呀。她最先想到的是自己的童年、汉堡包和野餐会。特别是猪肉三明治,好吃极了。

接着,更为黑暗的记忆浮现。不对,我最后一次见它是在我回家的欢迎宴会上。她记得铜牛侧面的门打开,胡桃木的浓烟涌出,烟散后露出里面的烤肉,她是如何强压住自己的尖叫——她认出了艾莎后腿的细巧曲线,看到了伊莎被割下、剥了皮的头颅,双眼无神地盯着她。她现在意识到,那一刻也许是她生命中的uzaniya。对。没错。之前我还在震惊中没回过神来,直到这一刻。

她同时也意识到,铜牛还能用来烧烤猪肉之外的东西。她看看大卫。大卫显然也意识到了同一件事,用瞪大的双眼盯着铜牛,眼中充满了恐惧。

但大卫很勇敢。他平静下来,对父亲咧嘴笑笑,“得啦,”他说,“对不起。我不会再犯了。我不是有意的。”他做出拳击时的躲闪姿势。父亲有时会跟他做这种练习。

父亲走向铜牛,打开侧面的门。铜牛外部是光滑的金属——活死人经常擦拭——然而里面乌黑一片。当时的大卫不过是个十四岁的孩子,他举起双手投降。父亲指指里面。大卫没有吓得跪倒,但的确颤抖了,“哦,哦,不。”

父亲扬起眉毛,等大卫说下去。可是大卫闭上了嘴。

卡萝琳对大卫的憎恨只比对父亲的少一点。但此刻,她几乎要怜悯他了。他爬进铜牛肚子的那一瞬间,眼中的神情让卡萝琳想起了另一个阿图尔语词汇:wazinnyata,意思是最后的希望破灭的时刻。

父亲插上插销,锁上门。插销不是黄铜,而是粗大的铁栓,用了多年,上面还有凹痕。此前,卡萝琳从未想过插销的用途。此时她才明白:肉,是不会企图爬出来的。

接下来的一个小时,其余人都被派去从住宅区的房子里拿柴火,一次一捆。父亲还叫了几个活死人来帮忙——母亲和“丹尼斯”也在其中,就连父亲自己也来捡柴。

午后的阳光下,铜牛浑身发亮,闪着金光。众人一个接一个地放下拿来的柴捆,堆在铜牛的基座上——大多数是松木,充溢着黏黏的油脂。詹妮弗一度跪倒在地,泣不成声。她一直是最善良的孩子。而麦可已经更习惯以野兽的方式思考,他望着柴堆,不明白其中的含意。玛格丽特则饶有兴趣地望着。

日落前不久,父亲擦燃了火柴。火柴点亮了柴堆,很快燃起火焰。几分钟后,火舌就变成了熊熊燃烧的篝火。烟从铜牛的鼻子里冒出,先是几缕轻烟,接着便是一股股浓烟。

整个黄昏,众人不断给火堆添柴,同时心中等待着大卫的惨叫。但大卫实在太顽强。天黑时,柴堆的热度已经让卡萝琳无法靠近十英尺以内。她只能站在外圈,尽量把木头朝火堆里扔。即便如此,滚烫的空气还是烤焦了她手臂上的汗毛。活死人们则似乎完全不觉得烫,仍然一步步走进火中,皮肤发红起泡。

但大卫实在太顽强了。直到天色全黑,铜牛的黄铜肚皮开始透出橙色光亮,他才开始尖叫。

卡萝琳看看父亲。父亲的脸正好映着火光。

他露出了罕见的微笑。

3

第二天破晓时分，铜牛中仍有声响传出，大都出自牛头和脖子。卡萝琳觉得奇怪，仔细一看，发现牛鼻子上孔洞是真的。牛肚子里烧煤时，鼻孔就是烟道。从这个开口处进来的空气温度肯定相对低一些，是大卫的世界中可怜的、唯一的慰藉。

他怎么可能还活着？

当然，这本来就是他的门类。父亲训练过他，让他在身受重伤的情况下仍能继续战斗。他还吃过各种药剂、滋补品，接受过注射。跟其余人一样，大卫也是父亲一手造就的。因此，尽管他渴望一死，死亡却迟迟不来。

即便如此，到了中午，他总算不出声了。大家松了口气。可是父亲仍让大家给火堆添柴，直到天黑。他说，大卫还活着。卡萝琳一点也不怀疑，父亲自有办法知道。

第二天黄昏后不久，父亲才让他们停止加柴。火堆在午夜时分熄灭。第三天早晨，铜牛总算冷却到了可以打开的程度，但金属仍然滚烫。卡萝琳的前臂不小心擦过，立刻留下了水泡。

铜牛里面的景象倒没有她想象的那么惨。大卫比他们中的大多数人学得都认真。他的技艺已经很强，只比父亲弱些。

一直到皮肉烧化、几乎只剩骨头，他才死去。

她和麦可帮着詹妮弗抬出大卫。大卫的遗体轻得出乎意料，既干又脆。众人将他放在一张用熨衣板临时做成的担架上，把他拖到一幢空房子里。进了房子，大家找了个大房间，把虫蛀积灰的家具堆到角落，把大

---

①living room，字面意思是“活室”。

卫放在地板中央。这个房间,美国人叫“起居室”①。卡萝琳想着,咯咯笑出声来。玛格丽特也微笑起来。其他人则奇怪地看着她。

玛格丽特检查了大卫焦黑的头颅残骸。大卫的手臂,因为火烤,伸得僵直,就像正在拳击。他的嘴张着,保持着最后惨叫时的口型。“他肯定去了很深的地方。”玛格丽特对父亲说,“我能否也去,帮他找到回来的路?”

父亲摇摇头,“让他迷路好了。”

卡萝琳思考着他们的对话。听玛格丽特的意思,大卫肯定在“被遗忘之地”的深处。而“被遗忘之地”是人出生前和死后的所在。不过,大卫之所以会在深处,究竟是因为这是他第一次死,还是因为他死得太惨?抑或……

父亲瞪着她。两人的视线对上时,父亲意味深长地朝远处瞥了一眼。卡萝琳顺着父亲的视线望去。那边是山顶,还有铜牛。刚才她思考的问题当然超出了她的门类。他知道了。她绝望地想,他怎么可能知道我在想什么?很快,她连这个念头也抛了开去,因为父亲仍对她怒目而视。片刻之后,她决定不再思考这个问题。

直到这时,父亲才转开视线。她如释重负,方才的注视仿佛沉甸甸地压着她一般。当老鹰的阴影掠过身边时,田鼠肯定也有这种感觉。

“詹妮弗,听命。”

詹妮弗的门类是治疗。闻言她赶紧站起,来到父亲身边。

“你来让他复活。把他治好。”

此时的詹妮弗只在动物身上练习过复活术,最多治疗过死前痛苦较少的死者,比如被车轧死的人。“我可以试试,”她为难地看了一眼尸体,“但我……”

“认真试。”父亲语气中含着锋芒,“其他人帮忙,给她需要的东西。”

詹妮弗开始工作。她抓过自己装备中的三大袋各色粉末,放在大卫尸体旁边。其他人替她跑腿取东西。大多数时候她要水,有时也要其他东西:盐、蜂蜜、山羊阴茎、几英尺长的八音轨磁带。詹妮弗把磁带放进嘴里咀嚼,直到磁带变白。接着,她吐出嘴里剩下的褐色物,塞进大卫的眼眶。卡萝琳好奇这有什么作用。然而她记起了父亲的怒视,逼自己不去想。

詹妮弗一整晚都在工作。玛格丽特跟她一起熬夜，卡萝琳和其他人则睡去了。

第四天早上卡萝琳醒来时，大卫已经开始复原，干瘪的尸体鼓起了一点。到了下午，他的手臂和腿上已经长出了真正的皮肤。到了傍晚，他的肺部已经看得出形状了。接着是心脏，只是还没开始跳动。到了第五天，他身上几乎已经覆满了肌肉，然而肌肉仍是焦黑的。

到了第六天，他开始呻吟。詹妮弗派玛格丽特询问父亲，能否采取些措施减轻他的痛楚。回答是肯定的。于是，詹妮弗用她放在包里的某个工具碰了碰大卫的前额。片刻后，大卫的呻吟声轻了下来。他没有开口谢她（也许现在还没法开口），可是他没有眼皮的眼珠转动起来的时候，卡萝琳看到了感激。

第七天早晨，在卡萝琳看来，他已经彻底痊愈了。也许不算彻底，但也差不多。他睡着了，胸膛缓慢平稳地起伏。詹妮弗也睡着了。这是她五天来第一次真正地好好休息。见卡萝琳醒了，麦可在嘴边竖起一根指头。卡萝琳点头，坐到他身边。

上午九十点钟，父亲猛地推门进来。突如其来的强烈阳光让卡萝琳一时睁不开眼睛。父亲走到大卫身边，踢醒了他。大卫一个激灵跳了起来，动作跟从前一样快如闪电，只是稍微有点迷糊。父亲用杀手的语言对他说了几句话。卡萝琳还没学会这种语言。大卫略一犹豫，随即双膝跪地。父亲问他话，他回答。卡萝琳不知道他说了些什么，但大卫的声调绝对谦卑，绝对恭敬。

接着，父亲用佩拉匹语说："今后，不准学习或教授非本人门类的内容。"他环视房间，"清楚了吗？明白我的话了吗？"

所有人都点点头。卡萝琳想，大家都真心诚意，没有例外。至少她是认真的。

父亲满意地点点头。他离开房间，没有关门。他走后，玛格丽特朝大卫走去，羞涩地站在他跟前，手臂起先垂在体侧，然后抱着身体。最后，出乎所有人意料，她竟然伸长脖子，咬了一下大卫的耳垂，力量不算大，不至于出血。"你唱得真美！"说完，她便红着脸跑了。

"我想她喜欢你。"詹妮弗目瞪口呆地说。所有人都大笑起来。

此后，大卫变得沉默寡言，他比从前内敛得多，也不太说笑。过了约一个月左右，大卫折断了麦可的手臂。大卫说，这是因为麦可在两人箭术赌赛中作弊，但麦可发誓说根本没有。詹妮弗一言不发地治好了麦可的手臂。此后，麦可和大卫逐渐疏远了。

又过了一个月，最后的怪兽研究者来访。他是父亲最宠爱的朝臣之一。为了迎接他，准备了一次宴会。卡萝琳欣慰地看到，待烤的猪在进牛肚子之前就已经死了。即使对她来说，这些欢迎宴会也是大事。别的不提，宴会的食物美味非常。但这一次，她发觉孩子们的欢庆情绪并不高。舔着铜牛肚子的火焰肯定引起了他们可怕的回忆。

有那么一瞬间，她用眼角余光看到，大卫用异样的眼光望着火焰。大卫不知道她在看他，站在他身边的玛格丽特也没注意到卡萝琳。卡萝琳没有把"uzaniya"一词说出口，连想都没有细想——她正在学习控制自己的思想。但从那以后一整夜，这个词一直留在她的思绪表层。大卫的眼神她一望便知。这种神情她见过多次——就在她自己两汪黑色的心灵窗户里。

进铜牛之前，大卫也很好斗，有时还会残酷地对待其他孩子，却完全不当回事，但他真心地爱着父亲。而现在，卡萝琳百分之百确定，他对父亲已经没有了真爱。"uzaniya"，这是六万年前喜马拉雅山脉部族的语言。"uzaniya"——心灵初次谋划杀人的时刻。

迟早有一天，大卫会对父亲不利。她不知道会在哪一天，但她知道，肯定会有这一天。

她第一次开始考虑，大卫能否派上用场。

她考虑了好多个月。

第四章　雷

1

欧文·查尔斯·莱芬顿是个严肃的男人，但一开始很多人都看不出来。他会说俏皮话，还会坚持要别人喊他“欧文”，不要中名，也不要姓。“查尔斯”或者“E.C”都不行，“查克”更是绝对、绝对不行。起先，从出生到七岁，人家都叫他“查克”。然后，因为他太聪明，开始跳两级上课。老师念他的名字时有些跑调。于是，麦可拉斯基双胞胎在放学后伏击他的时候，故意尖叫着“欧噢噢噢噢文嗯嗯嗯嗯”。他们把他得了A+的代数卷子揉成一团，撬开他紧闭的嘴唇，塞进他嘴里，这时候他们喊的是“欧文嗯嗯嗯嗯！”。然后他们扯着他的下巴，叫道“欧哦哦哦哦哦文嗯嗯嗯嗯嗯嗯！”。他们逼他咽下纸团，“欧哦哦哦哦哦文嗯嗯嗯嗯嗯嗯！”最后，他们会揍他，揍到他微笑然后说“谢谢你们”为止。长大以后，他变成了个不好惹的家伙，他想过回去拜访麦可拉斯基双胞胎。后来他改了主意。他们在他还很小的时候就教了他宝贵的人生一课，为此，他的确应该谢谢他们。

欧文从骨子里就是个斗士，加上运气不错，最后长成了个大块头硬汉子。大三那年，他越过防守线触地得分，拿下制胜的一球，观众们欢呼的就是“欧文”这个名字。从入伍到布拉格堡[①]直到他退役，人们也都管他叫“欧文”。他觉得“军士长”或者“指挥军士长”太绕口，想给自己的手下省

①美军主要驻扎地之一。

些麻烦。不过，最重要的理由是，每当他跟军官们说就叫他欧文的时候，对方都会目光闪烁、不知如何是好。而他喜欢这样。

欧文已经退役了。参军十三年后，他从阿富汗第三次服役归来，觉得自己杀够了人，而不是因为得了创伤后应激综合征什么的。他仍然爱自己的兵，仍然觉得敌人都是混蛋，他只是不想再干了。那是一个周二，他看着一架阿帕奇武装直升机把一个十六岁的蠢蛋小子几乎打了个粉碎。这么做没错。他感谢阿帕奇的飞行员——那孩子提着一把德拉贡诺夫狙击枪，枪有点儿旧，但完全能够射击。而且，这小子拿着枪，肯定不是去山里打羊的。设身处地，他也会高高兴兴地宰了那个小崽子。他只是不想再待在那地方了。

所以，没多久，他就退了役，回归熟悉的世界，到一所初中教美术。这种事让人放松、安心。教美术不是他原本的打算，但他发现自己对蛋彩画也没什么不满，他甚至有点喜欢做陶艺。而且，他吃惊地发现自己竟然有这方面的天赋。孩子们也喜欢他，尊敬他。小混蛋们也乖乖听话，他连举手威吓的机会也没有，一次都没有。说实话，大多数孩子都有点儿怕他，老师们也一样，就连学校的董事会也被他吓到了一两次。他们是不是看见了他眼中摞着十英尺高、还在冒烟的尸堆？或者，他在走廊上的时候，身后是不是跟着一群鬼魂？他不知道。不过，学校的人发现他不会当面捅刀子，也不会炸死人之后，都松了口气。呃，稍微松了口气。大多数人。

过了一阵子，他自己也放松了下来。他爱孩子们——他允许自己爱他们——他原以为自己已经没法再这样爱别人了。从战场回来后，他爱的能力受到了严重损伤——只要看看他婚姻的废墟，还有他几乎被遗忘的家人就够了。在和平的世界，大家说话的音量比战场上小得多，可他说话时仍然大喊大叫。他知道这不对，却没办法改变。他想过吞一颗霰弹枪子弹自杀了事，认真考虑后，决定碰碰运气再说。反正他孤家寡人，后顾无忧。后来，他碰到了一个叫得施恩·五月花·门德斯的孩子——他永远忘不了这个名字。他倒霉的爹娘干吗起这种名字折磨一个小孩子？他碰到得施恩的时候，这孩子正用索马里饥民看着压缩饼干的眼神望着他桌上塑料盘里的芝士汉堡。他把这孩子拉到一边，以为这孩子身世凄惨，比如家里很穷，或者有个吸毒的娘之类。现在还有谁拿不出买块三明治的钱？基督在上，这儿可是美国。

谁知，小得施恩的娘有的是钱。她是脉管医生，或者诸如此类的狗屁工作。钱不是问题。问题是，孩子他爹是某个嬉皮宗教的忠实信徒，他给小得施恩灌输了一脑子屁话：非暴力呀，用语言沟通解决问题呀，等等。欧文在家长会上向他爸指出这种想法实在太蠢，那疯子居然搬出了甘地。很明显，这家伙脑子彻底进水了。小得施恩因为他爹遭了大罪。欧文自己也有一对极品爹娘，所以对小家伙很同情。幸运的是，小家伙不是呆瓜，一点也不笨，只是家庭环境太差，影响了他的成长。他只是需要一些提点。发现这一点后，欧文朝一个自己并不相信的神祇喃喃道谢几句，开始着手给他提点。他教会了得施恩踢其他坏崽子的卵蛋，打得他们鼻子流血，悄悄摸到他们背后、出其不意、双手猛击对方耳朵之类——都是基本防卫术。最后那招有点过了：得施恩用力过猛，弄得某个坏崽子永久地失去了一点听力。但是，从此以后，每个人都喜欢上了得施恩，没人再偷他的午饭钱了。所以，基本上可以说皆大欢喜。小得施恩第二年升了高中，欧文以为不会再有他的消息了。但是，后来，某个十二月的雨天，他走到住处门口邮箱拿邮件。当时他住在一幢排屋里。他记得很清楚。那是18号，周六。学校放寒假。隔壁邻居麦可森一家有两个小孩子，一家人正在装饰圣诞树。那时候正是下午两点，他正在喝第八杯苏格兰威士忌。隔着墙，他听到邻居家的圣诞颂歌，什么《好国王温彻拉斯》《铃儿响叮当》《该死的驯鹿撞翻了我的奶奶》之类。这些东西没让他心烦。他不嫉妒麦可森一家，他为他们高兴。他没觉得自己的生活整个儿毁了，独个儿喝得昏天黑地正是单身汉在圣诞节应该干的事。他也没去想塞在衣柜角落里的霰弹枪。根本没想。就在这种情形下，他打开了自己的邮箱。瞧呀，奇迹发生了。小得施恩给他寄了一张圣诞卡。他用颤抖的双手从邮箱里拿出卡片，打开信封，站在邮箱旁边读起来。卡片上写着：

亲爱的欧文：

圣诞快乐！我知道这么干不算“酷”，但我还是想给你寄张卡片，告诉你我一切都好。高中很烂，也挺酷——你知道我的意思。不过，要是我没碰到你，高中就不会这么酷了。想让你知道，我都记在心里。想说谢谢。我本想请你来我家吃圣诞大餐,但我爸还是那么疯。

得施恩

P.S. 我有女朋友啦。照片里就是她。惹火妞儿,对不?

读完卡片,欧文回到属于自己的半幢排屋里,哭了。那是成人以后他唯一一次哭泣。他哭了整整一个钟头,把剩下的威士忌倒进下水道,打开电视看查理·布朗。睡觉前,他把卡片折起来,放进衣袋。一直到死,这张卡片都会待在他衣袋里。

不久,他感觉好多了,活得更像自己,擅长的工作也能做得更好。学年末,他辞掉了教师工作。几乎每个人都松了口气,但大家都很有礼貌,什么也没说。也许不是礼貌,而是胆怯。

管他呢。

2

现在,这个阳光灿烂的十月早上,弗吉尼亚州还留着夏日的最后一丝气息,欧文驾着租来的车——一辆破烂的小福特福克斯——开到停车场一处空位,吱的一声刹住,溅起碎石,引得站在监狱角落抽烟和交流八卦的两个警察侧目而视。欧文朝他们笑笑,挥挥手。他不在乎。

他钻出车子,四周一望,朝写着“郡监狱”的牌子方向吐口唾沫。他朝那两个正抽着万宝路的警察喊道:“喂,那鬼东西会害死你的,”同时用手碰碰帽檐致意,笑笑,“随口一说。”

年轻的警察从墨镜上方瞄瞄欧文,仿佛不敢相信自己看到的东西。年纪大些的则哈哈大笑,“我会记住的。”事实证明,欧文没错。这两个警察的确只剩不到两个钟头可活——但害死他们的不是烟。

监狱大厅和建于最近二十年的其他政府建筑差不多一个模样:刷成浅铜色或者深灰色的煤渣墙;油毡布地板——便宜货,但光可鉴人;灰色的饮水机,出来的水微温,喝起来像尿。但欧文还是喝了。他口渴,再说他喝过更难喝的水。

他环顾大厅,数出至少半打处于不同犯瘾阶段的瘾君子、两个醉鬼,还有一个红毛小子,欧文觉得就是个他妈的神经病。

欧文走到写着“访客登记处”的窗口,掏出证件。“喂,我是欧文,”他说,“国土安全部的,来看……”

接待员是个矮胖子,穿着绿色制服,一边口袋上写着“弗吉尼亚州改造部”,另一边口袋上写着“罗杰斯”。罗杰斯没抬头。“填表。”他说,从玻璃开口处塞出一个纸板夹。

“我能不能……”

“填表，”公务员说，“填完再说话。”

欧文叹口气。表格足有三页，而且是正反面的。等他填完，窗口前已经排了很长的队。他排进队伍。前面是个胖太太，脚很脏，还有个皮包骨女孩子，大约十六岁，背上有个蹩脚的“林纳·斯金纳[①]”文身。欧文有些惊讶，罗尼·范·赞进坟墓后十年左右，这孩子才出生呢。不过，欧文想，对某些人来说，林纳·斯金纳也算不朽了，就像猫王和圣母玛利亚——不管不朽的意思是多久，这两位肯定得算。胖太太有个儿子叫比利，带着一卡车偷来的奶酪，被逮个正着。

奶酪？

结果表明，这竟是比利第三次运送赃物，所以面临挺长的刑期。他妈妈一把鼻涕一把泪，哭得震天响，时不时说几句“我可教他们做好人啊”之类。皮包骨的女孩子递给她纸巾，可她仍旧说着“我真不知道他在想什么”，还保护似的轻轻拍拍自己的肚子。欧文估计，再过六个月左右，她的简易活动板屋里就会出现另一个注定倒霉的傻瓜，取代比利的位子。

听了十五分钟哭声之后，欧文终于又排到了窗口。他懒得说话，只把表格塞进去，等待对方裁决。作为在美国官僚体制中混了十三年的老手，他相当有信心自己填得没错。但世上就有一种混蛋，没法讲理，料不到他们的回应。

矮胖警察仔仔细细看过表格，整整三页，正面反面，过了一会儿才点点头。“看着不错。”他显然很失望，“我还需要两种身份证件，呃……”他停了下来，眯起眼睛看着表格，“莱芬顿警官？欧文·莱芬顿？”他第一次抬起头来。

“没错。”欧文举起警徽。

“你不会是……不会是那个欧文·莱芬顿吧？”

哎呀，妈的。又来了。要说欧文一生中做过什么让他懊悔不迭的事，那就是准许了那个混蛋写了本关于自己的书。那时候看来不算什么大事，谁知书竟然被拍成了电影，而电影的内容几乎全是书里的胡话。“大概

①美国南方摇滚乐队，著名曲目有《自由鸟》《阿拉巴马甜蜜的家》等等。上文的罗尼·范·赞(Ronnie Van Zant)是该乐队主唱。

不是。”

“指挥军士长欧文·莱芬顿？二营B连？”

欧文瞪着他。长久以来，他第一次闻到了尘土和火药味。他努力回想小得施恩的脸，还有那张圣诞卡；但是，突然之间，他觉得自己正沉向水底。

“十五团二营？”

“早就不在那儿了。”欧文回答，声音很轻，“我们能不能别……”

“吉姆·罗杰斯是我兄弟。”胖家伙说。

欧文抬头看他。溺水感消失了。“罗杰斯中士过得好吗？”

“好多了，长官。开头挺难，但现在好多了。他刚得了个儿子，去年五月生的。”

“别叫我长官。”沉默片刻后，“他的腿好些了吗？”

“应付日常生活没问题。至少现在没问题了。那个老兵花了一阵子才适应过来。”

听到罗杰斯过得不错，他感觉好了一点儿。“你兄弟是个好人，请代我向他问好。现在我们能不能……“

“长官，他跟我们讲了你的事，”胖警官说，“他跟我们讲了你的英雄事迹。”

欧文不安地动了动双脚。提起这事总让他浑身不舒服。沉默持续了一阵。“你的兄弟是个好人。”他重复道。

“我兄弟也说你是个好人。不，不对。他说你是个了不起的人。他说你是有史以来最好的战士，是条实打实的硬汉子。”胖警官用崇拜的目光望着他，声音开始颤抖，“他说你救了他的命，还有所有人的命……”

“谢了！”欧文喝道。接着，他平静下来，“那些，嗯，都说过头了。”

“我兄弟可不这么想，长官，”这时他突然想起刚才的糟糕态度，“真对不起，让你填这些表格！要是我早知道是你，我绝对不会这么做。”他的嘴唇哆嗦着，“实在对不起。”

“没关系。”

“你来这儿要看谁？”

“一个叫斯蒂夫·霍奇森的人。”

警官的脸沉了下来,“那个杀警察的家伙?你找他有什么事?”

欧文很聪明,找到了借口。“不能说,”他扯谎道,“事关国家安全。”

“真的?”

“没错。”他看得出来,罗杰斯中士的兄弟毫不怀疑,这让他有点儿难受。比继续刚才那种谈话强点,但终归也难受。“对。绝对机密的狗屁玩意儿。请转告罗杰斯中士,我向他问好。”

“好的,长官。”他犹豫片刻,“您能不能……能不能给我签个名?”

欧文掂量着出路。把这家伙揍个人事不省?有时候这招挺管用。不过,给个签名通常也管用。再说大厅里到处都是保安监控。“当然,没问题。”

警官递出一个夹纸板,上面夹着一张空白的打印纸。欧文在上面签了名,递回去。罗杰斯的兄弟用颤抖的手接过签名,把它放进抽屉里,“我得把您安排到小教堂去……”

“小教堂?”

“对。见面室已经满了,除非您愿意等。”

“小教堂挺好。”就算厕所也挺好。他只想从这儿出去,远离罗杰斯的兄弟。他的话搅起了往事,无尽的、可怕的往事,就在他自己含含糊糊的回答底下,急不可耐,呼之欲出。

3

罗杰斯的兄弟查验了欧文的包，拿走他的武器，允许他保留笔记本电脑和牛皮纸信封。查验时，另一名警官走来走去，四处耳语。因此，当另一位警官——警衔至少是中尉——给他送上访客证时，欧文毫不惊讶。这位警官陪他走过长长的甬道，到达小教堂。*他大概是这幢建筑里警衔最高的人。连大人物都忍不住要来瞧瞧我啦。*欧文暗想。

果不其然，来到教堂的铁门口，警官开口了："我，呃，我读了、我读了人家写你的书。呃，大部分是关于你的。关于你在——那地方叫什么来着？"

"纳坦兹[①]。"欧文说。

"你是不是真的……"

"不是。"欧文回答。有时候，一连几周都不会有人认出他；但也有些倒霉日子，不管他碰到谁，哪怕只跟军队有一点点关系，都看过他的传记或者电影，抑或看过历史频道里放的片子。看样子，今天就要演变成这种倒霉日子了。"那里面全是胡说。"*我是不是该留个胡子？*

"哦，我读的不多，不过……"

欧文大步跨进小教堂，关上门，环顾四周。因为工作关系，他不时会来监狱，但还是第一次走进监狱教堂。小教堂约二十英尺见方，没有窗户，一股油彩味。他以为会看到一排排的金属折叠椅，这样才符合这幢建筑的风格。但里面放的却是六排水泥长凳，每排长凳能坐三到四个人。有意思的是，这里没有十字架。*也许是为了政治正确？*唯一能让人看出

①伊朗的城市。

这是教堂的只有前方朴素的松木讲台，还有墙上挂着的镶框油画。

无事可干，水泥长凳对他的中年屁股也没啥吸引力，欧文只好走过去看看画。画不算坏，也不算好，一股中世纪肖像画混合着监狱文身的味道，画风朴实，色块斑驳。有个小个子男人，黄褐色的皮肤——是耶稣？释迦牟尼？还是其他人？——他站在画面中央，背朝太阳，脸部被阴影遮挡。他伸出双臂，对聚集在阳光中的各色人等和动物施以祝福。除了这位圣者和他面前的祈求者之外，四周是无尽的黑暗。

小教堂的门开了。一个身着卡其裤和油腻腻Izod[①]斑点上装的中年人走了进来，“你是莱芬顿？”

“叫我欧文。对。”

“我是赖瑞·唐恩。”

“啊，你好。那小伙子在哪儿？”唐恩是斯蒂夫·霍奇森的指派律师。

“他就来。我让他们先给我几分钟。我想跟你谈谈。”

“当然，”欧文，“很乐意。”这是撒谎。他俩已经通过几次电话，唐恩给他的印象纯粹是一坨屎。但这坨屎掌握着这个叫霍奇森的小伙子的见面权。

唐恩翻阅他带来的文件，欧文则继续盯着油画。粗粗一看，那四周的黑暗似乎只有漆黑一片，但只要换个角度，就能发现并非如此，并非全然黑暗。这幅油画底下还有一层。只要角度合适，就能看清遮蔽在黑暗里的东西：可能是魔鬼，还有……

“看来没什么问题。”唐恩说。

“对。顺便提一句，我对你那个小伙子没一点兴趣。我要跟他面谈的唯一原因是，他可能知道另一件案子的有关情况。”

“这真是让人欣慰。”他的语气充满讽刺。

“不喜欢他？”

“不喜欢。我认识迈那警探。我们的女儿有时会一起玩儿。”

“那，要你给他辩护，还真不容易啊。”

唐恩耸耸肩，“有什么可辩护的？他被人发现醉倒在迈那家的餐桌上。杀迈那的枪握在他手里，上面还有他的指纹。”在欧文看来，唐恩似乎

①美国休闲装品牌。

巴不得亲手掐死自己的客户。这对被告可不利啊。

“只有他的指纹?”

“不,还有迈那的。电灯开关上还有个第三者的指纹。我们还没找到此人。”

不,我们已经找到了,欧文想,只是你不知道。

“还有别的吗?”

“别的什么?”

“什么都行。”

唐恩扁着嘴想了片刻,接着耸耸肩,“有。还有这个。”他伸手在文件袋里掏摸,摸出一叠8×10英寸的罪案现场照片。

“瓷器柜上的内脏碎片真不少啊。”欧文说,“知道是谁的了?”也许是卡萝琳的?或是丽莎的?

“实验室的化验结果还没出来。”

“是霰弹枪造成的结果。同一把枪?”

唐恩挑起一边眉毛,“好眼力。学过法医?”

“没。”但他用霰弹枪杀过不少人。“这片看起来像是肺,不是受害者的——”受害者的肺大部分在厨房里,“——而斯蒂夫这小伙子还活得好好的,所以大概也不是他的。你们不觉得奇怪吗?”

“不觉得。你什么意思?”

欧文叹了口气,这家伙到底是怎么从法学院毕业的?

“有人去找过他提到的神秘女子吗?”

“哪个?”唐恩问,“酒吧那个?他编的。”

“我以为你们有证人作证说,看到他俩在一起。”

“的确有。但口说无凭。假设她真的进了迈那的房子,那她不但没留下指纹、足印,连一根头发也没落下。你知道走进某人的房子,不留下上述任何痕迹有多难吗?”

“不知道。大概挺难。但,问题是,她确实留了一枚指纹啊。”

唐恩的脸阴沉下来,“你在耍我。”

“没。”

“哪一枚?电灯开关上那枚?不在IAFIS里。”IAFIS是联邦调查局的指纹综合自动识别系统。

“没错。”欧文说，“不在。”他本打算让自己这句话在唐恩脑子里多留一会儿，让他掂掂分量，进而联想到各种可怕的可能性。可惜，就在这时，小教堂的门被人拉开了。欧文很失望。这一刻毁了。

另一名警察揪着个瘦骨嶙峋的白人男子走了进来。男子留着棕色短发。欧文见过斯蒂夫·霍奇森的警方档案大头照，认出正是他本人。警官把他朝欧文一推，就像把一袋垃圾扔进垃圾场。

欧文仔细打量着他。*真是他？就这么个人？*不是小伙子，已经长大了。*三十出头，大概？*他穿着橘色的监狱连身服，衣服褪了色，边缘磨毛。露在外面的皮肤上没有文身。他不像瘾君子，但眼珠不停地四处乱转，十分警惕，也许还有点惊吓过度。

唐恩朝警卫点点头，“谢谢。”

“我得把你锁在这里头，莱芬顿先生，长官。”警卫说，“实在对不住，我得说，而且很荣幸……”

“没关系，”唐恩说，“谢谢。”

警卫失望地关上了门。

霍奇森立即向唐恩询问某个叫派迪的人是否安好，唐恩有没有接到过他的消息。派迪是他妈的谁？欧文在脑中记了一笔，但没插嘴。

唐恩用看该死的蠢蛋的眼神看着霍奇森，“你就没有大点的事要操心吗？”

欧文看到了斯蒂夫眼中的绝望，但他没把绝望放进声音里，“对，我知道，我就想问问……”

“好吧，好吧。你的朋友来过电话了。他说他已经接走了你的狗。我只知道这些。”

霍奇森点点头，微微笑了，显然放松下来。他挪到旁边一张水泥条凳上，薄薄的蓝色监狱拖鞋摩擦着闪亮的油毡布地板，发出响声。脚镣没给他留下多少迈动脚步的余地。

*面临一级谋杀罪指控，等着生死裁决，他却只关心自己的狗？*等他来到近旁，欧文站起来，朝他伸出手。斯蒂夫吓了一跳，过了一会儿才伸手回应，伸长到镣铐允许的极限，跟欧文轻轻握了一握。

“我是欧文。”欧文说。

“斯蒂夫·霍奇森。”他又想了想，“说‘很高兴见到你’不太恰当，但我承认我很好奇。我能为你做什么呢，先生……”

“叫我欧文就行。”欧文说，“就叫欧文，别叫其他的。”斯蒂夫的眼睛眯了一下。大概在猜我是不是在扮演“好警察”的角色。“我有几个问题想请教。我能叫你斯蒂夫吗？”

“当然，无所谓。”斯蒂夫坐到长凳上。欧文注意到，他多走了几步，好让背脊靠着墙壁。换了欧文也一样。

“我看了你的案卷。”欧文开口，“如果你说的是真的，你可是实实在在被人摆了一道啊。”

斯蒂夫苦笑，“没错。就连我自己也这么想，奇怪吧。”

“知道她为啥这么对你吗？”

斯蒂夫又吃了一惊，“你相信我？”

“我说不准。还得多听听。”

斯蒂夫怨愤地瞥了唐恩一眼。唐恩明白无误地表示过：在他看来，就算那女人真实存在，也凑巧得让人难以相信。“至今还没人对这个感兴趣。不过，我还是先回答你的问题吧。不，我不知道她为啥这么对我，也不知道有谁活该落得这个下场。”但说话时，他眼中有种异样的神情，一闪而过。

“你问心无愧，是吗？”

斯蒂夫深深地打量了他一眼，“你都知道了，是吧？不，我问心有愧。我在多年前做过坏事，害一位朋友受了伤。说不定他父母会恨我恨到做出这种事来陷害我，只要他们能想出这种办法。但西莉亚七年前死于心脏病，过了一年，马丁也开枪自尽了。”

“真是个悲伤的故事。”

“这是嘲笑吗？”

“不是。”欧文回答，“或许这话没什么意思，但我得说我理解你。我本人也有一大堆我希望从没发生过的糟烂往事，让我晚上睡不着。”

斯蒂夫注视他片刻，放松了一点儿，“嗯。抱歉。”

“你觉得这个叫卡萝琳的小妞跟你从前做的坏事有关系？”

斯蒂夫眉头皱起，“我觉得没有，但她身上有很多奇怪的地方，我完全看不明白。”

“那就说给我听听吧。”欧文说，“把你记得的每件事都告诉我。时间有的是。我整天都有空。”

4

“接着我听到身后有人。”斯蒂夫说。他已经说了将近一个小时。他对眼见的一切记忆犹新，对耳闻的话语则略有遗忘。他对那女子怪异打扮的描绘——自行车运动短裤和暖腿套？——既好玩儿，又详细得惊人。而且，在欧文听来，他的话像是真的。即便这人在撒谎，也是无意识的。这人是真的不知道人家对他搞了什么名堂，为什么会这样。这让欧文十分难过。

“接着，那人——迈那——他说了几句类似‘你被捕了’这样的话，至少说了两遍。他的动作有点怪，就像不知道自己在做什么，就像在梦里。你明白我的意思吗？”

“然后呢？”欧文问。

斯蒂夫眼睛垂了下来。欧文发现，他尽可能避免看脚上的镣铐。“我真的不记得了。我记得我当时想，‘哎呀，糟了，这人有枪。’我还能记起他的脸，所以我肯定朝他转过了身。但接下来，我只能记起我在地板上醒来，不知道自己在哪儿，还有人对我大喊大叫。”

“那是雅克布森警探。”唐恩说，“他和迈那是朋友。他们那天说好要一起去钓鱼。他发现了迈那的尸体，逮捕了嫌犯。”

“谢了。”欧文口不对心。他根本不在乎雅克布森。他用钢笔敲敲水泥长凳，思考着，“这么说，你是否认杀害他喽？我是说迈那。”

“这重要吗？”

“也许不重要，”欧文说，“但我好奇。”

“我想是的。我是说，否认。”

“你想?”唐恩难以置信地问。

斯蒂夫耸耸肩,“我说了,我不记得。我最后的清晰记忆里,他还活着。第二天早上醒来,他死了。我跟那人无冤无仇。”他叹了口气,“我真希望那天我直接回家上床。不知道这么做会不会让他的命运有所不同,但我这时也许还能在自己家里,守着我的狗。”

“你觉得是她杀了他?”

“老兄,”斯蒂夫用无比真诚的声音说,“我真的一点也不知道。”

欧文又等了一会儿,但斯蒂夫没话可说了。他倒空了。欧文想。“好吧,”他说,“我想你对我挺坦率。谢谢你。我跟很多人谈过,他们都会扯谎,只因为喜欢说谎。所以,我也不跟你耍花枪。我有些这女子的消息——不多,只有一些——可能对你的案子有帮助。只是可能。”

斯蒂夫眨了眨眼,“接着说。”

埋头看文件的唐恩抬起头来。

“我有八成的把握,你碰到的女子名叫卡萝琳·索巴斯基。你所说的跟我们掌握的那一点消息吻合。”

斯蒂夫专心地听着,神情中甚至带着希望。他没说话。

“我听着呢。”唐恩说。

“我说过,我在国土安全部工作。我的头衔是特工。有点儿像联邦调查局的特工,只是无权逮捕犯人。大致说来,我的工作就是追踪有趣的巧合。”

“什么意思?”

“嗯,如今的国土安全部几乎什么都管。你知道这个,对吧?电话记录、搜索引擎记录、图书馆借书记录、银行账户记录……什么都管。这些都汇总到了弗吉尼亚某个开着空调的大房间里。这个房间的电脑系统会筛选出一堆怪异的、值得引起特工注意的巧合。比如,要是有人从十五到二十个不同的‘家得宝’[1]店里各买了一包化肥[2],系统就会注意到。思路跟得上吗?”

“马马虎虎吧。”

---

①美国出售家装材料、园林工具等的商店。

②化肥多了就可以自制炸药。

“又比如，警察会给每个案子写一份报告，你的案子也一样。这些可怜的家伙整天都在写报告。这些报告除了要走通常的那些破程序——什么起诉方啦律师啦证物收集啦——还有一份副本会传送到弗吉尼亚的机器那儿。在最近一次系统运行中，有个案子的报告被筛选了出来……”

“我的吗？”斯蒂夫突然热切起来，“你找到能还我清白的东西了？”

“没。出来的不是你的案卷。你的案子没有疑点。送到我桌上的是一份银行抢劫案的报告。真是一起古怪的案子。”

“怎么古怪？”

“部分原因是抢劫的金额。”欧文说，“大部分抢劫案，抢匪只能拿到一万到一万五，很多连这个数字都拿不到。但这一次，被抢的金额居然超过了三十万。”

“三十二万七千？”斯蒂夫问道，“左右？”据那个神秘女子说，蓝色旅行袋中就是这个数额。

欧文点点头，“一点没错。我也想到了这一点。不管怎么说，这都是一起挺成功的银行抢劫。比大多数成功得多，成功得不寻常。因此引起了电脑的兴趣，捡出来送到我这里。这案子之所以会成功，理由之一可能是：作案的人受过训练。”

斯蒂夫的眉头皱起，“受过训练？你是说，受过政府的专业训练之类？”

“对，尽管听来难以置信。早在上世纪70年代，苏联的情报机构克格勃就开设过这类课程，暴乱训练之类。我们也开设过，特种部队训练课程的一部分。现在已经没有了，但一大批受过训的人还在。总之，这就是找到我头上的原因。每隔几个月就会有类似的情况，通常都是假警报。

“这次也一样——我们没有理由怀疑索巴斯基小姐涉及任何恐怖行为。但我们却不知道她究竟涉及了什么。我是说，就连银行出纳也来帮她干这起抢劫案。真让人费解。”

“什么意思？”唐恩问。

欧文耸耸肩，“就是我说的意思。下午三点左右，索巴斯基小姐——就是你的卡萝琳——和另一个身份未知的姑娘走进西北地区银行芝加哥市区支行橡树街分理处。我们在银行大堂监控录像里看到了她俩。她们跟其他遵纪守法的客户一样，规规矩矩排了三分多钟的队。轮到她们时，两人走向银行出纳，一位名叫——”欧文瞄了一眼笔记，“——阿姆里塔·克里斯那摩提的女子。不知名的姑娘平静地跟她说了三十七秒钟的话。接着——嗯，算了，你们自己看吧。”

欧文激活笔记本，打开某个微软软件，按下播放键。“这是监控录像，”他说，“银行的。”

斯蒂夫把笔记本放在一条水泥长凳上。唐恩转过脸跟他一起看。

“她干吗穿成这样？”唐恩问。卡萝琳的打扮看起来多少还算正常，就是有点过时——牛仔裤，男式衬衫，赤着脚。但另一个女子却穿着浴袍，戴着顶牛仔帽。

“我一点儿头绪也没有。”欧文说，“起先以为她吃了甲安菲他明，后来又觉得不是。她看起来太没精神了。”

“而且她牙齿一颗也没脱落。”唐恩也说，“说不定是迷幻药LSD。”

欧文和斯蒂夫盯着他。

唐恩耸耸肩，“迷幻药嗑高被抓的人，有一半都穿着浴袍。就像是他们的特别喜好。”

三人就此思考了一会儿。接着，欧文朝笔记本点点头，“好戏要开场了。”穿着浴袍的女子正跟阿姆里塔·克里斯那摩提说话。卡萝琳递给她一只蓝色旅行袋，就像带着去健身房的那种。克里斯那摩提小姐对其他两名出纳示意，三人都围拢来听。浴袍女子又说了几秒钟话，接着挨个碰碰三人的脸颊。

然后，三个出纳分散开来，开始往包里放钱。她们动作很快，只是有时停下来，扔掉某个花花绿绿的钞票捆，有时还有零散纸币。

“被丢出来的是做了记号的吗？”唐恩问。

欧文点点头。

监控录像只有不到三分钟。放完后，斯蒂夫把电脑递回去。

“她们都在帮忙打劫。”唐恩说。

“对。”欧文强忍着没出言讥讽这位“只会说最明显的情况”的废话大王，因为他还用得着唐恩。“她们都帮了忙。叫克里斯那摩提的女士还是，那什么，分理处的经理。她已经在那儿干了大约十二年。其他两人干了一年。三人中没有谁正在申请破产，而先前有犯罪记录的人根本不可能获得这份工作。但是，三个人装那个袋子时实在太积极了，不觉得吗？”

唐恩点头。“确实古怪。”

欧文没把心中想法说出来：真像那个清清白白过了十年，却突然决定入室盗窃、还杀了个警察的人。也许不像。但他决定把这话留到稍后再提。“对，我也这么想。所以我跟她们谈了谈。三个人看起来都不是坏人。她们都记得警报按钮的位置，没有惊慌失措或者别的，但就是没人去按。”

“她们说原因了吗？”

“起先没说。她们的律师叫她们别开口。但我好歹让她们放了心，告诉她们不会坐牢，最年轻的那个总算开了口。她说，她没按按钮的原因是：‘因为我忙着寻找做过记号的钞票捆，还有暗藏的信号发射器。’原因还真够平淡无奇的，啊？我问她为什么会做这种事，她说她也不知道。我完全相信她的话。”欧文苦笑，“真是个神秘事件。说真的，我没辙了。所以才来这儿。”

“什么意思？”斯蒂夫问。

“我希望你能给我一点启发。”

“我？”

欧文点点头，“你跟她相处的时间比谁都长。这个视频有没有让你心里一动？有没有让你回想起什么？”欧文给了他一分钟思考。欧文自己的眼睛又落在那幅糟糕的油画上。黑暗中的物体的颜色是黑中之黑，但你几乎可以——

“你觉得出纳不是同谋？”

“不，”欧文说，“我不这么想。我尽我所能替她们说情。她们丢了工作，但我想不会上法庭。”

“你确定视频里那女子是卡萝琳？”

“指纹吻合。”

“你怎么知道她的名字？指纹吻合只能让你把两件案子联系起来。要知道她的名字，你得有别的渠道才成。”

聪明小伙子。“出生记录。”欧文说，“医院里的。”

唐恩的眼睛眯缝起来,“我还以为技术上不可能实现呢。”

欧文耸肩。“每天都能学到新东西,对吧？我差不多算是‘老大哥[①]’了,能拿到你想都想不到的各色机密。关于这女子,我们能找到的不多。而我们的计算机操作员可是很优秀的。他们管这叫什么来着,数据挖掘?”欧文故作外行。其实他在数据挖掘方面还发表过论文。

“我听说过。”唐恩说。欧文敢肯定,他在撒谎。

“无所谓。重点是,那些电脑高手总能挖出东西,但这次却不行。我相信,他们之所以徒劳无功,是因为索巴斯基小姐的记录只存在于某个年纪之前。之后,什么都没有了。”

“什么叫‘某个年纪之前’?”斯蒂夫问。

“嗯,她和其他孩子一样,有各种记录,一直到她八岁左右。出生证,疫苗接种记录,学校……”他在文件袋里摸了一阵,拿出一张8×10英寸的照片,放在桌上滑过去,“这是吉莱斯皮夫人的二年级班。卡萝琳在后排。”

斯蒂夫看着照片。

欧文希望触发他的记忆,可惜没有,“你注意到这张照片里其他有趣的东西了吗?”

“有吗?”

“看来你没发现。我看这照片的时间比你长得多,说不定出现了幻觉。不过,你看看第二排这女孩儿,就是从右边数的第三个。觉得面熟吗?”

斯蒂夫想了几秒钟,“是不是……后排这孩子看起来像参与银行抢劫的另一个女士。就是说话的那个。鼻子一样,脸型也一样……”

“对,”欧文说,“我也这么想。这孩子的名字叫丽莎·加尔扎。我们想知道这过去的四分之一个世纪里她干了些什么。”他直直地看着他们,“结果同样是什么都没有。一点都没有。”

唐恩低低吹了一声口哨。

见时机成熟,欧文抛出了杀手锏。那是一张报纸上的照片,照片底下的说明是:“不畏夏日炎热！轮到她玩水上滑梯了——卡萝琳·索巴斯基,

①指暗中监控一切的人物。

七岁。"照片上是一个大笑的小女孩,缺了一颗门牙,正从长长的塑料滑梯上溜下,溅起大片水花。背景里还有一小群孩子站在滑梯旁,等着轮到自己。

"这张怎么样?"他问,"你有没有注意到……"他突然停了下来,嗅了嗅空气。起先,他没认出这股味道。接着他想起来了,是血。突然间,他又回到了阿富汗。他伸手去摸并不存在的M-16步枪。

远远地,他听到女人尖叫,然后是一声枪响。接着又是两声,还有深沉的、隆隆作响的大笑。

接着,又是尖叫声。

5

三十秒钟后,欧文听到了钥匙在锁洞里转动的声音。

教堂门被猛地推开,罗杰斯的兄弟倒了进来,跪在地上,脑袋低垂,泪流满面。他左手指指斯蒂夫。而他的右手,欧文注意到,至少断了两处。“那就是他,”他说,“求你。我还有孩子……”

欧文刚听明白他的话,罗杰斯兄弟的脑袋就爆裂开来,余下的身体倒在地板上。他短暂无味的一生就此结束。接着,一个欧文生平所见最为疯狂的家伙跨过地上的尸体,走进教堂。

那是个白人男子,很高,肌肉发达。过去人家会叫他“健美先生”。欧文的第一反应是,这人大概跟哥伦比亚的某些部落土著一样,用红色颜料涂过身体。*不,不是颜料,是血。*他从头到脚都浸满了血,身上到处黏着碎肉。

这大块头提着一条金属链,链子的一端是个金字塔形状的坠子,另一端是黄色的金属杆,杆头竖着一把弯刀长短的利刃。*难道是青铜?而且,妈的这是怎么回事?*欧文不相信自己的眼睛:这家伙居然穿着一条芭蕾舞裙。*唔,这可真是奇观。*

“艾史蒂依依依夫?”大块头问道。他的眼睛在欧文、斯蒂夫和唐恩三人中来回逡巡,让欧文想起阿帕奇直升机上的炮口。他说话的口音很怪,欧文听不出是哪个地方的。“斯”被他发成“艾史”,“依”也拉得太长。

“呃……斯蒂夫?”唐恩问,“你在找斯蒂夫?”

“别,律师先生。”欧文说。

大块头的眼睛盯住了唐恩,“艾史蒂依依依夫?”

“那个就是他!”唐恩指指斯蒂夫。

男子给了唐恩一个大大的微笑。他的牙齿是褐色的。“艾史蒂依依依夫?”

唐恩像演滑稽戏似的拼命上下点头,这会儿看起来更像重金属摇滚乐迷而不是律师。“对,”他说,手指往斯蒂夫的方向猛戳,“他就是!”

“律师,我觉得不该……”

大块头快得像只豹子,一下子就冲到斯蒂夫身边,用一只胳膊搂住了他,利刃的侧面蹭着斯蒂夫的面颊。欧文是行家,马上就看出刀刃是手工打造。这也不多见。而且很锋利。

“艾史蒂依依依夫?”

“嗯……对,”斯蒂夫说,“我就是。”

大块头用锋利的刃口抚过他的面颊。力量不大,不至于流血。接着——动作快到欧文的眼睛跟不上——他手中的链坠猛地击出,打飞了唐恩的下巴。真的飞了,一点不剩。有一点大概嵌进了唐恩的喉咙,其他大部分都四下飞散。

“豪孩子,”大块头对斯蒂夫说,“你来。”

唐恩的眼神表明,他知道有事发生,却不明就里。他伸出手,小心地轻轻抚摸自己的面孔下半部。等他明白自己的脸少了一块,第一滴血才开始慢慢滴落到他的衬衫上。他的眼睛瞪大了。“噢噢噢噢呜!”他说,“噢噢噢噢噢呜!”他开始在水泥长凳上跳上跳下,像个急着上厕所的孩子,“噢噢噢噢呜!噢噢噢噢噢呜!”

斯蒂夫和大块头都看着唐恩。斯蒂夫一脸惊恐,大块头面带微笑,似乎颇觉有趣,甚至露出了酒窝。他学着唐恩跳上跳下,朝斯蒂夫和欧文望去,就像说了个笑话,期待朋友的反应。他指指唐恩,说:“噢呜!噢呜!”

斯蒂夫没理会他,他只盯着唐恩残损的脸。大块头的微笑淡了一点,转向欧文。欧文脸上的表情也不合他的意。他的微笑消失了,肩膀耸了耸。半秒钟后,他手中的长矛闪电般地射出,矛柄没入唐恩的眼窝,矛尖从唐恩的后脑勺戳了出来。时间刚够欧文看清大家伙手中连着长矛的精致银链,长矛又闪电般飞了回来。唐恩朝前摔倒,脑袋重重撞在水泥长凳上。鲜血和眼中流出的体液积成了水洼。

沉默。重似千钧的沉默。

大家伙享受了片刻两人脸上的神情。他朝欧文挤了挤眼,又开始抡动链条的坠子。

欧文知道,自己是下一个。这时,他的脑瓜——他聪明的小脑瓜,这么多年来一直替他逢凶化吉——再次灵光一闪。他看着这大块头的搞笑穿着——褐色的懒人鞋,开了口,露出脚趾,紫色的芭蕾舞裙——芭蕾舞裙?欧文想,什么乱七八糟的?——防弹衣上装,可能是以色列的,还有红色领带——让他想起了穿着浴袍戴着牛仔帽干下银行抢劫案的女子。"我说,"他开了口,"你该不会正好认识某个叫'卡萝琳'的女人吧?"

大块头惊讶地挑起眉毛,"卡萝琳?"他手中链条的转速慢了一点,只有一点点。

十年来,欧文一直跟杀人犯打交道,他的直觉已经被磨砺得十分敏锐。他知道,此时绝不能流露出惊恐之色。惊恐会让杀人者兴奋。"对,"他轻松地说,"卡萝琳,还有丽莎。"

"啥豁卡萝琳?"

"啊?"他把手掌放到耳后,"能再说一遍吗?"

"啥……说……卡萝琳。"他挥挥长矛,以示强调。

欧文的胃绞成一团。他唯一一次去深海钓鱼,钓起了一条"大家伙"——上钩的鱼肯定也是这种感觉。他说:"哎呀,卡萝琳跟我可是老——朋友。她跟我说——她这么说过好多次——'欧文,要是你有什么需要,任何事,只要提我的名字,说卡萝琳,我马上就到'。我们真是好朋友,我和卡萝琳。"

大块头皱起面孔,迷惑不已,"卡萝琳?"

"嗯,对。"欧文点头,"卡萝琳。"

大块头怀疑地眯起眼睛,"诺布朗加?"

"没错。诺布拿加,他也是我朋友。"

话一出口,他就明白自己犯了错误。不是诺布拿加,是诺布朗加。哎呀,妈的。大家伙的眼睛眯起,重新抡起手中的金字塔链坠。欧文想,他扔的时候,我可以朝右边扭身,抓住链坠——如果我来得及的话。可这家伙实在太快了……

大块头眨了眨眼，伸长脖子，眉头皱在一起。接着，他的眼睛猛地瞪大了，很像罗杰斯的兄弟认出表格上欧文的名字的时候，脸上出现的神情。大块头朝他指指。“你……欧文？”

“嗯……”

“纳坦兹？”大块头手捂肩膀，做出受伤的样子，接着装出扛着一把轻机枪前后扫射，以一己之力压制对手大占优势的进攻部队的模样。

欧文想了想这家伙穿着的以色列防弹衣，还有这人明显疯疯癫癫的脑袋。唉，妈的。于是，他回答：“对。纳坦兹。”

大块头吸了口气。他停下手中链坠，啪的一下站好，模仿美国军人的立正姿势，可惜不太像——脚分开太宽，胸膛也挺得比部队的要求高了一点点。接着，他用左手把长矛竖得笔直(难道算是阅兵持枪式？)，举起右拳，敲打胸膛。他用欧文从没听过的语言说了几句话。

欧文没打算回礼——这家伙不配——但他又点了点头。今天还真是每个人都认识他的日子。

走廊里响起弹壳落地的声音，低低的咒骂声，远处还有步枪上膛的响声。大概是AR-15。警察打算还击。欧文和大块头都朝门口望去。大块头皱起眉，似乎看到了不喜欢的东西。接着，他出其不意地一拳打在斯蒂夫下巴上。斯蒂夫倒在地上，有些发懵，不过意识尚存。大块头把他甩到肩上，两人就此走出教堂，消失在走廊里。

欧文听到了枪声，尖叫，然后又是那种低沉的隆隆大笑。从阿富汗回来以后，这是他第一次有劫后余生之感。他的血管因高度专注而突突地跳动。欧文站起身，寻找武器。

刚才传来上膛声的那把步枪躺在大厅里——的确是AR-15——被折弯成了U形。他在更衣室找到了一把手枪，但大块头此时已经不见了，斯蒂夫也跟着一块儿消失了。欧文跟着那一串血淋淋的赤脚足印穿过大厅。大厅门口，安检门被躺在地上的胖太太堵住。她胸口开了个深深的大洞。

斯金纳纹身的皮包骨姑娘看来没受什么伤。她跪在胖太太身边，一脸茫然地注视着死者。“贝芙？”她唤道，“贝芙丽？”

欧文想告诉这个瘦姑娘，贝芙丽已经跟罗尼·范·赞和猫王做伴去了，但估计她听不进去，于是，他只是拍了拍她的肩膀。

大厅里血流成河。金属椅上、灯上、柜台上到处是血肉。厚厚的防弹玻璃碎片散落一地。防弹玻璃碎成这样他见过，只有一次，还是在伊拉克一辆被A-10攻击机的贫铀弹打烂的高级轿车上。他在大厅四处走动，搭搭脉，看是否有人还活着。没有。在外面抽烟的年长警察被砍了头。不知道他的头是否在附近，反正欧文没看到。

他在警察的尸体旁边站了好一会，扁着嘴思考。西方亮起闪电。大厅里有人尖叫。他弯下腰，在死去警察的前胸口袋里摸索，掏出一包淡味万宝路和打火机，走回小教堂。

一进门，他就一脚把门踢上。他走到一个能看见油画的位置，背靠着墙，身子慢慢滑倒，屁股坐在了地上。日光灯的嗡嗡声让他想起在尸体上盘旋的群蝇。几分钟后警笛就会拉响，救护车、特种部队和记者都会来。他摇出一支烟，点燃，深深吸了一口，享受尼古丁带来的眩晕感。

他面前的水泥长凳上，那张卡萝琳玩水上滑梯的新闻照片仍旧静静地躺着。这张二十五年前的老照片的背景里，有一个像极了斯蒂夫·霍奇森的孩子，大约十岁，正等着轮到自己。该死，欧文心想，我想问他的其实是这个。墙上，耶稣——或者别的什么人——伸出双臂，把黑暗造物挡在外圈。他又听到了从西方传来的隆隆声，比刚才更近了。

是雷。

第五章　世上最幸运的鸡

1

“哇，”阿丽安说，“你一点没说大话。你后院里真有狮子。”与其说是后院，不如说是后森林。

“对，”马库斯说，“跟《疤面煞星》[①]里一样！”他大笑起来，露出一嘴金牙。阿丽安估计金牙大约总共值两万巴西雷亚尔。

换算成美元是多少？她不知道。肯定比她妈妈替人擦一年地板赚的还多。阿丽安只约莫听说过《疤面煞星》这部电影，但她从对方的声调听出，她应该做出吃惊的样子。“哎哟哟，天哪！”她说着，微微一笑，指甲划过他的前臂。

两人身后几百米远处，马库斯别墅中的欢乐聚会仍在继续。她能听到低沉的贝司声、笑声、人们跳进游泳池溅起的水声，但别墅已经离得太远，消失在树丛中了。两人站在一座水泥栈桥上，一边各有一个灯光照亮的深坑，里面有假的岩石和几丛灌木。马库斯面对着她，距离很近，近得略略越过了“我们只是朋友”那条看不见的界线。

“那头大的雄狮叫德累斯顿[②]。那一只……”他指指她左边，“叫娜嘎萨奇[③]。简称娜嘎。”

①1983年上映的美国电影。

②德国城市，二战中遭到英美联军轰炸。

③长崎，日本城市，二战中遭原子弹轰炸。

“我以为狮子都有鬃毛呢。”

马库斯摇摇头,“只有雄狮才有。你不看探索发现频道吗?”

阿丽安强作微笑。小时候,她家里很穷,买不起电视。“她的个头也要小些。”

“她还没成年。我们猜她是他的女儿。”

她转过身,朝雄狮的坑里看去。两人说话的声音吵醒了熟睡的狮子,他已经醒来,正用黄眼睛一眨不眨地盯着她。她一个寒战,朝马库斯靠近了一步,“他个头可真大。”

“我就喜欢大的。”马库斯喷出一口雪茄烟,双臂展开,把狮子坑、四十英亩的风景还有圈住这一切的十英尺高水泥墙都包括其中。马库斯——嘻哈圈子里的人叫他小Z——住在康涅狄格,他的大宅原本是某个对冲基金经理的周末别墅。他用双臂搂住她的肩膀,让她朝雄狮坑俯下身去。

“喂,要不要把她也弄醒?”

“不要!”阿丽安立即回答,答得有点过快了,“不……我是说,没关系。让它睡吧。”大狮子又垂下头,闭上眼睛。她蜷在他怀里,强忍着被雪茄烟熏得想打喷嚏的冲动。

“怎么了?”

“没事。”她在说谎。看着那头熟睡的狮子时,她心底深处的某种东西苏醒了。干模特这行之前,她一直住在巴西靠近潘塔诺自然保护区的一个小村子里。她的家乡发生过美洲豹袭击人的事件,她四年级班的一个男同学被咬死了。她还见过一个头皮被撕开的农夫,一脸的血。“它们会不会,呃,跑出来?”

马库斯摇头,“不可能。坑有十五英尺深。而且,你在这里看不出,坑壁是朝内倾斜的,狮子没法抓牢墙壁。它们不可能爬出来。”

“哦,好。”她没什么信心地说,“哇,天哪,真是太酷了。我们回派对好吗?”她快受不了了。

“马上就回。先喂他们吃饭。”他笑了,“你想钓鱼吗?”

“钓鱼?”

“跟我来。”他沿着坑走了一段,然后踏上蜿蜒至树林深处的小径。

“哎呀,马库斯……天很黑了呀。”她回头朝房子望望,派对仍旧如火如茶,音响大声播放着马库斯的最新单曲《拉皮条的手》,“而且我没酒了。”

“我们马上给你添酒。来吧,你肯定喜欢看。这是世上最有趣的东西。”

他身后的森林很黑,但他手上戴着百达翡丽的手表。而且,他会让我参与拍摄他的MTV。有这种可能。阿丽安想。

“好吧,”她说,“我去。”

2

每天晚上，雄狮都会做同样的梦。金色的草叶拂过他的胡须。微风带来野兽和斑马的气息。太阳低垂在地平线上，猴面包树拉出长长的影子。紫色云彩漫至天际，然后黑暗降临。

家。

在德累斯顿的梦里，他女儿还很小。他踱步，她则小跑，跑在他投下的影子里，就像德累斯顿曾经跟随他的父亲一样。他教她基本的技艺：水源的位置、各种弱者的气味、从下风处偷偷接近猎物的正确方法。

天很快就会全黑了。他想，今夜，要开始给她上下一课了，让她知道小型猎物的脊椎骨在口中断裂的感觉。他知道她跟在自己身后，用谦卑的目光注视着他，急切地盼望他教给她新的东西。他俩在草原上度过的时光十分美妙，这一段梦给了他不少安慰。

可惜，紧接着，梦变了。

德累斯顿的脚步停住了。一只前爪悬停空中。他竖起耳朵，身体前倾，凝神倾听微风带来的一丝声响。娜嘎也听到了。低沉的嗡嗡声，有点像咆哮，又有点像愤怒的蜂群。但两者皆不是，像是金属的声音。

又像是人的声音。

等着。他对娜嘎说，*看好*。她甩甩尾巴，表示接受命令。但是，作为新任父亲，德累斯顿年纪偏大，已经忘记了什么是年轻顽皮。他没看到她眼中的好奇之色。于是他离开了她，在草丛中前进，俯低身体缓慢前行，无声无息。在梦中，他不害怕。现在还没开始害怕，但脑中清醒的那一部分迫切要他别这么干。*做点别的，什么都行*。带着孩子逃开，去撕咬猎

物，把那些带来人声的东西撕成碎片。但他当然无法改变自己的方向。梦就是这样。

在梦中，德累斯顿从草丛中站起，立直身体。他的眼睛在黄昏的微光中闪亮，鬃毛墨黑的阴影圈出两点亮光。他们方才追踪的瞪羚发现了他，立刻逃走了。他没在意。他的注意力已经全部被那嗡嗡声吸引。片刻后，他看见随着嗡嗡声而来的还有腾起的褐色尘土。他朝那个方向望去。

恐惧攫住了他。娜嘎没等他，也没看他。她还是孩子，什么都不怕，竟朝人的方向跑了过去。他看见有人将一根棍子举到肩膀的位置，枪声响起，噗的一声，加上另一声脆响，娜嘎倒地。德累斯顿咆哮着冲了过去——那是他最后一次在草原上奔驰——不在乎子弹，也不在乎偷猎者，只想抓住那个胆敢伤害他女儿的猎物，把他撕裂，扯得粉碎。

但是，没等他冲过去，人又把棍子举到肩膀。德累斯顿感到肩膀、脖子和胯部都有针刺的疼痛。突然间，他站不起来了。

在梦里，德累斯顿知道他会在一个新世界里醒来。他会身处某个高墙下的陷阱里。墙太滑，爬不上去；太高，跳不上去。没法逃走。他的后半生就这样毫无希望地展现在眼前；就连噩梦也梦不到如此可怕的境遇。更可怕的是，他们还抓走了娜嘎。没能保护女儿，他心头像压了一块大石。

他和他的孩子会被带到遥远的国度，生活在陌生的星空下。他余生的每个日日夜夜都将受到人类声音和气味的荼毒。

现在，已过去好几个季节，远隔一整个大洋。德累斯顿猛然惊醒。他看到坑里出现了人类。有三个，而且很近。

德累斯顿眨眨眼睛，不知自己是否还在做梦。他晃晃脑袋，嗅嗅夜晚的空气。空气难闻极了。地平线被不自然的光线映亮，不远处传来了机器的咆哮声和哐啷声。没错，不是梦。他把脚放到身子底下，站了起来，胸腔中发出低沉威胁的咕噜声。他那双猎手的眼睛专注地盯着其中两人。长久以来，捕猎的技艺第一次在他身体中苏醒。只要他们再走近一步，他就扑上去。要是不走近，他就悄悄过去，装作……

“晚上好，我的猎手老爷。”其中一人开了口，“请原谅我们不请自来。

我们绝无冒犯之意。”他说的是猎手的语言，而且十分完美，只带有一点微乎其微的虎语口音，“请问您是被称为黎明之棘的那一位吗？”

德累斯顿眨眨眼。黎明之棘是他父亲给他的名字，他还以为永远不会听到了。他震惊地甩甩尾巴。对。

“好，我觉得应该是你。我被称为麦可。我曾和骄傲的红风一起打过猎。”他看了看深坑，“那时候我听说了你的困境。”

德累斯顿一时间惊得无言以对。红风住在他家西边，跑很久才能到那儿。那个家族很勇猛，备受尊敬。一个人类？跟他们一起打猎？就算石头引用了某句诗，月亮为他唱起歌，他也不会比现在更惊讶了。片刻后，他说话了。如果他远远看见另一头狮子走近，他也会这么说：你是谁？你想干什么？

“事情有点复杂。请允许我先说明，我是阿布拉卡收养的儿子，是老虎诺布朗加的学徒。我身上有诺布朗加的味道，并随同他一同打过猎。这是我的兄弟大卫，他是专司谋杀的杀手。这是我的姐妹卡萝琳，也是阿布拉卡的家人。我们带来了诺布朗加的消息。我们能靠近吗？”

诺布朗加？德累斯顿知道这个名字。他是一头阅历极深的老虎，据说是世上所有森林的统治者。有一次，出于好奇，他走了三天的路程，去闻某块大石头上的味道，据说上面有诺布朗加的记号。结果让他失望。也许那儿有过老虎的一点点气味，但已经没剩多少了。

嗯。德累斯顿踱到那人身边，嗅嗅他的气味。如果来的是他的狮子伙伴，他也会这么做。没错，他身上有老虎的味道。但这么多年以后，他无法辨别这味道跟他在巨石上闻到的是否相同……但，哪怕他听到的有关诺布朗加的事只有一半是真的，最好的策略也是以礼相待。

德累斯顿停了下来，允许对方闻闻自己身上的味道。男人很快嗅了嗅他的鬃毛，随即退开。这是较年轻的猎手在相同情况下的恰当做法。德累斯顿抬起头，思考了一会。接着，他坐了下来，举起前爪，很快舔了舔。这个姿态，哪怕不能说欢迎，至少也是向对方表示尊敬。

他对那人要说的话十分好奇，这让他自己也觉得惊讶。

3

“——接着，那操蛋的狮子就在离我五英尺远的地方倒下。一点不夸张。”马库斯说，“他可真是气坏了。要是我的第三发子弹没正好打中他……”

“真的?”阿丽安说。

“真的。”

两人所在的林子，当初的理念是尽量保持自然的原貌。远处看的确如此，但走近看便露了馅。即便将沿路的圣诞树忽略不计，这地方也处处显出人工园林的迹象，诸如棕榈树的间距太过平均之类。无论自然与否，这片林子实在是够大的。这会儿两人已经走远，别墅的灯光只能从树顶上透进来。派对的声音几乎彻底听不见了。

“大狮子麻翻以后，我走过去捡起狮崽。那时候她只有一丁点儿大。就在这时，我听到另一声咆哮，狮子妈妈来了。”

“那你怎么办?”

“嗯，我放下了狮崽。但太晚了。几分钟后，狮妈妈出现了。她的本事很大，比狮爸爸潜伏的距离近得多，而我们的麻醉枪已经全打空了。所以，一个土著掏出来复枪射她。”

“啊！你开枪打她？她只想保护孩子呀。”

“我们当然要开枪！不然她铁定吃了我。幸好我们开了枪。即便中了枪，她死之前还是扑倒了一个替我们扛帐篷的人，撕开了他的胳膊。我听说那家伙后来只能截肢了事。”

她的某些感受大概浮现在了脸上。

“没关系，我给了他钱。”马库斯看着她，“怎么了？”

“没什么。”她说。为了转换话题，她问，“这是多久之前的事？”

“嗯……是我结束巡回演出之后的一个月，就是说，大概快满一年了吧。娜嘎——就是狮崽——已经长大了好多。别墅里有张照片，上面是我一脚踏着她爸爸，手里抱着她。现在她已经快两百磅了，这还只是长了一半大呢。”

“不会吧。那她爸爸多重？”

“大概四百磅？要四个人才抬得动他。十二小时后，我们就在回康涅狄格州的飞机上了。”

“他们允许你带狮子入境？”

“我有许可证。说是为了动物园。”

阿丽安朝四周张望一下，打了个冷战。大麻开始起作用了，却让人更不舒服。人工森林看起来很黑，很深。她几乎听不到派对的声响。不知怎的，她想起了玛依，她妈妈，还有她们上一次的争吵。那时，阿丽安从城里回家探望，却忘了带够毒品。两天后，她难受起来，拉稀，浑身虚脱。她蜷在小时候睡觉的垫子上，一边出汗一边发抖。玛依给她送来一碗菲苏瓦达[①]，一杯水，一块凉毛巾。烛光下，玛依一脸温柔，满是同情。而她一把打掉了玛依手中的碗。她还记得玛依受伤的表情。可她不饿，她需要的不是食物。第二天一早她就离开了家，没有道别，直飞圣保罗，前往灯红酒绿的夜晚俱乐部。那儿有男人，只要她肯替他们做某些事，他们就会给她想要的东西。阿丽安什么都做，她不介意。什么都比在潘纳诺边上村子里的小破屋中慢慢老去要好。玛依就是这样浪费了自己的一生。可现在，在阴影中，玛依的脸浮现在她眼前。她渴望回到母亲身边，被她拥抱，像个小姑娘一样从母亲的怀抱中得到安慰。

“我们回去吧。”阿丽安说，“我，呃，冷了。”

“马上就回。我们就快到了。”又走了几步，小路尽头出现了一片空地。他打开一块伪装成树皮的嵌板。空地上突然泻出灯光。

“哇。”她眨了眨眼，“那是什么房子？”那东西看起来像个花园小屋，只是多了木桩打成的高脚。

---

①豆焖牛肉或猪肉。

“鸡窝。”他答道，“动物园的人说，鸡窝要放在这儿，这样鸡才闻不到狮子的气味。否则鸡会吓疯的。”

跟毛巾、大理石门厅一样，鸡窝的门上也用花体古英文印着马库斯的姓名缩写。鸡窝上也要写？“小丑。”她不知不觉说出了声。

“什么？”

“没什么。”她向他送上自己最美的封面女郎式的微笑。

马库斯也笑了，“来，拿着。”他递给她一根长长的竹竿，竹竿一头系着细细的绳子。

“这是干什么用的？”

“跟你说了，”他说，“我们去钓鱼。”

4

“他怎么说?”卡萝琳指指德累斯顿,问道。狮子正绕着他们缓缓兜圈子。

“我们大概碰上问题了。”麦可回答。

“什么意思?”

“他说他宁可烂在这儿。”

卡萝琳耸耸肩,“随他的便好了。咱们走。这儿肯定还有其他狮子……”

“其他狮子是有,”麦可说,“但猎手没有。”

“我不太明白。”

“那个到处是笼子的地方叫什么?就是美国人奴役猎手的地方。”

“动物园。”

“对,动物园。那地方有其他狮子。还有狼、美洲豹,甚至还有老虎。他们的精神已经垮了,他们的牙齿也钝了。他们的骄傲已经成了历史。我们可以弄几个那样的,让他们对抗谭恩和其他哨兵,你觉得他们能撑多久?”

卡萝琳撇撇嘴,思考了一下,点点头,“我明白了。”

“我们也可以从草原或森林里另找帮手。”麦可说,“那儿的猎手仍然忠诚,哪怕不孝忠父亲本人,也孝忠诺布朗加。我可以走奇异之路很快到达,但要教他们跟着我沿着奇异之路回来,需要费点时间。你明白了?”

她又点头。

“所以我们的选择余地很小。这附近只有几个猎手,这两个是他们中最强壮的。”

“我还有一点没明白。”卡萝琳说，“这两个不同样是被关在笼子里吗？”

麦可看上去有些不自在。“对。”他说，“但这两个关的时间不长，精神还没垮。”麦可用敬佩的目光望着大狮子，“猎手之焰仍在他体内熊熊燃烧，他的孩子也一样。”

卡萝琳用指甲叩着牙齿，“这头公狮——他叫什么来着？”

麦可发了个音。只有成年狮子才能发出这种音。

卡萝琳有点恼火，“这我可说不来。那些人叫他什么？”

麦可的脸色难看起来。

“我们总得叫他啊，麦可，当然最好是用他已经习惯的名字。”

“德累斯顿。这儿的人叫他德累斯顿。”

“好吧，那就德累斯顿。德累斯顿为什么不肯帮我们？你提出的条件蛮公平的。”麦可已经对他们说明，任何帮助他们的猎手都能成为父亲的家人。这份荣耀基本上只是空头名衔，除了一点：父亲的家人有权使用父亲设置的道路系统。也就是说，他们可以很快地、安全地回到塞伦盖蒂草原。

“不是嫌报酬不够。”麦可说。他瞧了大卫一眼，低声说，“是父亲的缘故。”

尽管声音很低，大卫还是听见了。他在距他们几步远处突然僵直不动，保持着随时可能掷出长矛的姿势。“什么？”他走回他们身边，危险地咧开嘴笑着，“你说什么？”

麦可叹了口气，“这是……宗教问题。这头狮子属于某个教派，这个教派认定父亲篡夺了森林之神的权力。”

“哦，对。”卡萝琳说，“我记得那些人。他们的长老是某个女祭司。叫什么来着？就是那只家猫。”

“没人知道她的名字。”麦可说，“人家叫她猫咪老妈妈。”

大卫的脸转向他们，眼中闪着光，“什么？你说篡夺？让那头狮子过来，麦可。”

卡萝琳揉揉太阳穴，“大卫，用用脑子。拜托。如果我们在这种鸡毛蒜皮上计较不休,每过一分钟,就是浪费一分钟。我们不知道设下reissak的是谁,也不知道他们的目的究竟是什么,连原因都不知道。如果、如果父亲在哪儿受了伤,我们该怎么办?”

大卫皱眉,“你想说什么?”

“麦可是对的。无论是不是异教徒,这头狮子都是方圆一千英里内最好的猎手。说白了,我们需要他。你能不能把复仇推迟?就这一次?”

大卫思考了大约一分钟,“好吧,可以。”他回去练他的长矛了。

麦可转向卡萝琳,“你真觉得是这样?”

“什么?”

“某人,伤了父亲。或者某个……东西。”

她面无表情地看着他,“我不知道。我们不能忽略这种可能性。”

“但……”

她竖起手指,以示安静,“等会儿再说。”她说,“现在我们得想办法让那狮子答应帮我们。”

麦可摇摇头,“不。”

“什么意思,不?我以为我们来这儿的目的就是……”

“不,我们不用想办法。办法我已经知道了。我本来想说,但……”他朝大卫的方向点点头。

“什么意思?”

“猎手会很乐意帮我们,我想。”麦可微笑,“我们可以给他最渴望的东西。”

5

马库斯把手放在鸡窝门上，“你还是在外面等比较好，里面太臭了。”他拉开门，走了进去。片刻后，鸡窝里响起吵闹的杂音，六分之五是愤怒的鸡，六分之一是恼怒的嘻哈歌手。

“过来，你这烂屎！”

尖叫声，拍翅声，咯咯叫声。

“天杀的！”

几分钟后，门开了，马库斯拿着装了两只鸡的铁丝笼子出现在门口。两只鸡在笼子里拍打翅膀。不过，考虑到刚才那一幕，它们还算平静。

“把那个给我。”

她把竹竿递过去。马库斯把竹竿扛在肩上，活像哈克贝里·费恩[①]。他另一只手中的笼子让她联想到了工具箱。他把竹竿尽头的绳子挽了个活结，套在一只鸡的爪子上。

突然，她明白他要做什么了，“哎呀，马库斯，别……”

他送上唱片封面式的微笑，金牙映着白皮肤，闪闪发光。“有乐子瞧啦，宝贝儿。来。”他朝来路走去，她跟上，接着停下了，“马库斯？”

“什么？”

“我好像看到那儿有东西在动。”

他瞥了一眼暗处，“大概是猴子。”他说，“我们这儿养了几只猴子。它们不伤人。来吧。”他转过身，走上灯光照明的小路。片刻后，阿丽安跟了上去。

---

①美国作家马克·吐温《哈克贝里·费恩历险记》的主人公。

越靠近狮子坑，阿丽安觉得鸡变得越不安。不过只有一点点。如果狮子的食物是我，我肯定会拼命尖叫，叫破嗓子。幸好鸡这么笨。

一分钟后，他们出现在那块小小的空地里。马库斯走上两个狮子坑中间的水泥栈桥，用竹竿把鸡挑出栈桥外晃晃，不断放线。鸡绝望地拍着翅膀，恐惧地尖叫。

“哎呀，马库斯，别这样……”她觉得反胃。

“好好瞧着！”他嘻嘻笑着，“滑稽透了。”他挑着鸡上下晃动，“来呀德累斯顿，”马库斯叫道，“来呀大个子！吃晚饭了。”

“宝贝，拜托了，我们还是回……”她停了下来，马库斯也不笑了，“宝贝，怎么了？”

“德累斯顿？”马库斯说，“来呀大个子。”他在狮子坑里来回扫视。阿丽安追随着他的视线。坑是椭圆形的，很深，但不算太大，最宽处只有四十英尺。坑底有草，几块水泥浇注的大石头，几截树干，努力模仿自然，其实根本不像。墙壁上有小小的瀑布流下，流进小水塘。从他们站的地方，能看到坑里的一切。

“狮子呢？”她问。

马库斯瞪着她，眼睛睁得非常大。悬在绳子尽头的鸡又愤怒地尖叫起来。马库斯扔下竹竿。鸡掉下五英尺的高度，脚上的活结松了。拍了几下翅膀，鸡获得了自由，在坑底扑腾，愤怒地咯咯直叫。

没人关心这只鸡。

“马库斯，狮子呢？”

“嘘。”马库斯伸出一只精心保养的手指，竖到唇边。他的眉头打了结，拉出塞在背后裤腰里的衬衫，摸出一把9毫米珍珠柄自动手枪。

“你是说它跑出去了？”她轻声问，“它怎么可能跑出去？你说不可能……”

“嘘！”马库斯的脸绷得紧紧的。天太黑，看不真切，但他可以用耳朵听。过了一会儿，阿丽安也跟着一起听。

蟋蟀。公路上轻轻的车流声。山上别墅，有人跳进泳池，溅起大大的水花。笑声。

接着，近处——真的很近——树枝断裂的声音。

“马库斯?”她轻声叫。

他转身对着她。已经没必要解释了,他脸上的神情说明了一切。

狮子坑是空的。

坑空着,而黑夜中有东西正在移动。

6

“马库斯，o que é que é？”

“我不知道。”马库斯回答。他不太懂葡萄牙语，但她要问的肯定只有一件事。其实他知道答案。近处，又一根树枝折断。他拉动手枪的枪栓，上膛。远处的别墅里，一大帮子吃白食的混球正在没心没肺地大笑。这会儿，他的专辑已经放到第三首，歌名叫《大款》。他公司的推广人员很喜欢这名字。哎呀，黑夜里有东西在动。

“我们该怎么办？”

马库斯随着《大款》的节奏不断摆头。他自己并未意识到，但这能帮助他思考。他想到了。动物园的人告诉过他，墙上有个开口，从那儿可以看到坑里的一切。那是一条窄缝，开在水泥煤渣砖墙上，装着金属的推拉门，有点像牢房门上的开口。马库斯进过一次监狱，是去那儿拍MTV。他们能通过这条窄缝观察狮子，而且毫无危险。他只进过一次那间——“饲养室。”马库斯说出声来，同时打了个响指，“我们可以去那儿，然后……”然后怎样？打电话？藏起来？都行。到那儿就安全了。“来。”他迈开脚步，没管她是否跟上。

“行，操，”阿丽安在他身后说道，“我要回……”她突然住了嘴，倒吸一口气，“马库斯？”

她的语气让他不得不回了头。就在她身前，不到五英尺外，站着一头狮子。她跟着他走出别墅派对，就为了来看一头狮子。他长着褐色的浓密鬃毛，露出了黄色的粗壮獠牙。

大狮子扑了上来。

阿丽安转向他。她的表情就像做梦，“告诉玛依，我……”

它咬住了她。一人一狮倒在地上，腾起一蓬尘土，碎石飞溅。阿丽安的头在地上弹了几下，她略作挣扎，但狮子用大如铁锹的爪子紧紧按住了她。接着，它的大嘴咬住了她脖子的侧面。她的头侧向某个角度，正好直视马库斯。她似乎已经认命，甚至显得十分平静。

几分钟后，马库斯荣升某个成员极为稀少的俱乐部的一员——他不知道有多少人亲眼看到过狮子发动攻击，而且不是一头，而是两头——但他认为人数肯定非常、非常少。哎呀呀，老天。他尿裤子了。

两百米外，他听到派对还在继续。某个带着浓重布朗克斯口音的女子一再重复着“哎呀，我的闹（老）天”。这声音在他听来就像冰锥一样刺耳。我他妈的恨死我的朋友了。操。算了。我不要再做狗屎说唱歌星了。明天我就去飞行员学校。他起初并不喜欢说唱。高中里某次选秀，他脱颖而出之后才爱上了这行。要是大卫·李·罗斯[1]能做急救员，我也能做飞行员。

他扣了三次扳机，一次比一次恐慌，然后才意识到没打开保险。解锁保险后，他打出的第一枪低了，子弹射进阿丽安伸长的脖子前面几英寸的土里，尘土飞起。狮子抬头看看他，眼中闪着凶光。马库斯抽泣起来。他举起手臂，又扣下一枪。这次高了，射入森林中某处。

狮子张开嘴，露出黄色的獠牙，咆哮起来。

马库斯尖叫出声。他的平角内裤上突然一阵沉重。屎出来了。在夜晚凉爽的空气中，屎的臭味和温度分外明显。他想起他在草原上打猎的那天，那头母狮突然冒了出来，撕裂了那人的手臂。他呻吟一声，想着通向饲养室的阶梯。饲养室上头还有一座小屋，免得雨水渗下去。小屋是水泥煤渣砖做的，门是厚厚的钢材。这么多水泥似乎有点防卫过度，但动物园那人说过，跟狮子打交道，乱来是要付出代价的。

马库斯想也没想，转身撇下阿丽安，沿着小径猛冲进黑暗，抄最短的路朝饲养室跑去。动作感受器侦测到他的靠近，小径两边雅致的小灯次第亮起。

他一头撞上那扇钢门，这才想起钥匙忘在了别墅里。“哎呀，不，”他

①美国摇滚歌星。

说,“不,不,不,不。”

他摸索着门把,几乎肯定一定锁着。谁知门把顺滑地转动起来。“谢谢,谢谢,谢谢。”他一把拉开门。

接着,他又尖叫起来,震惊,加上恐惧。

楼梯上站着一个人。*他堵住了我的路呜呜呜*。就连他的思维也开始呻吟。他的肾上腺素从未如此飙升,时间的流逝似乎也变慢了。他只花了几分之一秒就看清了眼前景象。那家伙块头很大,高,而且壮。可是——*搞什么名堂?*——他穿着浅紫色的芭蕾舞裙,还有一件钓鱼背心——不,*等等,是防弹衣*。

马库斯飞快地转了转念头,不知自己是否在做梦。

无所谓。他一点儿都不在乎这家伙穿什么。要紧的是这家伙挡了路。马库斯抬起左臂,想把那人推开,同时举起右臂晃晃枪,以示威胁。*威胁个屁。我马上就开枪,只要他……*

然而电光火石之中,他握枪的手指感觉到了一点压力,随后便发现自己一屁股坐在了地上,喘不过气来。握枪的手感觉有点儿怪,有点儿痛。他低头一看,发现最短的两根手指以奇怪的角度软软地垂着,小指上有截骨头戳了出来。

看清这 切后,第一阵剧痛方才袭来。

他抬起头。穿芭蕾舞裙的男人正在检视马库斯的手枪。他退出弹匣,在手指间娴熟地翻动,手法像魔术师一样让人眼花缭乱,随后把弹匣塞进腰带。

他朝马库斯露出笑容。他的牙齿颜色很暗,几乎呈黑色。他走下楼梯,从马库斯身后绕到身前,把没有子弹的枪扔到马库斯的膝头。

另一个人——这家伙全裸着——从黑乎乎的楼梯爬了上来。“你们都是来参加派对的?”接着,他又懊恼地添了一句,“你们最好别在这儿搞操屁股这套! 我可不要臭同性恋来我的……”

“嘘。”黑暗中,有女人的声音说道,“外头有狮子。”

马库斯张了张嘴,又闭上了。此话有理。再开口的时候,他的声音轻了许多:“你们他妈的到底是谁?”

女人走上前,“我是卡萝琳。这是麦可。那是我兄弟大卫。”

“嗯，嗨，认里恩高印（认识你们很高兴），现在该死的拉我一把，我们好下楼到……”

她摇摇头，“不行。”

“什么意思，‘不行’？”他有点明白了，“喂……就是你们把我的狮子放出来的？”

“对，是我们。”

“你们究竟为什么……你们疯了吗？还是PETA[①]的？”

她摇摇头，“我不知道你说的是什么。不是。”

“妈的无所谓了。给我让开，别挡我的道。”

“不行。”

“随你便。”他右手撑地打算站起来。*要是这贱人敢拦路，我就踢她*……一团阴影笼罩住他。马库斯抬起头。

“要是你打算下楼，大卫会让你受伤。”她说，“可能是轻伤，也可能是重伤。劝你别冒险。”

马库斯上下打量那个大块头，估算着自己取胜的机会，随即垂下双肩，“你们想要什么？”他声音中斗志全无。

大卫微笑。

“我是来传口信的。”女人说。

“谁的口信？”

“德累斯顿的。”

一开始，他还以为她说的是那座城市，接着，“你说的是那头*狮子*？那个德累斯顿？”

“对。你干吗给他们取这种名字？”

“德累斯顿和娜嘎萨奇？因为，战争里……”

他身边爆发出大笑声。他转过身，看到大块头，大卫，正在模仿“轰隆”的声音。大卫举起双手，猛地放开，就像手中有个火球。

“对，”马库斯说，“轰隆。”

大块头笑声不绝，拍拍他的肩膀。马库斯真心实意地朝他绽开笑脸。*总算有人懂了*。后来，这一刻成了他今天最快乐的时刻。

①人道对待动物协会（People for the Ethical Treatment of Animals）。

“你看不看电视?”女人问。

马库斯花了好一会儿才理解了这个问题。理解之后,他开始怀疑自己的耳朵。他眨眨眼,“什么?你什么意思?”

她又耐心地重复了一遍,“你看不看电视?”

“我……”马库斯的思维急速旋转,眼珠也到处乱转,寻找救命稻草,但只见四周恶意重重。得顺着疯子来。“对,我看电视。”

“你看没看过电视里放的狩猎场面?非洲的?狮子咬翻斑马的时候?”

马库斯心知不妙,“我……呃……大概吧。”他看的不是斑马,而是瞪羚。差不多。

“好。你看到的叫……”她朝裸男叽咕了一句,裸男胸腔中发出低沉的咆哮,听起来和狮子的叫声一模一样。马库斯后颈上汗毛直竖。

“在猎手的语言中,这个词指某种特别的杀戮方式。”女人说,“这种方式对猎物表示了尊敬。大多数时候,猎手并不想伤害自己的猎物,他只是饿了,再说这也是自然规律。你看电视的时候,有没有注意到一旦过了某个点,斑马就不再反抗了?”

马库斯没见过这个场面,但他记得看到过三头狮子撕裂一只瞪羚的肚子。他还以为那只瞪羚已经死了,谁知瞪羚抬起头,看看自己的身体,又别转了视线。看这个节目的时候他嗑药嗑得正高,那情景让他浑身发冷,马上换了频道。

“很好。看来你知道。这种时候猎物不再挣扎,是因为它已经感觉不到疼痛了。狮子用某种特殊的方式触及猎物,让它远离了痛苦位面。这是猎手技艺的一部分。这种杀戮方式,狮子们称为——”她朝裸男点点头。

裸男又发出隆隆咆哮,太像狮子了。

“你大概不会在乎,不过你的女人就是以这种方式死去的。她的痛苦很短暂。”

马库斯想起电视里瞪羚直盯着镜头的眼睛,然后记起阿丽安光芒渐渐淡去的绿色双眸。

“但是,还有另一种杀戮方式。当狮子出于仇恨、而不是饥饿杀戮的时候，就用这种办法。那种时候，狮子就会用另一种方式触及猎物。在这种触碰下，猎物的灵魂会紧紧系在痛苦位面，痛苦会像溺水一样长久。”她的眼睛眯了起来，“我见过这种死法。很可怕。”

她真心同情地碰碰他的胳膊，“狮子让我告诉你，你就会这么痛苦地死去。”

马库斯的眼睛在三人中来回逡巡，拼命寻找刚才这话只是玩笑的迹象。女人一脸阴沉，裸男面无表情，芭蕾舞裙男热切地盯着他，眼神明亮而邪恶。马库斯不知道哪个更可怕。

“那……你们打算就这么拿我喂狮子？”

“对。”

“为什么？”马库斯轻声问，他常跟吸毒吸坏了脑子的家伙相处，知道争辩是没用的，“你们为什么要这么做？”

“因为这是猎手的要求。”她说，“这是他的条件。如果我们给他时间，让他想怎么杀你就怎么杀你，他就会帮我们。他会像保护自己孩子一样保护我们的特派员。”她耸肩，“他要的也不过分。很公平。”

“公平……可我……”

“你怎么？”她蹲下身，脸贴近他的脸，他方才看见的同情神色已经烟消云散了，“你侵略了这头狮子的家。你谋杀了他的配偶，他孩子的母亲。你绑架了他和他女儿，还把他们扔在坑里。这么做难道不够残忍？”

“没错，但……我想的是……”

“你为什么这么做？目的何在？难道不是为了让猎手们吼叫咆哮，供你的妓女取乐？”

“可能……大概。但，我说，你看过《疤面煞星》吧？那是……”

“别说了。”她站起来，转过身去，用他不明白的语言跟裸男说话。裸男回答后，又发出像极了狮子的咆哮声。

“等等！”马库斯说，“我有很多钱！我们可以……”

她和裸男退回楼梯间，关上门。马库斯抬起头，穿着芭蕾舞裙的大块头正朝他微笑。“喂，老兄，”马库斯说，“帮帮我。你想不想进娱乐圈？我可以……”

大块头嘴巴咧得更开。他指指马库斯身后，接着离开了。

马库斯勉强回头。德累斯顿和他女儿正站在他身后，比他想的还要近。很远的地方，夜空中传来了那个布朗克斯妞儿的声音："呀，我的，闹天。"

两只鸡待在狮子坑底，感到又安全又舒适，正咯咯直叫。

第六章　半个骗子的半个谎言

1

斯蒂夫在1987年左右醒来。

他身处某个十几岁少年的卧室。这一点他相当确定:墙上贴着各种乐队海报——威猛、B-52、乔治男孩等等——都是斯蒂夫高中时期流行过的,他还依稀记得。墙上还排着一列磁带,磁带旁边贴着许多宝丽来拍立得照片,都是十几岁的男孩子,穿着水洗牛仔衣和宽松裤,摆出各种姿势:唱歌、秀肌肉之类。其中一张照片里,两个男孩子在接吻。

斯蒂夫眨眨眼。*我究竟在哪儿?* 他记得自己身处监狱小教堂,记得身穿芭蕾舞裙的臭烘烘的家伙杀了唐恩和守卫。想到芭蕾舞裙和两个在照片里接吻的男孩子,斯蒂夫脑中冒出一个可怕的念头:*芭蕾舞裙男该不是把我绑架来做性奴吧,就像《低俗小说》里那样?*

这个念头太可怕了,令人不敢深想。*好好想,好好想。* 他记得在教堂里挨了揍,被甩在那家伙的肩膀上,几秒钟后就进了铺地砖的走廊,四处都是内脏和斩断的肢体,就像走在某个游乐园中的尖叫恐怖屋里,而且是个高于平均水准的游乐园。

某人的手臂躺在地上——只有手臂,没有其余。让人惊讶的是,这手臂看来竟然不怎么让人恶心——血不多,肌肉就像某张人体解剖图。几步开外躺着另一个守卫的大部分躯体——这人年纪大一点,五十岁左右,从肚脐处往上被齐齐劈成两段。*啥东西能造成这种效果?* 斯蒂夫记得自己好奇地想，超级大剪刀？朝向斯蒂夫的半边脸上毫无血色，毫无表情。斯蒂夫记得自己认出了他，记得自己开始挣扎，然后……

然后就在这儿醒来了。

床头柜上的闹钟也是1987年的。现在没人再用仿木纹塑料板了，谢天谢地。闹钟已经坏了。有人在上面砸出了一个大坑，又用类似玉米粉的东西围着它画了个圈。

斯蒂夫又眨了几秒钟眼睛，实在想不出有谁、出于什么目的会干出这种事。

床脚正对着威尼斯百叶窗，那东西用金属片做成，碰起来叮里当啷响。他坐起身，掀起窗帘，从缝隙里朝外看。太阳刚刚升起，或者快要落山—— 一开始他不确定，后来，隔了几幢房子，他看见有人下班回家取邮件，孩子们在后院玩球。肯定不是黎明。我睡了整整一天。

得到答案后，斯蒂夫放下百叶窗，收回视线。要是他知道，这是他最后一次看到日落，他大概会多花几秒钟，好好品味品味。

身上还穿着监狱服，让他松了口气——大概不会是恐怖的性虐对象了。但这一身算不上理想。房间里有个衣柜，满是水洗牛仔衣和宽松裤。他稍微挑了挑，穿上一条黑色运动裤——裤子紧了点，但能穿——还有一件灰色的演唱会T恤，胸口用明亮的橘色字母印着“红心”[①]乐队的标志，就像燃烧的煤块。

他听到客厅有人说话，于是循声而去。外头比卧室暖和，气味也好闻些，像是刚刚出炉的什么东西。大概是面包？或者甜甜圈？他的肚子咕咕叫起来。

可惜，好闻的气味里夹杂着臭味。他辨不出是什么臭。还有某种金属声。叮，嚓，叮。声音有点儿熟悉。叮，嚓，叮。

斯蒂夫从角落偷窥客厅。穿芭蕾舞裙的大块头躺在电视前的地板上熟睡。电视静音了，调在历史频道，正在播放纳粹铁蹄踏过北非的画面。斯蒂夫琢磨了一会儿。电视？他不是不会说英语吗？屏幕上，隆美尔举起双筒望远镜贴在脸上。我打赌他肯定喜欢坦克。大块头身边放着一只白盘子，里面堆着吃了一半的布朗尼蛋糕。蛋糕碎屑粘在他的胡子和胸

①美国摇滚乐队。

口上,混着干涸的血迹。那件带链条的青铜剑似的武器就放在他手边。

客厅里还有其他人,他们正看着这大块头。

沙发旁边站着一个身穿褐色商务便裤的男子,便裤膝盖以下被剪掉了,一只裤腿比另一只短了好几寸。男子赤裸的胸膛上文着几十个三角形,大的套着小的,如此慢慢缩小,直到剩下最后一个黑点,正好文在男子的胸膛正中。

看见斯蒂夫,男子把手放到一个坐在沙发上的女子肩上。女子看来三十出头,肮脏的金发胡乱剪短,没有打理。她穿着一件黑色连身泳装的上半截,剪成类似运动文胸的样子。她把手放在男子手上,跟男子十指交握。

叮,嚓,叮。房间最黑暗的角落里,一个女人坐在地上,蜷起双腿并在胸口,头搁在膝盖上,手臂瘦得只剩一把骨头,身穿一件脏得如同史前遗留物的灰色裙子,头顶有半打苍蝇嗡嗡盘旋。斯蒂夫看着她掀开打火机盖子。叮,点火。嚓,盖上盖子。叮。

她的眼睛一直凝视着火焰。斯蒂夫不安起来,一转头,正好看见另一个人走进房间。他立刻认出了那件圣诞毛衣和自行车运动短裤。

"是你。"斯蒂夫的手攥成拳头,骨节突出。

卡萝琳竖起手指放到嘴边,"嘘。"她指指穿着芭蕾舞裙、夹在布朗尼蛋糕和利刃中间、在地板上熟睡的血淋淋的男子。她用大拇指点点身后厨房的方向。

斯蒂夫张开嘴,想朝她厉声怒吼,但在瞥了一眼熟睡的谋杀犯后,他闭上嘴点点头。他悄悄绕过沙发,动作尽可能轻柔。那一对男女站了起来,跟着他。拿着打火机的女人仍然不断地叮,嚓,叮。

厨房里还有个人,是个老妇人,正在揉面团。她的穿着居然很正常,让斯蒂夫微微有些惊讶:一身及地羊毛家居裙,有点褪色但很干净,脚上是一双拖鞋。

"你好!"老妇人用半是耳语的声音招呼道,"我是尤尼丝·迈克吉利卡迪。想不想来个肉桂卷?刚刚出炉。"

"斯蒂夫·霍奇森。很高兴见到你。"这话一点不假。跟其他人不同,这老妇人看起来不太像把谁锁上铁链、关在地下室里的类型。他一时竟想为此向她道谢，可找不出委婉的表达方式，只好算了。“当然，我很喜欢肉桂卷。”

老妇人笑了，看样子很高兴。她指指一只烤盘，“咖啡在那儿。”斯蒂夫从木架子上抓了个杯子，倒了杯咖啡。

“你好，斯蒂夫。”卡萝琳的声音一点儿也不像耳语。

“你好。”他自己的声音听来太轻快了些。

“那是迈克吉利卡迪太太，她会说英语。”

“哦。对，当然。”

卡萝琳用大拇指点点身后的情侣，“这两位是皮特和阿莉西亚，他们不会英语，至少会的不多。”

“客厅里那个大块头呢？”

“那是大卫。他的英语也很烂。”

“另一个呢？玩打火机的那个。”

“那是玛格丽特。”

“不会英语？”

“几乎什么都不会。她很少说话。”

“我能问个问题吗？”

“当然。”

“你能不能想个理由，劝我不要抓起一把厨房用刀，然后捅进你该死的脖子里？”

卡萝琳撇撇嘴，思考着，“你会把血溅到肉桂卷上的。”

“我可是半认真的。”

“好吧。”她说，“我理解。我明白你大概有点儿不高兴。”

怒火腾地冒了起来，斯蒂夫的目光射向刀子，几乎开始认真了。“有点儿不高兴？”他从牙齿缝里吐出字来，“你诬陷我犯了谋杀罪！杀的还是他妈的警察！他们都在讨论死刑了，卡萝琳！他妈的注射行刑！要是我走运，那就一辈子待监狱！”

“小声点，”卡萝琳说，“吵醒了大卫可没好处。”

对，斯蒂夫想起了挂在监狱小教堂门外晃荡的人体残肢，大概确定没好处。“好吧，”他一下蔫了不少，“算你有理。但请你解释下，为什么要对我这么狠？我哪儿惹你了？”

卡萝琳缩了缩身子。“你没惹我。”她说，“我也不是生你的气，我无论如何也不会生你的气。”犹豫了一下，她继续说道，“不知道算不算安慰，但我这么对你是有理由的。我现在不能细说。我真的很抱歉，我知道这整件事有点儿……让人不快。”

“让人不快？”斯蒂夫几乎不敢相信自己的耳朵，“嗯，这也算是一种说法吧。另一种说法是，你彻彻底底地、永远地毁了我的一生。我更喜欢后一种。”

卡萝琳翻了个白眼，“别这么大惊小怪。你这不是从监狱出来了吗？”她指指烤盘，“再来个肉桂卷，很好吃。”

迈克吉利卡迪太太转过头，“自己拿，亲爱的。”

斯蒂夫的心脏都快气炸了。“大惊小怪？”他的手不自觉地朝厨房用刀伸了过去，“大惊小怪？”

“冷静，”卡萝琳说，“没你想的那么糟。”

“没我想的……你什么意思？”

“安静，斯蒂夫。闭嘴一秒钟，听我解释。我有个计划。如果你愿意替我做件小事，我可以让你提到的所有麻烦一笔勾销。”

“是吗？”

“没错。”卡萝琳在冰箱里翻了一阵，拿出一塑料瓶橙汁，拧掉瓶盖，举到嘴边。

“亲爱的，那边有玻璃杯。”迈克吉利卡迪太太有点不满地说。

“对不起。”卡萝琳拿了个杯子。

斯蒂夫想了想，“你可以勾销谋杀重罪起诉？死刑案子？”

卡萝琳往杯子里倒了一点橙汁，喝了一大口，“没错。”

“我倒要请教，你打算怎么做？”

“给我拿个肉桂卷，再拉把椅子过来。我做给你看。”

2

卡萝琳起身出门。片刻后，她带着另一个斯蒂夫从没见过的金发女子回来了。三个孩子跟在她们身后，脸色苍白，沉默不语，其中一个小男孩的脖子上有一圈紫色的瘀青。“这是瑞秋。”

斯蒂夫没理她，跪到小男孩跟前，“孩子，你没事吧？”

孩子只是看着他，没说话。

“他们只跟妈妈说话。”卡萝琳说。

“哎，太古怪了。这孩子的脖子怎么了？”

“这是，呃，事故。他摔了一跤，从自行车上。”

“唔。”斯蒂夫指指瑞秋，“她呢？不会英语？”

“不会。”卡萝琳回答。她跟瑞秋用一种听来有点像唱歌的语言说了点什么。这种语言仿佛是越南语和猫咪打架声的混血儿。

“她来这儿做什么？”

“瑞秋很善于探听秘密。”卡萝琳说。她拎起迈克吉利卡迪太太的电话座机，放到厨房桌子上，“你能让这东西变响吗？”

“什么？”

“让每个人都听见。”

“哦，当然可以。”他研究了片刻，按下免提键。

“现在拨姓名地址。”

“什么？”

“就是你告诉他们名字、他们告诉你电话号码的地方。”

斯蒂夫摁了三下号码。

“哪个城市?”响起机器合成的人声。

“华盛顿特区。”卡萝琳说。

“哪条线路?”

“白宫总机。”

斯蒂夫扬起了一边眉毛。

机器报出一串号码,然后问她是否愿意多花五毛钱接通人工服务。卡萝琳说好。白宫总机接线生在第三声铃响后,接起了电话。

“我叫卡萝琳,”她说,“请接总统。”

斯蒂夫目瞪口呆地望着她。

“请问您贵姓?”

卡萝琳皱起眉头,“我不确定。这要紧吗?”

接线生听来不耐烦了,“很抱歉,女士。总统此刻无暇接听。如果您愿意留个口信,我会……”

“他会跟我说话的。”卡萝琳说,“请验证:今天的口令是‘闪电’。”

“哎呀!”接线生说,“等等,我替您转接。”

“会不会是‘索巴斯基’?”斯蒂夫想起了欧文对他说的话。

“什么?”

“你的姓。会不会是‘索巴斯基’?”

卡萝琳想了想,“哎,对呀,听起来……”

话机中响起一个男声:“我是戴维斯中士。”他说,“验证口令。”

卡萝琳指指瑞秋,探询地扬起眉毛。瑞秋招来一个穿着脏兮兮的灰色吊带裙的小女孩,孩子跟她耳语几句。瑞秋用那种唱歌似的语言转达给卡萝琳。

“口令是‘723熊走在33744黎明’。”卡萝琳把瑞秋的话译成了英语。

“请稍等。”传来打字声,片刻后,男人说,“我把您转接到沃特斯先生的办公室。”

听到这个名字,斯蒂夫的眼睛瞪大了,“白宫办公厅主任?”

“嘘!”卡萝琳示意。整整一分钟,他们就这么悬着,没有等候音乐,没有录音留言,一片寂静。接着,一个声音响起:“我是雅各布·沃特斯。”

斯蒂夫强压下震惊之情。他不怎么关心新闻,但那声音的确有些耳熟。你他妈开什么玩笑？

“沃特斯先生，请替我叫总统接电话。”卡萝琳说，“谢谢。”

“恐怕这不可能，呃，”响起类似敲击电脑键盘的声音，“卡萝琳小姐。总统先生正在开会。有没有什么我能……”

“叫他出来。”

电话那头沉默了片刻。斯蒂夫猜对方大概正在怀疑自己的耳朵是不是出了问题。他很同情对方。卡萝琳耐心等待。

“女士，地球上有权使用您刚才报出的口令的，只有三个人。我碰巧知道，您不是其中之一。所以，除非您现在就告诉我您是谁、怎么知道的口令，否则您会有非常大的麻烦。而且，您最多只能联系到我，不可能再往上了。”线路那头响起轻微的咔嗒声。

“我想他们正在追踪电话。”斯蒂夫说。

“别说话。”卡萝琳说。她转向瑞秋，两人交谈片刻，说话声让斯蒂夫想起热带鸟儿打架。“沃特斯先生，你似乎是个体面人，但我实在赶时间。请原谅，我只好来硬的了。我知道总统三月二十八日那晚身处何地。我知道艾莉森·梅杰斯为什么最近一声不吭。我甚至还能拿到照片。要是我在一分钟内不能跟总统本人说话，我就挂断电话，然后打到华盛顿邮报去。”

电话那头沉默了大约两秒钟。沃特斯连按下暂停等待键都来不及，就直接扔下了话筒。斯蒂夫听到门砸在墙上的声音。几秒钟的寂静后，远远地传来骚动声。接着他听到沃特斯说：“都出去。马上。腾空这个房间。”然后是关门声。“我是总统。”

哎呦喂！斯蒂夫心里叫道。这种事可不是每天都能见到的！他咬了口肉桂卷。他已经吃掉了两个，这是第三个了。真的挺好吃哎。

卡萝琳笑了，“你好，总统先生。我很抱歉，但事态很紧急。我叫卡萝琳·索巴斯基。”

对方沉默良久，“抱歉，我不……”

“我父亲被人称为亚当·布莱克[①]。”

对方沉默得更久了一些，“你能再说一遍吗？”

①Black，意为“黑”。

她重复了一遍。

对方又顿了顿，这次时间短些，“叫这个名字的人很多……”

“对，但我父亲是那位亚当·布莱克。你就职时，你的办公桌上放着一份文件夹，里面提到了我父亲。我想应该是一张黄兮兮的纸，由一位名叫卡特的先生写的。记得吗？”

“我记得。”总统回答。他的声音很轻。

“太好了。我就知道你记得。你想不想知道侧面印着11807-A1的空军设备最后落在哪里？我能一五一十地告诉你。我当时在场。”

总统长长地吐了口气，“明白了。”他的声音十分虚弱，“我……我还以为，有个条约，规定不能有接触……”

卡萝琳大笑，“你说‘条约’？你可真够冠冕堂皇的！我记得的版本是：我父亲吩咐卡特先生，让他保证自己不再受到打扰。卡特先生说他很乐意去办，并承诺如果有任何他能效劳之处，只要吩咐一声即可。我父亲说以后会有机会的。现在机会来了。如果你能帮一个小忙——效个小劳，亚当·布莱克会很感激。”

“效劳？”

“对。如果我没弄错，你有权签署特赦令，对吗？”

“对……”

“很好。我会把详情寄给你。谢谢，总统先……”

“能不能，呃，夫人，我能不能——能不能问问犯罪的性质？”

卡萝琳很久没有回答。等她终于开口时，语气比刚才冷得多：“这有什么区别？”

“这，呃，这可能会影响到……”

卡萝琳叹了口气，“我说的那个人还没被判刑，但据我所知，判刑只是时间问题。主要事件是某位警察遭到谋杀。可能还有其他零星的罪名，比如破门私闯民宅、盗窃，诸如此类。哦，还有畏罪潜逃。他昨天未经许可就离开监狱，造成了某些人员死亡。我猜那也触犯了某些法律条款？”

作为《哈佛法律评论》的前任编辑，总统表示赞同。

“但我们主要关注的是死刑判决。”

“死刑。”总统语气呆板地重复。

“对。”卡萝琳顿了顿，“如果能让你好受些，我正好知道那个将被判刑的人是无辜的。这是百分之百的事实。”

“我能问问您怎么知道的吗？”

“因为杀死迈那警探的是我。”卡萝琳说，“霍奇森先生在场，但……人事不省，根本不知道身边发生的事。撇开司法方面的细枝末节，他是完全无辜的。”

“明白了。”总统最后终于说道，“即便如此，索巴斯基女士，这在政治上也……”

“如果我没弄错，当初你就职时，应当被告知了某些机密事宜，其中之一是一份代号为‘冰冷的家’的档案。这份档案的边缘有蓝色和红色的条纹，厚约一英寸，里面全是未解之谜。对不对？”

总统沉默许久，“您怎么可能知道这些？”

卡萝琳笑道：“这恐怕是下一个未解之谜。”她朝瑞秋使了个眼色，“干吗不把这个加进档案里去？直说了吧，总统先生，我就是知道。要是你读过‘冰冷的家’里面的记录，你就该隐约明白我父亲到底有多大能耐。我可以用自己的亲身经历向你保证，惹他生气绝对是不明智的。我只要求你签署一份文件，而且——不知算不算安慰——我认为这件事被公之于众的可能性很小。”

片刻后，一点儿也不愚蠢的总统回答：“好吧。”

“谢谢！我一定会向父亲美言，说你十分得力。”

“谢谢您，索巴斯基女士。政府非常希望能与您父亲展开对话。我们会……”

“抱歉，总统先生。恐怕这不可能。”

“可是……”

“还有一件事你可以做。你下一次在媒体露面是什么时候？”

电话那头停了一会儿，有人在远处说“明天早晨”。总统对着话筒道：“我想是明天早晨。”

卡萝琳思索片刻，“抱歉，太晚了。今晚出来露个面。”

“恐怕这不……”

“这不是请求。”她的语气冰冷。

电话那头沉默许久。斯蒂夫瞪着她,下巴都掉了。

“好吧。”总统轻声回答。

“很好。讲话的时候,我要你加上某个词。比如,嗯,呃……就说‘美好的昔日’吧。你能不着痕迹地加进你的讲话,别让人太吃惊吗?”

“可以是可以,”总统一字一顿地回答,“我能问问为什么吗?”

“因为未来的几分钟内,那个将被你特赦的某人会突然想到:说不定跟我讲话的只是某个听起来像你的人。不过,当他看到你在电视直播中说出‘美好的昔日’时,所有疑虑想来都能烟消云散。”

“明白了。嗯,我想可以安排。”

“太好了!”卡萝琳说,“谢谢,总统先生。就这样。”

她挂了电话。

3

大约一个小时以后，客厅里只剩下了卡萝琳和斯蒂夫。在此之前，也就是卡萝琳挂了总统的电话没多久后，浑身血迹的大块头醒了，吃了几个肉桂卷。接着，他走向角落里那个臭烘烘的女人，从她手里拿走了打火机。女人似乎一下子清醒过来，朝他微笑。两人转移到后面的卧室。就在这时，总统出现在电视屏幕上。

斯蒂夫很想专心聆听总统的新闻发布会，但他的注意力总被后面的卧室发出的声响分散。大块头和臭女人在里头干得昏天黑地，弄得床垫弹簧吱吱响。迈克吉利卡迪太太的床显然不足以应付这种大战，咔嚓一声，坍了。斯蒂夫发现那对亢奋的情侣的动作居然连一拍都没有慢下来，不由得深感敬佩。

他朝四周看看，想知道卡萝琳或者其他人有没有跟他一样惊讶，却发现对此有所反应的只有老妇人的猫。猫原本睡在卧室对面的墙根边，里面两人重重撞到墙壁，震落了墙上的家庭照片，于是猫站起身，跳上沙发，在斯蒂夫身边睡下了。

卡萝琳在斯蒂夫眼前晃晃手掌，带点责备地指指电视："专心点，行吗？我可不想把他再叫回来。"

"抱歉。"

之前的二十分钟，总统一直在唠叨某个刺激经济的法案。他想提高或者降低税率。现在到了提问时间。

斯蒂夫专心看了几分钟。接着，大块头裹着床单，从他们身后穿过客厅进了厨房，抓了两块布朗尼、一瓶威臣植物油和——*哎呀，老天*——厨房火钳。接着，他露出魔鬼般的笑容，回到了卧室。猫一路注视着大块头。斯蒂夫猜它同样对火钳感到纳闷儿。大块头消失后，猫困惑地看了斯蒂夫一眼。

斯蒂夫耸耸肩，“难倒我啦，兄弟。”他轻声说，“说真的，我不确定我想……”

卡萝琳又戳戳他。斯蒂夫闭上嘴。电视里，一名记者问了个关于即将召开的美俄武器峰会的问题。总统说地点尚未确定，但他和俄方均倾向于定在雷克雅未克，“哪怕仅仅为了‘美好的昔日’之故”，招待会的记者们都笑了。

斯蒂夫没明白笑点，*但这千真万确就是总统*。他有点晕。迈克吉利卡迪太太家能收到所有的有线电视频道，其中的两个台都在直播新闻发布会。刚开始的时候，他不断切换美国有线电视台和福克斯新闻台，心里怀疑这是否只是某个精心设计的骗局，电视里的人只是雇来的演员……

卡萝琳盯着他。

“好吧，”斯蒂夫说，“就算我相信你能让总统为我签署特赦令，”他吃惊地发现自己的确相信，“也还有个问题。”

“什么问题？”

“我完全想不出你为什么要为我做这种事，我觉得你不会真的这么做。你可能还记得，上次我同意替你办事，结果我进了监狱。前天我那个混账律师说，我引用他的原话，我正在‘通往死囚牢的快车道上’。”

卡萝琳眉头紧蹙，手指朝后捋捋头发，“对此我很抱歉。真的。但这是无法避免的。如果你愿意替我办这件事，我能弥补，而且也会弥补你受的罪。”她伸手探向沙发后面，拎出她上次带到酒吧的一袋子钱，扔给他，“对了，这是你的钱。”

斯蒂夫低头看看袋子，抬起头望着她。她就这么随随便便扔给他，这里头有几种可能性：一，她根本不在乎三十万块钱；二，她知道斯蒂夫活不了多久，没法花掉这些钱。*哪种都一样，他想，你又没得选。*

两人看了一个钟头的新闻。在临时增加的新闻发布会之前，媒体大加渲染的是他自己的“越狱”——斯蒂夫觉得“绑架”更确切，可惜没人问他。看来死者多达三十人以上。CNN猜测斯蒂夫是某个潜藏的贩毒集团的头目，福克斯则认为他可能是恐怖组织的一员。不过大家的一致意见是，他非常非常危险。每过十分钟，他的警方档案大头照就会出现在屏幕上。

大块头再次走出卧室。这次他不笑了，走过他们身边时，那一脸的怒气让斯蒂夫坐立不安。大块头从餐厅桌子上抓了几支蜡烛消失了，嘴里一边喃喃自语。

他消失后，斯蒂夫转向卡萝琳，"他说什么？"

"嗯？谁？"

"芭蕾舞裙男。他一直到处抓东西。我纯粹出于好奇——他刚才说的是什么？"

"哦，"她心不在焉地想了一会儿，"他说'我够不到她了。再也不行了。就是够不到。'"

"哈。"斯蒂夫莫名其妙，想了一会儿，"你知道那是什么意思……"

"要不要来个布朗尼？"迈克吉利卡迪太太问。

斯蒂夫张开嘴想说"不了，谢谢"，出口的却是"当然要了"！吃了三个星期牢饭，他的胃口变得超好。此外，布朗尼好吃得不像话。迈克吉利卡迪太太还给他拿来了牛奶。

卡萝琳不要。"你能专心听我说吗？拜托！"

斯蒂夫叹口气，"啊，好吧。你到底要什么？"

"你总算想起要问了。我们把你救出监狱，是想让你出门慢跑一次。"

斯蒂夫眨眨眼，"啥？"

"你有慢跑的习惯，对不对？"他模模糊糊记得，两人在酒吧聊天时，自己提过这事。"我们希望你出门慢跑一次。"

"就这事儿？"

"再拿点东西。"

啊，重点来了。他想。"什么东西？"

"我们不知道详情。我们只知道这东西所在的精确位置，而它可能是任何东西。"

"呃，好吧，"斯蒂夫说，"但这东西实质上是什么？毒品？高危爆炸物？"接着他生出了一个可怕的念头，"不是什么核武器吧？"

卡萝琳翻翻白眼，一副“别犯傻了”的神情，双手一拍，“不是，当然不是。不是这种东西。它是——我该怎么说呢——你就把它想成极其先进的防卫系统吧。”

“你想让我给你挖地雷？不，不，绝对不行。我宁可去坐牢。”

“不是地雷。”卡萝琳说，“绝对不是地雷这种东西。它是，某种，嗯……你知道重力井吗？差不多就是这种东西，只是效果相反，而且只对某些人起效。”

“我一点也不明白你在说什么。”

“嗯……好吧，这么跟你说吧。你知道微波炉的工作原理吗？”

“不知道。”

“基本原理就是微波。”

“哦，等等，我想起来了。我还真的知道微波炉的工作原理，你说的那些全是胡扯。”

“好吧，不是微波。但那个东西的工作原理其实无关紧要。”

“既然无关紧要，那就告诉我。”

“但它真的极其先进。你没有相关的知识背景。相信我，好吗？”

“鬼才信你。这么说，你是……那什么，某种武器研究专家？”他几乎都要相信自己的话了。“疯狂科学家”这个词涵盖广泛，很能解释她的古怪之处。“要是你不告诉我要拿什么，我连考虑都不会考虑。”

“你不会……”

“先说来听听。”

她叹口气，“这东西名叫reissak ayrial，本质是数学建构，一种自指涉连续反复，维系在悔恨位面。reissak通过目标体内的某种触发物起效。你要去拿的是它的物理标记物，是reissak在普通空间的投影。明白了？”

斯蒂夫瞪着她，“这是你发明的？”

“不是我。我只是个语言学家。现在我们能说正题吗？”

斯蒂夫做个苦脸，“当然。”我服了这堆专业大词了。

“联结reissak的标记物就在某个地方放着。也许就在露天。可能是可乐罐、麦当劳快餐袋、邮箱，什么都有可能。对大多数人来说——几乎肯定你也在内，斯蒂夫——它的的确确就是它所伪装的那些不起眼的东西。”

“但是?”

“但是,对有些人例外。对那些人来说,它就是毒药。你靠得越近,伤得越重;要是再近,它会杀了你。”

“那,它有放射性喽? 我不去拿有放射性的鬼东西。”

“不,没有放射性。”

“要是我不相信呢?”

“那我猜你就得回监狱啦,对不?”她快活地说。

斯蒂夫咬咬牙。

“它没有放射性。我保证。”她抽抽鼻子,有点委屈,“才不会这么没档次呢。”

“你怎么知道这东西,不管它是什么,不会对我起效?”

“嗯……我们不知道,不确定。但它似乎只对跟父亲有关的人起作用。普通人,比如你——还有联邦快递司机,送比萨的,其他普通美国人——随时可以来来去去。他们都不受影响。”

“所以你需要我? 就因为我是普通人?”

卡萝琳点点头,“差不多,对。”

“胡扯。”

她扬起一边眉毛,“这个词我好像不太明……”

“我是说,”斯蒂夫边笑边说,“你他妈的是在蒙我,你这个吹牛皮的大骗子。”

“斯蒂夫,我向你保证……”

“省点力气吧。”

“你说什么?”

“不用多说了。我知道你的谎话编得很漂亮,但说真的,省点力气吧。我做。”

她又扬起了一边眉毛。

“不算那袋子钱——我很怀疑你不会让我拿着钱走出这扇门——我没钱,没车,没身份证,就连个能投靠的朋友都没有。我想,光靠自己,我最多只能撑二十四小时。然后我就会重新回到监狱,或者,更有可能,因为拒捕被枪杀。而且,要是我拒绝,说不定你会让那大块头割了我的喉咙啥的。我觉得他一点也不会在意。”

“呃,”她说,“听起来像是好消息。”

“你肯定能看到我表示同意的眼神。不过,我还有几个问题。”

“当然,请问。”

“为什么要慢跑?为什么不能开车?开车更快,而且那不知是啥的东西要是太重,我可以……”

“嗯……这算是一种安全措施。”

“哦?”他俯身朝前,装出笑容,“请讲。”

“如果——”她举起一根手指,“如果那个,呃,防卫系统对你有影响,你还是别开车的好。车子的速度很快,一旦你身体不适失控,可能没等你反应过来就死掉了。步行的话,要是感觉不适,只要转身就行。”

“怎么个不适法?”

“每个人的反应都不一样。大卫头疼得厉害,我的脸会流血,皮特身体着火。所以,如果你一直走得好好的,突然开始感到疼痛,不要犹豫,马上止步转身。”

“要是我真的受了影响呢?你还会给我特赦令和钱吗?”他不会相信她的回答,但他还是想知道她会怎么说。

“特赦令当然会给。我们只想让你试试。至于钱,我说过,已经是你的了。”

“我对你的话还真有信心啊。”

她揉揉前额,“斯蒂夫,我不知道该说什么……”

“省省吧。你说你知道这东西在哪儿,但不知道究竟是什么,你能再说详细些吗?”

“当然可以。根据边界防卫系统的运行机制,它的防卫范围是一个球体。所以我们基本上就是拿着地图,绕着圆周走了一圈。那东西肯定就是圆周的中心。”

他想了想,“如果这东西在树上,或者埋在土里呢?它不一定放在地上啊。”

“有道理,但我们已经测试过了。”

“怎么个测试法?”

“非常仔细地测试。要是你非得知道技术细节，我可以讲给你听，但我向你保证，那东西就在伍德米尔庭院222号，离人行道五十七英尺，离地面两英尺。”

“离地两英尺？浮在空中？”

“它放在门廊上。”

“而你不知道那东西是什么？”

她摇摇头，“什么都有可能。也许是个看似无害的小东西。那间门廊上通常什么都没有。”

“你怎么知道？”

她绷紧脸，思考该怎么回答，“因为那是我家。”

“你家？”

“你干吗这么惊讶？”

“看你穿的这一身，我还以为你无家可归呢。”

她皱皱眉，“嗯，你错了。那房子是我父亲的，我们都住在那儿。”

“你们？”

她指指身后的房间，“我的家人。”

“哦……你一直管这些人叫你的家人，但你们看起来不怎么像。”

“我们是收养的孩子。”

“都是？”

“对。我们的父母死后，父亲收养了我们。”

“听起来真是个好心的王子。”

“所以我们很担心，希望尽早确定他没事。”她语气平缓。

“那……你觉得，是有人不让你们回自己家？”

“看起来是这样。没错。”

“知道原因吗？”

“父亲是个非常重要的人物，虽然表面看不出来。他能……让人当上国王。他还有很多很有权势的朋友。”

这一点，斯蒂夫心想，应该是真的。反正这人的女儿稍稍一吓，总统就跳了起来。“还有很有权势的敌人？”

她点点头，“对。某些敌人可能想进房子查看他放在里面的东西。具体说,是书。”

这么说……难道他是黑帮会计?类似梅耶·兰斯基[①]那样的人?“他到底跟什么人有过节?如果是贩毒集团,我还不如趁早拿了……”

卡萝琳从鼻子里嗤嗤一笑。

“有什么可笑的?”

“我在想象父亲贩毒的情景。不,他不是毒贩。”

“那是什么人?”

“我实在不能说。”她冷冷地笑了笑。

“好吧。”斯蒂夫叹口气,“那你觉得,你父亲的某个敌人偷偷潜了进去,设下了这个边界防卫系统?”

“可能吧。总归是某个人设下的。那天早上我离开的时候,门廊还空着。我非常肯定。我们只知道,自从边界防卫系统启动后,父亲就再也没有露过面。”

“也许是他设下的。你们想过吗?”

她皱皱眉,“有可能,虽然我想不出他设下这东西的理由,但……有可能。如果真是这样,我们也得面见他,然后非常礼貌地询问‘为什么’。总之,我们无论如何都得进图书馆看看。里面有些参考资料可能有用。如果你肯帮我们,我会绝对保证你毫发无伤地离开,同时暴富,而且没有任何犯罪记录。”

“我就装作暂且相信你好了。还有要嘱咐的吗?”

她弯下腰,拉开旅行袋拉链,里面放着一把套着皮套的手枪。“你可能需要这个。”

“哦。”

“有问题?”

“没。奇怪的是,有这个反而让我安心。直到现在,一切都好得不像真的。你觉得我可能要开枪打谁?”

“嗯……很可能你不需要开枪。但,我说过,父亲是个有权有势的人。他有……保镖。有可能——可能性不大,但仍有可能——他们看到你在近旁慢跑,觉得你是威胁。所以,”她耸耸肩,“最好是拿着枪用不上,

①美国黑帮大佬。

好过要用的时候找不到。”

他看看枪套，那是一把HK九毫米半自动手枪。“三个弹匣？子弹不少啊。”

“你枪法可能不准。”

“我枪法还真不准。所以，我不怎么希望用这个跟职业保镖展开枪战。”

她张开嘴，犹豫一下，又闭上。

“怎么了？”

她摇摇头。

“到底怎么了，卡萝琳？”

“要是情况恶化到……跟哨兵发生冲突……你不会孤身一人。”

“哦？我倒要请教，还有谁会帮我？”

“我兄弟的朋友。我保证，他们都是行家。要是情况很糟，他们就会来保护你。你一定会安全的。”

“我相信他们肯定厉害得要命。”*而且很可能怪得要命*。“你介不介意我看看枪？”

她把旅行袋从桌子上推过来。他从皮套中拿出手枪，仔细验看，塞进一个弹匣，上膛，指着她。“要是我朝你开枪，然后拿走钱，怎么办？”

她朝他绽开明媚的笑脸，“那我就不用再生活在噩梦里啦。接着呢，我兄弟大卫会杀了你，而且他会慢慢来，好好折磨你。然后，我们再找其他人来做你的工作。”

她看来一点也不紧张。后面卧室里，做爱的声音停下了。片刻后，大块头大卫站在角落，瞧着他们这边。他朝斯蒂夫微笑，用那种鸟语跟卡萝琳说了什么，卡萝琳以同样的语言回答。

斯蒂夫回了大块头一个大大的笑容，让他不必担心。“我只是问问。”他垂下枪口。大卫看了他一会儿，又抓了个布朗尼，走开了。“还有事吗？”

“没……没了。”

“什么？”

“只是……真希望在那儿的时候，我能跟你保持联系。就是你慢跑的时候。我想不出有什么办法能……”她停了下来，“怎么了？”

斯蒂夫瞪着她。他想,这女人……没疯,而是……别的什么。但说出口的是:“你没听说过手机这种东西吗?”

“哦,”她点点头,眼睛都没眨一下,“啊,当然。听说过很多次。”但斯蒂夫已经越来越有经验,知道她在撒谎。

第二部

狮子解剖学

第七章　加里森橡树林

1

第二天早晨，约莫十点，斯蒂夫慢慢跑进78号公路路肩旁边的树林里，放慢速度，停了下来。他心里清楚，自己的警方档案照已经上过CNN，所以十分小心，装作被树林中某样东西吸引，直到从身后驶来的汽车远去才作罢。天气多云凉爽，正是慢跑的好日子。

斯蒂夫转过最后一个弯。沿路看去，山下的加里森橡树林已遥遥在望，离他只有半英里。粗看起来，这里跟其他住宅区没什么不同：十几幢房子整整齐齐排列在主街两旁，主街分出三条断头岔路。有人在门口修剪草坪，打着呵欠。

斯蒂夫的盗贼本能浮出水面。房子本身虽然平淡无奇，但还算可以，不过房子门口停放的车辆却都是老掉牙的货色：1977年通用至尊短剑，蓝色的尼桑达特桑，甚至还有一辆客货两用老爷车。这种车现在竟然还在生产？他选择下手目标的时候，有一条黄金准则：要是某个老兄钱够花，买得起新车，他也买得起各种新型电子产品、给老婆的珠宝，以及各种他可以典当的玩意儿。反之则反之。总之，这地方不值一偷。

当然，来这儿不为偷钱。出发前，他花了二十分钟，在迈克吉利卡迪太太的车库里为HK手枪做了个肩套，用的是强力胶带和两条蹦极绳。肩套很舒服，但身后背着枪这事儿总让他心里不自在。他一路跑去，枯叶在脚边打转。他的左边是一堵峭壁，叶子就是从那上面吹下来的。

离住宅区标志牌还有一百米左右时，他放慢速度，改为步行，从运动裤裤腰里摸出迈克吉利卡迪太太的手机，按下一号快捷键，“家”。二号快捷键名叫“卡西”，三号是葬仪社。其余都是空号。他有点为迈克吉利卡迪太太难过。

铃响一声，卡萝琳就接了起来，“斯蒂夫？”

“对。”

“你到哪儿了？”

“还有四十米就到。”说着，他把手机塞回裤腰。他在迈克吉利卡迪太太家还找到了一副蓝牙耳机。耳机装在盒子里，拆都没拆。这副耳机现在夹在他的耳朵上。戴着这个，还有背后的枪，他觉得自己像个扮成秘密特工的装逼菜鸟。

“好。记住，进入大门后，必须放慢脚步。只要觉得有任何不适，马上转身回来。”

“明白。”他回答。他用指尖摸摸加里森橡树林的标志牌，走了进去。“我进来了。”

“有感觉吗？”叮。

“没，什么感觉都没有。”两步，三步。他正想问她，这一切会不会全是她幻想出来的，可就在这时，他看了看脚下。脚下的柏油路凝结着黑黑的血块。一大摊。他闭上了嘴。

“进去多远了？”叮。

“二十英尺左右。”

“好。”她用医生诊断般的冷静口吻说，“这意味着你身上没有触发物。要是有，你现在就该感觉到了。”叮。

“你说是就是。喂，那个叮叮叮的，是什么响声？”

“玛格丽特在玩打火机。”卡萝琳生气地说了几句，叮叮声没了。“你看到什么不寻常的东西了吗？”她语气紧张。

“转角房子的院子里有好多蒲公英啊。”斯蒂夫说，“多得成灾了。”

“我是说，有谁看见你吗？或者其他类似情况？”她的声音听着还算轻快，但似乎在暗暗地咬牙切齿。

斯蒂夫脸上露出了笑容，他很高兴能惹她生一次气。佛祖大概不会欣赏这种笑容。“没。有人在修剪草坪。只有他一个人。”

“狗呢?”

“没。等等……有一只。”某家房子的前门廊阴影里躲着一只,眼睛盯着他。

“它长什么样?”

“个头挺大——大概有八九十磅?——皮毛是黑、白、褐相间。这种是什么狗?大概是伯尔尼山犬。”

“他是不是一只眼睛蓝色,一只眼睛棕色?”

“看不出来……等等。”狗站了起来,走进阳光里,“对。你怎么知道?”

“谭恩。”她轻声说。

“什么?”

“那狗的名字叫谭恩。”她说,“他是头儿。”

“什么?”

“这群哨兵的头儿,叫哨长——无所谓。他是领头的狗。他在干什么?”

“他正朝院子里走来。”斯蒂夫说着想起了派迪,于是朝狗挥挥手,“嗨,伙计!”

“你疯了吗?别惹他,斯蒂夫!”

“什么?为什么?”

卡萝琳叹口气,“相信我行吗?拜托?别招惹狗。看到什么狗都别招惹。”她又开始咬牙切齿了。

“好。”斯蒂夫温顺地回答。他继续往前走。又走了几步,来到某家的院子前。这是一幢红色砖房,设计古怪,弧形双开的大门,暗色窗户。

山犬跟着他,叫了一声。作为回应,另一只狗,一只胖胖的小猎犬,从房子后面小跑出来,四条粗壮的小短腿滑稽地摆动。它朝斯蒂夫奔来,一路发出洪亮的叫声,以示警告。

*这家伙个子虽小,嗓子倒挺好。*斯蒂夫想。

卡萝琳听到了犬吠,“是小猎犬吗?”

“对。”

斯蒂夫加快了一点速度,以为一旦离开看家狗的领地,狗就会放过他。但两只狗都跟在他身后。小猎犬不断发出那种令人惊叹的中音尖叫,谭恩用冰冷的蓝眼睛盯着他。

“还有没有其他的狗?”

斯蒂夫听出她的声音十分焦虑,于是不大情愿把眼睛从这两个近在身旁的麻烦上挪开。他扫了一眼街道另一面。那儿,稍远一点的地方,一对拉布拉多犬,一黑一黄,正跟着他小跑。*侧面拦截啊*。他后颈上的汗毛竖了起来。这时,他的眼角余光又看到有东西在动。定睛一看,一只小个子德国牧羊犬站在他前方的小山顶上。看见他后,牧羊犬吠了一声。“有。”斯蒂夫说,“还有三只。这地方狗真多。”

“只有三只?”

“对。一共五只。”

“你进去多远了?”

“差不多过了一个街区,快到第一个十字路口了。”他顿了顿,“这些狗会不会,呃,咬人?”

“几乎从没咬过。”

“几乎?”

“到了路口告诉我。我们看这些狗到时候怎么反应。”

斯蒂夫继续前行。谭恩和猎犬仍然跟着他,好在过了它的领地后,猎犬总算不叫了。两只拉布拉多在街对面跟着他。

他来到修剪草坪的男人门前。男人六十岁左右,可能已经退休,戴着棒球帽,穿着工作靴。

“这些是你的狗吗?”斯蒂夫叫道,忘了凭自己的逃犯身份,不该惹人注意。

老人挥挥手。

“嗨,伙计,能不能把你的狗叫回去?”

老人困惑地皱皱眉,把手放到耳后。*我听不见!* 他没关剪草机。

“你、能、不、能、把、你、的、狗、叫、回、去?!”斯蒂夫声音提高了些。

老人又摇摇头,微笑,指指轰轰作响的机器。

“混蛋。”斯蒂夫嘟哝了一句。他把步行速度放得很慢。老人把剪草机推向院子另一头,机器的声音轻了下来。狗儿们寸步不离地跟着斯蒂夫。

“你说什么?”

“没什么。我差不多到了。好了,我站在十字路口了。”

“先别动。狗有什么反应?”

“嗯……两只拉布拉多犬跑到德国牧羊犬身边去了。又来了只新狗,皮毛黑白色,个头中等。这些,是警卫犬吗?”

“不是你想的那种警卫。试着往前走几步。”

斯蒂夫照做了。狗儿们立刻有了反应,愤怒的反应。前方的三只狗从消极观望顿时变为猛烈进攻,狂吠着朝他扑来。同时,大山犬也跳了起来,扑向斯蒂夫的胳膊;小猎犬一口咬住迈克吉利卡迪太太儿子的锐步鞋鞋舌。

“啊啊啊!”斯蒂夫受惊吃痛,叫了起来。痛感一秒钟之后才到。山犬谭恩的尖牙嵌进了斯蒂夫的右上臂,狗身子悬空,九十磅的重量就这么吊在他的肉上。斯蒂夫右肘猛击,左臂绕过来掰狗嘴。山犬棕色的那只眼睛朝他翻翻,满是愤怒。斯蒂夫的血染在狗白色的嘴巴上。

“怎么了?”卡萝琳问,“斯蒂夫?”

他刚刚成功地让山犬松开一点儿,另外三只狗就扑了过来。黄色的拉布拉多咬住他的左前臂,黑色的拉布拉多扑在他左脚踝上。牧羊犬的攻击目标是他的左臀,不过咬住的大部分只是运动裤的布料。牧羊犬的脑袋左右乱晃,斯蒂夫听到布料撕裂的声音,屁股感到了秋日的凉风。

“斯蒂夫?斯蒂夫,回答我!怎么了?是狗吗,斯蒂夫?”

这些狗想杀了我。这念头让他肾上腺素飙升。他扭身不停旋转,想甩掉它们,但这些狗就像圣诞节装饰品一样挂在他身上。他绝望地朝来路退了一步,心想说不定这能让它们停止攻击。四周一片安静。几只狗都没叫,因为嘴里都塞满了东西。斯蒂夫也没叫,因为疼痛还不算厉害。唯一的声音来自割草机。他又跨了一步。小猎犬放开他的鞋子,钳住了斯蒂夫的跟腱。剧痛让斯蒂夫跪到了地上,也可能是绊倒的。山犬放开他的右臂,朝他的耳朵、头皮和脸部一口口咬来。

斯蒂夫用右手胡乱打去。他尖叫起来。

“够了,”卡萝琳说,“我派增援来。”

2

埋在疯狂的狗群底下，脸朝着柏油路，斯蒂夫却出奇地安详。他听到耳朵中血液轰轰作响，却没真正感到疼痛。*我大概要死了。*眼前几英寸的柏油路面中混进了一片石膏。真有意思。

接着，远远地似乎传来一声非犬类的声音，也不是割草机。那声音十分低沉，隆隆作响，连他的胸腔里都感到了震动。

片刻后，山犬的阴影——*谭恩*，斯蒂夫想，*他名叫谭恩*——从他脸上摔了下去。他意外地重见天日。右臂上的狗也掉了下去。随后，他的左腿也自由了。

"——听得见吗，斯蒂夫？回答我！你有没有……"

斯蒂夫晕晕乎乎地把右手放在路面上检查。手臂上有条又深又长的口子，伸屈手指时，能看到里面的肌肉运动。*不过出血倒是不多。*前臂里的肌肉就像生鸡肉。他觉得这也很有趣，便多握了几下手指看看。

"枪，斯蒂夫！用枪！"

*哎……这主意很不错。*他一手撑地，身子离开路面。割草的老人正面朝他的方向。斯蒂夫用伤痕累累、鲜血淋漓的手朝他挥舞，请求帮助。老人微笑着挥手应答，同时一手拢住耳朵，摇摇头，指指割草机。

*搞……什么……名堂？*他恢复了神智，至少恢复了一点儿。他单膝跪地，很快检查了一下。右腿没问题，小猎犬的噬咬没多大威力。但它可*不是嘴下留情。*左腿就麻烦了。左侧大腿伤得很重，无法承重。*不知小腿上是什么状况？*

"枪，斯蒂夫！枪！打狗！"

这话起了作用。斯蒂夫终于清醒过来，记起了是谁——什么东西——让他变成这样的。他猛地想起身后那群杀人的狗，心中冒出漆黑的杀意，暂时忘却了佛祖关于慈悲的教诲。

"来呀谭恩，"他说着，伸手拔枪，"我有好东西给你，伙计。"

哇，这狗真大。肯定有——多少？——四百磅左右，说不定五百。

这肯定不是狗。这是狮子，而且有两只。一只成年雄狮，厚厚的褐色鬃毛，一只小些的母狮，立在他和狗群之间。真是奇观。

他拉开HK的枪栓，上膛，举起，朝大狮子鬃毛中心瞄准，扣动扳机。不过他彻底失了准头。子弹射在两头狮子中间，在柏油路面上溅起小小的碎片。

大狮子转过身，朝他吼叫。

"斯蒂夫，"卡萝琳的声音传进耳中，"你在干什么？别犯傻！他们在保护你！他们是你的后援部队！"

"哈？再说一遍？"

"狮子救了你。他们是后援。别打他们。"

"你怎么知道我朝他们开枪……"

大狮子又吼了一声。

"狮子说还有其他狗要来。你能开枪吗？用枪打，要当心。一共有多少狗？"

斯蒂夫数了数。猎犬死在路中，脊骨断了。谭恩屁股受伤，后颈上的毛竖立着，正在狮子面前来回走动，它的眼神失焦，却依旧对着他们。谭恩后面站着其他四条狗，它们嗥叫着，看起来受了轻伤，有点拿不定主意。另外又多了三只新来的，两只罗威那，一只狮子狗。应该是斯蒂夫神志不清的时候来的。他还看到山顶站着一只金毛。"我数到九只。"

"开枪！"卡萝琳说，"沿着街走，你得杀出一条血路。"

斯蒂夫朝英国可卡开了一枪。这次仍然没打中，但比上次好多了。大狮子回头看了他一眼，走了几步，远离斯蒂夫的射程。

可卡不停地嗥叫，咧开染着斯蒂夫鲜血的嘴。它吠了一声，朝前跨了半步——

——斯蒂夫打中了它的眉心。

狮子们赞赏地咆哮着。斯蒂夫扫了眼右边,修剪草坪的家伙又剪完了一排,正在转身。这次他挥了两次手,一次朝斯蒂夫,一次朝狮子。

斯蒂夫打中了黄色拉布拉多的侧腹。狗朝前走了几步,侧着翻倒,肚腹起伏。我越来越厉害了。他朝黑狗开枪,却没打中。第二枪命中了它的屁股。狗狂叫着,一瘸一瘸地朝他扑来。他打中狗的胸骨,狗栽倒,死了。

剩下的六只狗扑了过来。三只扑向母狮,围住了她,母狮发出痛苦的咆哮。但斯蒂夫无暇分身,因为另外三只越过雄狮,朝他扑了上来。斯蒂夫觉得他们的做法很有道理。很明显,他枪法太差。

他打中了狮子狗的胸口。不坏……他又朝谭恩开枪,没中。黄色眼睛的牧羊犬狂吠着扑了上来。他抬起手臂抵挡,狗一口咬住手臂,白色利齿嵌进手臂上深深的伤口中。斯蒂夫痛得直叫,把枪口抵在狗肚子上,扣动扳机,内脏从另一面喷了出去,但牧羊犬却没松口。这时,另一只斗牛犬咬住了刚才小猎犬咬过的脚踝部位。

斯蒂夫朝牧羊犬身体上部再次开枪,击锤却空响了一声。牧羊犬肯定死透了,但依旧不松口。被它咬住的伤口火烧一样疼。斯蒂夫大叫着,用枪托猛击狗脑袋。

"哇呀呀,"他叫道,"你他妈的给我滚开!混蛋!"

牧羊犬带着凝固的惊愕表情掉了下去。斯蒂夫跌坐在地,用另一只脚踢踹斗牛犬。斗牛犬愤怒地低嗥着,咬得更狠了。斯蒂夫放声惨叫。

两头狮子一前一后扑到斗牛犬身上,相隔不过半秒。斯蒂夫再次大叫——这是人类面对狮子攻击的本能反应——但狮子根本没有碰到他。狮子的大口钳住斗牛犬的脊背,一头在脖颈处,一头靠近尾部,用力咬下。这回轮到狗发出惨叫了。

狮子松口的时候,狗不动了。

两头狮子转过身,站在他身边,离他只有几英寸远,黄眼睛盯着他,喘着气。他能感到他们的呼吸吹在自己的伤口和眉间的汗水上。狮子的呼吸里有鲜血和腐肉的味道。斯蒂夫举起没有子弹的枪,随即垂下。大狮子低吼一声,甩甩尾巴。他后退一步,抬起头,朝街上望去,眉头皱起。

斯蒂夫强迫自己追随他的视线。

街那边还有约一打的狗，至少十只。这一打狗身后，还有几十甚至几百只狗正往这儿跑来。狗群自半英里外拥出树林，就像一条杀人的河流，淌过干草地，涌上主街。几百只狗爪子拍打着柏油路，响起潮水般的脚步声。

“哎呀，妈的。”斯蒂夫喃喃道。

狮子发出咆哮。

斯蒂夫站起身，摸索着背后。卡萝琳用胶带把另外两个弹匣粘在那儿，就像《虎胆龙威》第一集里的布鲁斯·威利斯。那时候看来这像是个好主意，可当他伸手摸索的时候，弹匣却不肯出来。他加大手指的力量，弹匣是拉出来了，但卡萝琳给他的弹匣上满是滑溜溜的机油，他没握住，弹匣哐啷啷掉落到地面上，一路滚到路灯前才停住。

“该死！”斯蒂夫说。

“怎么了？什么情况？”

“它们来了！有几百只！而且……我还掉了一匣子弹。”他一边回答一边又在背后摸索，摸到了弹匣。这次他加倍小心，直到手指完全握住最后一匣子弹，这才缓缓用力，慢慢拉出来。

卡萝琳轻轻吐了口气，“你得躲进房子里去。”她说，“快进去，斯蒂夫！进去！”

“进哪幢？”

“哪幢都行！最近的那一幢！门都没锁！快！”

斯蒂夫撒开腿，一瘸一拐，以最快的速度穿过修剪了一半的草坪，一边走，一边用牙齿解开仍然缠着弹匣的强力胶带。

身后传来狗群奔跑的隆隆声。数目大概已经上百。狗群挤挤挨挨，就在二十米开外。狗群和他之间只有两头狮子挡着。割草的老人又挥挥手。

“你这个混账王八蛋！”斯蒂夫大喊。

老人把手拢在耳后，接着指指割草机，摇摇头。

“斯蒂夫，快进房子！”卡萝琳的声音非常紧张，“你现在就得进去！”

斯蒂夫一边走，一边退出空弹匣。弹匣掉在草坪上。*我希望这东西磕断他割草机的刀刃。*他安上新弹匣，拉动枪栓，上膛。这时，他已经站在了门廊上。他的手放到门把上转动,同时打定主意,万一门上了锁就开枪。开枪有用吗?反正电影里都是这么做的。但门一转就开了,露出一间平平常常的客厅:油毡布地板,碎花墙纸,积满灰尘的雨伞架。

“狮子怎么办?”

“别管他们。他们是消耗品。躲进去就行。”

斯蒂夫蹒跚着关上了门,“我进来了。”

“好,你安全了。你在哪幢房子里?”

“呃……外墙是白色的砖。”

“太好了。客厅里有食物、水和医疗用品。待着别动。你在里面很安全。我会尽快救你出去,大概一两天就来。”她挂了电话。

3

“该死。”卡萝琳挂了电话，用佩拉匹语骂道。她、詹妮弗、大卫、玛格丽特、瑞秋和皮特围坐在迈克吉利卡迪太太的餐桌旁。其他人从她的语气听出事情不顺利，但他们都只懂只言片语的英文，没法知道详情。

“怎么了？”大卫低声吼道。

“他躲进房子里去了。”她站起身，走到墙边电话搁架旁，放好电话，同时悄悄拔出电话线。没人注意到。图书馆员对科技不在行，迈克吉利卡迪太太也一样。她自己也不怎么内行，但她有时间研究电话。房子里的其他电话线也都被她拔了。

“哎，”大卫思索着，“我想他的结局不过两种，玛格丽特，你觉得哪种更糟？是被狗撕碎，还是被活死人吃掉？”他搔她的痒痒。她咯咯笑着，扭动身体，惊起一小群苍蝇。“你是最知道这个的，对不对？”她又咯咯笑了。

詹妮弗一拍额头，“哦，不！你有没有警告他？你还打算让他活着回来的，对不对？这下糟了。”活死人对房子外面遇到的陌生人挺友好，尽管举止古怪。但是，偶有不幸的外部世界的人误入他们的房间，活死人就会扑上去咬啊，打啊，用棍子揍啊，用厨房刀具砍啊，什么方便用什么。除非有人尽快前去解救，否则外来者连全尸都留不下。

卡萝琳耸耸肩，“要是我们马上赶过去，可能还有办法。要是去不了……照我看，他死了就死了吧。”

“这么说……你有新计划？”

“唉，我不知道，我觉得老计划挺好。问题出在他主动招惹哨兵了。”

“他做什么了？”

“他跟谭恩说话了，差不多一进去就跟他打招呼。”

詹妮弗身子一哆嗦。

卡萝琳双手一摊，“我没想到还需要警告他。”这个谎话听来很可信。大多数图书馆员都对这附近的狗心存恐惧，这份恐惧源自他们童年时代，即便麦可也跟这些狗保持距离。但美国人不知为什么，似乎十分喜欢这些披着毛皮的小混蛋。这是他们难以理解的怪癖之一。

“那，现在怎么办？”

“在有人想出更好的主意之前，我想我还是出门看看能不能再捉个美国人来。”她扯谎道，“大卫，你看行吗？”

大卫大概想起了那个鲜血淋漓的监狱，微微点头，以示首肯。

“你什么时候走？”詹妮弗问。

卡萝琳想了想，“现在吧。”

“等等行吗？饭很快就好了。”迈克吉利卡迪太太在厨房里忙着。

卡萝琳呻吟一声，“不行了！我今天已经吃过两顿饭了。而且，出于社交需要，说不定还得去酒吧吃点零嘴。有人见过我穿的靴子吗？还有那只装着绿色纸的蓝色旅行袋？那是我的诱饵。”

卡萝琳收拾好东西，走进午后的阳光里。事情很顺利，任务成功，斯蒂夫安全。活死人在捍卫领地方面相当凶悍。这是必须的。他们的私人生活经不起细看，但也有例外。图书馆员可以来去自如，死过一次的人也一样。

斯蒂夫不会有事。

当然，其他人都不知道。

4

斯蒂夫很快看了看房子内部——这房子空得古怪——随即转向房门。门上有个猫眼,能看到并放大外面的景象。两头狮子离门廊大约五米远,正慢慢后退。

原因不难理解。毫不夸张地说,现在街上已经聚集了上百只大小种类不同的狗:杜宾犬,杰克罗素犬,大狮子狗和小狮子狗,德国牧羊犬,巧克力色、黄色和黑色的拉布拉多,还有其他几十个种类。狗群正朝狮子步步紧逼。

大个子雄狮前后扫视着狗群,全力发出咆哮。咆哮声在街上幢幢房屋之间回荡。母狮转头看看房门。斯蒂夫被她的视线盯得发烫。

她的眼神让他想起了什么东西,却一时想不起是什么。

妈的,我这是在干什么? 狮子救了我的命。*可是,他们只是他妈的狮子而已。*可话又说回来,那时候,他已经倒地不起,都开始读秒了,快失去知觉了。

*这让我想起……*他看看地下。虽然他身上还在流血,但只是滴下,不是喷出,至少在他看来是这样。这大概是好事。卡萝琳还说过这儿有医药包。

外面,低沉的隆隆声越来越响,那是上百只狗一同发出的呜呜声,此外还有割草机的声音。母狮堵住了老人修剪草坪的直路,老人便绕过她,继续往前推。他似乎一点儿也没注意到狗群的存在。

雄狮又后退半步。谭恩上前两步,其余的狗紧紧跟在他身后。罗威那犬神经质地不停吠叫,口喷白沫。一眼望去,院子里全是咧开的大嘴、露出的獠牙，还有狂暴的眼睛。

他俩有大麻烦啦。就算狮子有地方可逃，肯定有狗跑得比他们快，至少会有几只比它们快。况且为了掩护斯蒂夫撤退，两头狮子已经把自己逼进了绝路。狗的数量实在太多。斯蒂夫一拳打在墙上，“妈的！”

他想给卡萝琳打电话，但没时间了。大狮子又后退一步，再次咆哮。罗威那冲上前去，大狮子挥爪一击，狗飞进了身后的狗群中。母狮又转头望望。斯蒂夫敢发誓，他在她眼神中看见了谴责之意。You Tube上几年前不是有录像吗，说有英国人跟狮群成了好朋友？斯蒂夫胡乱想着。哎，去他的。

他打开了门。

母狮看着他。说不定是他胡思乱想，不过他觉得她眼中满是感激。“快进来！你们还等什么！”

母狮想跳，但后腿用不上力，肚皮摔在砖砌的门廊台阶上，然后挣扎着爬上来。雄狮没受伤，然而他一直等到母狮进门后才行动。有几只狗离他只有几英寸远，却不敢靠近，一来雄狮不断挥爪；二来，斯蒂夫觉得，狗群害怕雄狮的气势。

“快来！”

雄狮两步跃上门廊，进了大门。斯蒂夫站在门后，想把门关上，但有狗夹在了门缝里——两只都是灰猎犬，脖子夹在门和门框之间。两只狗又抓又叫。斯蒂夫用没受伤的腿踢他们的头，用尽全力顶住门。上面那只猎犬被他踢得失去了知觉，可能死了。他放松压门的力道，另一只灰狗退了出去。这下可以关门了。门口聚集着很多狗，但不知怎么，上了门廊的却没几只——这几只狗正用脚爪徒劳无功地挠门。

斯蒂夫格外小心地检查了锁舌，见锁舌已经牢牢插进锁洞，这才松开门把手。他别上保险，又拴上门链。外头的狗趴在门上吠叫。斯蒂夫靠着墙，转身看看狮子，希望他们不会吃掉他。

他们没这个打算。狮子根本没理睬他。母狮瘫在客厅里，左后腿少了一大块肉。血没喷出，但正汩汩地往外涌。从门口到她躺下的地方，鲜血洒了一路。

对了，医药包。斯蒂夫一边小心地警惕着狮子，一边一瘸一拐地进了客厅。外头这时候还挺亮，里面却暗得像黄昏，所有窗户上都挂着厚厚的窗帘，屋里也没开灯。他在墙上摸索，摸到一排开关，一个个试过去，总算开了灯。头顶亮起一只黯淡的灯泡，灯泡上还结了一层死虫子，让单调的赭石色灯光更加昏暗。

“哇。”斯蒂夫感叹。

客厅有两间车库大，几乎全空着。所有的家具都堆在角落：沙发在房间尽头，压扁的灯罩从散架的书架中间露出一角，倒扣的茶几腿竖在空中，就像化成白骨的手指。肮脏的地毯上有一圈干净些的印子，那是沙发曾经摆过的痕迹。

地上还堆着镶框的照片和艺术作品，但墙壁并没有空着。大多数地方挂着幼稚的图画，就像出自某个挺有天分的幼儿园孩童之手。不，不对，不是幼儿园孩子，更像史前人类的洞穴壁画。

图画风格原始粗糙，但画的并非动物。嗯，大部分不是动物。偶尔可见某些四条腿的野兽，但不是狗。洞穴画的主要内容都是如今的东西——斯蒂夫认出了一辆UPS快递方方正正的褐色卡车，一辆顶上竖着标牌的小汽车（汽车旁边站着个瘦瘦的男子，手里拿着披萨），一辆邮车，一只篮筐，还有一辆自行车。这些很容易辨认，都是美国人生活中的寻常之物。此外还有些莫名其妙的东西——一座黑色金字塔，一头黄色的牛站在火中，还有在碧波中载浮载沉的愤怒的章鱼。

堆满家具的角落对面另有一堆东西。这堆东西小些，上面也没有灰尘，包括一摞摞白色纸板箱，两箱达萨尼瓶装水，强生消毒纱布，邦迪创可贴，满满一塑料袋牛肉干，一只看起来像工具箱的东西，上面印着红十字；还有些不常见的玩意儿：陶罐，玻璃针剂瓶，小碗粉末。这些东西看样子挺新鲜，顶多堆了一两天。斯蒂夫上前拿了瓶水，旋开盖子，喝了个痛快。接着他打开创可贴的盒子，撕开一张，贴在手指被咬伤的一处小口子上。另一个盒子上写着“阿莫西林”，他打开盒子，里面是一打注射器。

“哦，你好！”

斯蒂夫一惊，猛地转身。说话的是个老妇人，六十多岁，穿着紫色的印花短裙加长裤。老妇人脸色苍白，嘴唇呈蓝紫色。“见到你真高兴！快请进！我替你拿外套，好吗？”

“哦……嗨，我以为这儿没人。抱歉我私自闯了进来。真抱歉。外面有狗……”

“请进！”

“我不……”他停了下来，眯起眼睛仔细看看她。他想起了刚才不断用手势表示自己听不见的老人家，想起他如何一再指着割草机，就像第一次见面一般。或许是他老婆？这两人真是天造地设。

“快请进！”她又说，“见到你真高兴！”狮子走了过来，嗅嗅老妇人。她看看脚下五百磅重、在她家客厅里流了一地血的大型猫科动物，伸手拍拍他厚厚的脏鬃毛，“我替你拿外套，好吗？”

狮子转头看看斯蒂夫，狐疑地咕噜着。

斯蒂夫摇摇头，“可真把我难住了，伙计。”

狮子听罢斯蒂夫的回答，赞同地甩甩尾巴，就像能理解他的话——也许他听不懂，但明白他的感受。不知为什么，这让斯蒂夫觉得滑稽，呵呵地笑出了声。斯蒂夫的笑声引得老妇人又问了一遍是否要替他拿外套。斯蒂夫索性哈哈大笑起来，收都收不住。

真是怪到骨子里的一天。他觉得自己总算开始摸着点儿门道了。

第八章　冰冷的家

1

秘书是个中年黑人女士，面部表情挺友好，但眼神冷得像冰。她看着欧文一路走来，就像豹子盯着悄悄前来喝水的山羊。她身后是一扇长窗，从这里能俯瞰修剪精致的花园。欧文充满渴望地朝窗外瞧瞧。外面天清气爽，风和日丽，说不定是这个秋天最好的日子。欧文真想去树林里远足，一路踢踢干枯发脆的落叶。

可他只能走上前去，把访客证件放在秘书桌上。"我是欧文。"他的大拇指朝右手边的拱门指了指，"我接到电话，说他想见我。"

"你的姓？"秘书的手指滑过一张打印的姓名列表。欧文没回答。他的姓就在证件上。她在故意为难他。

"女士，这是欧文·莱芬顿。"他身后有个声音说，"那个欧文·莱芬顿。"

欧文转过身。身后的沙发上坐着个中年男子，男子身材健壮匀称，身着陆军将官制服。他正在看一份夹在黑边文件夹中的文件。

"啊，"秘书有些沮丧，"我明白了。你跟……那起紧急事件有关？"

"大概吧。"欧文说。

秘书撇撇嘴，查阅起了另一张短些的名单，随后略一点头，"他正在等你，请坐。"

欧文点点头。

他身后，将军收拾起刚才阅览的文件，装进公文包。公文包铐在将军的手腕上。他站起身，露出大大的微笑，走过来招呼欧文："我是丹·索普，"他朝欧文伸出手，"见到你真是荣幸，先生。"

出于习惯，欧文扫了眼索普胸前的装饰——空军徽章，双箭交叉的特种部队徽章，一大堆作战奖章。欧文听说过，但从没见过这位联合特种部队司令。据说他人很不错。欧文握住他的手，"很高兴见到你。"

"田中上尉让我代他向你问好。"索普说，"他本想亲自来，但他……有其他事。他叫我结束后一定要拉你去喝杯啤酒。"

欧文的态度热切了一点儿，"是吗？你认识由？"他和田中由高一起在伊拉克服过役。"没想到他现在在你那儿。"

"他来了一年了。你怎么不出来从政？"索普问，"我知道克林特邀请过……"

"总统现在可以见你们。"秘书站起身，走向那扇形状奇特的门，替他们打开。

门不够宽。欧文退役时的军衔是指挥军士长，在索普将军之下，于是他让索普先进门，然后才走进椭圆办公室。

2

这是欧文第一次来这间办公室。他以前来过白宫，一次是跟着团队来参观，还有一次是来接受颁给他的第二枚杰出服役十字勋章[①]。那一次，总统——前任总统，不是这一个——是在白宫外草坪上把勋章别到他胸口上的。欧文有点儿失望。那时候欧文还没离婚，正在重新装修房子。他本想好好看看椭圆办公室，看木匠是怎么给弧形墙壁镶上护墙板和天花板贴角线的。但总统没邀请他们进办公室，只跟他们合了几张影，就消失了。

现在，他终于进了这个房间。房间不小，但没他想的那么大。不过……护墙板做得真棒。完美的基座，踢脚线干净利落，跟上面的扇形装饰衔接得几乎天衣无缝。他朝四周望望。房间的其余部分也很精美。豪华的蓝色地毯，墙上是金色和奶油色交错的图纹。欧文的眼睛落在总统的办公桌上。桌子是柚木材质，上面刻着精致的图案，描绘了某场海战。细节雕刻得真精妙，欧文想，现在还能弄到柚木吗？这一张大概是古董之类的玩意儿。

"——这是欧文·莱芬顿。"索普说，"从前隶属第八十二空降师，现在是国土安全部的特别调查员。"

欧文抬起头。办公桌前面对面地放着两张金色长沙发，沙发中间隔着一张咖啡桌。总统，还有几个在新闻里出现过、他有模糊印象的人散坐其中。众人看来都很紧张。欧文在脑中翻了个白眼。开始了。

"他来这儿干什么？"一个上年纪的女士隔着眼镜片冷冷地看看欧

---

①美国军人的第二高荣誉奖章。

文。她膝头摊着一个机密文件夹。欧文看到了，黑边的。欧文知道这是哪种级别的国家机密，但他从没亲眼见过。封面的标签上写着“冰冷的家”。

“原因有好几个，国务卿女士。”索普说，“军士——抱歉，特工莱芬顿在这起事件上比我们走得都远。在昨天的，呃，事件之前，他已经开始着手调查某件相关案件了，准确来说，是一起银行抢劫案。嫌犯越狱的时候，莱芬顿正在对他进行审讯。他是唯一一个目击劫狱团伙并活下来的人。”

“劫狱的人只有一个。”

“你说什么？”戴眼镜的女士问。

欧文用大拇指指向索普，“他说‘劫狱团伙’，其实只有一个人。至少我只看见一个人。”

“只有一个？那个在拘押期间逃跑的人呢？”她在手中的黑边文件夹里沙沙翻动，“斯蒂夫，呃……霍奇森？你当时正在审讯的那个？”

“我倒不会说他‘拘押期间逃跑’，”欧文回答，“我觉得更像是‘拘押期间遭到绑架’。”

“为什么？”

欧文耸耸肩，“穿着芭蕾舞裙的男人出现的时候，他惊讶得眼珠都快掉了。我们都一样。我们就这么张着嘴巴，好像咱四(是)一群傻瓜。”欧文特别强调了最后几个字。好像咱四一群傻瓜，他只在特殊场合才故意说别字。“而且，芭蕾舞裙男最后只能把霍奇森打晕，才浪(让)他闭上了嘴。”

“抱歉，”一个秃顶瘦男人说，“你刚才说芭蕾舞裙？”

欧文在记忆深处捞了半天，想起一个名字。沃特斯，白宫办公厅主任。一看就是个混蛋。“没错。紫色的芭蕾舞裙，还有防弹衣。我想是以色列的。还有一把刀。另外，他打着赤脚。”欧文轻轻摇头，“真他妈古怪。”

“这么说……他没拿武器？”索普一字一顿地问。

“那把刀挺大。不过他没拿枪，如果你问的是这个的话。”

“死亡数字是多少来着？”总统翻着文件，问道。

“三十七。”欧文看都没看笔记。

“这些人都有武器？”

“很多都有，对。有武器也没用。走廊里有个人，屁眼里塞着一把点四〇手枪，连扳机都塞了进去，露在外面的只有弹匣的尾部。”

国务卿刚举起瓷杯想喝，听了这话，杯子在半空停住，又放了下去，咖啡一口没动。“但他没杀你。”她说，“你觉得这是为什么？”

欧文耸耸肩，“他是我的粉丝。”

“请再说一次？”

“这个就说来话长了。”欧文讨厌那些不待邀请、自顾自滔滔不绝说“长话”的人，所以他停了下来，环顾房间。总统向他做了个“请讲”的手势。“嗯，那个芭蕾舞裙男踢开小教堂的门，然后立即杀了带他来的警察。”欧文从衬衫口袋里掏出哥本哈根嚼烟盒，笃了几次摇匀里面的烟草，这才捏一撮放进嘴里，“接着，他问我们谁是斯蒂夫。”他学着大块头的声音：“‘艾史蒂依依依夫？’就像这样。霍奇森的律师马上招了——那家伙是个胆小鬼——于是大块头把他也杀了，用的是链条末端类似链坠的东西。”欧文把哥本哈根烟盒放回衣袋，“老天，那家伙真是快。”他意味深长地看着索普，“俺这辈子从没见过比他更他妈快的家伙。”

索普点头。他明白了。

“话说回来，当时我就明白，下一个就轮到我了。于是我拼命动脑筋，问他认不认识某个叫卡萝琳的姑娘。他知道这名字。我觉得我这条命差不多算是保住了。”

“你怎么会这么问？”国务卿问道。

欧文耸耸肩，“那娘(两)人的打扮都很古怪。”

房间里所有人的眼睛都看着他。

“怎么个古怪法？”沃特斯问。

“哎，他穿着芭蕾舞裙。”他从众人脸上一一扫过，“而霍奇森说过，他们见面的那晚，叫卡萝琳的姑娘穿着羊毛衫和自行车运动短裤，就是那种紧身弹力裤，还有暖腿套。这打扮也够奇怪的。这姑娘的打扮让我想起了那起银行抢劫案，其中一个打劫的姑娘穿着浴袍，戴着牛仔帽。这联系不甚紧密，但我想，反正他要杀我，试试也无妨，所以我就问他认不认识她。”

“这一招管用了?”

欧文耸耸肩,“几乎。让他的动作放慢了一秒钟。他不会说英语,但我知道他认出了这个名字。”

“那他说什么语言?”

“不紫(知)道。口音很怪,听不出来。但我说‘卡萝琳’的时候,他有反应,看着我说‘诺布朗加’——或者类似的话。我假装我也认识他。”

“诺布拿加[1]?”总统问,“我好像在哪儿听过?”

欧文挺惊讶。啊,对了,他是历史专业出身。“织田信长。对,我第一个想到的也是他。”

总统打个响指,“对,就是他。”

“抱歉,”国务卿说,“不过,请问你们在说谁?”

“织田信长,”欧文解释,“十六世纪的日本人,统一了幕府。呃,差不多统一。”

除了总统,众人都瞪着他。当你说了他们听不懂的话,呆瓜们的反应就是这样。总统微微一笑,“请继续。”

“但我弄错了。”欧文说,“不是诺布拿加,是诺布朗加。”

“这又是谁?”沃特斯问。

欧文耸耸肩,“我哪儿知道。说不定是个口令,或者诸如此类的狗屁。”他朝中情局局长点点头,“说脏话了,对不起。”

局长摇摇头。我不介意。

“总之,我搞砸了。我说错了名字,芭蕾舞裙男明白我在糊弄他,打定主意要用他那把长矛杀死我——或者想杀我。可他居然是我的粉丝。我不紫道谁更惊讶,他还是我。”

“‘粉丝’?”国务卿问,“这么说……你俩认识?我没听懂。”

“不。只是有时候……”

索普冷冷开口:“国务卿女士,在部队里,指挥军士长莱芬顿是个著名人物。‘活着的传奇’这个词对他大概恰如其分。在纳坦兹,尽管受了伤,他依然独自一人……”

“啊,对,总之,”欧文说,“他听说过我。我看他的表情就明白。”

---

①日语人名“信长”。

“明白了。你觉得他就是因为这个没杀你？”

“哎，反正我不会就这么坐着任他杀。不过，对，他认出我以后，就抓着霍奇森那小伙子走了。”

“你去追了吗？”

“我试了。”欧文摇摇头，“老天，那家伙真是快。”他看看总统，“嗨，你有没有烟灰缸？我要吐烟末子。”他指指嘴边的哥本哈根烟末。

索普瞪大眼睛看着他，接着勉强挤出个笑脸。

“在桌子底下。”总统说。

“谢了。”欧文绕到总统办公桌背后，拿出烟灰缸，在里面吐了口褐色的水，接着把烟灰缸放在桌子上。说不定等会儿还要用。“我能问个问题吗？”

总统屈屈手指，做个“只管问”的手势。

“你干吗要管这种破事？”

“行了，够了……”沃特斯开口。

总统举起手，示意噤声，“你什么意思，莱芬顿特工？”

沃特斯的脸涨红了。没错，是个混蛋。欧文想。他对总统说：“叫我欧文好了。我是说，你干吗在乎这种破事呢？这事的确可怕，但要你来操心岂不是大材小用？”他说的是真心话。死三十多个人的事儿还不需要总统出马。

总统和沃特斯交换了个眼神，总统微微点头。“莱芬顿先生……”沃特斯说道。

“欧文。”欧文说。

沃特斯的脸更红了。欧文一点也不在乎。

“欧文。”沃特斯咬着牙，挤出个微笑，“你有机密权限吗？”

“当然。”欧文说。他在国土安全部工作，有权限。他说了自己的权限，不算很高。

沃特斯得意了一瞬，但他瞄瞄总统，脸又沉了下来。

“告诉他。”总统说。

“先生，我觉得不……”

总统瞪了他一眼。

“好吧。”沃特斯说，“嗯，昨天，这间办公室接到了某个恐怖组织成员打来的电话。是个女人。”

“卡萝琳？她给这儿打电话？”

众人眼神又聚焦到他身上。“没错。”沃特斯说。

“不……会吧？”欧文轻声说，“她想说什么？”

“她来电话是为了斯蒂夫·霍奇森。”总统说。

“我没听懂。”

“她要我为他签署一份特赦令。”总统回答。

“哦？”欧文顿时来了兴趣，“你跟她说话了？亲自？本人？”

“她有口令。”沃特斯说。他跟总统又交换了个眼色。

欧文等着，但两人都没再开口。*他有事瞒着我。口令只能到总统办公室，还够不到总统本人。她说了什么？她说了什么让这混蛋把总统请来了？*他想起了银行抢劫案中的出纳，阿姆里塔·克里斯那摩提，有十五年毫无瑕疵的工作记录，却那么毫不反抗地扔掉染色的钞票捆、做记号的纸币，还有自己的前途。正想到这儿，有人问了他个问题，而且是个好问题。刚才的念头只能等等了。“抱歉，”欧文说，“再说一遍，好吗？”

总统似乎不怎么介意欧文的走神。欧文一时觉得这人还算讨他喜欢。“我说，”总统又说，“你当初是因为什么对她产生兴趣的？”

“她三四个星期之前抢了一家银行。她，还有另一个女士。银行里到处都是指纹。真的到处都是。但是，他们抓到霍奇森的屋子里，只有一枚。”

“只有一枚指纹？”总统好像明白这是件怪事，欧文又吃了一惊。

啊，对，他当过检察官。“对，只有一枚。奇怪，对吧？一般来说，要么到处都是，要么一枚也没有。戴了手套就不会留指纹。但这次，只有一枚，而且完整无缺。他们是在客厅电灯开关上发现的，指纹完整得像正式打的指模。”

“就是说，她想让我们发现。”总统说，“为什么？”

“不知道，”欧文承认，“但问得好。难道想让我们把她跟霍奇森联系起来？”

“我们又回到这人身上来了。他是谁?”

“不算什么大人物,至少就我了解的情况而言。是个管子工。”

出身尊贵的国务卿从眼镜片上方盯着他,“管子工?”

“对。”欧文说,他在总统的烟灰缸里吐了口痰,“就是——疏通厕所的工人。看来挺普通的。”他沉吟着说,“不像抢银行的两个女士,也不像芭蕾舞裙男。”

“他身上有什么引起你注意吗?”总统问。

欧文想了想,“我跟他说话的时间不长。但我觉得不但我不明白,连他自己也不明白这究竟是怎么回事。他似乎因为某件事有种罪恶感,我不知道是什么事。他少年时期因为贩卖少量大麻被抓过,因为不肯咬出上家,服了两年刑。此后就没有被捕过。但他在其他人的档案中曾被多次提到。”

“现在呢?”

“如今,就我能挖到的情况看,清清白白。当然,除了那个被杀的警察。可他说,不是他干的。”

“你相信吗?”总统问。

“嗯,”欧文回答,“我相信。我觉得是她陷害了他。”

“为什么?”

“我猜,好跟他讲价钱、谈条件。她让你签署特赦令,你怎么回答的?”总统没说话,眼睛冷得像冰。*那就是同意了*。“没关系。跟我屁事不相干。抱歉。”

“说不定你是对的。”总统说,“谈条件。唔。他身上有什么东西是她想要的?”

“不紫道。要是只想让他修龙头,未免有点儿小题大做。不过,反正也无所谓了,对吧?”

“什么意思?”

“哎,索普就坐在那儿,他可不是谈判专家。你想杀了他们,对吧?”

众人都陷入了沉默。片刻后,沃特斯开口道:“谢谢,欧文。今天就这样吧。”

欧文等了一秒钟。但这次,总统没有异议。“嗯,好。”他又吐了口痰,

“换我就不会这么做。”

听了这话，不但沃特斯，连国务卿都对他怒目而视。

“为什么不会?”总统问。

“我觉得他们就想让你这么干。”欧文说，“应该说她就想让你这么干。虽然不知道她是谁，至少她不傻。肯定知道你在追踪电话，对不？而且知道这么逼你激你，你肯定得气疯。”

“她没逼……”沃特斯说。

“行行，无所谓。我看哪，与其沿着她给你指明的大道一路蹦跶下去，倒不如暂时按兵不动，瞧瞧她葫芦里到底卖的什么药。”

总统盯着他好一阵子。“我记下了。”他说，“让我想想。”

“这就对了。没我事了?”

“对。”

在场的诸位看起来都松了口气。

“欧文，你在大厅等我会儿，行吗?”索普说，“有些详细情况我还想找你问问。”

“啊。”欧文在心中叹了口气，想念着满地的秋叶。“好哇。”他走出那扇怪怪的弧形门，只停了片刻，又用手指摸了摸装潢完美的护墙板。

3

他离开后，其余人又在里面密谈了一个钟头左右。欧文烦躁不安，只能拿话撩拨门口的秘书，以此取乐。最后，门总算开了，一帮混蛋鱼贯而出，大多数经过欧文身边时都瞪了他一眼。

索普是最后出来的几个人之一。他走向欧文，眼睛瞪得老大。“在部队里，”他说，“你是话题人物。由跟我说过，还有别人也说过。但直到今天，我才相信……”

“嗨，”总统从办公室里朝门外叫道，“欧文？有空吗？”

欧文和索普交换了个眼神。“他不能杀我。”欧文耸了耸肩，“我有杰出服役十字勋章。”

“两枚。还有荣誉勋章[①]。”

“对，不过荣誉勋章被炸坏啦。”欧文又走进椭圆形办公室，“什么事，先生？”

“我想感谢你今天提供的帮助。”总统说，“还有你对我们国家的贡献。”他顿了顿，“跟你交谈真让人印象深刻。”

“啊，见到你我也很高兴。”他心不在焉地挥挥手，“能帮上忙就好哇。”停了停，欧文又问：“我说，介不介意门(问)你点四(事)？”

总统回答之前认真想了想，“当然可以，不过我也许会引用《宪法》第五条，保持沉默。”

欧文没笑，“我没选你。”他等着总统的反应，但对方面不改色，“因为你在电视里公开演讲的时候，看起来总像个傻子。你演得实在太像了。”

①美国军人的最高荣誉奖章。

“欧文,我们也许该……”索普在门外叫道。

“多年练习的结果。”总统答道,“你想问什么?”

“我只是想,你干吗这么做,装成个傻蛋,我是说。”

总统微笑起来,“木(没)准跟你他妈的装傻理由一样。”

两人互相打量片刻,一起哈哈大笑起来。

“好,”欧文说,“行,我服了。祝你十一月选举好运!”

“谢了,”总统答道,“我用不着好运气。”

两人再次大笑。欧文转过身,退回了那个爱刁难人的秘书那儿。

“喂!欧文!”

“嗯?”

“我们每隔一周的礼拜二都会打牌。要是你在附近,我希望你也来。”

欧文想了想,“里(你)还是别希望的好。我来了里们全得掏空钱包。”

“我有权力印钞票哦。”总统又笑了起来。

“嗯。行,这话有理。行,我来。什么时候?”

“一般来说,大概六点。”

“到时候见。”

“菲利斯?”秘书听到总统叫唤,马上抬起了头,“把欧文加到周二的名单上。要是我有事走不开,让哈罗德把他带到住处来。”

秘书瞪圆了眼睛,在记事簿上记了一笔,“是,先生。”

索普用敬畏的目光望着欧文。“我等不及想来啦。”欧文说。

他还真有点等不及了。

插曲III　杰　克

1

斯蒂夫十二岁左右成了孤儿。直到现在,他还清晰地记得跟亲生父母一起度过的日子。但是夺走他双亲的车祸,以及车祸之前的几天,在他脑中是一片空白。他只能想起三天之前的早餐吃的是玉米片,之后就什么都没有了。车祸就像发生在别人身上,或者根本没发生过一样。他们说,大脑受到外部重击后,失忆很常见。他只记得在医院病房里醒来。当时是夜里,他孤身一人。过了一小时左右,玛丽姑姑赶了过来,抱着他哭个不休。他的双亲都死了,斯蒂夫本人则昏迷了三天。

严重的脑震荡引起大脑水肿,导致了他的昏迷。好在没有永久性的损伤,至少医生没查出来。除了睡了三天,他没受其他伤。考虑到车祸的惨烈程度,这可算是奇迹。多年以后,读高四的斯蒂夫看到了一张车祸现场的照片:一辆半挂车对小路上的停止标志视而不见,超速行驶,一头撞在他妈妈开的凯迪拉克上,把凯迪拉克的前半部分都压扁了。他父母被压成肉泥,斯蒂夫则被扔进了新的、完全陌生的生活。

在医院待了两周、花光了父亲的保险赔款后,斯蒂夫被玛丽姑姑带回了她的简易活动板屋。斯蒂夫彻底垮了,只能往脑袋里塞进各种琐碎念头,不让自己有空悲伤:我—的—牙齿—有点—糊住了—最好—刷刷—因为—妈妈说过,我—饿了—不知道—爸爸—会不会—买—披萨—回来。但巨大的失落仍然潜藏在他的心灵深处,不断悸痛,就像蛀牙一般。

玛丽姑姑丝毫没让他影响自己的生活。当天晚上，她就出门去了路边那家叫“李家酒屋”的酒吧，喝个烂醉，半夜两点带了个叫克兰的男人回来。斯蒂夫那时已经不哭了，他透过窗户望着月亮。隔着板屋薄得可怜的塑料壁板，玛丽和克兰疯狂做爱，撞击床头板的声音在他耳边不断响起。

第二天，克兰驾着玛丽叮哐作响的老掉牙的道奇车回斯蒂夫家取东西。房子已经被银行没收——斯蒂夫做房地产生意的父亲落下了不少亏空。一个受托人用钥匙打开门放他们进去。斯蒂夫拿回了Commodore64电脑、衣物，以及一箱子漫画书。他还有别的玩具，但他只能挑选一部分带走，因为玛丽家地方太小。他还想拿走电视，却被克兰抢走了。不久，受托人就催他们出了门，因为拍卖即将开始。

除了这些，另外还有许多让斯蒂夫烦心的事。因为路太远，他不可能回原先的学校上课。所以他不但没了父母，就连从小到大的朋友也没了。斯蒂夫还在长个子；可对玛丽来说，买衣服远不如买伏特加和香烟重要。一位好心的英语教师注意到了这点，带斯蒂夫去了救世军慈善机构，用自己的钱给斯蒂夫买了合身的衣服。为此，斯蒂夫恨她。而当这事不小心传开，被其他孩子发觉以后，斯蒂夫就更加恨她了。

其他孩子拿他取笑，但没持续多久。有个八年级的孩子编排了关于斯蒂夫的笑话。斯蒂夫则把他的头按进屎尿还没冲走的马桶里，差点把这孩子淹死。孩子的父母涨红着脸大叫大喊，要校方把斯蒂夫送进警察局。从那以后，没人敢再议论他的衣服了，至少没人敢当面说。

几乎与此同时，他开始从商店里顺手牵羊：书、磁带、糖果，什么都拿。一年后，他犯下了第一桩真正的入室盗窃案。高一那年，某个周五晚上，全校都在看足球赛，斯蒂夫则穿上救世军那儿买的运动鞋，跑过僻静的树林，到了八英里外的某个高档住宅区。那天晚上，一道微光在东方闪过，就在他小时候住过的地方附近。

他走出树林，随便选了一幢没亮灯的房子，翻过泳池旁边的篱笆。他随身带了一把锤子和一把起子，却都没用上。那幢房子的后门没锁。踏进门槛的那一刻，他从前的生活（还留着一层干枯的硬壳）彻底粉碎，也彻底被他丢弃了。他在空荡荡的房子里四处劫掠，就像贪婪的匈奴人。他带了一只黑色的枕套装战利品。四处跑动的时候,枕套在他手里飘动,就像他加入了新的国家,而手上拿的就是国旗。

因为还是孩子,斯蒂夫只偷自己喜欢的东西:一盒“牛奶路”巧克力,几盒雅达利游戏带,还有几盒磁带。接着,在主卧室,斯蒂夫遇上了决定他一生方向的东西:一只上漆的木质首饰盒。斯蒂夫记得自己打开盒子的时候狠狠地吸了口气——那里头简直就像巨龙看守的秘密宝藏,闪闪发光:银链、钻石耳环、金戒指。拿走这些东西的时候,他的手颤抖得像个新晋牧师,仿佛第一次主持领圣餐仪式,第一次拿起了圣杯。

之后,他独自待在板屋自己的房间里,拿出金器,摆在吱嘎作响的床上,哭了,又笑了。那一刻,他终于不再想念自己的父母。

几个月后,他已经成了这行的老手,十几次入室盗窃。靠着运气,他找到了一个出手赃物的下家:“沉默”老罗。他是个肥胖的糖尿病人,在闹市区最黑暗的某个角落里开了一家典当铺,坐在闭路电视监控屏幕中间,脸被屏幕的光照亮。罗抽劣质雪茄,他的店铺永远弥漫着齐眉高的烟雾。很多典当铺和典当铺老板做的都是合法生意,或者说大多数都合法,然而罗并非其中之一。他和斯蒂夫不是朋友,但互相理解。

可是,斯蒂夫并没有把所有的赃物都卖给罗,有时候,他会留下自己特别喜欢的。这做法虽不聪明,倒也没害他被捕。有一次,他留下了一件皮夹克。夹克是黑色的,带衬里,皮质很厚,分量挺重,价钱昂贵,闻起来有股烟味。斯蒂夫留下自己穿。

一周后,他遇上了杰克。那天他到校的时间比平常更晚,正在学校男厕所里尿尿。厕所里还有个孩子在抽烟,他就是杰克。斯蒂夫只在合班体育课上见过杰克,两人不熟。斯蒂夫是高一生,杰克已经高三,而且是富家子弟。两人之间的鸿沟深得像亚利桑那大峡谷。尽管杰克的父母都是清白虔诚的摩门教徒,他本人却野性十足,叛逆不羁——这是他俩唯一的共同之处。

“这夹克不赖啊。”杰克的声音盖过了尿撒在尿盆里的响动。

斯蒂夫没回头,“谢了。”

“能问问哪儿来的?如果你不介意?”

斯蒂夫甩掉尿滴,拉好拉链,“店里。”

“真的？哪家？”

“忘了。”斯蒂夫用凶狠的眼神上下打量杰克。

“该不是那家叫‘麦克森一家人住的房子’的店吧？我正好认识一个肯尼迪高中的家伙，他有件差不多的。袖口有一样的污渍，什么都一样。几周前有人闯进他家，偷走了夹克。”

斯蒂夫转向杰克，看着他。

杰克脸上的笑容褪去，“别紧张，伙计。我不会说出去的，反正那小子也是个混蛋。”

“谢了。”

“跟你说——你放学后来找我怎么样？我们去商场或者什么地方干一票。然后你再告诉我怎么弄到这夹克的。说不定我们还能再吸根大麻卷。”

斯蒂夫脸上微微露出警惕的笑容，“真的？”

“真的。”

结果，去商场的路上，他俩吸了不止一根，而是两根大麻卷，飘飘欲仙地流连于各个店铺之间。第二天，两人开着杰克的卡车又去了商场，满载战利品而归。此后，他们如此这般干了许多回。

杰克是个随和的人，然而性格扭曲。他和斯蒂夫一样缺乏道德观念，原因却不同。斯蒂夫骨子里是个内向的人，而且自己老早就明白了这一点。至于杰克，他则一直弄不明白。杰克的父母善恶分明，还定期去教堂。斯蒂夫一度跟这家人走得很近；不管他怎么看，那都是个快乐的家庭，杰克的弟弟也是个标准的教会好青年。

杰克的生猛凶狠会在意想不到的时候突然发作。有一次在电影院，斯蒂夫看到他把坐在后排的某人打个半死，就因为人家打翻了爆米花——而且既没打翻在杰克身上，也没碰到别人，只是倒在了地上。斯蒂夫和他也打过几架，两人都黑了眼圈，鼻子流血。通常，斗殴都由杰克挑起。过后，他总会到斯蒂夫家里来，一脸不好意思地道歉。到后来，斯蒂夫甚至能料到他什么时候会来，提前卷好大麻等他，挥挥手让他不必道歉。

有半年时间，杰克的家人几乎半收养了斯蒂夫。他一周三次在那边过夜，睡在杰克房间的地板上，或者走廊尽头的卧室里。杰克父母什么都没说，但斯蒂夫感觉到，他俩了解自己的处境，也许还同情他。起初，这让斯蒂夫心里很不舒服，但马丁和西莉亚实在是无可挑剔的老派好人，让人没法不喜欢他们——他们甚至给他买生日礼物，天哪。

但有一件事他们不喜欢，那就是斯蒂夫对自己儿子的影响。斯蒂夫那会儿已经做下了十几桩入室盗窃，事儿大到上了当地的报纸，其中五桩是杰克跟他一起干的。干最后一票时，杰克建议他们用车库里的汽油把整幢房子烧掉，"应该一把火烧了这房子，老弟！好掩盖行踪！"

斯蒂夫是两人中的头儿，他否决了这一提案。那晚，他几天来头一次回玛丽的板屋睡觉，翻来覆去直到拂晓，揣摩他的朋友是不是疯了。两周后，杰克在某个老妇人的床上拉了屎，还用她发黄的婚礼老照片擦了屁股。

杰克把典当赃物得来的一部分钱拿来干了副业。经由斯蒂夫介绍，他从某人手里买下少量大麻，用牛至叶分成小包后卖给其他高中生。虽然每次经手的钱不多，但这门生意一直客源不断。后来，某个主顾——一个高一女生——被校方抓个正着，从包里搜出了毒品。小姑娘痛哭流涕，立刻坦白了自己的毒品来源。警察出现在杰克的家门口，搜了他的房间。杰克被带走了，还铐了手铐。

这案子算不上什么大事——只去了少年法庭，犯罪记录也不会保留。可在杰克的家人看来，不啻是末日善恶大决战。杰克的父母起疑心已经有一阵子了，但起疑心和眼见自己的大儿子被铐上手铐带走，完全是两码事。

很自然，他们把这事怪到了斯蒂夫头上。现在想来，这也许有些道理。但当时，他们的责怪让斯蒂夫感到天大的冤屈。他们不准杰克再跟斯蒂夫来往。斯蒂夫被赶出了杰克的房子，流放回玛丽的板屋。

不用说，两人仍有往来，只是更加谨慎。他们不再去商场，至少不再开着杰克的车去。斯蒂夫开始想办法弄自己的车。他浏览报纸的分类广告，用笔画出感兴趣的对象。新车的价格太高，也许他应该想办法偷一辆——盗车不是他的专长，但他开锁的技巧日益高明。不过，如果偷车，如何注册牌照是个大问题。假如买，过得去的车子总要两千美元上下，是他手头积蓄的五倍。斯蒂夫去了“沉默”老罗那儿，谈起这个数目，而罗提到了药店。

一个月后，他和杰克来到一家独立药店，从背面爬上房顶。他们带了一把尖头嵌钻的圆锯。这种工具一般用来切割水泥。这把锯子，“沉默”老罗给了他们优惠价，还答应用不上的时候买回来。锯子开动的声音很吵，但很有用。只三下，房顶就开了个三角形的口子。没有触发警报，至少没有任何迹象。

斯蒂夫把八十英尺长的结实尼龙绳系在房顶上。两人先后从绳子上爬下去，落到药店的货架之间，没发出任何声响，悄没声儿的就像鬼魂。如果是普通的入室盗窃，斯蒂夫会打开灯——黑漆漆的房子里突然冒出手电的光柱，会让邻居觉得奇怪——但这回他没别的选择。虽然不敢肯定，但他觉得正是手电光出卖了他们。也许是邻居报的警，或是过路的司机。谁知道。

药店的布局他们不熟，花了不少时间才找到罗想要的药品。两人分头行动，一行行搜寻货架。斯蒂夫的心脏在胸口怦怦直跳。杰克则吹起了口哨。一个又一个，战利品到了手：瓦连姆镇定剂，阿普唑仑，维柯丁镇痛剂，硫酸吗啡，咳嗽糖浆。有些指定了品牌，有些仅指定了某一种类别。他们拿了很多剂，很多瓶。斯蒂夫用的还是那只黑色枕套。很快，枕套就鼓起来了。

十五分钟后，斯蒂夫觉得拿够了。罗是个吝啬鬼，但从来没骗过他们。斯蒂夫从中分到的钱肯定远超两千美元。有了这笔钱，他就能买车了。他没跟杰克说，但买车这事还有另一层含义：有了自己的交通工具以后，他就不必依赖杰克接送，从此，两人就可以各走各的路了。

先爬上去的是斯蒂夫。他顺着绳子双臂用力，爬上了房顶。杰克仍留在黑暗里，把满满一枕套的战利品系在绳子末端。斯蒂夫拉了上来。

他正在解绳子，发现远处亮起了闪烁的蓝色警车顶灯。车子没拉警报。整整一分钟，他都在祈祷这不过是巧合，可是顶灯越来越近。他心里清楚，这不是巧合。

“警察。”他低声对杰克说。

“什么？多远?”

“不远。快。”

“糟了。”

一分钟后，杰克已经爬到了绳子的一半。“兄弟，”斯蒂夫说，“他们只有两个街区远了。”

杰克抬头望着他。月光下，他的脸色苍白，带着一脸听天由命的神情，但并不十分害怕。斯蒂夫则怕得要死，他的恐惧足够两人份的。

“你先走，”杰克说，“我来追你。”

“当真？”

“当真。”

斯蒂夫想了一秒钟，拔腿就逃。他把袋子留在了屋顶上。之后的许多年，当他躺在黑暗中无法入睡时，就会思考自己为什么会这么做。让杰克来背这个包袱——一点不假的背包袱，哈哈——这个打算他当时也许想过，也许没有。记不清了。

那时，蓝色顶灯已近在咫尺，除了逃跑，没别的选择。他翻过屋顶的侧墙，身体摆动几下，松开手，越过来时爬上屋顶用的雨水管，冲进商业街背后的阴影中。只过了一秒半钟，蓝色顶灯就进了药店的停车场。他躲在垃圾箱后，看着第一辆警车在附近搜索。警车的车窗开着，斯蒂夫听到警用电台说“嫌疑人已被拘捕”。警车拐了个U形弯，转回药店。

这一次，可不是少年法庭这么简单了。没有庭前调解的余地，木已成舟。杰克作为成年人，被判盗窃罪。要是他咬出斯蒂夫，他的刑期可能会缩短，但他没有。马丁和西莉亚给他找了个好律师，把刑期减到了三年，要是表现良好，还能减到十八个月。就盗窃的数目而言，量刑并不重。但他们当时年纪还小，只是想想杰克的处境，恐惧就沉甸甸地压在斯蒂夫心头。

两人从此没再说过话。

高中毕业不久，杰克就去了州立监狱报到，开始服刑。第一次探监，斯蒂夫就知道事情不妙。这所监狱的警卫级别只是中等，没有关押危险的重犯，但杰克太年轻，长得也算俊，而且是白人。“沉默”老罗说，他会是众人争夺的“奖品”，还解释了这个词的含义。斯蒂夫去探监的时候，杰克只在监狱过了三天，眼神已经惊慌失措。

杰克撑了三个月,就用内衣上了吊。斯蒂夫没参加葬礼,但去了入葬仪式。他在一百米外,躲在树后远远地望着。然而,西莉亚还是发现了他。她刚刚亲手埋葬了自己的大儿子。她的眼睛紧紧盯着他,亮得就像扑向田鼠的老鹰。她什么都没说。这个给斯蒂夫买过十六岁生日礼物的女人,狠狠扇了他一边脸,然后是另一边。接着,她说出了对斯蒂夫的判词:

"你……你这小……你这个混蛋。"

她在哭。斯蒂夫没拦她,也没说话——无话可说。

日子一天天、一周周、一季季地过去,他发现自己一直无话可说。想说,却说不出来。慢慢地,他明白这种无话可说的状态便是自己的常态。在牢房里,在他邋遢的公寓中,他一直重复着这种状态。"无话可说"就像冗长的祷词,用锋利而丑陋的诗句把他切得粉碎。"无话可说"回响在阴暗的走道里,回响在他虚度的生命的时时刻刻,就像对所有问题的回答,就像所有曲子的歌词。

第九章　小陷阱

1

斯蒂夫和两头狮子在史前洞穴壁画房间避难约一小时后，迈克吉利卡迪太太的手机响了。斯蒂夫正坐在母狮身边，检查她的绷带。他呻吟一声站起来，一瘸一拐地穿过房间，在铃响到第五声时接了电话："喂？"

"嗨，斯蒂夫。我是卡萝琳。"

"这还用说。"他在补给堆里翻了一阵，又拿了一片牛肉干。牛肉干是自制的，味道很好。"还能是谁呢？"他发现自己有点儿晕乎乎的。大概是止痛片的效果，也可能是失血过多造成的。

"你好吗？"

"哦，好极了。"他在声音中加上了一点儿怒气，"得多谢你啊。我找到了绷带什么的，帮了大忙。我想出血已经止住了。"

"哦，那好。"

"对，是好。"

沉默许久。

"有个盖着软木塞的陶罐，"卡萝琳说，"你看见了没？"

"对，看见了。就在注射器旁边对吧？我正在想它有什么用。"

"对。这是我从我姐妹那儿拿的，里面的东西对失血过多有帮助。"她顿了顿，"如果……呃，如果你有这个问题的话。"

"我还真有。我觉得有。怎么给你猜到的？我有点头重脚轻，我觉得应该不是止痛片的缘故。所以,我该……我该把罐子里那个圆圆的小东西嚼下去,还是……”

“啊……不是。”

“那怎么用?”

“呃,你,啊,那是……那是栓剂。”

“明白了。我该把这东西塞进屁眼儿里,对吧?”

“对。”

“有意思。”

“什么?”

“我在想,你也该尝尝这味道。”斯蒂夫吼道,“把这东西塞进你屁眼儿里,你这可怕的疯婆娘!”他摸到切断通话的按钮,突然想起还有件事,“我挂你电话前还有个小问题要问。”他等了很久,“你还在吗?”

“在。”

“这东西对狮子有用吗?”

“狮子?”

“对,狮子。我的后援。顺便说一句,也得谢谢他们。他们很了不起,就在他妈的紧要关头赶到。但母狮子受伤挺重,流了好多血。我给她绑了几条压力绷带,但我觉得她还在流血。”

“他们没死?”

“没,”斯蒂夫几十年来第一次为自己骄傲,“我让他们进来了。”

“可……我告诉你……”

“对。你说了他们是‘消耗品’。我挺确定你用的就是这个词。但他们刚刚救了我的命,我觉得把他们扔下等死不是‘道’。”

“不是什么?”

“道。这是中文,意思是这么做不正确。”

“哦,你的发音……”

“啥?”

“别管了。你问题的答案是:有用。这东西对狮子也有用。”

斯蒂夫憋了很久都没说话。

“你还在吗?”

“什么？在。抱歉。我正在想怎么把那东西塞进狮子的屁股。我实在想不出来。”

“哦。嗯……做不做全在你。我说过,他们是消耗品。但他们不会伤害你,他们承诺过。”

“明白了。承诺过,对吧？向你承诺的？”

“不是我,是我的兄弟。”

“那个吓人的大块头？”

“不,另一个兄弟,麦可。他能跟狮子交谈。他让他们照看你。”

“啊？跟狮子交谈？”

“对。我们做了交易。他们答应像保护自己的狮崽一样保护你。”

“没准儿他们只是出于礼貌,说说而已。”

“不可能。”她严肃地回答,“德累斯顿被流放在外,但他仍是国王。在他的语言里,‘诺言’这个词是‘打不碎的石头’。他定会践诺。”

斯蒂夫思考片刻。再开口时,不再语气轻佻:“你说是就是吧。看样子他们的确是这么做的。而且,说老实话,我自己也差不多觉出他们不会伤害我。”他顿了顿,“不过我脑子转弯还得花些时间。今早醒来时,狮子在我脑中的印象还是‘吓人’。”他拍拍德累斯顿的鬃毛,把剩下的牛肉干递给他。

大狮子嗅了嗅,露出比斯蒂夫的拇指还粗的犬牙,小心地从他手里叼走肉干。

“这两头看来不错。咱们三个今天好好地修正了一下‘狮子吓人’这个偏见。”接着他想起一件事,“我说,你知道那母狮子的名字吗？”

起先,她没回答。接着,他听到一声低沉的隆隆吼声,跟狮子一模一样。斯蒂夫把话筒从耳边移开,皱起眉头。大狮子颇有兴趣地抬起头,望着声音来源。“你那儿还有头狮子？”

“不,是我。这就是她的名字。”

“哦。”斯蒂夫愣了愣,“这声音我可发不来。”

“可能是不行。要想发好这个音,需要多练习,还要做个小手术。不过……你可以叫她娜嘎萨奇,简称娜嘎。这是绑架他们的人取的名字。他们不喜欢这名字,但能听懂,会知道你的意思。”

“德累斯顿和娜嘎萨奇,对吗？有趣。他们是夫妻吗？或者配偶？我不知道该叫什么。”

“不。娜嘎是他的狮崽。”

“说是狮崽也太大了。”

“那就说是他的孩子吧。她还会长得更大。再过几年,她才会成年。”

“如果她能活到那时候的话。”

“什么意思?”

“我说了,她流了好多血。而且外头有狗,我哪儿都去不了。至少有几百只。你打算怎么把我弄出去?”

“我们走着出去。但最快也要明天。”

“她——娜嘎——撑不到明天。”

“啊,那太糟了。等我到了再说。也许我可以……”

“你能不能改改行程安排？这头狮子……我是说,她救了我的命。”那个瞬间,他看到了杰克的脸,仿佛自己又站在药店房顶上,透过那个窟窿,注视着被永远困在黑暗里的杰克。你先走,我来追你。

“抱歉,斯蒂夫,我做不到。其实……狮子不重要。”

“可是她对我很重要。”入葬仪式上泪流满面的西莉亚,她的掌掴留下的刺痛。“去你的,卡萝琳。”他挂了电话。她又打了一次。再一次。第三次后,他关掉了手机。

2

打完电话后，母狮——娜嘎，斯蒂夫对自己说，她的名字叫娜嘎——仍有意识，但已很微弱。他尽了最大努力，母狮子也表现出极大的忍耐力——扎上压力绷带肯定弄疼了她，但她没动粗，连吼都没吼一声。然而绷带下仍有血流出。她的情况越来越糟。

*他们能跟狮子交谈？*他几乎要相信了。还没全信，差不多信了。

在某种程度上，也许他真信了。因为，当他掀开娜嘎厚实的口唇，检查她牙床的毛细血管时，他真的一点也不害怕。斯蒂夫不是兽医，不过这些年来他养过很多狗，其中一条被车子撞过。他知道，要检查动物的失血情况，办法之一就是用大拇指按压牙床，看颜色多久能恢复。要是恢复得快，就是好兆头；要是得等上一会儿，就像安吉被车撞的那次，就糟了。

娜嘎的情况还没糟到安吉的程度，但已经接近了。

斯蒂夫从卡萝琳留给他的罐子里拿出一颗栓剂，打算先在自己身上做试验。他进了洗手间，弯下身子，用一根颤抖的手指把那东西塞进肛门。完事后他想洗手，打开水龙头，却没有水。于是他拿来几瓶达萨尼，打湿水池旁边碟子里的象牙香皂（香皂搁了很久，已经积灰变干了），用瓶子里的水洗手。等他洗掉食指上的臭味以后，头晕目眩的感觉已经好多了，连说话的声音也不那么含混了。但他同时又觉得口干舌燥，一口气喝完两瓶半水才好些。

他叹了口气，拔出小陶罐的软木塞，倒出另一颗栓剂。"来——呀，猫咪猫咪。"他轻声说。

德累斯顿莫名其妙地看着他。

“没啥。”斯蒂夫说，“冷笑话。”他一瘸一拐地穿过房间，来到娜嘎身边。娜嘎躺在一大摊血泊中间。他不想坐到地下弄脏裤子，而且小腿和脚踝被撕裂的伤口也让他没法下蹲。娜嘎已经丧失了意识，但她父亲的眼睛盯着斯蒂夫。头顶昏暗的灯光下，大狮子的眼睛发出黄光，让人心里发毛。

准备停当后，他弯下腰，拎起她的尾巴，露出肛门。起先，她没反应；当斯蒂夫把那颗白色的药丸顶过皱缩的括约肌、塞进肛门里的时候，娜嘎在昏迷中颤抖起来。德累斯顿皱起眉头，朝前走了几步，对斯蒂夫露出牙齿。

斯蒂夫很快站直，摊开双手给德累斯顿看。“好了。”他说，“抱歉。”他后退一步，幸而德累斯顿没跟来。他松了口气。“我去看看能不能找个大碗。”他说，“要是药起效，她很可能会渴得要命。”

老妇人在厨房。她丈夫已经修剪完草坪，正在门廊上的狗群中间走来走去，不时撞上其中一只，像颗碰碰球似的。他一脸迷惘，不时走到门边扭扭上锁的门把手。屋子里，他妻子站在厨房水池边，用一块烂海绵清洗积灰的盘子。

“呃……抱歉？”

“晚饭还没好，亲爱的。你干吗不去看看比赛？”

“我想借一只大碗，很大的碗，搅拌用的那种，您有吗？”

她眨眨眼睛，“怎么……啊，有，我有。”她看上去和斯蒂夫一样惊讶，“在那儿。”她指指炉子底下的橱柜说。

“谢谢。”斯蒂夫打开橱柜门，翻找一阵，里面有一摞碗：瓷碗，不锈钢碗，塑料碗。哐啷一声，他从中拖出一只大个儿的。

“晚饭还没好，亲爱的。”

“我去看比赛。”她微笑点头。斯蒂夫一瘸一拐回到客厅，吃惊地发现娜嘎已经站起来了。斯蒂夫看着她迈了一步，哆嗦了一下，但没倒下。德累斯顿走到她后腿旁，闻闻她的屁股，一脸疑惑。

“好些了？”斯蒂夫发现自己真正松了口气，“太好了。”

也许狮子们也听到了，他们甩甩尾巴。有趣的是，两条尾巴正好以同一频率甩动。斯蒂夫走向补给堆，往大碗里倒了六瓶水。他倒水的时候，娜嘎的鼻翼翕动，又往前走了一步。这次，她失去了平衡，摔倒了。

“别太用劲。”斯蒂夫说，“我给你拿来。”他把碗放到她面前。她贪婪地把头埋到水里，一气喝掉了一半，接着翻身侧躺下来。

斯蒂夫犹豫地伸出手，摸摸她的嘴巴。她别过头，吓得斯蒂夫赶紧缩手。就算反应过度也好，在狮子嘴边摸来摸去的时候，神经质一点总没错。接着，她伸出舌头，舔舔斯蒂夫的指关节。德累斯顿看到这一幕，又甩甩尾巴。

“能不能让我……”他试探着又摸摸她的嘴巴。这次，她没别转头。他掀起她的嘴唇，用大拇指压压她左边门牙后面的牙床。他试了两次，又压压自己的指甲做比较。她好些了，不过依然有危险。

他转到她身后，检查她胯部的压力绷带。浸透鲜血的绷带膨胀不已，正在不断滴血。斯蒂夫犹豫着该不该换掉，最后决定再绑上一条——库存的最后一条。他按着绷带，希望直接的压力能起到止血作用——反正电视里就是这么演的。

3

他一直按了一个多小时绷带。娜嘎的出血量减少了，但并没停止。小陶罐里只剩下最后一颗栓剂，他拿不定主意该什么时候用。现在用，还是留到最后一刻？他不知道这东西的治疗原理。这东西会不会像游戏里的补血剂，喝得太早就浪费了？还是像磨刀子，别等到彻底钝了再拖出磨刀石来，每次用的时候最好都磨一磨，以保持刀刃锋利？不知道。

不过有一点他很清楚，如果不止血，娜嘎就等不到卡萝琳来了。"你保准不想错过，"斯蒂夫轻声说，"她来了肯定怪事多。"

他一边等，一边又想起了杰克。这很正常。杰克虽然已经死了十五年，但这些年里，斯蒂夫没有一天不想起他。就连一个小时不想他都难。斯蒂夫觉得自己会被往日的阴影纠缠到死。看着流血的狮子，他回忆着杰克。他对自己那么好，而自己却给他招来了毁灭。

想起这些，再看看娜嘎受伤的身体，多年来压在斯蒂夫心上的"无话可说"突然有了新的意义。他温柔地摸摸娜嘎的脖子，娜嘎微微抬起头，看着他。

"我会把你从这儿弄出去。"

这句话在积满灰尘的冷清客厅里响起，格外响亮。德累斯顿闻声转头，大嘴上结着血块，金色的眼睛神情严肃。卡萝琳的话回响在他耳边：*这一位是国王。在他的语言里，"诺言"的意思是"打不碎的石头"。*斯蒂夫迎上狮子专注的目光。"没错。哪怕我他妈的死掉，我也要把她从这儿弄出去。"

斯蒂夫站起来，回到厨房。老妇人不洗碗了，正站在墙壁前，擦掉墙上和画上的灰尘。画面上只有简单的线条,像是史前人类画的狗。“晚饭还没好呢,亲爱的。”

“没关系。我想借用你的车。”他四处张望,看有没有她的包,或者放钥匙的大碗。他的眼睛落在墙上的一枚钉子上,上面挂着备用钥匙,其中一把连着皮革钥匙扣,上面印着福特的标志。“有了。”

在门外的时候,他没仔细打量房子的格局,只隐约记得车库在房子最里头。房子里有条过道通向车库的方向,但过道上一片漆黑。他摸到一个开关,打开,灯没亮。他只好在黑暗里摸索着,沿过道走去。

第一个房间是个卧室改成的画室。某人——这老妇人?——曾经在这里用油画描绘静物:花,水果,随意摆放的首饰。大多数的油画水平很高。斯蒂夫想起客厅墙壁上挂的仿佛出自幼儿园孩子之手的涂鸦,打了个寒战,退出门去。

第二个房间果然是车库。福特车就停在那儿,四个车胎完全瘪了,引擎盖上的灰尘厚得连车子原本的颜色都无法辨认。尽管如此,斯蒂夫还是坐进车里,用钥匙试着点火。车子连一声“咔嗒”都没响。

“该死。”他一拳砸在方向盘上。接下来怎么办?他关上车库门,走回相对明亮的客厅。德累斯顿站在娜嘎身边。娜嘎身下的血泊更大了,肚腹一起一伏。斯蒂夫摇摇陶罐,倒出最后一颗栓剂,塞进她屁股里,就在前一颗旁边。做完后,斯蒂夫在地毯上擦了擦手,倒了半瓶达萨尼洗了洗,把剩下的一半喝掉,然后蹒跚走回没有窗户的昏暗门厅。

就在这时,外面响起汽车引擎声。*卡萝琳?*他弯腰躲进厨房,从洗涤池上方露出眼睛朝外看。不是卡萝琳,是邮局送邮件用的白色小吉普。离这儿两幢房子远。修剪草坪的老人不见踪影。

前院和附近的街上有数不清的狗,狗群盯着驶近的吉普车。斯蒂夫想知道它们会如何反应。

邮递员只有一幢房子远了。他把邮件塞进邮箱,没继续往前驶来,而是呆坐在方向盘前,引擎空转。*他看见这些狗了。*过了很久,邮递员摇上车窗,开进隔壁房子的车道,倒车出去,朝反方向掉头,沿着街道消失了。

“该死。”斯蒂夫虽然不觉得邮递员能提供什么实质性帮助,但还是不愿让他走掉。

狗群望着吉普远去，没有跟上。等吉普转到主街，狗群似乎就失去了兴趣。而且，有些狗不再坐在草坪上直勾勾地盯着房子，而是跟平常一样玩耍起来：交尾、追逐撕咬、搔跳蚤。十五分钟后，一半狗已经跑掉了。好兆头。

但还有些狗没走。谭恩和其他十几只一直在院子里警戒。斯蒂夫看见一只大狗——也许是罗威那犬？——小跑到门廊上，坐了下来。“妈的。”他走到大门前，透过猫眼朝外望去。他的脚踝一抽一抽地疼。哎，真不行还有911报警电话嘛。他们总能把我们救出去的。

想到这儿，他灵机一动，打个响指，取出迈克吉利卡迪太太的手机。手机接收信号后，他拨了411查号台。电脑合成的声音问他“哪个城市”，斯蒂夫尽可能清晰地回答。

“什么号码？”

“随便哪家出租车公司。”

隔着门，门廊上传来低沉的吼叫。斯蒂夫从门口走开。

机器声音报了九位数字，问斯蒂夫要不要多花五毛钱直接连线对方。斯蒂夫表示同意。

电话铃响了一声，两声，三声。快接，快接。斯蒂夫心道。四声，五声。他正想挂电话另找一家时，电话被人接了起来。

“尤卡坦出租。”一个男人说。这人带着浓厚的印度口音，说话像唱歌，“有西班牙语服务。”

“能说英语吗？”斯蒂夫问。

“当然。”男人回答。斯蒂夫竟然问出这种问题，他似乎有点委屈。

“太好了。”斯蒂夫说，“我要出租车。叫辆大的。你有商务车之类的吗？”

“有两辆，但目前只有一位司机，而且刚被叫出去。你能等大约一小时吗？”

身后的罗威那又吠了一声，开始抓门。娜嘎的血已经流到了他脚边。

“抱歉，我没法等。”斯蒂夫回答，尽可能让语调轻松些，“跟你说，我会多付钱。一百怎么样？路不远。”他没钱，但有枪。之后再道歉吧。“你顶多迟点再去接另一笔生意，却可以多赚一大笔。怎么样？”

“抱歉,先生,但我不能……”

“我真的很急。我和孩子们要去见岳父岳母,车子突然坏了。要是迟到我就有大麻烦了。跟你说——我付五百块。”

“五百美元?”男人问,“你在跟我开玩笑吗?”

“绝对没有。”斯蒂夫说,“五百美元,现金。还付过路费。车程连五分钟都不到,我保证。”

男人想了想,“也许可以。请问地址是?”

难题来了。斯蒂夫拼命思考。他瘸到厨房窗口,朝远处的邮箱望去,“加里森车道2-11,”他说,“就在加里森橡树林住宅区。你知道吗?”

“加里森橡树林……”男人的声音听来十分迷茫。

“对,”斯蒂夫说,“挺小的地方,就在78号公路旁边。知道吗?”

“哦,对。”男人含糊回应,“呃,我想我从没去过。”

“这很正常。”斯蒂夫说。

隔着门,那只狗发出低沉的吠叫。另一只狗跟着叫,接着又是一只。很快,狗儿们全都叫了起来。

“什么声音?”出租车男问。

“没什么,我的狗。”

“听起来是只大狗。”

“对,”斯蒂夫说,“是挺大,而且有分离焦虑。他不喜欢我把他单独留下。”

“你不能把狗带上我的车。”

“我想都没想过。”

“好,”男人说,“为了五百块,我愿意自己来。我十分钟就到。”

“哎,还有件事。我,呃,我的朋友要跟我一起来。他有广场恐惧症什么的……”

“什么?他有病?我不想让病人上我的车,先生。”

“不,不,不是病人。广场恐惧症的意思是,他不能到室外来。你到的时候,尽可能开得近一点,打开车门,按喇叭。行吗?”

对方沉默良久,“我觉得我不喜欢这主意,先生。”

“有什么不喜欢的?”斯蒂夫说,眼睛用力闭了闭,眉头皱起,“五百美元可是一笔不小的费用啊。”他强迫自己停下话头,用力捏着手机,指关节发白。

调度员考虑了一会儿。“我十分钟后到。”他说,“准备好钱。”

“是一幢白色的砖房。”

“我相信一定很漂亮。准备好钱。”

十一分钟后,出租车停在了路边。是一辆白色的商务车,侧面印着墨西哥奇琴伊察的玛雅金字塔。司机按了按喇叭。他没开到前门口,而是停在了院子外面。*当然不可能事事如意,否则逃走也未免太容易了。*院子里的狗群盯着车子,但没叫,也没低吼。

斯蒂夫绝望地拼命想办法。虽然草坪上只有六只狗,从前门到车子的三十英尺距离仍旧像一千英里那么遥远。即使他腿脚灵便,他也跑不过狗;何况一瘸一拐,还要扛一头半大的狮子。绝对、百分之百没有任何希望。

出租车司机又按了喇叭。德累斯顿朝门口走去,嗅嗅味道,低吼着看看斯蒂夫。

“我正想办法呢,该死的!”斯蒂夫咬牙切齿。他从厨房窗户往外看。*也许我们能从车库出去,有个电动门开关,还有……*

出租车司机来敲门了。

斯蒂夫和德累斯顿互望一眼,斯蒂夫笑了,“来了!”

“先生,能快点吗?我还得尽快赶回办公室。”

斯蒂夫一跛一跛地蹦到前门,从猫眼往外看。门廊上只有一只罗威那,谭恩和其余五只狗站在草坪上警戒。秋日阳光明媚,蓝天如洗。斯蒂夫从枪套里拔出枪,把手放在门把上,心中默默倒数:三,二……

浑身是血、绑着绷带的斯蒂夫用右手一把拉开门,顺手对罗威那开了一枪。枪声轰响,狗头开花,鲜血四溅。斯蒂夫抓住出租车司机的衬衣,“进来!”

草坪上,谭恩恼怒地狂吠。

司机马上举起双手,半蹲在地上。“别开枪!”他想退出门去。斯蒂夫使出全身的劲往后拉,身体重心后倾,把自己和司机都拖进了门厅。终于,他脚踝吃力不住,朝后跌倒。司机差点摔在他身上,好不容易才保持住了平衡。

狗群朝门冲来。谭恩的冰蓝眼睛狠狠盯着他，脚爪在草坪走道上一按，一跃而起——

斯蒂夫没受伤的脚全力重重踢门，门砰地关上。几分之一秒后，门上响起谭恩脚爪扑门的嘭嘭声。

斯蒂夫仍然仰面朝天。他在油毡布地板上转了一圈，对着司机，“别动！”

司机一动没动。德累斯顿五百磅重的身躯就立在几英寸之外。司机是个瘦小的印度人，焦糖色皮肤，眼睛瞪得老大，吓得半死，双手举在脸附近，既像投降，又像自卫。他抖个不停。

“别担心，”斯蒂夫努力让他宽心，“他不咬人。”

司机瞅瞅斯蒂夫，“那是头狮子。”

“对，没错。”

“你有枪。”

“这也没错。”

“那，”司机一字一顿地说，仿佛斯蒂夫是个笨孩子，“你干吗不开枪打那头狮子？”

斯蒂夫大笑，“你说什么呢！德累斯顿是我兄弟。”他突然想了起来。YouTube，里面那头狮子叫克里斯蒂安。“你不看网络视频吗？”

“什么？”

“随便说说。我要你的钥匙。”

“什么？”

“钥匙。车钥匙。给我。”斯蒂夫晃晃枪。

司机脸一沉，“我的五百美元呢？”

“啊，那个，我撒谎来着。抱歉。”他想了想，“瞧，我真的很抱歉。”他用枪指指娜嘎，“要是不赶紧把她弄出去，就——算了，说来话长。不过，外头某处有个装满现金的旅行袋等着我。要不我把钱寄给你怎么样？给你一千。”

“我觉得你又在撒谎。”

“不，我会寄的。而且会尽快，我保证。”他的确会，“但现在，我要你的钥匙。抱歉。”

“你不会向我开枪?”

“绝对不会。”

司机瞧了德累斯顿一眼,“他呢?”

“他跟我一起走。他俩都走。”

“哦,那,你们他妈的就赶紧滚吧……”司机在口袋里摸了一阵,掏出钥匙,交了出来。钥匙在斯蒂夫手里叮当作响,就像天堂的铃铛。

“谢了,伙计。”斯蒂夫说,“实在很抱歉。”他又想起件事,“你有手机吗?”他可不希望这人打911报警。

“在出租车里。”

车钥匙是老式的,只有一把光秃秃的金属钥匙,没有锁车和开锁的按钮。“车子锁了吗?”

“没有。”

斯蒂夫晃晃枪,“你最好别撒谎。”

“我干吗要锁?我不过是从院门口走到前门而已。”

“哦,好吧。”斯蒂夫闭上眼,想了一会儿,“那个角落里有个洗手间。你进去,锁上门。”他看到司机的膝盖抖个不停,“哎,伙计……我知道这话很不靠谱,但我真的很抱歉。我遇上了紧急情况……”

“对,肯定是。真他妈的。”男人小心地后退一步。德累斯顿低吼着以示警告。

“没关系,大个子。”斯蒂夫说。狮子看看他,没明白。斯蒂夫用手臂揽住小个子男人的肩膀,用男人的方式轻轻拥抱他。“没关系,他是朋友,明白?”接着,他转向司机,“赶紧,走。”

司机又小心地退了一步,再一步,眼睛始终盯着德累斯顿。等离洗手间只有一步之遥时,他猛地跳进去,摔上门。斯蒂夫听到了上锁的声音。

娜嘎还算清醒,但看样子站不起来了。斯蒂夫检查了她的毛细血管反应,结果只能说过得去。她的身体已经很虚弱了。斯蒂夫看了看弹匣,里面有八颗子弹,枪膛里还有一发。外头还剩七只狗。他回到客厅,坐到娜嘎身边的地板上,手放到她身子底下,试了试重量。她很重,两百磅左右,不过斯蒂夫觉得自己大概能把她架起来。

“好了，”他对德累斯顿说，“准备好了吗？”

德累斯顿不解地看看他。

斯蒂夫晃晃钥匙。他要开车带派迪出门兜风时就是这么做的。想起派迪，他的心痛了一会儿。不知道今生还能不能再见到他的狗。

德累斯顿看看钥匙，仍没明白。

斯蒂夫拔出枪。他转向德累斯顿，注视着他的眼睛，右手抓住大狮子的鬃毛，左手拍拍娜嘎的侧腹。“我、要、带、她——”说到这儿，他又拍拍娜嘎，“离、开、这、里。”他指指前门。

德累斯顿的眉头舒展了。他轻轻咆哮一声，把斯蒂夫吓得不轻。接着，他伸出舌头，舔舔斯蒂夫的面颊。

这就够了，斯蒂夫心想。他把胳膊放到娜嘎身子下面。娜嘎看起来迷迷糊糊的。但愿她没忘记我们是好伙伴，他这么想着，一边架起了她。娜嘎扭了扭身体，半站起来，前半截身子离开了客厅地板。斯蒂夫把左肩架到她肚子底下。用腿使劲，别用后背，他想起架人的诀窍，神经质地哧哧笑起来。娜嘎的重量压着他，他只能用两条腿——包括受伤的那条——一起使劲。伤口剧烈疼痛，他眼前发黑，还闪过了卡萝琳的面孔。我他妈的恨死这婊子了！强烈的恨意带来了肾上腺素，刚刚够他把狮子架起来。

一旦立直，就容易多了。他小心地走了一步，勉强保持平衡。接着，他又迈开第二步：步子很小，完好的腿朝前一蹦，伤腿拖在后面。这样好多了，就是不大雅观。他一步一步挪到门口，德累斯顿跟在他旁边。狮子的眼睛盯着门，还有门外的东西。好，他知道。他明白我们要做什么。

架着沉重的娜嘎，他转过身，透过猫眼看看外面。草坪上还剩下六只狗，包括谭恩。就算这样，六只狗也太多了。这一趟不会轻松。他低头看看德累斯顿，“准备好了？”

大狮子甩甩尾巴。他没朝斯蒂夫看，坚毅的脸仿佛由石头雕成。斯蒂夫用左手把娜嘎拉到肩膀上保持平衡，右手拔枪出套，叼在嘴里。他尝到了手枪机油的味道。金属味，很怪。他把手放在门把上，紧紧闭了一下眼睛，然后睁开。“好戏开场。”说完，他猛地推开门。

谭恩第一个站起。斯蒂夫从口中拿出枪，仔细瞄准，正中他棕色和蓝色眼睛的中央。

德累斯顿咆哮着冲了出去。见到他，其中一只狗掉头逃走。斯蒂夫一跛一跛地走过门廊。德累斯顿朝一只大杜宾扑去，扑倒了他。一秒钟后，斯蒂夫听到了狗的哀号。另外三只都是大狗，它们围住德累斯顿，不管位置，张嘴就咬，攻击了他的肩膀、前腿和背部。

斯蒂夫抓住铁栏杆，一瘸一拐地迈出第一步，接着是第二步、第三步。他走下门廊，来到草坪走道上。娜嘎在他肩膀上扭动。“放松，姑娘。”他说。出租车大约在三十英尺外。

杜宾死后，德累斯顿的下一个目标是咬住他右前腿的德国大牧羊犬。他挪动爪子，露出狗的脊背。他的第一下扑了空，但第二下咬住了狗的后腿。斯蒂夫听到咔嚓一声，接着便是牧羊犬的哀号。

*拿下三只了！我们能成功！*斯蒂夫在走道上一寸一寸往前挪，路过一丛玫瑰花，然后是第二丛。离出租车还有二十英尺。

德累斯顿够不到咬住他后背的狗。斯蒂夫想开枪，但考虑到自己的射击纪录，觉得自己打中狮子的可能性更大，只得作罢。这时，德累斯顿换了目标。他朝右一低头，咬向吊在他身体后部的狗。狗松了口，绕着狮子打转，结果发现了斯蒂夫，立刻发出“警报！”的吠声。

这吠声——呜汪！呜汪！呜汪！呜汪！呜汪！——在街上回荡。一秒钟后，斯蒂夫就听到了脚爪拍打柏油路的声音。先是一只狗，然后两只，接着就是一大片。*哦不，惨了。*斯蒂夫离出租车还有十五英尺。

德累斯顿扑向发出警报的狗，斯蒂夫已经走过了他们，看不见这场搏斗。又迈出两步后，他听到了哀鸣声，以及德累斯顿的咆哮声，咆哮声里还夹着液体的汩汩声。

还剩十英尺。

斯蒂夫冒险转头朝后看了一眼。德累斯顿身上还剩一只吊在他背上的狗……但他身后的山丘上，几十只狗——几百只狗——正朝他们的方向蜂拥而来。到底从哪儿来的那么多狗？实在太多了。哪怕是德累斯顿，面对这么大一群，也撑不了多久。

“来吧，大个子！该离开这儿了！”车子离他只剩两英尺了。在车头的格栅上，克莱斯勒展翅的标志就像天堂的希望。斯蒂夫转身。

德累斯顿看着他。他周围都是狗尸。最后一只咬住他鬃毛的狗不停地抓挠低嗥。狮子没动。

“来呀!”斯蒂夫又喊。他朝前一步,撞到了车子,差点跌跤。娜嘎的重量压得他身上的肌肉直颤。他拉开商务车的滑动门,“快来!”

斯蒂夫转身,看是什么拖住了狮子。

德累斯顿甩掉了牧羊犬,带着胜利的神态看着斯蒂夫把他女儿安置到汽车后座,车坐垫发出“呼”的声响,飘出一股乙烯味道。他看着斯蒂夫关上滑动门。她现在安全了。他黄色的眼睛对上了斯蒂夫的视线。德累斯顿,这位旧时代的君王,甩了甩尾巴——只一次。接着,他慢慢转过身,面对拥来的狗群,绷紧全身每条肌肉,咆哮。吼声回荡在街上,回荡在整齐的郊区住宅和精心修剪的灌木丛间,充满爆炸性的力量。狗群潮水般朝他拥来,带着压倒性的冲力,一眼望不到头。

德累斯顿朝他们冲去。

斯蒂夫僵立了一会儿,觉得自己十分渺小,眼前这位君王的无畏精神让他无法移开视线。卡萝琳的话回响在耳边。他会像保护自己的孩子一样保护你。德累斯顿冲进了狗群,就像一颗带着愤怒和鲜血的炮弹。他打算拖住这些狗。他这么做全是为了娜嘎……还有我。接着换成了西莉亚的声音。别浪费机会,混蛋。

斯蒂夫摇摇头,强迫自己转开视线,打开车门,坐进驾驶位。

狗们扑到了德累斯顿身上。一只,三只,十几只。斯蒂夫重重关上车门。德累斯顿已经被埋在了狗群底下,身上压着一座不断翻滚的皮毛和牙齿的大山:拉布拉多,狮子狗,杜宾,罗威那,黑狗,黄狗,棕狗。出租车司机透过房子的洗手间窗户看着这一切,脸色苍白。斯蒂夫发疯似的摇下商务车的车窗,拔出手枪,稳住,小心瞄准,射击。一只狗哀叫着掉下,却有三只狗补了上去。他继续开火,一枪又一枪,直到撞针击上空空的枪膛。“去你妈的!”他大喊,“去你妈的,去你妈的,去你妈的!”

一两只狗抬头看了看。一只巧克力色的拉布拉多叫了一声,冲着商务车奔来。斯蒂夫摇上车窗,但不够快。大狗毛茸茸的棕色脚爪扒住了车窗,又叫又咬,后腿猛蹬车门。车窗离窗框只有约三英寸距离,狗够不到斯蒂夫,但斯蒂夫也关不上窗户。他不理会狗,插进钥匙,点火。

车子立刻启动。他退出车道。棕色狗仍抓着车窗，挡住了他的视线。斯蒂夫身体后倾，靠在座位上朝外望去，盼望奇迹发生，德累斯顿能杀出狗群。

他没有。

斯蒂夫将车子转向出口，一脚油门到底。几秒钟后，他在住宅区大门口踩下刹车。轮胎吱吱尖叫。斯蒂夫打开转向灯，朝右转到78号公路，又是一脚油门到底。

后视镜里，加里森橡树林的标志牌越来越小，渐渐远去。

4

出租车司机名叫哈生·帕特尔。两小时后，他躲在浴缸肮脏的绿色浴帘后面，听到了一个女人的声音。

“斯蒂夫？”

“小心！”帕特尔说，“我觉得他们都疯了！”他托着左手，左手用厕纸和衬衫残存的布片裹成了血淋淋的一大坨。

“斯蒂夫？”女人的声音有些疑惑。

“我不知道你说的是谁。如果是那个带着两头狮子的骗子，他已经走了。”

“他走了？”女人似乎难以置信。

“对，几小时之前。”

“怎么走的？”

“他偷了我的出租车。”

女人咯咯笑了，“不得不称赞一句，他挺机灵啊。”

“你得多加小心。”哈生说，“这家里有两个人，一个老头，一个老太。老太过来跟我说‘晚饭好了’，然后他们就开始……开始……咬我。”他压抑着自己的尖叫，“他们咬掉了我的左手食指，还有大拇指的一部分。说不定他们还在外头。你该——”

“没关系。”女人说着，转转门把手，“能请你开门吗？”

他想了很久，最后开了门。

站在门厅里的女子身材娇小，卷发，赤脚，肩上扛着一只蓝色旅行袋。她上下打量着他，看着他肩上、脖子上和胯部的伤口，棕色眼睛的眼神阴沉锐利，令人不敢直视。“你不会死。”

“你这么觉得？”

“对。你算幸运的。这一带很少有人来。”

哈生惨兮兮地点头，“我相信你。我在想……我们能离开了吗？”

她想了想，“当然，”她耸耸肩，“我送你出去。你叫什么？”

他说了自己的名字。两人一同走进阳光下。

“遇见你很高兴。我叫卡萝琳。”

“你……你住这儿吗？”

“我不住这一幢。”她用大拇指沿街指指，“我住的地方离这儿还有几个街区。”

“哦。”他恐惧地看着她。

“别紧张，我不会伤害你。你帮了斯蒂夫。”她摇摇头，微笑起来，“他还真行，就这么溜出了这些petosha，是不是？”

“这些什么？”

“抱歉，这不是英语。时间一长就全混了。我说的是‘petosha’，意思是小陷阱。”

“哦。”

两人在沉默中走过了一条街区。

“不管怎么说……你帮了斯蒂夫。我得给你报酬。”她开口道，“你有家人吗？住在城里吗？”

“我有妻子，叫埃斯帕伦扎，还有两个儿子。但我们不住城里，住在外……”

她挥挥手，打断他的话，“这些我都不在乎。我们走到这条街尽头以后，我就会消失。等我消失后，你让家里人都坐进车子里，再……”

“做不到。”

“什么？”

“我没办法让家人坐进车子里。我不知道车子在哪儿。”

“谁偷了？斯蒂夫？”

“你说的是那个狮子男吗？”

“对。”

“对，他。他就是偷了我车子的混蛋。”

“哦，唔。”卡萝琳想了几秒钟，把蓝色旅行袋递给他，“给，拿着。再买一辆。”

他拉开拉链，瞅瞅里面。全是钱。“天啊！”

“没错。快点花，一两周后就没多少价值了。赶紧接上你的老婆孩子，买好食物、水和武器。还有发电机。到城里去，找个电灯多、电力足的地方，躲进室内。要是可能，找幢高房子，躲进顶楼。别离窗户太近。”

哈生莫名其妙地瞪着她。她的表情让他想起小时候看到的一幅画，那幅毁灭女神迦梨的画把他吓得够呛。无数卑微的生命死去，而迦梨露出了笑颜。

“你瞧，很快就会天黑了。很黑很黑。”

第十章　阿修罗

1

往西延伸两英里后，78号公路汇入了一条四车道大路，通到城里。说是城镇，其实不过是几条商业街，之后便是更空旷的道路。路旁的限速标志写着四十五英里，斯蒂夫瞧了瞧时速表，发现自己已开到了八十英里，害得这辆破旧的老爷出租车抖得就像廉价汽车旅馆里的“魔法手指”按摩器。于是，在遇到第一个红灯时，他踩了刹车。车子一阵痉挛。好久没开车了，技术退步。

挡风玻璃上有血。怎么弄上去的？他喷了点清洁液，开动雨刮器，指望刷掉狗血。结果不但没刷掉，反而越抹血迹面迹越大了。他有点头晕。

后座上，娜嘎抬起头，眨了眨眼，四处张望。

“好些了？”第二颗栓剂大概起作用了。“别动。我们杀出来了。狗没了！”

她甩了甩尾巴，低下头，弯向后半身，闻闻绷带。

“哎，对。”斯蒂夫叹口气，“还没好。”遇上受伤的狮子，应该带到哪儿去？动物园？

一辆黑色的本田卡车紧贴着他停下。斯蒂夫朝它看看，发现视线前方是汽车轮子的挡泥板。这车子改装得太高了，几乎得架个梯子才能爬进驾驶室。这种车是叫怪物卡车吗？要多大才能叫怪物卡车？分界线在哪儿？是比工厂标准高多少英寸，还是轮胎得达到……

卡车按了喇叭，斯蒂夫抬头。三四英尺高处，坐副驾驶位置的男子示意斯蒂夫摇下车窗。斯蒂夫照做，“怎么了？”

副驾驶还是个孩子，大概十八或者二十岁，反戴着棒球帽。“喂，伙计，”他说，“你车子后面，呃，防撞条上挂着半只狗。”

“是吗？”

“对。你开车压到它了？故意的？”

“不。佛说要尊重一切生命。”接着，他压低声音补充，“不过我的确开枪打死了几只。”

“你车门上也都是血哎，伙计。出车祸了还是怎么啦？”

“不是。狗咬狗。”他突然想起件事，“嗨，这附近有兽医吗？”

孩子瞧着他，以为他疯了，“伙计，兽医也帮不了这只狗，它被砍成了两半，嘿！”

“不是帮他，”斯蒂夫说，“是帮她。”

“什么？”

斯蒂夫竖起大拇指，指指后座。孩子探出身子，俯下脸看。“哇！”接着，他对司机说，“嗨，弗兰克，那人出租车里有头他妈的狮子！”

司机俯身过来，“你说啥——？往后靠，我看不……”

我看你该低调点，逃犯先生。

“我的天！”司机说，“我认识你！你就是福克斯新闻里的那个人！”

“不！”斯蒂夫说，“不是我！很多人都认错了，哈哈！”*这天杀的红灯怎么还没完。*他考虑要不要闯红灯，好避开卡车里的孩子。*不行，这不明智。*于是他摇上车窗——这招管用，因为窗子上全是狗的口水，外面人看不到车里——假装研究四分之一英里外的商业街招牌。他眯起眼睛仔细看。招牌上有“百罗”超市[1]，沃尔玛，某个叫“卷饼先生”[2]的餐馆——*啥东西啊？*——还有一家叫“黑路”的动物医院。

斯蒂夫思忖片刻。卡车上的人打911报警的机率大概是五五开，他得赶紧离开这条大路。*另外，娜嘎情况不容乐观。*她正在啃咬绷带。鲜血浸透了绷带，正往下滴。栓剂有效果，但不会持久。

---

①美国连锁超市。

②Monsieur Taco, monsieur是法语，taco是墨西哥特色，所以不搭调。

灯变绿了。

“妈的，”他说，“真正的佛教徒不会是道德和智力上的懦夫。”他等卡车先开动，这才启动车子跟在后面，开过半个街区左转，好不容易开进了商业街。这辆出租车是克莱斯勒旅行者商务车，只有四个汽缸，动力比他修水管的卡车小得多。斯蒂夫没算准跟迎面开来的宝马之间的距离，逼得对方司机只得急刹车。女司机朝斯蒂夫竖起中指，斯蒂夫也回敬一个。娜嘎从后座上抬头咆哮，惊得斯蒂夫手一松，车子蹦上了人行道，擦过一排灌木，险些从侧面撞上满载着一车园艺师、刚从麦当劳汽车餐馆出来的卡车。“啊啊啊啊！”

娜嘎再次咆哮。

“闭嘴！我在开车呢！”

后视镜里，娜嘎责备地看了他一眼。斯蒂夫减慢车速到步行速度，小心地穿过停车场，在路口仔细左右观望，最后总算缓缓停在了动物医院门口。门口的牌子上写着：给猫咪来一次除蚤浴！

“在这儿等着，”斯蒂夫对娜嘎说，“我去去就回来。”他把手枪插进运动裤的腰带，拉出衬衣下摆，遮住手枪。他绕到车子背后，发现尾灯上的确挂着半只狗。尽管血肉模糊，他觉得应该就是那只把爪子伸进车窗的巧克力色拉布拉多。大概是不小心嵌进汽车消声器底下了？他隐约记得在开出加里森橡树林的时候，路上挺颠簸。

兽医大概不会喜欢这幅场景。他花了一秒钟，想扯开尸首。但一来尸首实在太恶心，二来嵌得太牢，弄得他连胃里的牛肉干都翻到了喉咙口。斯蒂夫只得作罢，在运动裤后面擦擦手，朝医院办公室一瘸一拐地走去。

候诊室铺着地砖，房间里一股猫食味。一个系着棕色领带、看起来吹毛求疵的男人用短链子牵着一只约克夏犬。男人对面坐着个中年女嬉皮士，膝头放着猫篮。

斯蒂夫伸手按住接待处的桌子，朝前俯下身去。他手上满是干涸的血痂。“我要见医生，”他喘着气，“有急事。”

纯白色的小约克夏朝他吠叫。

“你得先填这个。”接待员谨慎地上下打量着他，“而且，恐怕你前面还有两个人。你有预约吗?”

他笑了,还不算太歇斯底里。“情况紧急。你有担架吗?大担架?”

“紧急情况?”

“没错没错,”他大幅度地上下晃动脑袋,“非常紧急。”

“没关系,”带着猫篮的女子说,“我不急。”约克夏男严厉地瞪了她一眼。

“稍等。”接待员说,她拎起电话,“嗨,洁儿?这儿有个人说有紧急情况。你能不能拉上爱丽,再搬个担架过来?谢了。”

“谢谢你。真的。”斯蒂夫由衷地说。他差点加上“我很抱歉”,想了想还是不说为好,但他确实觉得抱歉。他想,这屋里的所有人今天下午大概都不会好过了。

片刻后,两个还算年轻的女人穿着绿色的消毒手术服,小跑而来。其中一个拿着副挺大的担架。“他在哪儿?是你的狗出事了,是不是?”

“嗯……她在车子里。”斯蒂夫说,“这边走。”

两人跟着他。在停车场,他发现驾着怪物黑卡车的两个家伙又绕回来了。他们停在沃尔玛跟前,发动机空转。卡车的轰鸣声减弱了,但仍然清晰可闻。斯蒂夫呻吟一声。

“怎么了?”高个子的兽医助理问。

“没什么。脚疼。”他的脚确实疼。“她在这儿。”他拉开商务车的滑动门,退后一步,来到两个女人身后。娜嘎抬起头,有点摇摇晃晃,但挺有兴致。

“我的妈!”矮个子大喊。

“这是狮子?”

“哈哈!大家都这么说。她其实是只拉布拉多犬,我们只是给她剪了狮子的发型。挺滑稽,对吧?”

两人瞅瞅娜嘎。斯蒂夫屏住了呼吸。高个子开口道:“我们——”她指指矮个子,“——是兽医专业的学生,你明白吗?”

“对,”矮个子点头,“你纯粹是胡说八道。”两人同时转身对着斯蒂夫,“你觉得我们是傻瓜吗——呀!”

斯蒂夫举起了没有子弹的手枪,但没指向任何人,“你们要听我的。

你俩扛着担架，我把她搬出来。她不会伤人，我也不会。她流了很多血。我们把她带进去交给医生，然后你们就可以走了。”

两个助理默默消化他的话。

“我是认真的。”斯蒂夫说，“不会有事。我只是需要帮助。你们能帮我吗？拜托了？”拜托，拜托……

两人思考片刻。

“绝对不行。”矮个子说。她看看高个子搭档，以求声援。

高个子仔细看了看娜嘎，“你就这么把狮子放在出租车后座，一路开过来？”

“差不多，对。”

“你怎么知道她不会咬你？”

“我就是知道。瞧，她情况很糟，我不想威胁你，但……”

高个子助理转头盯着他看。斯蒂夫屏住呼吸。

过了一会儿，她说：“我们可以用担架扛狮子，但你得抱住她——是她吗？——她的头。”

“行！”斯蒂夫说，“我现在就进车子。”

“好的，先生。”矮个子不情愿地答应了。

“要是你们逃跑，我就开枪打你们的膝盖。”斯蒂夫晃晃空枪，“我是认真的。我枪法很准，我在92年奥运会得过银牌。膝盖挨一枪不会死，但会痛上一辈子。”

矮个子缩了缩身子，强作微笑，“绝对不逃。”

他钻进出租车。“我现在把枪放到一边。”他放开枪，“好了，你们不会再看见枪，除非你们逃跑。”

“真是好消息。”高个子说。

“好了，准备好担架。”

两个助理看看狮子，彼此对望了一下。“好，”高个子说，“好了。”她试探地望着斯蒂夫，“你抱住她的头，对不对？”

“我抱住她的头。”

她朝另一个助理点点头。两人把担架抬到水平位置。

斯蒂夫朝她们微笑。“谢谢。”他说，“真的。”他绕过她们钻进车子，

“嗨，娜嘎。”他说，“嗨，大姑娘。就快到了，甜心。”他拍拍她的皮毛，有模有样地检查她的绷带。

两个助理看着这一幕，眼睛瞪大了，“老兄，我觉得你不该……”

“嘘！”他尽可能轻柔地把胳膊伸进娜嘎身子底下。娜嘎咕噜几声，没有反抗。他把她从座位上移出来。她可真重。与其说是把她搬下来的，不如说是他俩一起慢慢倒在车里地板上，然后又慢慢倒在担架上。我一意孤行把她带出那幢房子，肯定是脑子进水了。

担架上，娜嘎抬起头，眯眼看看两个助理。助理们朝她眨眨眼，紧张地笑了笑，显然吓坏了。

“抱住她的头。”高个子助理说，音调轻柔得有点过分，“奥(好)吗？”

“后退一点，”斯蒂夫说，“我没法……”

两人从出租车旁后退了一英尺左右。

斯蒂夫从车里跳出来，受伤的脚踝上传来被闪电击中似的疼痛。他呻吟一声，一只胳膊放到娜嘎抬起的头下面，另一只手抱住她的脖子，拍拍她的嘴巴。要是她有伤人的打算，我肯定没法拦住她，但我可以拖延一秒钟，让她们逃走。三人蹒跚穿过停车场，进入候诊室。

“我们需要房间……马上。”高个子助理说。

接待员倒吸一口气，从椅子上跳起来，手中钢笔落地，“二，呃，二号房。”

“让一让。”

“老兄，这是头狮子。”带猫篮的女嬉皮士闲聊似的开了口。斯蒂夫没理她。系着棕色领带的家伙站起身，箭一般逃出前门。片刻后，他的约克夏也跟了上去。

“到底怎么……”后面办公室里传来一个女人的声音，“啊，哎呀，我的天。”

“你是医生吗？”

她张张嘴，又闭上。

斯蒂夫不怪她。“没关系，”他说，“娜嘎不会伤人。”

她想了想，“行，好吧，我是戴维斯医生。她……她怎么了？”

“狗，”斯蒂夫说，“我们跟一群狗打了一架。他们咬了她的腿，伤得挺重。我想他们撕开了一条动脉。她，呃，输了两次血，但我没法替她止血。”

“有没有给她采取安全措施?”

“没有，”斯蒂夫说，“但她不会伤害你。”

“这你可没法保证。除非给她上安全措施，否则我什么都不做。”

“好，行，什么都行。我替她戴上。”他想大概要戴个口罩，或者捆条带子什么的。

“他有枪。”矮个子助理说。

“我现在要走啦。”带猫篮的女人说。

“抱歉，”斯蒂夫说，“我不能让你走，而且我真的有枪。我不想伤害任何人，我发誓，但我需要帮助。”他脑海中又出现了儿时的朋友杰克，永远困在黑暗里。他面颊上又感到了西莉亚掌掴的刺痛。他恳求地看着医生。

戴维斯医生扁着嘴思考片刻。“好吧，”她最后说，“我有两个条件:第一，你得让其他人走;二，你来给这头受伤的狮子打针。”

斯蒂夫感激得说不出话来。他没说话，只是点点头。医生做了个“快走”的手势，带猫篮的女人躬身溜走，稍后，接待员也走了。医生转向两个助理:“你们也走。”

“我留下。”高个子说。

“洁瑞，你不必非得……”

“我留下。说什么也不能错过这场面。”

大家都看着剩下的矮个助理。“你们好好玩儿吧。”她说。斯蒂夫接过她那头担架，她立刻冲出门去。

“行了，”医生把注意力放到她的病患身上，“我们把她放进二号房间。她还没成年。知道她多大吗?”

斯蒂夫摇摇头。

“重量?”

“我能架起她——这是我最大的本事了。所以，大概两百磅?”

“我觉得至少有两百二十五磅。”她顿了顿，“你架着她? 就你一个人?”

“她也使了点劲。”斯蒂夫仍然扛着担架，垂下肩膀示意，“就像消防员救人一样。”

“啊……好。那……你是驯兽师，还是……”她摇摇头，“算了，等下再说。”进了诊室，他们把担架放到桌子上。“洁瑞，去趟默克药店，问问给两百五十磅重的狮子麻醉需要多少剂量。”

“就用氯胺酮和甲苯噻嗪？”

医生皱皱眉，“难道你有什么更好的办法？这是我头一次医狮子。”

“我们去年夏天就是用这个，我这就去拿。”

“我们还要一支ET管[①]。最大号的。”

娜嘎的后爪垂在桌子边上。她抬起头，瞧瞧房间，低吼一声。医生往后一跳。

“没关系，”斯蒂夫说着，拍拍娜嘎的脖子，“没什么可怕的。”

医生助理——洁瑞——几分钟后回来，带着一支大号注射器，还有满满一袋塑料管，交给医生。

戴维斯医生看看药物量，“就这些？”

“我们的氯胺酮不够。”

医生抬起眉毛。

“只差了一点点。”

“好吧，也只能这样了。”她看看狮子，皱眉，把注射器递给斯蒂夫，“你之前给人打过针吗？”

“没。”

“没什么技巧，只要打进肌肉就行。戳进去要快，推针要慢。你看看后腿上能不能打。避开伤口。”说罢，她退出门去，“洁瑞……到我身后来。”

斯蒂夫看看娜嘎的后腿，找了个肌肉多的地方。他在空中虚刺一下，以做练习。“就像这样？”

医生点头。

“就像刺橙子。”洁瑞在走廊里说。

“好。”斯蒂夫吐了一口气，集中精神，“开始了。”他在娜嘎屁股上戳了

---

①气管插管。

一针。她抬起头，露出牙齿，放声咆哮。

斯蒂夫朝后跳了一步，注射器就这么戳在娜嘎屁股上。他竖起一根手指，像训诫不听话的孩子：“娜嘎！要乖！”

慢慢地，她的吼声低了下去。斯蒂夫上前一步，又一步，“打了针会让你好过些。”他把手放在注射器上。

他一碰，娜嘎又挺起身子，一声狂吼，吓得斯蒂夫差点拉出屎来。她举起右前爪，猛击斯蒂夫的胸膛，爪子深深嵌进了斯蒂夫的肉里。斯蒂夫大叫一声，朝后一跳。娜嘎从桌子上蹦起来，爪子搭在他的肩上，咬住了他的左臂。走廊里有人惊叫出声。

斯蒂夫竟没觉得害怕。他把双手举到齐胸的位置，用尽全力推开娜嘎，连带着撕裂了自己肩背部的一大块皮肉。娜嘎被推到墙上，又后腿一蹬弹了回来。

出于某种他不了解的本能，斯蒂夫扇了狮子一巴掌。娜嘎没咬他，也没打他，大概是太过惊异。但她又咆哮了一声。

斯蒂夫吼了回去：“再闹呀你！想死是吧？你还在流血呢，混账！你爱怎么咬我就怎么咬，咬死了我，你就得去停车场待着流光血！看会不会有人把你这笨蛋大个子拖到动物园去！来呀，试试呀！”他的血滴到地板上，跟她的血混在一起。他们互相瞪着对方。“来呀！”

片刻后，娜嘎退回墙根。一两秒钟后，她不吼了。

“对，”斯蒂夫说，“我想也是。”他从地板上捡起注射器。

他身后响起兽医的声音：“我觉得你不该……”

“知道，知道，知道。”他走向娜嘎。娜嘎又吼了一声，露出尖利的白牙和粉红健康的牙床。*我打赌，她的毛细血管的状况现在好转啦。*斯蒂夫没理会她的吼声，把她没受伤的右腿从墙边拉出来，把针头戳了进去。她又咆哮起来，低沉的隆隆声震得窗户直抖。

“闭上、你的、嘴！”

“慢慢推。”戴维斯医生说，她的声音变得很轻。斯蒂夫扭头看了看，发现诊室的门几乎全关上了，医生只露出头，朝里观望。

斯蒂夫慢慢推动针筒，一次只推一毫米。几秒后，针筒空了。斯蒂夫拔出注射器，扔到一边。

娜嘎看看他，神态很困惑。

“瞧，”斯蒂夫挖苦地说，“好些了吗？”

娜嘎看了他一会儿，身体软了下来。片刻后，她的头垂到了地板上。斯蒂夫也瘫软地坐倒在地，背靠着墙壁。他觉得肩胛湿漉漉的，便又站起来，转头瞧了瞧。他靠过的墙上有一大摊血迹。他转向兽医，“你们有创可贴吗？”

“洁瑞，给我拿些纱布和胶带来。”

娜嘎迷迷糊糊地躺在地上。

“我想，你可以开始了。”

“现在还不行，得等上十分钟。”

“哦，这样。我流血流得厉害吗？”他朝她走去，让她看看背部。

她检查了一下，“厉害。看起来像是表皮伤，但有可能会留疤。你需要缝几针。”

“这不成问题。我猜很快就会有人来逮捕我啦。”

“肯定会。这是我见过最最犯傻的事情。”她顿了顿，又说，“不是不勇敢，但非常、非常傻。这是你的狮子？”

“不算是。我们几小时前才刚刚见面。”

她惊讶地抬起眉毛。

斯蒂夫耸耸肩，“这几个小时发生了好多事。”

兽医看看娜嘎，“她的伤口失血挺厉害。要是不及时处理，大概撑不了多久。”

斯蒂夫看着她。

“不过我见过更糟的情形。有绷带绑着，她能撑到麻醉起效。我有信心及时替她缝好伤口。”她冷静地看着他，“如果你想的是救她的命，那大概算是成功了。”

斯蒂夫把这句话放在脑中，翻来覆去地品味一番，微笑起来，“真的？”

“真的。但实在很傻。”

斯蒂夫叹口气，很想抽根烟。“佛说要尊重一切生命。”

“哦，”她想了想，“你是佛教徒？”

“不，我是个混蛋，但我一直努力学佛。”

2

十分钟后，娜嘎又上了手术台。他们把担架放到地上，趁娜嘎迷糊的时候，斯蒂夫把她搬到担架上。搬的时候，娜嘎伸出舌头，舔去了他手背上的血迹。

“没关系，”斯蒂夫摸摸她的脖子，“不是大事儿。”

娜嘎的眼睛闭上以后，洁瑞和戴维斯医生把她搬到手术台上。等麻醉剂起效的时间里，斯蒂夫拿过绷带，把自己的伤口包起来。

他笨手笨脚地快把自己包成木乃伊的时候，戴维斯医生开口了：“用枪指着我。”

“啊？你说什么？”

“用枪指着我。”

“呃……好吧。”斯蒂夫从腰带里拔出HK，朝她的方向举起。

“你刚才说什么？”戴维斯医生说，“要是我不帮你绑绷带，你就开枪？哎呀，那我可就没办法了。”

斯蒂夫眨眨眼，朝她微笑，“谢谢。”

“洁瑞，背过身去。我要做个坏榜样啦。”洁瑞照办。戴维斯医生用一瓶盐水清理了他背上的抓伤，又给他注射了某些东西。过了一分钟左右，他的背就麻木了。“给我拿个rapID来，好吗？”

洁瑞戴着手套，跑出门去，很快带着一样轻巧的塑料工具回来。这东西约有平装书大小，两边各有一个抓手。

“这是什么？”

“钉枪。”

“什么?”

咔啪!

“哇! 妈的!”

“抱歉。别动。”咔啪!

“哇! 我可不是2×4的木板!”

“别像个孩子似的乱叫。我没时间缝线。”

之后的几针斯蒂夫忍住没喊,但脸部肌肉疼得抽起来。等到六、七、八声“咔啪!”的时候,他忍不住呻吟起来。

“好了,”戴维斯医生说,“结束了。现在把枪指着洁瑞,命令她给你包扎。”

斯蒂夫照办。

“呀! 别开枪。等着,我还要拿点胶带。”

她旋即回来,眼睛瞪大了,“呃……先生?”

“我叫斯蒂夫。”

“斯蒂夫? 外头有个人,他说想跟你谈谈。”

斯蒂夫的胃抽紧了,“警察?”

“不知道。他带着枪。”

斯蒂夫想了想,瘪瘪嘴,点点头,“跟他说没关系,让他进来。我不会开枪的。”

欧文很快走了进来。“听你这么说我真高兴。”他说,“你好吗,斯蒂夫? 我估摸着就是你。你是绝对他妈的逃不掉地被捕了。这你也清楚,对吧?”他从后袋里拉出一副塑料手铐,看起来就像束带。

斯蒂夫没动。他想着该不该从前门逃走,然后沿着商业街后面的树丛跑到出租车那儿去。

“别,”看他僵着没动,欧文说,“你别这么干。”

“别?”

“别。”他指指候诊室的方向,“那家干洗店后面的屋顶上蹲着个人。我跟他一起干过,他枪法不错。要是你闹出什么动静,他会一梭子射翻你。你身上会开出一英尺见方的大洞,一半内脏都会跟着炸飞。没等你弄清楚被什么打中,你就已经死了。”

斯蒂夫走到门厅,朝窗外望望。“喔……”他说,“喔,哇。”干洗店屋顶上真有个人握着把来复枪。停车场里还有大概十辆警车,蓝灯闪烁。一百米外,人们正从沃尔玛蜂拥而出,低着头,拼命跑。他沿着屋脊线扫视,发现“卷饼先生”的屋顶上还有个狙击手。“妈的。”他说,“都到这一步了,还要被抓。”

“对,”欧文说,“命不好啊。”他晃晃手中的塑料手铐,“是你乖乖让我铐上,还是逼我们开枪?”

斯蒂夫看看前门,试着把重心放到绑着绷带的脚踝上。*没准我可以从后门溜走……*

“要是你想跑,能不能先给我几分钟?我想在警官们开枪前,让这两位好心的女士有时间撤出射程范围。警官们可都跃跃欲试哪。要是他们看见你带着枪出来,我想他们是不会在意你是死是活的。如果我们几个跟着你吃枪子,那才叫冤哪。”

斯蒂夫用手掌按住太阳穴。他在候诊室来回走着,嘴里嘟哝道:“该死,该死,该死!”一边踢翻了一大袋狗粮。接着,他叹了口气,“好吧,你是对的。无路可逃。不过我还有个问题。”

“哦?什么问题?”

“我知道来这儿可能就是这么个结局,但我还是来了。现在我想,要是我扔掉枪……”

“别扔,”欧文说,“说不定会走火的。轻轻放下来。”

“……行,行。要是我扔掉……”

“电视剧里演的尽是扔掉枪。有一次,我亲眼看到有人扔掉枪,然后枪走火,打中了别人。”

“行,明白了。我会好好放下,只要……”

“只要什么?”

“只要你……”他认真地看着欧文,“答应我,别让他们冲进来杀了她。答应我你会想办法。我不知道有什么办法,但你要想办法给她找条出路,动物园、马戏团什么的。”他盯着欧文的脸,察言观色,“求你了。要是你肯帮我,我也帮你。”

“帮我?怎么帮?”

“内情我知道得不多,但我知道他们在哪儿——卡萝琳,还有其他人。”

欧文想了想,“完全合作?没有保留?”

斯蒂夫点头。

“你能画出那地方的内部结构图吗?”

“当然。”

欧文想了一秒钟,“我不能把狮子带回我的公寓,这得先说明。”

“我明白。我只是请求你做你能做的。”

“嗯,”欧文说,“好。我保证。”

斯蒂夫点点头,伸出手腕。

“先把枪放下。”

斯蒂夫轻轻放在接待台上。

“向前伸出手。”

他照办。透过窗户,蓝色警灯闪亮。他扭过头,闭上眼。手铐铐上的声音跟束带扣上的声音一模一样。

“聪明。”欧文说,“他们当真想杀了你。”

“我知道。”

欧文身体后仰,朝二号房间里看看,“可真是头大狮子。”

斯蒂夫轻轻笑了,“你觉得她大,那你该看看她爸爸。成年雄狮,大概有五百磅重。”

“哦?”欧文警惕起来,“他在附近?”

斯蒂夫摇头,“没,没能活着出来。”他提高声音,“嗨,她还好吗,医生?”

里面,医生和助理开始给娜嘎静脉注射某种澄清的液体。绷带已经去掉,戴维斯医生正俯在娜嘎身上。她没回答。洁瑞说了一声:“嘘!”她走到门边,关上门,但她空着的手缓缓竖起了大拇指。

斯蒂夫微微点头,她也点点头,关上了门。

“她是你的狮子?档案里可没说你有狮子。”

“不算是。我们刚见面不久,算是互相照顾吧。”

“就这么在街上遇到的?”

“还真是这样。”

欧文望着他,等他详细说。等了一分钟,欧文放弃了,直接开口:“你能不能给我多讲讲?我很好奇。”

“当然,抱歉。我现在脑子里事情太多。当时我正在外面慢跑,突然来了一大群恶狗——有几十只——打算吃了我。我开枪打了几只,但它们把我扑倒在地,我已经快不行了。娜嘎和她爸爸不知从哪儿冒出来,把我身上的狗拖走,救了我的命。”

“啊?没开玩笑?”

“没开玩笑。”

欧文想了想,“真古怪。”

“我也这么想。”斯蒂夫耸耸肩,“不过,圣诞老人给的礼物,你乖乖收下就好。”

“你觉得这两头狮子会不会跟你那个叫卡萝琳的姑娘有关?”

斯蒂夫翻了个白眼,“啊,我不知道,容我思考一会儿。”

“抱歉,蠢问题。他们……等等。”欧文把手放到耳朵背后,“我很想跟你继续闲聊,但外面的警察不耐烦了。”他把手腕上的对讲器举到嘴边,“对,呃,嫌疑人已被拘捕,等等等等。”

两秒钟后,前门被撞开。半打警察拥了进来,举着枪。

“别紧张,伙计们。”欧文说,“一切正常。联邦拘捕。记得吗?”

“我记得。”一个肩上戴着好多条杠杠的警察开口,咬牙切齿,“狮子怎么办?”

“睡着了,”欧文说,“他就是为这个来的。”

“别伤害她,行吗?”斯蒂夫说。

“你说什么?”那个警察看着他,就像看路上的一只虫子。

斯蒂夫觉得自己内心的平静被抽走了一点,“别伤害她,拜托了,行吗?”

“动物防治的人正在赶来。城里不能养狮子,孩子。”警察说,“市政法规有规定。”有几个警察吃吃笑起来。

斯蒂夫的怒气冒了上来,“欧文?”

“哎。”

“记住我们说过的话。”

“我记得。”

“好。要是你希望，我可以把你带到他们……”他裤腰里的电话响了。

“谁打的？”

斯蒂夫拼命思索，“大概是她，卡萝琳。这是她给我的电话，她已经打过几次了。要我接吗？”

欧文考虑片刻，“不用了。我们过几分钟就能见到她了。”

“你已经知道她在哪儿了？”

“没错。离这儿大概两英里，挺不错的小区。从午饭时分起，我们就已经包围那儿啦。等整个小区的人都撤离，我们就攻进去。”

“你听起来不怎么热心啊。”

欧文深深看了他一眼，“我的确不怎么热心。”

“怎么了？”

“我不太确定……”说了一半，欧文改了口。“不对，我确定。有事不对劲，但我不知道是什么事。我觉得自己就像一只老鼠，正站在捕鼠夹上嗅一坨花生酱。”他看看斯蒂夫，“你的朋友在房子里吗？”

斯蒂夫莫名其妙地看看他。

“就是那个拿刀的大块头，救你出监狱的。他在吗？”

“哦，他叫大卫。对，他在。至少我上次见到他的时候还在。”

欧文皱了皱眉，“我就怕这个。”

“不过他不是我朋友。”斯蒂夫说，“你错了。那些人究竟什么身份、到底为什么找我，我一点数也没有。而且那家伙是疯子，他把我吓个半死。其他人也怕他，我觉得。”

“其他什么人？”

斯蒂夫刚张嘴想说，又闭上了。“娜嘎怎么办？”

“狮子吗？我试试动物园。”欧文心不在焉，听起来就像远在千里之外。

斯蒂夫怀疑地看看他。

欧文抬头看了他一眼，“我保证，我会想办法。”

斯蒂夫还是一脸狐疑。

欧文叹口气,对肩上扛着好多杠杠的人说:“弗兰克?听着,这狮子是联邦调查局的证据,好好照顾它。”

“是她。”斯蒂夫说。

“你就瞎掰吧。”那人回答。

“不。”欧文说着,转身面对那人。他声音不高,很有礼貌,但那一刻,斯蒂夫才第一次看出,真正的欧文究竟有多危险。“我是认真的。你要给动物园打电话,给动物防治打电话,给所有必要的地方打电话。要是那头动物出了什么事……你跟我,咱们就结仇了。”

那警察比欧文高一两英寸,两人的眼睛对上时,他是朝下俯视的。他接下了欧文逼人的目光,但只撑了一会儿就明显泄了气。他瘪下胸膛,转开视线——还当着他手下的面。“好吧,”他说,“好,行。”

欧文转向斯蒂夫,“这样行了吗?”

“行了。”斯蒂夫的嘴里发干,好不容易咽下一口口水。“谢谢你。好吧,我知道得不多。我第一次见他就是在监狱里,和你一样。我看见了他在走廊里干下的事——乱糟糟的肠子挂在日光灯上——便开始挣扎。他恼火了,揍昏了我,大概。我醒来的时候,已经在某一幢房子里了。你说得没错,那房子离这儿只有几英里。房子里有好几个他们的人。卡萝琳说他们是兄弟姐妹,但在我看来,他们长得不像。其中一个是黑人,还有个闻起来像死人的诡异女士——我觉得她可能是波利尼西亚人什么的,她皮肤白得简直泛蓝。不过,他们也有可能是养子养女。反正他们说的语言都一样。”

“哪种语言?你能听出来吗?”

斯蒂夫摇头,“我从没听过类似的,可能有点像越南语?不对,不像。”

“他们像他吗?我是说卡萝琳和其他人,危险吗?我跟你直说,要是你说谎,害得我的人进去受了伤,我就对你不客气。”

斯蒂夫好好思考了一会儿——不全是因为欧文的威胁。“我不清楚,”他最后开口,“我觉得他们不像他。他们全都真心害怕他。”

“好,”欧文说,“我会……”

“但我觉得他们可能也是危险的,另一种意义上的危险。”斯蒂夫说,“我跟你说的有关卡萝琳的每一件事都是真的。她不像大卫,但她身上有……另一些东西。”

“另一些东西？”

“我说不好。她看起来不像是，呃，柔弱无助。他们中有几个的确很弱，连我都肯定能对付。但我对付不了大卫。她也不行。但她身上有些东西……”斯蒂夫摇摇头，“说不清，但我肯定会小心。”

欧文专心盯着他，“一共有多少个？那一家人？”

“我不确定，我没数。大概一打左右，加上房东老太太。她是普通人，跟他们不是一伙的。”

欧文咂咂舌头，陷入深思。

“你相信我吗？”

“嗯，”欧文回答，“我觉得我信。几小时前我们让一架RC-135在房子上空飞了一圈，红外线探测显示里头一共有十三个人。这事你当然不会知道。要是你撒谎，肯定首先会谎报人数。”

红外线？不过还有个问题。“我说，”斯蒂夫问，“你到底是怎么找到我的？”

“你可是带了头狮子进动物医院哪，孩子。就算你没枪，这种事也够引人注目啦。”

“那你……难道正好在这儿度假？”

“哦，我明白你的意思了。不是。我是作为突袭小队的专家顾问来城里的。我是唯一一个见过他还活下来的人。当然，除了你。”

“突袭小队？”

“啊，没错。今儿个城里多的是武装到牙齿的大兵，有三角洲部队[①]、几个海豹突击六队的狙击手，就连海军侦察兵也来了。你那个索巴斯基小姐有伴儿啦。”

“你怎么找到她的？”

欧文皱了皱眉，“那疯婆娘居然一个电话打到白宫去了。你能相信吗？”

①美国陆军特种部队的一支。

3

欧文押着斯蒂夫走出动物医院办公室，给他铐上手铐，让他在警车后座上坐了约半小时。在斯蒂夫的请求下，欧文把他铐在身后的双手换到身前，这样舒服多了。

这半小时让斯蒂夫觉得分外轻松。外头秋高气爽，警车的车窗开了条宽宽的缝，有微风吹来。没有迫在眉睫的生命危险，也没有需要立即做出的重大决断。*而且，我不用再担心被捕啦。木已成舟。*他没睡着，但可能打了个盹儿。欧文在写报告，还跟警察争了两句。稍后，一辆车身印着"东部特异猫种收容所"的卡车开了进来。斯蒂夫对着车笑了。

他想再见见娜嘎，可惜没等他们带她出来，欧文就拉开了警车车门。"醒来啦醒来啦，"他朝肩后翘翘大拇指，"出来吧。"

斯蒂夫眨眨眼，大概他终于还是睡着了。"去哪儿？"

"我的车。"

"这不是你的车？"

"我像警察吗？"

"还真……"

欧文瞪了他一眼。

"不，"斯蒂夫立即改口，"一点不像。"

欧文这才点点头。他抓着斯蒂夫的肩膀，把他送到三十米外一辆不起眼的福特三厢轿车上。

"这是国务院的车，我借出来的。"欧文瞥他一眼，"你不会给我找麻烦吧？"

“没这打算。”

“好。愿意的话，你可以坐前排。不过手铐得铐着。”

“当然，我理解。哎，我还在流血吗？”

“有一点儿，不多。不过……”欧文在后座上摸摸，抓来一份报纸，打开翻到体育版，放到前排副驾驶位上。“行啦，坐吧。”

斯蒂夫一副受伤的表情。

“孩子，你的衬衫上都是血，实在需要洗个澡。要是这车子的内饰沾上你的血，哪怕只有一点，我都得负责把它擦干净。无意冒犯，别往心里去。”

“不会，”斯蒂夫说，“没关系。”此时已近黄昏，欧文车里的仪表盘钟显示是下午四点十三分。两人开出停车场，重回78号公路。斯蒂夫朝路过的“卷饼先生”投去渴望的眼神。他有点饿了。“我们去哪儿？”

“华盛顿特区。”

“真的？”

“嗯。很多人等着找你谈呢。”

“谈什么？”

欧文像看傻子一样看着他。唔，这问题的确傻。“抱歉，我的意思是‘他们指望我说什么’？我跟其他人一样摸不着头脑，很可能更糊涂。”

“唔。”

“唔什么？”

“就是唔。我觉得我差不多相信你。”

“真的？”这话竟让斯蒂夫感激不已，“非常感谢。真的。”接着，欧文出人意料地开下大路，上了一座小山，在山顶伐木场停车处停下。里面只有几辆车，大部分地方都空着。“你干吗？”

“哎，我说了，要带你去特区。不过得先绕点远路。”

“远路？”

“对。三角洲部队的人不让我坐他们的车参加行动，就连坐在车里旁观也不行。他们说我的任务仅限于指认你和那个大卫。”

“他们没照片？”斯蒂夫有警方档案照，至少还有一场审讯录了像。

“没。你的照片有几张，但其他人……没有。反正没人找得到。”

“监狱里有摄像头啊。他把我劫出去的时候，我看到了。”

“对。古怪的是，摄像头坏了。我跟你说话的时候还好好的，那大块头混账一出现，摄像头就神秘地都坏了。”他看了斯蒂夫一眼。

“真奇怪。”

“没错。”

“嗯，你来找我的原因我明白了。不过，我们现在停在这儿干吗？”

“哎，”欧文说，“没人说我不能看呀。”他朝下指指。

他们正在一座峭壁边上，高约100英尺，几乎垂直。脚下半英里外停着三辆军用车辆，就在一片小小的住宅区外。

“那些是坦克？”

“不，坦克的炮更大。那些是布雷德利装甲车，大多数时候都是做运兵车用的。”

“这些车在这儿干什么？”

“这就叫‘严阵以待’。”欧文说着，从后座上拿来一个绿色背包，翻了一阵，拿出一副望远镜，“我还有一副夜视镜，可以借你看。星光模式用不上，但它可以放大六倍。”

“好啊。”

欧文递给他的东西就像放大版的来复枪瞄准器，旁边印着“ATN”①的标志。斯蒂夫举到眼前。夜视镜的放大效果挺好——有点好过头了，斯蒂夫花了好几分钟才找到目标房子。

“那些人在……”

“嘘！”

斯蒂夫乖乖闭嘴。他听到隆隆的响声，便从夜视镜中望去。西边飞来两架黑色直升机，又低又快。直升机在视野中十分清晰。螺旋桨似乎安了消音器，声音没有想象中的震耳。片刻后，布雷德利装甲车喷出蓝烟，启动了。

直升机在迈克吉利卡迪太太的房子上空盘旋。每架直升机都垂下一条黑色绳索，士兵们顺着绳索降下，一共十二个，动作算不上一模一样，但也差不多了——前一架直升机放下一个还不到一秒，另一架的一个又紧

①美国著名夜视器材公司。

跟着落地。放大六倍的夜视镜中，斯蒂夫看着这些人在迈克吉利卡迪太太通向后院的法式落地门前列队，黑靴子无声地踩在红砖地上。随后，直升机飞离。

士兵们互相打着手势。两人用金属撞锤击破玻璃门，第三个往里头扔了什么东西。一道闪光，一声巨响。士兵冲进房子。看着这一幕，斯蒂夫不由得想起了从树林里拥出的狗。

开枪了。先是一枪，很久之后又是两枪，随即成片。在午后的郊区，洋房懒洋洋的长长阴影中竟会出现枪口的闪光，实在让人惊讶。闪光过后，枪声传来，在祥和的秋日空气中回荡。迈克吉利卡迪太太家的一扇窗户破了。

远远的，斯蒂夫隐约听到有女人在尖叫。一支自动武器喷出一小股火焰——接着是一大股。又是一声叫喊，这次是男人。斯蒂夫还听到有点像德累斯顿咆哮的声音，让他后颈汗毛直竖。

“见鬼，那是什么声音?”欧文问。

斯蒂夫摇头。会不会是大卫?

愈发密集的开火，更多的闪光。又是女人尖叫。窗户又破了几扇。碎玻璃雨点般落在迈克吉利卡迪太太修剪整洁的草坪上。墙上破了个洞，铝制壁板的碎片在阳光下闪亮。火力全开了。斯蒂夫听到男人和女人的叫喊混在一起，越来越响。里面肯定像地狱。

“唔。”欧文说。

一个一身黑色的突击队员从房子后面的小窗户中探出身子，脸上全是血，头盔没了，枪也没了。他大概想从窗户里跳出来，然后蜷身滚落地面；但刚探出一半，下半身就被人抓住，探出窗外的上半身砸在了外墙上。他大叫大喊，手臂乱挥，还是被拉了回去。斯蒂夫看见某个金色的金属一闪，鲜红的血液就从动脉喷涌而出。这一切都发生在不到一秒钟之内。

此时，多处尖叫声同时响起，越来越响，直达高潮。

斯蒂夫朝欧文放在驾驶台上的对讲机点点头，“你能不能听到他们的对话?”

“不行。”欧文说，“他们用的是密语。就算知道对讲机的频率，我也听不懂。”顿了顿,又说,“不过看样子不妙。”

卡萝琳那边的一个女子,穿着灰绿色袍子,从法式落地门中摔出,倒在后面的露台上,一动不动,胸膛上全是血。

“哎呀,”斯蒂夫说,“我认识这个人,我想她叫詹妮弗。”

仍然拖着长长绳索的直升机飞了过来,稍后又退了回去。两部停在小区前面的布雷德利启动,开到房子前,每辆车上都下来了一小队身着绿色军服、端着自动武器的士兵。

士兵们朝前门行进,抵达目的地的却只有几个——其余人都被房子里嗒嗒开火的自动武器击中,倒在前院里。大部分都是脑袋开花。所幸距离很远,看不清楚。士兵们软软地瘫在草坪上,一动不动,只有一个黑人在扭动身子呼号。他的腿像是不听使唤了。

“天杀的。”斯蒂夫吸了口凉气。他看看一旁的欧文,欧文的脸已经愤怒得扭歪了,面色涨得通红,灰发丛丛竖起。

“我早跟他们说过!”欧文说,“我说了这次不一样。我他妈的早跟他们说过!”

从布雷德利下来的其中三人到了房子跟前。跟从直升机里下来的人一样,他们分列在门两边,互相打手势。斯蒂夫想,他们真打算干,他们真打算冲进去。目的明确。“糟——糕。”

他们没能进去。斯蒂夫看到墙壁里有什么东西突了出来。金黄色的光又一闪,一个大兵的喉咙爆开,午后的阳光映出黄铜和鲜血。没多久,另外两个也倒下了,一个接着一个,速度极快。他隔着墙把他们扎穿了。斯蒂夫想起了缝纫机的针头。

斯蒂夫听到嗡嗡声。布雷德利的主炮管开始转向房子的方向。他们要把房子轰飞,哪怕里面还有自己人,他们也要轰飞这房子。

他们没成功。大卫从房子前门冲了出来。布雷德利装甲车的后门还开着,大卫一路畅通无阻。上帝呀,他可真快。大卫消失在车里。一秒钟后,炮塔的舱门弹开,一只手,血淋淋的手,伸了出来,手指在空中无助地乱抓,接着缩了回去。

第二辆装甲车的驾驶员打算关上后门。很明智,但不够快。大卫优雅流畅地闪身进入这辆车的后门。整整一车人就这么跟他关在了一起。

过了一分钟左右，舱门再次弹开。此时，布雷德利内部已经变成了红色。大卫独自站在车后部，拿着他的长矛，胳膊下还夹着什么东西——是某人的脑袋？有那么一刻，他的目光似乎隔着半英里跟斯蒂夫对上了。斯蒂夫后颈的汗毛根根竖起。大卫咧嘴一笑，转身冲回了房子。

直升机再次飞近。机枪已经架好，开始嗒嗒开火，一点点打掉了房子的屋顶、壁板、窗户和烟囱。

透过炸开的窗户，斯蒂夫看到一个男人的剪影。他拿着来复枪。斯蒂夫指望这是某个大兵，但那人腰间的蓬蓬只可能是芭蕾舞裙。大卫只开了一枪，直升机的尾翼就冒出了火花。直升机猛地一震，在空中打了个转，朝后平行退去，尾部撞到了另一架直升机的螺旋桨，火花四溅。

两架直升机都往下直落了一百英尺左右，跌落地面—— 一架跌在相邻的房子上；另一架落在房后的游泳池里，一半在水里，一半在池边。房子爆炸，冒出大团黄色的火焰和黑色的烟雾。

接着，日子又恢复了平静。

“天杀的。”斯蒂夫又吸了口凉气。他转向欧文，指望得到他的附和，最好再加上几句切中肯綮的咒骂。但欧文的眼睛正一眨不眨地盯着窗外。只见卡萝琳站在司机位车窗外几英尺远的地方，用手枪指着欧文的脑袋。

“你们好啊。”她说。

4

“你也好啊。”斯蒂夫愣了半天终于开口，“哎呀！那是娜嘎吗？”这问题太蠢了，普通的郊区住宅能有多少狮子？——可她不仅靠自己的力量站着，而且还既强壮又敏捷。

“没错。”卡萝琳说，“我追着你们两个到了兽医那儿，我猜你会希望我治好她。”

斯蒂夫戴着手铐从车里爬出来，绕到司机那一边，朝娜嘎走去。卡萝琳一手放到他肩上，冲他的手铐点点头。她手上握着个东西。斯蒂夫看了一会儿才认出，那是一把石头匕首。石头做的匕首能有多锋利？可那东西只一挥，坚固的塑料手铐就一分为二了。

“谢了。”

斯蒂夫在娜嘎身边跪下，抱住她的脖子。她的伤口已经基本痊愈——毛还没长全，但一小时之前那个血淋淋的大口子已经变成完好的粉红色皮肤。娜嘎舔舔他的面颊。

“我猜你就是卡萝琳。”欧文说。

“猜得准。”她回答，“你好吗，欧文？”

“你认识我？”

她没回答。

“你打算用那把枪打我吗？”

“别伤害他，卡萝琳，”斯蒂夫跪在地上开口，“这人还不错。”接着，他对还在舔他的娜嘎说，“行啦，好啦，够啦。”

“我绝对不会伤害他的。”卡萝琳说着，拉开福特车的后排车门，钻进后座。

前排的欧文对斯蒂夫微微点头。

斯蒂夫挥挥手,表示不用谢。他站在打开的后门前,低头看着卡萝琳。她靠在后排座位的头靠上,闭着双眼,手枪放在身边的座位上。斯蒂夫看着迈克吉利卡迪太太冒烟的住宅废墟。"突袭的时候,你在不在里面?"

卡萝琳摇摇头,"不在。枪声响起前一小时我就出来了,出来找你。"她睁开眼睛,严厉地瞪了他一眼,"你本该在房子里等我,外面不安全。"

"外面不安全?"斯蒂夫不敢相信自己的耳朵,"在那儿也不……等等,先等等。我还以为你让我去那儿,是因为你们进不……"

欧文盯着后视镜中的卡萝琳,"你知道会有这次突袭,对不对?"

她点点头,"对,不是突袭就是别的什么。总统很骄傲,昨天我那么逼他,他肯定会做点什么还击,告诉我他不好惹。"

两人都看着她。"我想也是。"欧文已经去掉了声音里所有"友善迟钝乡巴佬"的伪装,"我得说,你预料得一点不错。不过,我很好奇——你是怎么知道通过白宫总机的口令的?"

她在空中摆摆手,"我的办法多得很。"

"没错。"斯蒂夫应声。

"嗯,"欧文说,"我也开始有这感觉了。"

"其他人怎么样了?"斯蒂夫问,"你的,呃,'兄弟姐妹'?"

卡萝琳睁开眼睛。"我正想问你,"她说,"有人活着出来吗?比如带动物的男人?"

"我没看见。"欧文说,"我想没人活着出来。"

卡萝琳的表情难以捉摸,"这么说,他们大概都死了。这是最可能的结果。"

"有人倒在后门廊上,"斯蒂夫轻声说,"是个女人,好像是金发。你可以用我的夜视镜,要是你想……"

卡萝琳摇摇头,"我还是不看了,如果你不介意。那是詹妮弗。"接着,她自言自语道,"至少她死的时候抽了大麻,正飘飘欲仙。她自己也会希望这么死去。"

“我很难过,女士。”欧文说。

“谢谢,欧文,你真好心。现在只剩大卫、玛格丽特和我了。”

“玛格丽特?”欧文问。

“气味难闻的那个。”斯蒂夫解释。

“啊,”欧文说,“你怎么知道她还没死?”

卡萝琳闭着眼睛微笑,“大卫不会让其他人伤害玛格丽特的。”

斯蒂夫从夜视镜中望去。房子已经安静下来,只有窗户里冒出缕缕青烟。这时,迈克吉利卡迪太太摇摇晃晃地走出来,浑身血迹,迷迷糊糊,但活得好好的。“哎,老太太还活着!还拿着什么东西!”

卡萝琳拿过夜视镜朝房子望了一眼,又还给斯蒂夫。“玛芬蛋糕。她拿着玛芬蛋糕。”她摇摇头,微微一笑,“大卫肯定也救了她。就在你以为已经够了解某个人的时候……”

“我们现在做什么?”

“现在吗?我们等待,只需要等一会儿。”

“等什么?”斯蒂夫问。

“等大卫回来。”

“回来?”欧文问,“他去哪儿了?”

“华盛顿。”

“去那儿干吗?”

“去杀总统,还有每一个参与行动的人。他会把‘每一个’和‘参与’的范围划到最广。”

斯蒂夫惊恐地望着她,“这不——他有这能耐?”

“大卫吗?对。他们现在就可以开始挖坟了,总统死定了。”

斯蒂夫吓呆了,目瞪口呆地望着她。

“哎呀,老天,别这么看我。是他先下令杀人的,记得吗?他的军队出现之前,大家都好好地坐着吃布朗尼蛋糕呢。不过啊,我觉得大多数人根本不会注意总统被杀这事,他们还有其他更大的麻烦要操心呢。”

“什么意思?”

“现在几点?”

“呃,”他瞥了一眼仪表盘的钟,嘴里发干,“四点一刻。”

“随时会开始。”她露出野性未驯的微笑。

斯蒂夫后脖颈的汗毛竖了起来。“卡萝琳，你干了什么？”

她没开口，指指天空。

此时不过四点刚过，太阳仍高悬在树梢之上。天空清澈，没有日食。一切都很真实。但几秒钟后，斯蒂夫只能强迫自己相信眼前所见之事。

太阳正在熄灭。

5

接下来一分半钟，太阳慢慢黯淡下来。从平常这时间炽热的黄色，转成比落日更深的橘红色，再变成正红色。斯蒂夫望着太阳，心想，就像有谁在非常非常慢地转动可调亮度的灯泡的旋钮。

起先，欧文把头探出司机位的窗户观望；后来——显然忘了自己的俘虏身份——他摸索着打开福特金牛座[①]的车门，下了车，来到斯蒂夫身边，跟他一起站在停车场上。

“日食？”斯蒂夫轻声问。他明知这根本不是日食。

欧文摇头，“不，不可能。说不定是……太阳是不是还在缩小？”

“看不清……嗯……对，有可能。”斯蒂夫举起大拇指，用指甲做比较。现在他盯着太阳看的时候，连眼睛都不用眯了。太阳已经黯淡成了肮脏难看的褐色，正转成黑色。等太阳变成全黑后，斯蒂夫发现它真的缩小了，至少缩小了一点点。

最后，太阳彻底消失。

斯蒂夫的皮肤上已经感觉不到下午的温暖了。十月的轻风中原本微微的凉意顿时明显起来，卷着落叶沙沙作响。到底会变得多冷？冥王星上有多冷？那边连氧气都液化了，不是吗？想到这里，他猛地打了个激灵，感觉比风的实际温度更冷。

“你看见了？”欧文轻声问。

“我想是的。”斯蒂夫回答，“你确定时间没错？”尽管眼见为实，他仍然抓着一个念头不放：他准是弄错了时间，这不过是一次普通的日落而已。

---

①福特生产的一款车型。

欧文看看手表,“四点十八分左右。”

“你确定?”斯蒂夫问。他的心脏在胸膛中狂跳。天空中已经出现了星星。在斯蒂夫看来,就像无数怪兽的眼睛遥遥瞪着他。一盏街灯亮起,停车场笼罩在浓痰般的黄光中。娜嘎看看天空,不安地低吼着。

“正好准时。”卡萝琳在他身后说道,听起来挺满意。

斯蒂夫猛地转身,“你干的?这不可能,这肯定是……”他无助地摆摆手,“你干吗这么做?”

“说来话长。”

“这是真的?”欧文问道。他的声音平板,毫无感情,眼睛在卡萝琳的脸和她手中的枪之间来回扫视,“不是什么把戏?”

“我从来不玩把戏。”她后退一步,退到他够不着的地方。

“把太阳放回去!”斯蒂夫说,“点亮它!我们都会……把它点亮!”

她摇摇头,“我做不到。”

“耶稣基督,卡萝琳!你非做不可!否则我们都……每个人都……会冻死的!”

“不会马上冻死,”她说,“我问过皮特。大气层就像一块毯子裹着地球,残余的热量会慢慢流失,这不假,但我们还有些时间。”

“我们该怎么办?”

她想了想,“你饿吗?我饿坏了。我们还有些可以消磨的时间。这条路上有家很不错的墨西哥餐馆,那边的牛油果泥色拉……”

“我一点也不想吃什么见鬼的卷饼,卡萝琳!”

“哎呀,去吧,好吃极了。”

“我受够这些屁事了。我现在就要你……”

“给我买点牛油果泥色拉,我就告诉你想知道的一切。”

斯蒂夫的脸涨得通红,他吸了口气,正想喊叫,听闻此言,又闭上了嘴,上下牙碰到一起,发出一声清晰的“嗒”。“真的?一切?”

她点头,“对。”

“好吧。”斯蒂夫说,“可以。”

卡萝琳转向欧文,“我们要开走你的车。”

欧文扬起一边眉毛。斯蒂夫估计他站起来大概六英尺两英寸高,而且非常健壮魁梧。他还记得那个大个子警察在欧文目光下畏缩的一幕。

卡萝琳握着手枪,也扬起了眉毛,轻松愉快地微笑着。

“钥匙在车里。”欧文说。

“钱。”斯蒂夫问,“你有没有带那个旅行袋?”

“什么?哦,抱歉,我把钱给那个出租车司机了。”

“给出租车司机了?30万都给了?”

她耸耸肩,“我有点儿可怜他。他们吃了他几根手指。”

“等等,什么?谁吃了——”他没说下去,“算了,别说了,我不想知道。”斯蒂夫揉揉前额,看着欧文,“你有钱吗?”

欧文两边的眉毛都扬了起来。接着,他耸了耸肩,掏出钱包摸索着,递出三张二十块、一张五块,还有几张一块。“现金就这么多,要不要我的运通卡?”

“不了,谢谢。”

“谢谢,欧文。”卡萝琳说,“你帮了我大忙。”斯蒂夫打开金牛座后排车门,用手拍拍座位。娜嘎犹豫了一会儿,跳了进去。卡萝琳坐上了副驾驶位。斯蒂夫刚挂上挡,卡萝琳就开口道:“等等。”

她手上的HK跟她给斯蒂夫的那把一模一样。她按下卡榫,退出弹匣,然后拉动滑套,把枪膛里面的一发子弹也退出来,塞回弹匣。做完后,她转向斯蒂夫,“我该怎么把窗户降下来?”

斯蒂夫指指门上的按钮。车窗摇下后,她招手让欧文近身,“接着。”她说着,把空枪递给他。枪把朝外。“防身用。今晚会有很多发疯的家伙出没,小心点。”

“没子弹可没大用啊。”欧文回应。

“我会把弹匣放在山脚下的人行道上。”

欧文点点头,“谢谢。”

两人开出停车场不远,斯蒂夫转到路边,刹住车。卡萝琳把弹匣放在街灯旁边,朝欧文挥手。欧文也挥了挥手。

“这是干什么?”

“他人不错。”她嘴角一扬。

斯蒂夫知道她又在说谎了。

6

斯蒂夫懊恼地发现，卡萝琳说得没错——那地方的牛油果泥色拉好吃极了。

她喜欢的店正是“卷饼先生”，跟动物医院在同一条商业街上。卡萝琳坚持要去，而且非去那家店不可，哪怕停车场里挤满了警察也一样。她说，警察不成问题。欧文羞辱过的大个头警察朝他们这儿望了望，把斯蒂夫吓了一跳，幸好警察没有动作。斯蒂夫把车停到停车场靠后的位置。卡萝琳朝娜嘎低吼了几句，娜嘎发声回应，然后便蜷到后座上睡觉去了。

唯一算得上麻烦的事是：侍者领班（他右手打着石膏，吊着绷带）显然记得卡萝琳。当她朝他走过去说“两个人”的时候，领班吓得放声尖叫，从门口冲了出去。

斯蒂夫朝卡萝琳看了一眼，用眼神问她：“怎么回事啊？”

“啊？哦，我们几周前来过。大卫没有金钱的概念，他吃完就想走，没付钱，那家伙一把抓住他，然后……”她没说下去。

“然后就惨不忍睹。明白了。”

两人坐在吧台前。

斯蒂夫没胃口，但卡萝琳一定要他尝尝龙虾卷饼。等待期间，他喝掉了半扎玛格丽塔酒。酒精让他平静了不少。餐食上桌的时候，他恢复了食欲，卡萝琳却只吃了几口。

“我实在不想承认，但这里的东西味道真好。”斯蒂夫嚼着薯片，把牛油果泥色拉碗朝卡萝琳推近了一点。她没吃薯片，连自己的晚饭也几乎没动。“怎么了？你不是说饿坏了吗？”

“我是很饿，但我的胃不大舒服。”她耸耸肩，“大概因为紧张。要考虑的事情太多。”

“唔。你说你会回答问题？”

“嗯，行啊，就当消磨时间，还能让我分分心，别去想……其他东西。问吧，什么都行。”

餐馆里渐渐坐满了人。有个上了年纪、披着貂皮披肩的老妇人，瞥瞥卡萝琳的暖腿套和斯蒂夫沾满血的衬衫，一脸不屑。斯蒂夫用伊丽莎白女王向民众致意的姿态（只动手腕）朝她挥挥手，咧开嘴，露出八颗牙的微笑。老妇人赶紧扭头。“嗯，该从何问起呢？”斯蒂夫用手指笃笃桌子，“你真能跟娜嘎说话？我是说，真的交谈？”

“我能。我说得没有麦可好，但也过得去。”

“你从哪儿学来的？”

“是父亲弄明白的，他记了笔记。”

“如何跟狮子交谈的笔记？”

“对，狮子，还有其他动物。世上所有的语言他都会。”

“那肯定花了他不少时间。”

“起初的几种大概用了一百年左右，之后他渐渐摸到了门道，加快了速度。”看到斯蒂夫脸上的表情，她补充道，“他活了很久，而且一直忙个不停。语言不过是最次要的东西罢了。”她叹口气，“真的。相信我。”

“活了很久是多久？”

“没人知道确切数字。至少六万年，很可能还要更长。不过数字没意义，他一生大多时间都待在图书馆里，那儿的时间跟外面不一样。”

“明白了。”斯蒂夫缓缓道，“你也是从那儿来的？图书馆？”

“什么？嗯……是，也不是。我出生在……克利夫兰，好像？反正是c开头的地方。”她忧伤地淡淡一笑，“但……也对，我觉得可以这么说，我来自图书馆。”

“我不明白。”

“说真的，我也不太明白。我是说，我知道他对我们做了什么，但我不知道他为什么这么做。”

“谁？”

“父亲。”

“你爸爸?”

她摇摇头,“父亲只是我们对他的称呼。他不是我的亲生父亲,我连他能不能生孩子也不知道。没人知道他究竟是什么人。”

“那他……是外星人什么的?”

她耸耸肩,“有可能,但我觉得不是。不过,我想他也不是人类。我是说,他并非生来就是人类。第三纪的时候,世界跟现在很不一样。他出生的时候,世上应该还没有人类。”

“第三纪?”

“现在这个纪元——父亲统治的纪元——是第四纪。在父亲之前,生物的统治者是其他东西。那时候的世界更加黑暗,人人都说那个纪元比现在糟糕得多。父亲就出生在那个世界里,然后征服了那个世界。”

“我不……”

她摆摆手,就像挥开让她分心的东西,“父亲是如何起事的并不重要。”

“那什么才重要?”斯蒂夫恼怒地问道。在她面前,他觉得自己就像个孩子。

这个问题让她认真思索起来。见她皱着眉想答案,斯蒂夫有点儿暗暗高兴。“他很聪明,”她最后说,“这才重要。我想之后发生的一切都是因为他的聪明才智。”她看看他,“不过,这些都是我的推断。我只能猜测。”

“原来你也有不知道的东西啊。”

她皱皱眉。

“抱歉,请继续。我很有兴趣。”

她点点头,低头望着杯中的俱乐部苏打。“好吧,我能确定开始的几件事。想象一下,有这么个人,就像艾萨克·牛顿,史上独一无二的天才,也许是人,也许不是。重要的是,他非常、非常聪明。不但聪明,而且生在糟糕的时代,糟糕的程度你难以想象,就像地狱。但地狱是假的,那个时代却是真的。那个时代的统治者叫‘皇帝’。”

“到目前我还跟得上。”

“好,下面就是我的猜测了。图书馆里有十二大类的学问——但第一类,白色门类,是医药。我想这一点很重要。也许,一开头,父亲干的行当大约相当于现在的医生。他偶然遇上了某种极其有效的药物——也许是某种植物,或者汤剂,或者其他。于是,他想出了延长自己生命的办法,让自己拥有更多的时间。他把这些额外的时间都花在学习上,学习怎么才能活得更长。最后,他满意地发现自己可以想活多久就活多久,还能治愈任何伤口。之后……他就把时间花在学习其他东西上。”

“什么东西?”

“嗯……第二门类是战争。我猜这不是巧合。父亲老谋深算。我想他一开始肯定按兵不动,运筹帷幄,韬光养晦。你们美国人怎么说来着?‘在雷达侦测不到的地方飞行。’最后,他准备好了……”她用涂了指甲油的光亮指甲敲敲吧台,“……于是把目标转向他痛苦生活的始作俑者——皇帝。他身边聚集了盟友——诺布朗加就是他的一员大将。还有另一个,名叫米拉戈妮。只有他们才知道真实经过,但他们绝口不提。”

“这三个杀了那个人?皇帝?”

“不一定是人。还有,那时候大概也不存在死亡。很久以后,父亲才发明了死亡。”

斯蒂夫张张嘴,又闭上。“好吧。然后呢?”

“我不知道。历史记录都遗失了。总而言之,第三纪结束了。之后仍有战斗、背叛和战争,敌人——比如公爵、莱塞尔——起兵又被镇压。最后,父亲的力量大到无人可以抗衡的地步。”

“那你自己的故事什么时候开始的?我是说你们,你、大卫,还有其他人。”

她呷了一口俱乐部苏打,“之后大约六万年,二十三年前,夏天快结束的时候。那时候我大概八九岁,他们……他收养了我们。”她想了想又说,“‘收养’可能不确切,我们更像是他的学徒。”

“那……”斯蒂夫没说完。吧台后的电视锁定在CNN频道,晚餐时一直在放太阳神秘消失的事——到底是怎么回事?——现在却开始插播突发新闻。

主持人沃尔夫·布利泽神情恍惚,把屏幕让位给某段画面粗糙的录像。录像是在白宫前人行道上拍的。围着草坪的铸铁栏杆断了一截，人行道上躺着个十几岁的男孩子，人事不省，也可能已经死了。旁边有一个血淋淋的赤脚脚印。接着，镜头抬高。背景中，白宫的东翼火光熊熊，腾起三十英尺的烈焰，就像魔爪伸向夜空。沃尔夫·布利泽在说“死伤不计其数”“启动《宪法》规定的继任程序”之类的话。

斯蒂夫眯起眼睛仔细看。

画面不但粗糙，而且拍录像的手还在不停地发抖。即便如此，斯蒂夫在镜头中景里还是认出了某个被火焰映出的男人的剪影。他扛着一根长棍子，在火焰映照下闪着黄光。还有……哦，哇哦。

他腰间的蓬蓬只可能是一条芭蕾舞裙。

“我的天——”斯蒂夫轻声说。

卡萝琳循着他的视线望去。看到电视上的画面，她点点头，“你快吃完了吗？我们得走了。”

“嗯。”斯蒂夫心不在焉地回答。

卡萝琳站起身，走向女洗手间。斯蒂夫继续看CNN对惊惶失措的路人的采访。有白宫遭袭的目击者，还有某个马里兰州的“足球妈妈”[①]说看到了“比大象还大”的东西沿着州际公路行走。正当记者采访白宫遭袭的其他目击者时，国会大厦被人炸飞了。

*我打赌，我知道这是谁干的！*斯蒂夫将剩余的玛格丽塔酒一饮而尽，向酒保要了双份的龙舌兰，不加冰。

“你好了吗？”卡萝琳问。

“嗯——还没。也许。可能。能不能再等一分钟？我刚又要了一杯酒。”

“行。但得快点。”

“是，长官。还有个问题：你跟这些有关系吗？”电视里，目击州际公路旁边“大象”的妇人举起手，双眼因极度惊恐睁得溜圆，眼珠上翻，只剩下眼白，同时失声尖叫。她手臂的皮肤变得漆黑，就像蘸了墨水。手指也不对劲了——不停地颤动变形，失去了手指的形状。斯蒂夫觉得那更像触手。

①指常接送孩子往返体育活动或其他活动的郊区中年妈妈。

“没有直接关系。”

“但有间接关系?”

“也许有点。她得了——这叫现实病毒。没什么生命危险,只是看着不舒服。她大概摸过静默者了,也有可能摸了巴利·欧席本人。”

“什么者?”

“静默者。大块头,很笨重,泛着银色,肯定不会看漏。他们是第三纪的遗老,杀不死,但日光会使他们失去活力。这也是父亲当初把太阳挂在天上的原因之一,你懂的。”

斯蒂夫呆呆地盯着她,“不、不,我真不懂。”

“别担心,等正事办完,我会想办法处理。挺简单。”

“手指变成触手的治疗办法挺简单?”

“呃……还算简单。当然,最好还是别碰那些东西。”

“哦,当然。”

“别这么担心,斯蒂夫。人的适应力很强。”

“到底要适应什么?我不明白这一切到底是为了什么。”

“为了图书馆。”卡萝琳回答,“现在,唯一重要的是:到底谁能拥有父亲的图书馆。”

“图书馆?图书馆有啥关系?”

卡萝琳翻了个白眼,“关系到全美国。”

“啥?”

“没什么。你见识过一点我们的本事——丽莎,我,大卫。你觉得如何?”

斯蒂夫咽了口口水。“有些……嗯,很神奇。”

卡萝琳的脸被酒吧的灯映红,眼睛却一色漆黑,“你见识过的根本不算什么,斯蒂夫,只能算是余兴把戏。无论从哪个方面来看,图书馆的力量都是无限的。今夜,我们将决定由谁来继承现实的统治权。”

“什么意思?”

“就是我说的意思。”

“卡萝琳,这太疯狂了。我知道你能干些奇事,但……”

她举手示意噤声,“这事儿以后再说。现在,我们得走了。”

“到底去哪儿？”

“加里森橡树林。”

“去那儿干吗？我才刚出来。在那地方的经历一点也不好玩儿。”

“我得去那儿见大卫，不然他很快就会干掉欧文。”

“欧文？大卫跟欧文在一起？”

她点点头，“欧文想偷袭大卫，要是我们不赶快去，大卫就会杀了他。”

“你刚才说‘见大卫’，到底想做什么？你是不是……你该不会跟那家伙合谋吧？”

她没回答。不管他怎么问，她也没再说一个字。

插曲IV 痛苦不已，需要安慰

1

铜牛大火五年之后，卡萝琳死了。那时正值冬末。在那六周时间里，吹来的风仍然寒冷，但夜里森林中会传来发春的猫儿们此起彼伏的叫声。当时，卡萝琳十六七岁。

人复活的时候，一般都会睡上一会儿。但卡萝琳不同。她就像深夜里擦燃的火柴一样猛地活了过来。身上有只手。有人在摸她。她闪电般出手，抓住那人的头发，直起上半身就咬。

“天！卡萝……啊！”詹妮弗的眼睛离她只有几寸远，显然吓坏了。

“哦……”卡萝琳眨了一会儿眼睛，放开了她，“抱歉。”

詹妮弗迅速退开几英尺远，躲到她抓不到的地方。“该死的，卡萝琳！”她把手放在心脏部位，“你把我吓死了！放松点！”

“抱歉。”她尽可能让语调温和平静。这——她记不清这到底是什么了——反正，这不是詹妮弗的错。

詹妮弗(看起来没吸大麻)狐疑地望着她，“没关系。你现在最好别动。”

卡萝琳点点头。*要是她没嗑高，那就是说，我的死状挺惨。*

“好了。”她让卡萝琳看看自己空空的手掌，然后在空中虚拍，就像安抚某只看不见的动物。“那我们还是朋友喽？”

卡萝琳又点头。

詹妮弗放心了一点，挪回她身旁，搭搭脉搏。趁这工夫，卡萝琳环顾四周。她身在自己的小房间。这地方通常一尘不染，现在却一片狼藉。书架倒了一半，书和卷轴散了一地。书桌侧翻，一只抽屉拉开一半，朝天斜卡在屉厢里。她皱皱鼻子，“什么味道？”

“呃……嗯，可能是你。有一点儿。”

“什么意思？”

“这事儿发生好几天啦。再说……天已经暖和起来了。”詹妮弗避开她的视线，“对不起，卡萝琳。我们都以为你在学习。”

“有几天了？”

“我想是三天。你的手臂感觉如何？”

“我的手臂？你什么意——哦，对了。”她的脸色沉下去，回想起了发生的事。

她低头朝手臂看去。前臂上有淡淡的白色伤疤，那是被钢笔钉穿的痕迹。她望了望书桌，一支钢笔——铁灰色的万宝龙，她最喜欢的笔——深深扎在木头里。手臂上的伤疤中心是一个小小的黑色墨水点。她动动手指、手臂，一点也不疼。“我挺好，只有一点酸。”

“抱歉，这方面我的功夫还不到家。你的下巴呢？”

“我的下巴？”接着她想了起来，“哦，对了。”她张张嘴，空嚼一阵，左右移动下颚，“好，挺好。谢谢，詹妮弗，你干得很出色。”

“呃，哎，我练习的机会多。你没事太好了。你刚才真是——”她截住话头，“你没事太好了。”活儿已经干完，詹妮弗收拾起自己的装备，拿出银色烟斗。“能吸吗？”

“请便。呃……我有点迷糊，詹妮弗。到底怎么了？”

詹妮弗用职业的眼光瞧了瞧她，“还是不记得？”

卡萝琳皱皱眉，专心思索，“模模糊糊。”

“慢慢想。我等着。”她暂时放开了烟斗。

卡萝琳环顾四周。椅子翻倒在桌子旁边，床铺得很整齐，但被子上洒了一瓶墨水。被子毁了。一本翻在地上的书，书页打开，上面画了又长又粗的黑杠。

看到这儿,她突然想起来了,“对了……我一边等阿莉西亚,一边在学扩斯语。”

“学什么?”

“抱歉——扩斯语。风暴的语言。很多风暴都是伟大的诗人。”打开的那一页是几十年前从木星吹来的疾风的片段,是长篇诗歌最阴暗的部分。这里,她念道,是地狱最黑暗的深坑。

不,卡萝琳想起来了,眼睛难以察觉地睁大了一点儿。这不是全部。我只是装作学扩斯语。她转头看看角落里的书架。从这个角度,书架被桌子挡住了。尽管心急如焚,她还是故作随意地扶着身边的书架站起来——至少是打算站起来。她撑起身体,终于看到书桌后角落里的小小棕色书架仍然直立着,没人动过。见此,她大松一口气,双腿立刻软了下来,身子歪歪斜斜地倒在地上。“该死!”

詹妮弗眨眨眼睛。卡萝琳通常很温和。“慢慢来,你的心脏可能还没适应跳动的速度。那……你想起来了?”

“慢慢想起来了。”即便痛苦万分,她还是能听到他的声音,看到他的微笑。叫呀,叫给我听。要是你叫给我听,我就住手。要是你叫给我听,我就放你走。

“是大卫干的?”

卡萝琳不敢开口。她抬头看着詹妮弗,眉头紧蹙,下巴上的肌肉不住地跳动。

“抱歉,傻问题。到底怎么了?”

“我能记起大部分,但,忘了最后。”

“很正常。”詹妮弗说,“这是你第一次死,对吧?第一次死的时候没人记得住,下次死的时候就能多记住一点,以此类推。”

“哦,我听说过。你知道为什么吗?”

“我知道,但我不能说,这是我的门类。抱歉。”

卡萝琳摇摇头,“没关系。”

“来,”詹妮弗温柔地说,“跟我讲讲发生的事。”

卡萝琳沉默地坐了很久,望着不远处。开口的时候,她的音调十分平静,甚至可以说平板,就像聊起午饭,“这重要吗?”

詹妮弗微扬眉毛,把烟斗收回包里,“难道不重要?”

詹妮弗的话中有什么东西触发了卡萝琳脑里的警报,她猛地回过神来。“当然!我是说,当然重要。很明显,我,呃,太难受了。”

“你想谈谈吗?”

对这个问题,诚实的回答是:她宁可——几乎宁可——再被大卫折磨一次,也不愿意谈。但她不能这么说,连想也不能这么想。要是詹妮弗觉得奇怪,她可能会跟父亲提起。“我不想占用你太多时间。你肯定有很多事要……”

詹妮弗伸出手,摸摸卡萝琳的前臂,“的确有很多事要做,但那些都比不上你重要。我是你的朋友,我得帮你。再说,这也是我的工作。”

她房间的门是隔音的,但詹妮弗没关门,所以,她能听到走廊上皮特在练鼓。有节奏的鼓声回荡在金属大厅里,听来很怪。卡萝琳不仅能听到那低沉的隆隆声,还能感到太阳穴和心脏随之震动。卡萝琳想着艾莎,做出最哀伤的表情,“好吧。”她轻声说,“等我一会儿。”

“当然。”

卡萝琳看看自己的手,手很稳。她让手微微颤抖。完美。

詹妮弗坐到她身边的地板上,挨得很近,就像亲密的朋友。“你介意吗?”

她介意。“不,当然不。嗯……是这么开始的。大卫拿着一个卷轴进来。他说,要我帮忙翻译。”她看着詹妮弗,“但他什么都没穿。”

詹妮弗板着脸点头。在图书馆,赤身裸体地走来走去虽然不像在美国这么惊世骇俗——图书馆的浴池都是男女混浴的——但也不寻常。麦可从海洋里回来的时候,有时会忘了穿衣服,大家都笑他。但没人敢笑大卫。而且,他赤身裸体来到卡萝琳房间,只有一个目的。

“你怎么回应?”

卡萝琳看着她,“我请他离开,他离开了。结束。”

她本想拿这个当玩笑开,真说出口时,话里却带上了辛酸和讽刺。詹妮弗又道了歉,但她凝视卡萝琳的眼神却毫无感情,就像医生诊断病情。卡萝琳讨厌这样。

专心。“看着卷轴,我开始紧张了。那上面根本不是外语——只是有些年头的佩拉匹语。'委实'这个,那个'不虚'之类。你明白?"

"他要你帮忙翻译这个?"

"不用,根本不用。这只是借口。"

"那你干吗放他进来?"寝室的门上有猫眼,而且内外皆有锁。

"'放'不太确切。阿莉西亚说好要来,所以我没关门,留了条缝。我们打算练习斯瓦西里语。这种语言非常流行,到了28世——对了!说到这个我想起来了——你说我,呃,走了多久?三天?"

"差不多,对。"

"阿莉西亚没来?"

"没,她被叫到另一位面的时间中去了,去捡食气怪的牙齿什么的。发现你的是麦可。"

"麦可回来了?"

詹妮弗摇摇头,"这事等下再说。我们先谈谈你。然后发生了什么?"

卡萝琳几乎遏制不住朝角落小书架张望的冲动,但她强压了下去。大卫可能发现了那里的秘密,也可能没有。她倾向于没有——要是他发现了,她现在就会在铜牛肚子里醒来,或者根本不会再醒来了。但此时此刻,她必须专心。这很重要。稍有差池,跟詹妮弗的这次谈话也会让她完蛋。要装出犹豫的样子,就像在黑暗的房间摸索,就像在回避什么东西。

这念头让她脑中闪过自己的下巴碎裂的声音。大卫的手把它活活捏碎。*叫呀,叫给我听*。尽管如此,她脖子上的脉搏却并没有加快;开口时,音调也拿捏得恰到好处。她一直在训练自己。"嗯……我替大卫翻译了那段话。是描绘几千年前麦吉多[①]遭到洗劫的景象。阿布拉可汗……"

"谁?"

"阿布拉可汗。父亲的另一个名字。阿布拉卡、阿布拉可汗、亚当·布莱克之类。"

"哦,当然。抱歉。"

"就这样,他们征服了麦吉多。但——大卫让我读的就是这一段——胜利的代价很高。于是……"随着回忆,卡萝琳闭上了眼睛。这倒不是完全装出来的,"于是……见他的勇士们个个狼狈不堪、痛苦不已、需要安

①以色列古城邦,《圣经》中末日善恶决战之地。

慰，阿布拉可汗对他们说道：‘到城里去，那里的战利品随你们挑选。那地方是你们的了，那里住的人也一样。尽可以随意使唤他们，不论男人女人，对他们为所欲为’。”她睁开双眼，“读到这儿，大卫开始笑了。”

詹妮弗打了个寒战，“哦，卡萝琳……”

“于是，大卫说这真是巧合。他就是阿布拉可汗的勇士，而且，正好狼狈不堪——这又是个巧合，而且……”

“而且？”

“而且我呢，”她说，“正好是战利品。”

詹妮弗满含怒意地轻轻点头。

“接着，他就这么伸出手，抓住了我。”她朝自己胸口点点头。

“就这样？”

“对，就这样。奇怪的是，他的神情一点儿也不残忍。”

詹妮弗扬起眉毛，环顾房间。

“至少一开始没有残忍的念头。他似乎以为自己在引诱我，甚至在为我效劳。”

詹妮弗想了想，“我明白。他的确自视过高。你怎么反应？”

“没反应。我就这么看着他。”

詹妮弗又扬起眉毛。

“我不想，呃，激怒他。”

詹妮弗打量了她一眼，“你知道吗？卡萝琳，作为书呆子，你还挺冷静的。有人跟你说过吗？”

“没，你是第一个。”外头走廊上的鼓点咚咚，咚咚。

“他就是那时候，呃……”

“没，我是说，他有这个打算，但我走运。”

“走运？”

“他把我扔在地上，而我，大概踢了他一脚。”

“你，踢了，大卫？”

“稍微踢了一下。”

“他怎么没，呃，挡住？”

“我打了他个冷不防。他没想到我会反抗。”

詹妮弗狐疑地望着她,"对,是想不到。但,卡萝琳,要是你不介意我问……为什么?"

"什么为什么?"

"听天由命不是更……轻松吗? 我是说,你的下颚不只是裂开,而是粉碎了,是我见过最糟的伤口。他还把你钉在……"

"我记得,詹妮弗,我当时还醒着。"

"抱歉。"

"但我……你懂我的意思。"

詹妮弗是对的。大卫一直是父亲最喜欢的孩子,他有特权。缩回自己的世界,神游天外,直到他干完,会轻松得多。大卫第一次赤身裸体来她房间的时候,她就是这么做的。这一次,她原本肯定还会这么做。这并不愉快,但跟其他东西——比如她回家的欢迎宴会比,也不算太糟。

可是,这次她不能缩回自己的世界。她倒下的位置不巧,只要大卫一抬头,眼睛就会立刻落在角落里的小书架上。强奸她是一回事,而让他看到角落书架——这是她绝对不能准许的。

詹妮弗盯着她的眼神太专注了。卡萝琳的脉搏在太阳穴处咚咚跳动。*要是你叫给我听,我就住手。*走廊上,皮特的鼓点渐趋高潮。*要是你叫给我听,我就放你走。*就像她当初必须刺激大卫来揍自己,好离开那个角落去别处受蹂躏一样,此刻,她一定不能——一定不能让詹妮弗猜到个中原因。迅速思考后,卡萝琳稍微流露出一点真情,表现在脸上,"为什么?"

走廊上回荡的鼓点就像愤怒巨人的心跳。

"为什么?"她提高声音,又说了一遍。最好的谎言都含有真实的核心。"为什么? 你跟大卫肯定也在一起过,对不对?"

"嗯? 对,当然,但……"

"那就别问我为什么,詹妮弗。连瞎子也能看出为什么。"她几乎在喊了。

"我明白。"詹妮弗抽回手,"对不起。"

卡萝琳看得出,她是真心道歉。她对自己的话深信不疑。尽管懦弱,詹妮弗却有颗善良的心。她只想帮自己。卡萝琳把声音降到平常对话的音量,让愤怒缩回保护壳里。“没关系。我也很抱歉,今天过得不容易。我是说这个星期。”

“知道。我们还是朋友?”

“当然。”虽说此话不假,但哪怕是朋友,也别来管她的事。不知詹妮弗是否明白。

“好。对不起,卡萝琳,我没想逼你。但我们一定得谈谈。虽然外表看不出,但我觉得你心里确实很烦恼。”

“好是好,”她想尖叫,却给了詹妮弗一个疲惫的微笑,“但别在今天,行吗?”

“行。不过,得尽快。”

“没问题。”

詹妮弗点头。职责已尽,她从工作中解放出来,拿出了银色烟斗。没多久,她就喷出一大团烟雾,心满意足地“啊”了一声。“我得说,你的适应力真强。”她摇摇头,“这话只在我俩私下说,你不是第一个被大卫钉在桌子上的人。他好像有这癖好。上个月,他对皮特也干了同样的事。皮特倒没死,但彻底垮了。要是我不给他下猛药,他就会蜷到离自己最近的角落里痛哭。”她又吸了一口,烟斗里闪着橘色亮光,“不过,我没资格说他。这事要是发生在我身上,我肯定也得一团糟。”

闻言,卡萝琳惊讶地抬头。她以为大卫不会放过他们中的任何一个,只是时间迟早的问题。“他从没有……”

“没,对我没有,至少现在还没有。我觉得他以后也不会。”

“真的?”有意思。“你觉得这是为什么?”

她耸耸肩,“不知道。可能出于感激吧。有好几次,要是没有我,他就得忍受极大的痛苦。”

“我记得。但……感激?大卫会感激?”

詹妮弗叹口气,“对,你说得对。也许不是。我总把人想得太好,这是我的弱点。更有可能的是,他害怕某天自己死了,而我却不肯复活他。”

这个问题在卡萝琳脑中萦绕已久,只是没找到合适的机会开口。她大概知道答案,但需要詹妮弗亲口确认。“你会吗?”

“会什么?”

“不让他复活。”

詹妮弗抽着烟斗，抬起头，“你问这个还真巧了，我正好碰到过差不多的事。那天，他和玛格丽特又要享受他们的特殊夜晚——”她高高挑起一边眉毛，“——而我则应该在第二天早晨过去干我的活儿。”

“治疗他们？”

“复活他们。”

“真的？两个都要复活？”

詹妮弗点头，“目前一个月至少一次。这是玛格丽特的主意，我想。几年前，刚开始的时候，他们只是折断手臂，后来就慢慢升级了。一旦折腾完她，他会给自己弄个上吊用的索套。”

“明白了。”

“是吗？那你可得给我解说解说。”詹妮弗叹了口气，“反正，那天我就这么站着看他们——场面真是一塌糊涂，至少要干上半天——然后突然想到，复活之后，似乎没人记得时间到底过了多久。自从阿莉西亚和钟表过不去以后——”阿莉西亚看见钟就砸，卡萝琳只好把自己的藏在抽屉里，“——我们这儿就很难分辨日子了。”詹妮弗又吸了一口，“所以，我思考了大约一分钟，然后关上门，下楼去吃早饭。”

“哇。”卡萝琳笑着摇摇头，“一两天没有大卫的美妙日子，哈？”

詹妮弗也笑了，“我想你们没人会介意。”

“我们会抬着你游行。你怎么没提过？”

詹妮弗的表情瞬间阴沉下来，“因为……计划不顺利。”

“怎么了？”

“父亲提早回来了。”詹妮弗静静回答，“就在那天下午。他发现了他们，复活了他们。”

卡萝琳想起詹妮弗可能的遭遇，心中腾起冰冷的恐惧。就像卡萝琳应该在需要的时候做翻译，詹妮弗也应该在人死后及时施行复活术。如果死者有要求，那就按要求的时间；如果没有，比如出了事故，那就越快越好。故意不履行自己门类要求的职责，虽然没有跟别人分享知识那么严重，但也是重罪。“噢……噢，不。他做了什么？”

詹妮弗直直地盯着她，“他带我去了铜牛那儿。”

“哦，天哪。”

“我知道。我这辈子从没这么怕过。但他没让我进去，也没干别的。我们只是站在那儿，他严厉地训了我一顿，说了些职业操守、病人对我的依赖之类的话。”

卡萝琳瞪大了眼睛，“就这样？”为这个进铜牛是有点过了，哪怕用父亲的标准看也一样。但卡萝琳觉得怎么也得挨上五十鞭子，最少五十鞭子。“活剥皮”之下的所有刑罚都不会让她惊讶。

詹妮弗点点头，“就这样。”

“知道为什么吗？”

詹妮弗耸耸肩，“他对我从没像对你们这么严厉过，但这一次……我跟你一样吃惊。”

卡萝琳用期待的眼神望着她。

“我不能说知道，但……我只说给你听，你别说出去，好吗？”

卡萝琳点头。

“我想过，假如父亲出了什么事，我也许是唯一一个能让他复活的人。”

“不是还有——”

“莱塞尔——父亲的朝臣之一——这几年越来越不行了，而且说实话，她的本事从来就没好过。至于公爵，我听说可能会有……政治争端。跟公爵的停火协议一直不稳定，据说他对这种重复的现实不太满意。据我所知，学过白色对开本的只有他们两个。”复活术就记载在白色对开本里。

“有意思。”卡萝琳思索着，“你想过没，要是真到了那一步，你会怎么办？”

“哪一步？”

“如果父亲死了，”卡萝琳平静地说道，“而你是唯一一个能让他复活的人。”

詹妮弗瞪大了眼睛。接着，就像面对着观众，她用正式的语气回答：“我会复活父亲。当然。”

“当然。”卡萝琳说。

接着，詹妮弗轻声开口："我……卡萝琳，不知道你是否知情，但有些事，你想都不能想。在父亲身边不能想，在哪儿都不能想。我是说真的。想都别想。"她顿了顿，用很轻的声音接着说，"他能听见。"

"我知道。"卡萝琳也用耳语声回答，她也是这么做的。但世上还有样东西，叫作计算之内的风险，不知道詹妮弗是否清楚，很可能不清楚。温和胆小的人不愿意去冒什么"计算之内的风险"。"但他不可能无处不在，对不对？"

詹妮弗的眼睛眯了起来。她移开视线，忙着给包系带子。"我不想再听这种话了。我是认真的，卡萝琳。现在不想听，永远也不想听。我不会说出去——连想也不会想，如果我忍得住。但永远别再跟我说这样的话。否则，我会直接告诉父亲。听懂我的意思了？"

"听懂了。"卡萝琳回答。她以语言学家的敏锐察觉到，詹妮弗最后一句用的是父亲喜欢的句式——"听懂我的意思了？"——而不是图书馆员们私下用的更口语化的"懂了吗？"这段时间她肯定常跟父亲在一起。"我不会再提了。我没别的意思，詹妮弗，我只是……"

"知道，没关系，别介意。我们就装作从没发生过。"

卡萝琳点头。*还是不说话安全。*

詹妮弗把镊子塞回包里，把包束紧。"行了，嗯，我得走了。我想你需要一个人静静。"

"还需要洗个澡。谢谢你，詹妮弗。谢谢你为我做的一切。"

"我很乐意。"詹妮弗犹豫一下，又说，"那个……今晚丽莎、阿莉西亚和我准备吸点大麻，然后上去看看银河。就我们几个女孩子。皮特还给我们准备了野餐篮。我们希望你也一起来。"

"你真好，但我不能来。我的学习进度已经落后了，再说快考试了……"

詹妮弗举起一只手，让她别再说了。

"怎么了？"

"请原谅，卡萝琳，但你说的全是瞎话。你的进度根本没落后。你这么拼命学，哪怕死个一年，复活之后仍然还能领先两周。一起来吧，会很有趣的。你还记得什么叫有趣，对不对？"

卡萝琳又朝她笑了笑。这次的笑容明显冷了下来，“我真的不能来。”

“好吧。”詹妮弗在门框上笃笃手指，“本来我想晚点再提这事，但……”

“我真的得去……”

“就一会儿，行吗？很快的。”

卡萝琳微微点头。现在她的笑容完全消失了。

“谢谢。”詹妮弗吸了口气，“你知道……我的门类中有一部分是教你怎么跟别人说话。有些人，你得绕着圈子说；另一些，得把事情说得容易接受些，捡最好听的说。”

“哦？有意思。”

“但，如果谈话对象是坚强的人，那么最佳方式就是把以上这些都省掉，直接讲事实就好。对你，我就准备采用这个策略。”

“谢谢你。你一直是我的好朋友，詹妮弗，你一直都很……”

詹妮弗又举起手来，“别来这套。我对你坦诚相告，卡萝琳，希望你对我也一样。”

卡萝琳点头，“好吧，随你便。你想跟我说什么？”

“谢谢。我是这么想的：在这里，大家都容易得上一种特殊的疯病。玛格丽特的症状是我听闻过的最严重的。大卫也有这种疯病。这两个人都没救了——我还是会救，但除非事情突然峰回路转，否则我对他们无能为力。”

“这跟我有——”

“你身上也出现了类似迹象。”詹妮弗严肃地说，“哪怕没出……大卫这事，我也准备跟你谈谈。”

“迹象？”

“得了这种疯病，你会放弃改善现状的努力，把坏的那一面放到最大，而且还装作喜欢这样。最后，你会主动让每件事都恶化到最糟糕的地步。这是一种逃避机制。”詹妮弗直直盯着卡萝琳的眼睛，“这样没好处，所以才叫疯病。”

“明白了。”卡萝琳说，“很有意思。谢谢你告诉我这些。”

詹妮弗叹了口气，朝后倚在门框上，“嗯，没事。答应我去想一想，好吗？”

“好。”

上天保佑，詹妮弗总算拉开门，踏进了走廊。“哎，要是你今晚不想来，也没关系。我没权利强迫你，但我觉得你该来。这是我作为医生的建议，也是我作为你朋友的建议。而且，刚才那件事，要是你想多谈谈——虽然我觉得不大可能，但随时欢迎——你知道在哪儿能找到我。要是你不来，我只能祝你好运，尔后献上我的哀悼。”

两人互相注目许久。最后，卡萝琳说：“都说完了？”

詹妮弗翻了个白眼，“对，说完了。”

“再次感谢。”

“小事一桩。我们几个会在日落时分到玉石楼层会面。”

卡萝琳关上了门。

2

詹妮弗走后，卡萝琳下楼洗澡。浴室是公用的，而且男女混浴，好在此刻没有别人。卡萝琳泡进其中一个热水池里，把水温调到最热，洗了澡，随后站起来，擦干。

她拿下一件干净的袍子，看了看，又挂回去。她又一次在池子里放满水，泡了进去。哪怕洗了两次，她还是觉得他的肮脏留在自己身上。她在柜子里翻检一通，找出一把非常硬的刷子，还有用来清除柏油或者某些有毒物质的腐蚀性肥皂。她用这两样东西在身上擦啊，洗啊，直到皮肤变糙，直到皮肤流血，直到惊觉自己正在抽泣，她方才停住，冷静下来，第二次擦干身体。

穿衣服的时候，瑞秋走进来，同情地瞧了她一眼，“嗨，”她说，“你还撑得住吗？”

“挺好。干吗这么问？”卡萝琳忙着梳理头发。

“我，呃，你知道，我听说了。”瑞秋走过来，把手放在卡萝琳肩上，“要是你愿意，等下可以过来，阿莉西亚和我……”

卡萝琳低头看看瑞秋的手，“谢谢，我挺好。真的。没关系。”

“呃……好吧，你说好就好。要是你改了主意……”

“你人真好。”她说这话的样子有一点点像大卫。两人都没注意到，但瑞秋的手悄悄地放了下来。

“好吧。”瑞秋又说。

卡萝琳沿着走廊回房间。路上，她碰到大卫和父亲迎面走来。两人从头到脚都裹在防弹盔甲里，汗流浃背。

父亲似乎没有注意到她,但大卫朝她露出大大的微笑,还有两个酒窝,“你好啊,卡萝琳。”

她面无表情地点点头,“你好,大卫。”

他朝她挤挤眼睛。

她没有回应。

一进房间,她就锁上了门。她没浪费任何时间想大卫。这是他第一次杀她不假,但他从前也伤害过她,她照样活下来了。这就是她生活的世界,她只能适应。

她立刻着手做的事是整理房间。她天性爱干净,大卫却把房间弄得乱七八糟。她咬着牙,先一个个竖起书架,接着摆好桌子,擦去血迹。大卫用来钉她的万宝龙笔是没法修了,但刺伤她另一只手的万特佳笔,她觉得换个头还能用。她忍着下巴肌肉的跳动,指关节绷得发白,用氨水和水的混合物清洗了钢笔,擦亮,放回用作笔筒的咖啡杯里。

日落时分,当詹妮弗、瑞秋和阿莉西亚出发去野餐的时候,她已经让房间差不多恢复了整洁。这时,她才又拿出那张纸来。大卫进门的时候,这张纸正在她手上,情急之下,她把这张纸当成书签,夹在扩斯语书里。大卫没注意。

这张纸是她大约三年前发现的,夹在一本西班牙语书里。纸上潦草地涂着笔记,是从一本记载了各种移动方法的书中撕下来的。那不是她的门类,肯定是碰巧错夹进西班牙语书里的。记在这张纸上的方法叫“alshaq urkum”,意思是“能让光线透过”。理论上,还有另一种与此相连的方法叫“alshaq shabboleth”,意思是“让缓慢的东西加速”,但其副作用太大,不实用。

Alshaq urkum 却非常实用。这种方法的原理是让物质实体变得透明,允许整个电磁频谱穿过——其后果之一就是隐形。当这种方法在——比如某个人身上——起效的时候,此人便可自由穿行于各处不被人发现,无论谁在场都一样。

但这种方法也有短处。最糟糕的就是:人眼中的视杆细胞和视锥细胞也会变透明,无法捕捉光线。也就是说,只要 alshaq 起效,人就会什么都看不见。不过,只要小心些,提前计划好路线,还是可以自如行走。

卡萝琳捡起角落小书架不显眼处的一本书。她付出这么大的代价,就是为了藏住这本书,不让大卫发觉。大卫一眼就能认出那是他的书——这是自然,因为这本书是用红色皮革装订的。凡是红色皮革面的书,都属于大卫的门类。卡萝琳自己的门类封面是绿色。这本书的标题是《精神之战III:如何隐藏想法和意图》,属于高级课程。前一晚上卡萝琳刚刚读完。

卡萝琳站在自己的小房间门口,发动了alshaq urkum。她没有参考那张纸——已经没必要了,所有的步骤都已牢记在心。完成后,整个世界一片漆黑。她手里拿着红皮书,出门右转。从走廊到楼梯要走三十七步,然后跨上十三级台阶(每级高九英寸),就到了图书馆主楼层——玉石楼层,从那儿再爬一千零八十二级台阶就到了红宝石楼层。所有的红皮书都在这一层。

数着脚下的步子,她把偷拿的书放回原先的地方——第八区,二十三架,第九层,右数第十二个空格。她记得十分精确,一周前,她就是从那儿取下这本书的。书的内容都在她脑子里,无须再看了。她是个勤奋的学生,已经熟练掌握了隐藏想法和意图的技巧。现在该读读别的东西了。

她从同一书架的第二层第八格拿了一本书。虽然看不见,但她知道,这本书的封面肯定也是鲜红的,就像喷出的动脉血。

回到寝室,卡萝琳锁上门,走到书桌前坐下,点亮油灯。血迹已经清除,但桌子上仍留着两个破洞,正好相隔双臂展开的距离。她考虑该不该修补,最后决定让它们留着,好时时提醒自己专心学习。接着,带着浅浅的微笑,她翻开从大卫的门类里偷来——哦,借来的红皮书。

这也算是作弊吧。从三年前碰巧找到记载着alshaq urkum的纸以后,她就一直在学习别人的门类。最开始是詹妮弗的白色门类。之后,随着她的计划渐渐成形,她根据需要四处学习不同的知识,还为自己规划了学习进度。现在她手中的这本书,按照进度表,原本该是两个月之后再学习的,但她一直渴望读这本书。今晚,她觉得自己该得到一些犒劳。封面上,按照西方的传统,用金叶子印着标题和作者的姓名:《报复性谋杀的筹划和施行》,作者亚当·布莱克。

她把书翻到第十一章《征服武功强于自己之敌的备忘录》。

她一直读到深夜。

书的内容让她得到了安慰。

第十一章　征服武功强于自己之敌的备忘录

1

“到这儿就行了。”卡萝琳说。

斯蒂夫踩下刹车。他们从加里森橡树林的路牌进来，开了大约四分之一英里。他没费事靠边停车，直接停在了路中央。身旁，卡萝琳坐立不安，神情紧张，在座位上前后左右摇晃。斯蒂夫从没见过她这样。娜嘎在后座上好奇地望着她。

此时大约晚上九点。天上，连星光都黯淡了。是因为多云，还是她连星星也没放过？他模模糊糊地意识到，自己有点过度受惊变傻了。

“我们干吗停下？”

卡萝琳指了指。离住宅区路牌不远处有盏街灯，是一片黑暗海洋中唯一的光亮孤岛。斯蒂夫眯起眼睛细看，灯下有三个人。他的视力不够好，看不清三人的脸庞，但站着的那个显然穿着芭蕾舞裙。斯蒂夫肚腹间某处突然喷出了恐惧，强烈而冰冷的恐惧。

“那是大卫？”

卡萝琳瘪瘪嘴，想了想，点点头，“他在流血。欧文比我想的还厉害。已经很久没人能让大卫流血了。”

“倒在那儿的是欧文？”

她点头。

“他怎么在这儿？”

“他很生气,来这儿‘让那贱人不好过’。”

“‘贱人’有具体指向吗?”

“敌人。包括我、大卫,还有我们中任何活下来的人。他知道我们最后肯定会来这儿。他很聪明。”

“但什么……”

“嘘!”

欧文举起枪,指着大卫的脸。大卫笑了,朝他低下头去,鼻子直接抵着枪管。欧文开火,滑套打到空空的枪膛。大卫反手一巴掌,打在欧文嘴边。

“行了,”卡萝琳说,“好戏该开场了。”

“什么?”

“待会儿再解释。”她说,“现在,我要你去图书馆等我。你还记得是哪一幢吗?”

“我记得。但——你该不会要去那儿吧?”斯蒂夫指指街灯和大卫。后座上,娜嘎低吼一声。

“我要去。至于你,你要去图书馆。你在那儿很安全。要是我这儿能完成,我也会来。”

“什么?你疯了?你知不知道那家伙能……”

“斯蒂夫,听话。”卡萝琳说,“没时间了。我必须去那儿,你不能来。”

“你去那儿?一个人?”

她点头。

“我和你一起去,”他说,“也许我能——”

“斯蒂夫,听着。不是我看不起你,但说到跟大卫打斗,你绝对没有取胜的机会。零。绝对不可能。”

斯蒂夫张嘴想反驳,想起大卫只带了长矛就攻陷了监狱,还让走廊里堆满了武装人员的尸体,于是闭上了嘴巴。过了一会儿,他说:“好—吧。我接受。你有机会?”

“不止机会,我有把握。”

“卡萝琳,除非你比看起来的能打得多……”

“斯蒂夫,”她说,“走吧,快走。我能行。你在reissak里会很安全,有威胁的人都没法靠近那儿。”

“你怎么知道?”

“我就是知道。”犹豫一下,她又说,“很久以前,那儿曾举行过……类似欢迎回家派对一类的宴会。主菜是两头鹿,那就是reissak的触发物。凡是尝过鹿肉的人,都不能靠近图书馆。这个标准几乎排除了所有跟父亲有关的人。你在那儿会很安全。”

“但……”

“走吧。交给我,会顺利的。”

两人大眼瞪小眼许久,斯蒂夫这才说:“好吧,行。不过,要是事情没你计划的那么顺利,怎么办?我是该回来,还是……”

“不。”她的声音不带任何感情,“什么都别做。我有可能会输,确实有可能,几分钟后就能知道结果。要是我一个小时之内还没来,或者你再次见到了大卫,那——什么都别做。去找把枪,轰开自己的脑袋。或者上吊,跳大桥,什么都行。大卫不会复活术,现在还不会。等他学会了,也许早就忘了你了。”

斯蒂夫的嘴巴张成了O形。

“我是认真的。”她说,“没开玩笑,这不是笑话。告诉我,你听懂了。”

过了很久,他用几乎无法察觉的动作点了点头,“嗯。”他说,“好。”连他自己也不知道说的是不是实话。

她微微一笑,长长地吐了口气,“不过,应该不会这么糟。”她平静地开口,带着十足的自信,“我不会让这种事发生。”她看看自己的膝头,突然羞涩起来,“我一直爱着你,斯蒂夫。这一点我想让你知道。”

斯蒂夫眼睛瞪圆了,一头雾水,完全不知该怎么回答。尴尬的片刻过去后,他张开嘴:“卡萝琳,我……”他没说下去。

她有些哀伤地笑了,“趁他们忙着对付我的时候,你和娜嘎就溜过去。”她指指肩后的黑暗,“围墙有缺口,你会找到路的。”

他顺着她的手指看去,什么都没看到。“狗怎么办?”

“什么?不,他们不是问题。”

昨天他们可是该死的大问题啊,他想说,却忍住没开口。现在她身上散发着极度危险的气息,就像脑袋膨胀、不停摆动的眼镜蛇。他说:“你怎么知道？我以为他们是你父亲的……”

“你不会受伤，斯蒂夫。那些狗都听我的。他们一直都是我的手下。”

斯蒂夫盯着她，表情阴沉下来。德累斯顿。“卡萝琳——”

“等下再说。”她的声音平静得让人气愤。

斯蒂夫的眼睛眯了起来。他想着德累斯顿被蜂拥而上的狗群撕咬，埋在底下，却仍然战斗得像个……他感到怒气上涌，却只能压制下去。

“现在我得走了。”卡萝琳说，“该怎么做你明白了？”

斯蒂夫点点头，同时尽力克制，别让脸上显出怒意。

“我等一下会解释，”她说，“真的。”说罢，她看看他。看到的东西显然没让她满意。她皱皱眉，俯身过去亲了他一下。蜻蜓点水的吻，在右颊。没等他反应过来，她就缩了回去，坐在椅子上闭上双眼，吐出深长的气息。接着，她一句话也没说，打开车门，下车，来到车前灯照亮的地方。车灯在她身后拉出长长的影子，遮住了大卫、欧文和玛格丽特。

一瞬间，斯蒂夫怔怔地望着她的身影。

卡萝琳赤着脚，穿着同一套滑稽装束——自行车短裤，毛衣，暖腿套——就像他们第一次见面时那样。衣服已经脏了，还破了洞。卡萝琳的大腿侧面有一条干涸的血痕。斯蒂夫在后视镜里看到，自己和娜嘎也一样，身上染血，神情紧张。后座上的娜嘎正越过斯蒂夫的肩膀朝外望。卡萝琳每走一步，结实紧绷的小腿肌肉都会在车灯的照映下闪亮。

不知怎么回事——他不明白到底是为什么——这幅景象让他想起了转身面对狗群的德累斯顿，想起雄狮身躯中的每条肌肉是如何紧紧绷着，无声地传递着无比强大、愤怒、可怕的意志。

2

大卫已经夺下欧文的手枪，正用手指套着扳机圈旋转耍弄。欧文跪在他身前，挣扎着想起身。大卫用枪抵住欧文的脑袋，说："砰！"然后大笑，把手枪扔进黑暗中。玛格丽特坐在地上，膝上放着总统的头颅，正对它柔声低语。头颅的嘴唇颤动，似在说话。

卡萝琳看不出头颅想说什么。"你好，大卫。"

大卫转身。他从头到脚都浸在血里，大部分血渍已经风干。芭蕾舞裙的蕾丝边变得很硬，像尖刀的利刃般竖着。大卫的皮肤上随处可见星星点点的肉丝，身上的味道闻起来像金属，不过掺杂着一点点腐臭。也有可能是玛格丽特的味道。大卫给了她一个大大的微笑，一如既往的无忧无虑。

"看来今晚过得很充实啊。"卡萝琳说。

玛格丽特哧哧笑了。

"你好，卡萝琳。"大卫回答。他朝玛格丽特挤挤眼，朝欧文脸上揍了一拳。欧文倒地，半昏迷过去。大卫转向卡萝琳，"这么说……是你干的？"

卡萝琳点头。

"我得承认，我吃惊不小。你一直都那么……害羞安静。"

"越安静的人越得当心。"

"我会记住的。父亲死了，对不对？"

她又点头。

大卫的嘴巴咧得更开，露出坚固的褐色牙齿，"你杀了他。"

点头。

大卫仰头大笑，笑声洪亮悠长。“真了不起。”他说，“真是太了不起了。我打赌——”他朝她摇摇手指，“我敢打赌有人读了不属于自己门类的书，啊？啊？”

卡萝琳微笑，耸肩。

大卫又笑，“但愿你当时够小心。这么干可有很大风险。”

“我的确小心。”

“要是你不介意，我想问问你是怎么杀他的？父亲是——曾经是——很厉害的角色。哪怕不算他其余的本事，只论一对一的比武，他可能也是这世上最强的斗士。他跟我说过，他的腿脚已经有点僵硬了，但我却没看出来。我——我本人——也不愿意跟他打斗，至少现在还不愿意。请告诉我你是怎么干的，我真的很想知道。出于专业的好奇，仅此而已。”

“我用了一把刀。”

“一把刀。”他的声音里流露出难以置信。

她点头，“当然还有出其不意。”

大卫身后的柏油路上，欧文动了动，挣扎着撑起来。

大卫的眉毛皱起来，眉间粘着鲜红浓稠的血块。他心不在焉地踢踢欧文，专注地盯着卡萝琳，想知道她有没有撒谎。她知道他有一点心灵感应的本事，虽然没有父亲那么强，但也能看出敌人脑中的思想，尤其在战斗白热化阶段。她原本可以藏起事实，让他摸不着头脑，但她没这么做。

“出其不意。”他慢慢开口，“对，你肯定得出其不意。用了一把刀。”他摇摇头，“真了不起。不管你信不信，要是我，大概也会用刀。对付父亲，只有最简单的武器才有取胜的机会。大多数人都不懂这个道理。”他眯起眼睛，思索着，“我过去也许小看你了，卡萝琳。”

卡萝琳不打算让他沿着这条思路再想下去，“迈克吉利卡迪太太家还有别人逃出来吗？”

欧文已经跪了起来，正慢慢爬开。

“没有！我相当确定，只有我和玛格丽特。以美国人的标准，那些大兵身手不错。如果是老鼠，说不定还能溜出去。大东西就不可能了。哦——对不起，卡萝琳。你和麦可是朋友，对不对？”

卡萝琳感到玛格丽特热切而贪婪的目光落在自己身上。开口时,她很小心,不让声音中带有任何感情:“不,”她说,“不算是。”

玛格丽特皱皱眉,很失望,把注意力转回总统的头颅上。

“那么,我想reissak ayrial也是你设置的喽?”大卫的话听来随意,但骗不了卡萝琳。如果设置reissak的也是她,那就是说,她是单打独斗。只要她一死,图书馆就无人防卫,大卫迟早能想办法进去。接下来,他和玛格丽特可以随心所欲地劫掠父亲的藏书。然后,整个宇宙就会进入黑暗,这种黑暗会让第三纪看起来像是天堂。卡萝琳的眼角余光看到,欧文已经爬到了人行道上。

“对,是我。”

“我想也是。整个计划都是你想出来的,对不对?你大概还指望我和诺布朗加拼个你死我活,对不对?”

“我考虑过这种可能性。”这话不假,但她随后便将其否决,“但他比我预想的死得早。”

欧文摇摇晃晃地捡起空枪,看看它,就像不记得那到底是什么东西。

“那么……你接下来有什么打算?难道指望那些大兵杀了我?那些美国人?杀我?”他微笑,“是这样吗?”

她耸耸肩,“也有可能。他们人多,有枪。你并非刀枪不入,大卫。”

“这倒没错。”大卫微笑,“你也一样。”

“要是我告诉你,我有个提——”

大卫出手了。速度之快,她看都看不清。她的左颊蓦地痛起来,嘴里尝到了鲜血的味道。“——提议。我们可以结盟,大卫。我一直很崇拜你,你知道——”

又是一掌。疼痛加剧,这次是右颊。玛格丽特咯咯笑着。

“——这一点。崇拜你的力量。”她的心冷得像冰。她跪倒下来,脸离他的胯部只有几寸远,“我可以做你的女人,”她说,“心甘情愿。这是我的夙愿。我常偷偷地思念你。我本来想对你表白,但我太害羞。”

她计划的齿轮咔嗒扣进了最后一环。起初,她想也没想就把这办法抛诸脑后,因为它假得太明显。但深入研究后,她慢慢开始认真思考这主意。父亲的笔记对这办法的效果坚信不疑。所有的脚注中都写明,但凡涉及胯部那话儿，男人的理解和反应力都会降低百分之五十到百分之六十。身体距离越近，效果越好。这时，她已经看到了这办法起效的确切证据——大卫芭蕾舞裙里头，有东西蠢蠢欲动。

玛格丽特扬起一边眉毛。欧文已经蹒跚地走进了加里森橡树林，进入了reissak的边界。

他暂时安全了。卡萝琳将全部注意力转向大卫。他看来满腹狐疑，但饶有兴趣。“来，”她说，“我证明给你看。”她伸出手，用尖锐的指甲抚摸他的腿。

大卫浑身腐肉臭味，还有汗的酸臭。她的手伸进大卫的裤裆轻柔摸索，“来，”她说，“来。”大卫脑袋后仰，身体因快感而震颤。

“来了。”她大吼一声，同时，右手上过指甲油的尖利指甲狠狠掐下，一转，用尽全身力气往下一拽。她没能掐掉全部两个睾丸，但其中一个落进了她的手中。他受的训练应该让他能够忍受这一招——在铜牛中被活烤后，他几乎可以忍受任何难以想象的痛苦。但他需要时间来克服睾丸被扯落带来的痛苦。她有几秒钟。

大卫狂吼着盲目挥手打出，想反手掌掴她。卡萝琳屈身避过。她没他速度快，但她每天都在练习这一刻，练了十年。她放开他的胯部，他条件反射地朝后蹦了一步。

“你这肮脏的婊子！”大卫咆哮，声音中却带着钦佩。

关于这一点，父亲的笔记也很清楚：有好几种办法可以让人瞬间失去战斗力，而偷袭胯下不在其中。因为，那种痛苦要等上一两秒钟才能真正降临。

“等等，”她说，“对不起。我是不是做错了？我以为你喜欢玩野的。”大卫瞪着她，带着难以置信的表情……但他听完了整句话。大约四秒钟。

等她说完，他差不多也到了痛苦的最高峰。大卫呻吟起来。

卡萝琳微笑着甩掉手上的血滴，“哦，对不起。”

大卫又咆哮着双手握成拳，朝她靠近一步，一手护着胯部，腰几乎弯成了九十度。

卡萝琳后退，双足发力，朝大门奔去。大卫比谁都快……在正常状态下。但现在，不一定。

不过，她的领先地位不可能保持多久。只要他控制住疼痛，就能赶上她。她朝加里森橡树林大门冲去。只用了十几步，她就进了大门，进了reissak的保护圈。于是，她停了下来，转过身。

地上开始积雪。她赤足的脚印一直延伸到大卫站立的地方。大卫仍然痛得直不起腰。看到他身下的积雪上沾着几滴血迹，她甚是欣慰。

大卫吐出灼热的呼吸。借着街灯的光芒，可以看见气息成了白雾。他直起腰。玛格丽特递上长矛，然后迅速后退，仿佛大卫是烫人的火堆。

大卫低头看着雪上的脚印，从亮处走进阴影中。他的眼中闪着杀意，古老狂野的杀意，就像浑身漆黑的死神让人毛骨悚然的怒视。

“我来找你了，卡萝琳。”

3

大卫缓缓踏入reissak,脸上的表情就像跳进了冰水里。她紧紧盯着他。第一步,他没有流露出任何痛苦。第二步、第三步也没有。到了第四步,他终于轻轻咕噜了一声。

卡萝琳仍然独自站在黑暗里,听到他呻吟,微微笑了。

“在这儿!”她快活地嘲弄道,小心地后退一步,离图书馆又近了一点,“这边!”

大卫沉重的脚步紧逼而来。

大卫比其他人都更有能耐,更能深入reissak。之前他只走了八步,其实还能往前。她知道他有办法压制疼痛,让肉体的伤害最小化,这是他习得的技艺。

尽管如此,亲眼见到他显示出如此强大的力量、如此野蛮残忍的意志,她仍感到敬畏不已。扯睾丸那招之所以成功,除了她打了个冷不防,大概也因为他没认真。但现在,他已经彻底被激怒了,脖子两旁的筋腱根根爆出,就像粗电缆。汗水汇成小溪,从他手臂上流下,流过长矛,从尖端滴落,融进雪里。

她调动起全身力量做好准备。“受够了没?你真该早点转身回去,免得……啊!”话没说完,她一声惊叫,这是吃痛加受惊的本能反应。他动作太快了。她低下头,看到大卫带着倒钩的矛尖穿透了自己的左腿,心中着实恐惧。*他完成了蓄力、掷出、刺穿我的腿这几个动作,我却完全没看见。*

大卫咧嘴笑着,把链条往回拉。卡萝琳的腿支撑不住,仰天倒在了柏油路上。

大卫一点点盘起链条。卡萝琳左腿剧疼。她对抗着链条的拉力，抗不住的时候，就像螃蟹似的跟着链条横走几步，免得粗糙的柏油路磨坏背脊。

“哦，大卫，别这样……”她特地在声音中加上一点颤抖，知道这会让他更兴奋。心中，她冷静得像冰。待到时机成熟，她摸到腿上的矛尖，折断。

她只允许自己发出一声轻轻的痛苦呻吟，随即转身爬开。

“哎呀，你这婊子。”大卫换上新矛尖。转瞬之间，她又被刺穿。这次是在脚上。她这辈子受的任何苦都比不上此刻脚被洞穿的痛苦。她的手指狠狠掐着柏油路面，连指甲都翻了过来——可这点痛，跟脚上的痛苦相比，就像蜡烛和太阳。这种痛苦强烈到就连被大卫拉回身边，她都没察觉。

他的手抓住了她的脚踝，手指上都是厚厚的老茧，握力大得像铁钳。他把她翻过来，仰面朝天。她用指尖发疯地抓挠粗糙的柏油路地面，柏油里夹杂的碎石子磨破了她的肩胛。他们已经相当深入 reissak ayrial，只要再往里几英寸，大卫就会死。

但她动不了。他太强大。

大卫的手在她身上一寸寸上移，捏住了她的膝盖。腿上的骨头在他铁钳般的握力之下断裂。她知道他在找什么——别别别别——他找到了。他的食指伸进矛尖在她腿上刺出的伤口，朝里一按。

和之前许多次一样，在他手指的蹂躏之下，尖叫声已经到了她的喉咙口，又被她压了回去。她赤裸的脚跟在柏油路上踢蹬，把两人往 reissak 里拖。大卫折磨够了她的伤口，手指往上移到了她的锁骨处。在大卫可怕的动作之下，锁骨咔嚓断开。隔着皮肤，声音听不真切。

卡萝琳允许自己发出一声尖叫——只一声。这是必须的，是引诱大卫吞下最后一寸钩子的诱饵。但她没想到，自己也为此付出了代价——尖叫中流露的痛楚有几分出自真心。

这时，他的手捏住了她的喉咙，小指抵在她下巴底下施加压力，其余手指掐紧她的气管，让她没法呼吸。他第一次杀她的时候，就是这么干的。真是美好的昔日。

她的大脑疯狂运转，哗啦啦地翻阅脑中积累的知识宝书，寻找所有可能用得上的东西。她用小手揍他，抓他，戳他的眼睛。

大卫丝毫不为所动。大卫就像一尊石像。

她视野的边角开始蒙上黑翳。*我的计划失败了，大卫要赢了。他会杀了我。最后一次杀我。*她想起十二岁的斯蒂夫，瘦瘦高高，在夏日阳光下微笑。她眼睛后方开出黑色的花朵。

“这才是开始，”大卫朝她耳语，“等我学完了其他门类，我就把你召回来。我们会一再重复这个游戏，每天晚上都来一遍。”

她身后，远远的黑暗中，传来轻轻的金属叩击声。那是计划的齿轮上最后一颗牙齿扣紧到位的声音。闻声，她涣散的精神集中起来，意识再度清醒。

是时候了。

卡萝琳睁开眼睛。因为缺氧，她的视野几乎全蒙上了黑翳，但足够分辨景物。她鼓起全身力量，停止挣扎，朝他微笑，伸出手，用残留的血糊糊的指甲温柔抚摸大卫的酒窝。

在她的抚摸下，大卫脸上的微笑褪去。他开口说话，声音就像从遥远的地方传来：“怎么了？”他厉声问，“怎么了？别碰我！你为啥朝我微笑？”

她无声地动了动嘴唇。

“什么？！”大卫开始狂叫，“到底是什么，你这可怕的疯婊子？！”这是提问，不是反问，他指望她回答——他的手指松开了她的喉咙。

卡萝琳感到大口喘气和咳嗽的冲动，但控制住了自己，只吸进了一点点夜晚的凉爽空气，慢慢吸进肺里，仔细品味着劫后余生的第一口呼吸。等自己彻底平静后，她才开口。

“接下来是……”她唾了一口，细细的血珠喷在他脸上，“……来自东方的……”她把手指从他脸上拿开，被掐坏的嘶哑喉咙里挤出如下字句，“雷霆。”

大卫的脸爆开了花。

4

时间慢了下来。击中大卫的子弹稍微高了一点，打中颧骨上方半英寸左右的位置——小小的瞄准失误。大卫的左半边脸几乎全没了，她能看见里面的脑组织。即便再训练有素，大卫也马上会死，顶多坚持一两拍心跳的时间。

他的眼睛都还健在，耳朵还剩一只。这三样东西有一样就够了。卡萝琳的手握住大卫的后颈，站了起来，查看大卫脑袋上的大洞。她竖起一根手指伸进洞里，用指尖极为轻柔地触碰脑组织深处的某个地方，触碰之下，小小的火花亮起。然后，心跳第二拍的时候，她靠了过去，在大卫耳边轻声说出以下几个字。很久很久以前，当父亲召唤第四纪的第一个黎明时，便是如此在米拉义妮耳边细语。

大卫听到的是：

……时间……

……停止。

随后，卡萝琳瘫在了柏油路上，街灯下，她呼出团团白雾。她微微一笑，无力再做其他庆祝。*我成功了，我真的成功了。*但她没有胜利的喜悦，哪怕连轻松都没有。她只觉得麻木。

好在是让人愉悦的麻木。

置身于时间之外有个副作用：大卫的身体失去了重量。她稍稍一碰就推开了他，他僵直的身体飘在夜晚的空气中，微微上下浮动，就像漏气的气球。

卡萝琳听到身后响起脚步声。“你好，欧文。”她哑着嗓子打了招呼，坐起来,咳嗽几声,双臂环抱膝盖,“能帮我站起来吗?”

“呃……”欧文嘴唇破裂肿胀,回答道,“我不敢说,可以试试。”他一跛一跛地加快了速度,左手捂着腿上流血的伤口,右手拿着HK手枪。就是这把枪击中了大卫,枪口还冒着青烟。

欧文朝卡萝琳伸出一只粗壮的手,卡萝琳握住。欧文轻轻一用力,就把她拉了起来。

“他怎么搞的?”欧文用手指戳戳大卫。大卫此时浮在离地面一两英尺的地方,被欧文一戳,身体便不停地转动起来。

“别碰他,”她说,“让我先来检查一下,行吗?”

欧文看看她,耸耸肩,退后一步。

她伸手停下大卫不断翻滚的身体,把他拉过来,查看伤口。伤口无疑是致命的,就算是大卫也一样。整个左半边脑袋都轰没了。“好枪法,”她说,“几乎可以说完美。”她瞥了一眼欧文,“角度偏了点,不过是我的错。我们本该跟你成七度夹角,实际却变成了九度。腿上被长矛刺出的洞太疼,很难专心。”

“嗯,”欧文一字一顿地应道,“我猜是这样。你怎么知道我会……”

“美军退伍指挥军士长欧文·查尔斯·莱芬顿,生于1965年4月8日,从前隶属八十二空降师,之前还在美军射击队待过两年。你上次失手没中是什么时候,欧文?”

“你是说今晚之前?”卡萝琳和斯蒂夫抵达之前,大卫曾耍弄欧文,任由他向自己开枪,一直到子弹用尽。“具体多久想不起来,”他说,“很久了。”

“别对自己太苛刻。今晚早先时候你是打不中他的。那时候没人能打中。过来,让我看看你的腿。”她蹲下身,察看欧文大腿上的割伤,“没大碍,动脉没破。看来他打算跟你多玩一会儿。”卡萝琳仰面躺在地上,说:“抱歉我来晚了。我得等到你没子弹了才能出现。这样,他才不会当你是威胁。”

“没错。只要理由充足,咱不在乎受点伤。”欧文唾了一口,“那家伙是个十足的混蛋。”

“混蛋到你想象不到的地步。”卡萝琳闭上眼睛,振作精神。我成功了,她又想到,我真的成功了。

“他为什么这么轻飘飘地浮着?”欧文的声音仿佛从远处传来。

“我也想问这个问题。”斯蒂夫回答。他和娜嘎从图书馆的方向走来。

“该死的!斯蒂夫!”卡萝琳说,“你就不能好好听话吗?”

斯蒂夫快活地笑了,“你又不是我老板。”

“我没想……”她截住话头,辩解也没用,“至于为什么浮着,那是我干的。”

“嗯,”欧文说,“我想也是。我要问的是,怎么干的?”

“我把他放到时间之外去了。”

“什么?”

“我更改了他体内的某些物理常量。对他来说,时间永远静止。”她咳了几声,往雪地上吐口血,“大卫不会下落的原因是,你知道,下落也是一种过程。时间一旦静止,也就不会有过程了,对不对?”

欧文思索着她的话,而后决定暂时搁置,以后再想。

“行,好吧。为什么?”

“什么为什么?”

“你为什么,呃,这么做?再过一两秒钟,他就会死了,我想。”

卡萝琳点点头,“对,他的确会死。所以我才这么做。”

“我不明白。”

“你死过吗?”

欧文看了她一眼,“这倒没有。”

“我死过,死过好几次。死没你想的那么可怕。对他来说,死亡的惩罚远远不够。”

“但这样就够了?”

“不确定,但他会觉得这比死更可怕。这就行了。”

“什么意思?”

“大卫死过很多回,这是他接受的训练的一部分。次数没玛格丽特那么多,但也足够让他习惯死亡。几年前,我偶然听到他和玛格丽特在讨论这事。那时候,玛格丽特已经把死亡当成了家常便饭——就连晚餐开饭迟了她都会自杀。但死亡仍有让她难受的地方。不是痛苦,他俩都有办法忍耐痛苦。我们所有人都能忍耐。她讨厌的是对死亡的认识。”

卡萝琳顿了顿，“这是我的转述，不是她的原话。她是怎么说的来着？她说，即便现在，她的脚底，还有胃部，都能感觉到这一点。当身体受了致命伤，已经没法挽救的时候，身体会知道。你能想出的每种死法玛格丽特都试过，但她仍说这一点最让她难受。大卫也表示同意。”

卡萝琳的微笑变得冷酷可怕，“大卫现在就处在这一状态——他的脚跟和胃部都知道自己要死了。wazin nyata——最后的希望破灭的时刻。他将永远停留在这一时刻。”

“他把你惹毛了，啊？”

“对，有一点。斯蒂夫，有烟吗？”

“你在做……那什么……冻住他之前，还碰了碰他，”欧文说，“就在伤口里面。为什么？”

斯蒂夫递给她一支万宝路，自己也点上一支。

“你看见了？对，我用静电轻轻电了他一下，就在顶岛叶部位。”

“什么部位？”斯蒂夫问。

“大脑的痛觉中心。”欧文回答。

“没错。电压不高，跟脚底摩擦地毯后、手接触门把手产生的静电差不多。不过，当时他的整个大脑结构都暴露在我眼皮底下，也不需要很高的电压。”

“他们做过实验，”欧文说，“切尼[1]手下那帮人，想研究该给本·拉登什么样的惩罚。有小道消息说，如果给某人来上这么一下电击，那感觉就是——不仅是你受过的所有痛苦的总和，而且是你可能感受到的所有痛苦的总和。一下全都出现。”

“对。”

“你就在这时候冻住了他？就在这一刻？”斯蒂夫想了想，低声吹了记口哨，“为什么？”

卡萝琳想起那一天，雨水变暖，嘴里尝到咸咸的金属味。艾莎的血。“因为wazin nyata还不够，对他的惩罚还不够。而这个……我相信，这是有史以来在人类身上发生过的最可怕的事情。也许，这也是可能发生的

①美国副总统，在位时间2001–2009年。

最可怕的事，几乎算得上可怕的理论极限。绝望、加上无法想象的剧痛。”她说，“没有丝毫安慰，绝对无穷无尽。”

“哎呀呀。”欧文说，“这可够受的。”

卡萝琳微微一笑，“谢谢，欧文。从你嘴里说出这话，意义重大。”她朝夜空喷了口烟，“我本想把他刺穿在自己的长矛上，或者钉在书桌上再做这些，但我想不出办法，只能这样了。”她用外科大夫的眼光查看一下大卫，眼中的憎恨深不见底，“我觉得这样够好了。嗯，已经开始起效了。”

“什么开始起效了？”

“看看他的眼睛，告诉我你看到了什么。”

斯蒂夫和欧文凑上前。“眼睛变黑了。”斯蒂夫说，“我不是说他被揍出个黑眼圈什么的，他的眼白变黑了。而且……是不是还在发光？”

“对。”她也看见了，“是的。不过也可能是街灯的反光。”她把大卫翻过来，面对着自己。

天已经很黑了——没有月亮，没有星星。落在她身上的雪花没有融化。卡萝琳的眉毛藏在阴影里。她抽了口烟，漆黑如深潭的双眸中映出两点橘色火光。“叫呀，”她说，“叫叫看。要是你叫给我听，我就住手。”她开始微笑，“要是你叫给我听，我就放你走。一……二……不叫？”

5

斯蒂夫和欧文都用古怪的眼光瞧着她。而且，大卫也听不见。她垂下手掌。再次开口的时候，她尽量让自己的声音恢复正常。“对，恰到好处，我的时机算得准极了。”

娜嘎嗅嗅大卫，高声吼叫。

“你最近喂过这狮子没？”欧文问。

“她没事。”斯蒂夫拍拍娜嘎的背，娜嘎蹭蹭斯蒂夫的胯部，“她是个大宝贝儿。对不对，姑娘？”

卡萝琳笑笑，用赤裸的脚掌踩灭万宝路烟头。“还有吗？”

斯蒂夫从盒子里又摸出烟来，两人点上。斯蒂夫又把烟盒递给欧文。

欧文挥挥手，没接。“这玩意儿会害死人的。”他往嘴里填了点烟叶。

“那么……到底怎么回事？”斯蒂夫问，“我错过了什么？”

“嗯，简单来说，那混蛋快把她掐死的时候，我给他来了一枪。”欧文说，“在脸上。”

“顺便说一句，谢谢。”卡萝琳说。

斯蒂夫眉头皱起，“怎么可能？我们停车的时候，你已经没子弹了。”

“对，我自己也奇怪。”欧文说，“这真是最他妈古怪的事儿。你俩出现了，大个子就放我走。我被揍得没力气还手，本打算撤到房子那儿——”他指指这条街上唯一亮灯的房子，“呼叫增援。新兵受训的时候，教官们让我们牢牢记住一条：永远别把武器留在战场上。为这个，我也曾把许多新兵蛋子揍得叫娘。所以，撤的时候我带上了手枪，就算枪里没子弹也一样。这是条件反射。

“接着，就在我绕着街灯兜圈子的时候，碰巧往地下看了一眼。人行道阴沟前面竟然躺着满满一匣子弹！不算干净，但我用衬衫擦了擦，完全能用。简直没法相信，就像魔法。”

“世上没有魔法这东西。”卡萝琳闭着眼睛，微笑着从鼻孔里喷出两股烟柱。

斯蒂夫看着她，“我打赌，我知道这匣子弹是从哪儿来的。我能看看吗？”

欧文拿出枪，但没递给他。

“我那天出来慢跑的时候，拿的是不是这把枪？”斯蒂夫问，“然后你又给了欧文？”

“对，没错。”卡萝琳回答。

“那么，你找到的那匣子弹肯定就是狗群扑我的时候，我掉在地上的。”

“哎！肯定是！”卡萝琳大笑，“想想多巧！”

两个男人都盯着她看。“这么说……”斯蒂夫一字一顿，“难道都是你设计好的？我掉了弹匣，就在欧文能捡到的地方？而且正好凑巧在大卫抓住你的那一刻？”

“对，”卡萝琳睁开眼睛，就像黑夜中亮起探照灯，“没错，都是我设计的。”

“为什么？”

“因为大卫是个混蛋。”

“不，我是问，为什么弄得这么麻烦？你不能直接……”

“不可能‘直接’。”卡萝琳在飘浮的大卫旁边走动，边走边查验这具躯体，“用来对付大卫绝对不行。他太厉害了。在自己的门类里，他无疑是造诣最高的。有一次，我见过他杀了一百个以色列士兵——武装士兵——只用一根长矛。对他来说，这不过是练习，是训练的一部分。要是不采取措施，他能听见你思考。如果堂堂正正地对战，地球上没人能胜过他。

“可在这儿，在reissak里面……”

“什么里面？”欧文问。

“reissak ayial，”斯蒂夫插嘴道，“一种周界防御系统，非常先进！”

欧文看了他一眼。

“不过跟微波没关系。微波这事是瞎扯。”

“你还真是个聪明孩子，是不是？”

斯蒂夫谦虚地点点头，蹭蹭脚下的尘土，就像约翰·韦恩[1]跟漂亮的女教师聊天时的模样。“对。”

“那，你就不能——”

“派部队来，也许？一大群没用的职业大兵，大块头肌肉男，训练有素，扛着一大堆枪？也许——只是也许——我可以想出办法，让三角洲部队出动。他们肯定能打赢，哈？”她夸张地嗅了嗅空气，微风中仍留着一丝直升机坠毁燃烧后的机油味儿，“哎呀，等等……”她大笑起来。

“好吧，”欧文说，“可你怎么知道我会……”

“你喜欢国土安全部这份工作吗？我打赌肯定有意思，正好能发挥你的专长。”

“嗯……”

“你怎么会去那儿工作的？”

“也是碰巧，”欧文说，“我刚好出去吃午饭，就——”

“——就碰到了你的老朋友？一个高中同学？难道真是碰巧？纯属运气好？”

欧文没应声，看着她，眼中渐渐若有所悟。

斯蒂夫也明白了，“老天爷。”

“这事我已经盘算了很久。”卡萝琳说，“我喜欢提前做好计划，这是我的专长。见没见过台球高手耍的小把戏？让白色母球跳起来向后滚之类的？这就是我要的把戏。”

“你在流血呢。”斯蒂夫说。他的声音中有着真心的关切。

卡萝琳低头一看，大腿上的伤口正往下滴血——并非喷射状出血，所以应该没伤及动脉，但也不容小视。“哦，对了，受伤。斯蒂夫，能帮我跑个腿，拿点东西吗？”

“当然。你要什么？”

①美国西部片明星。

“我得把腿包扎起来。欧文也一样。还记得我在白房子客厅留给你的一堆补给品吗?”

“嗯,记得。”

“里头有个系绳子的大帆布包,把包拿来,再拿点绷带,越多越好。如果有剩的,压力绷带最好。”

“好嘞。”说完,斯蒂夫走开去。

“欧文,能给我一根鞋带吗?”

“呃……行,要就给你。”他脱下锐步鞋,抽出一根鞋带,递给她,“要这个干吗?”

她把鞋带一端系在大卫毛茸茸的大脚趾上,另一端系在一只邮箱上。“我们还有事要办,我可不希望他飘没了。”

6

卡萝琳的医疗技术没詹妮弗那么高明，好在他们的伤口不算太深。她先往自己的腿脚伤口里填了点灰色的粉末，又往里倒了点水。她替欧文治伤的当口，这些灰色粉末已经结团成了新鲜的粉色血肉。

三人在住宅区大门口找到了玛格丽特，她还在摆弄总统的头颅。

“你杀了大卫。”玛格丽特头也没抬，“你怎么可能杀了大卫?”

“确切地说，我没杀他。”卡萝琳体内涌起残忍的杀意，胜利的自豪……同时也提高了警惕，很难判断玛格丽特脑中在想些什么，“死太便宜他了。我给了他更痛苦的惩罚。”

“比被遗忘之地还痛苦?”

卡萝琳的微笑中沾着血，“痛苦得多。”

玛格丽特抬起头，第一次表示了兴趣。“真的?”她专注地研究卡萝琳的脸，“是真的。你真这么做了。原来你也这么恐怖，我才知道。”她笑了，“我们是姐妹。”接着，她对头颅说，“大卫说她可能在读自己门类之外的书，但我根—本—不相信。她一直都那么温和无害，害羞安静。”最后八个字，她说一个，戳一下总统的面颊。头颅想呻吟，苦于吸不进空气，发不出声音。

玛格丽特替他呻吟一声，同时在黑暗中前后摆头。突然，她想起了一件事。“父亲会不高兴的。”她让头颅撅起下唇。

“父亲也不在了。我杀了他。”

“他会回来的。他每次都会回来。”

“这次不会。”

玛格丽特颤抖了一下，轻声问："你终结了父亲？永远终结？"

卡萝琳似乎看到，玛格丽特脸上有最微弱的表情一闪而过。似乎是希望？没法确定。"对。他走了。"

"不会再回来了？"

"不会。"

"哦。"微弱的表情又闪过一次，难以分辨，"我相信你。"她低头看看头颅，又抬头眨眨眼，好像又想起了什么，"那你不仅恐怖，而且还是死亡。对不对？"她认真注视着卡萝琳，期待回答。

卡萝琳眨眨眼睛，"我想也可以这么说。"

"那你就是我的女主人。"她把总统的头颅放在地上，站起身，行个屈膝礼，"您打算怎样处置我，夫人？"

卡萝琳虽然考虑过跟玛格丽特打交道的多种可能性，却绝没料到这一种。"只有一件事要办。"她看看欧文，点点头。欧文举起手枪。

"哦。"玛格丽特顿显无聊，"你要送我回家？"

"对。"

"唔。"她顿了顿，"我能提一个要求吗，夫人？一个请求？拜托！"

卡萝琳此刻心情很好。她碰碰欧文的肩膀，用英语说："等等。"接着，用佩拉匹语对玛格丽特说："当然可以。"

"你记得大卫的死法吗？第一次那时候！"

"对。但，玛格丽特，我不能……"

"我想用那种办法回家。用铜牛，用大卫的办法。"

卡萝琳眯起眼睛看着她，仿佛不相信自己听到的话。"你能再说一遍吗？"

"我想被放进铜牛里活烤。父亲说过，那是我的最后一课。我想我已经准备好了。"

"玛格丽特，你到底为什么会想要这个？"

"你不明白？"她听来很失望。

"是，真不明白。"

"大卫也一直不明白。我想听到他的声音，可……他不理解。他不理解我已经很久了。但你和我是姐妹，所以说不定……"玛格丽特皱皱眉，思索着该如何表达,“我在很远的地方。离你们很远,离我自己也很远。我已经在外围的黑暗里了。”她乞求地眨眨眼睛,“我已经在外流浪了太久。我说的这些你可明白?”

卡萝琳轻轻点头,“明白。”

“我常常想起铜牛。你想过吗?”

“有时候。”

“你还记得铜牛发光的样子吗?大火之上,月亮底下,铜牛通体透着橘红光芒,而大卫在里头歌唱?”

卡萝琳嘴里发干,“我记得。”

“要是有人为我也点上这么一把火……我觉得自己也许能感受到——哪怕在外围黑暗里也能感受到。而且……要是火光够亮,烧的时间够长,说不定我还能跟着它回来。”玛格丽特,才约莫三十岁,却苍白可怖。说到这里,她露出渴望的微笑。“回到我自己身上。甚至,这也许还能让我唱出歌来——我想,我还剩下最后一支歌没能唱出来。”她看着卡萝琳,眼中跳跃着希望的微光,“我就这么一个请求。你能考虑一下吗?也许?”

“嗯,”卡萝琳回答,“也许。”

“你答应了?”

两人注视着彼此。蛆虫在玛格丽特的头发里蠕动。*我们还是孩子的时候,玛格丽特的玩具最好。*卡萝琳想,*漂亮的小洋娃娃,有时候还借给我玩儿。*“对。如果你真想要的话。”接着,她用英语说,“欧文,把枪收起来。我们有新计划了。玛格丽特提出了最后的请求。”

“不用我开枪了?”

“不用。吃枪子儿对她来说显然还不够疯狂。”

欧文太阳穴的肌肉跳了几下,“那什么才够?”

“说着麻烦,还是做给你看简单。那边的车库里应该有辆手推车,你和斯蒂夫能不能推过来?再从后面的柴堆里拿些柴火,我们山顶上见。”

欧文看看她,说:“好吧。”说罢,他让滑套复位,扣上保险。犹豫了一会儿,他把枪递给卡萝琳,手柄朝她,“要不要借用?”

这时的玛格丽特就像站在糖果柜台前的小孩子,兴奋得踮着脚蹦上蹦下。

“谢谢,我想我用不上。”

活死人每隔几天就会擦拭铜牛。所以,即便只有远处街灯的微光,铜牛仍被映得通体发亮。

十五分钟后,欧文大汗淋漓地把手推车搬上最后几级嵌在峭壁上的枕木台阶。车里装满了带疤节的干燥松木,沾满了黏黏的松脂。他把手推车停在铜牛旁边,用手背擦擦前额的汗水,屈起指关节敲敲铜牛。“这是什么东西?”

“这个,”卡萝琳说,“是全世界最猛的烧烤架。”

玛格丽特没有干站着等待,早已开始自己背柴,小小的身体被重负压得弯了下去。她一次背两根,放到铜牛底下,仔细码好。看见欧文带来这么多柴火,她笑逐颜开。

“我们要野炊吗?”欧文的声音中含着狐疑,还有……别的什么。

他的话让卡萝琳想起响尾蛇身上的菱形花纹,虽然被秋天的落叶掩住,但仍隐约可见。她考虑该不该把欧文打发走。他不是大卫,但也不好对付。“不是野炊。这是……我们的习俗,就像仪式。”

欧文的右手移到左肩,摸了几下。她知道那儿烙着个“4”字。在阿富汗,欧文部队的每个战士都烙了编号。他能理解仪式意味着什么。

玛格丽特放下手中的柴捆,朝欧文贪婪地微笑一下,又从手推车中抽出一根。

欧文想了想,“嗯,好吧。要帮忙吗?”

“当然,最好不过了。”

四人有节奏地干起活来。斯蒂夫和欧文装车,欧文把车推过来,把柴火倒在地上。卡萝琳本想帮着玛格丽特堆柴,但玛格丽特显然自有打算,知道该怎么堆才最理想,不断拍开卡萝琳的手。

过了二十分钟左右,玛格丽特退后一步,看看柴堆。“够了。”

“玛格丽特,你真要……”

“对。再高的话,结束得就太快了。”玛格丽特握住铜牛肚子上的门把手,想打开。但她个子太小,用力到脖子上筋腱爆出,也才打开了几英寸。卡萝琳走过去帮忙。两人一同把门掀了过去，厚厚的铜门哐啷一声砸在牛背上。“你确定真想这么做？”

“太想了。”她听来急不可待。

卡萝琳用英语对欧文说：“你能帮她一下吗？”

“什么？”

“仪式的一部分。”

“啊哈。”欧文狐疑地眯眼看看卡萝琳，又看看玛格丽特。玛格丽特点点头，兴奋地踮脚晃着。欧文跪下来，用手替玛格丽特搭了个梯子，帮她爬进了铜牛。

“我不明白。”斯蒂夫说。

“我也不明白，不太明白。但她就想要这么做。”

在油腻腻黑漆漆的铜牛肚子里，玛格丽特的眼睛又圆又亮——兴奋，却又不敢让自己抱太大希望。

“她从前不是这样的。”卡萝琳说，“我们小时候，她……她有个很大的娃娃屋。有时候我们会一起玩儿。”她叹了口气，“你俩谁能跟我一起把门关上？”

“你在做什么？”虽然是提问，但欧文已经明白了。他是美国人，却不傻。

“看起来像做什么？帮我一把。”

“呀，不。我不能让你这么做。”欧文说。

卡萝琳恼火地叹了口气。也许斯蒂夫能帮忙？算了，自己推吧，能行。

“你想杀了她，可以，我来开枪。但你不能烧死她。烧死人是不对的。”欧文瞪着卡萝琳，“你这样的聪明女士该知道这点。”

“这次我站在欧文这边。”斯蒂夫说。

卡萝琳皱皱眉，用指甲敲敲牙齿。“你俩不想干这事，没关系，我不怪你们。帮我关上门就行，然后到大门口等我。”

“我不能让你这么做。”欧文说。

卡萝琳转向他，轻声解释，好像欧文是个小孩子，“欧文……这不是谈判，没有‘不让’的余地。你到底帮不帮忙？”

欧文没动。

卡萝琳翻翻白眼，转回铜牛，使出全身力气搬动盖子，手臂肌肉发抖。还没过一半她就撑不住了，门哐啷一声落回了牛背，声音震耳欲聋，就像敲响铜锣，传遍了整个加里森橡树林。有街坊开门出来看究竟了。卡萝琳听到一个活死人大喊道："你们这些臭狗！别去翻垃圾桶！"声音十分紧张。

卡萝琳身后传来轻轻的咔嗒声，欧文用拇指按开了手枪的保险。"我不能让你这么做。"他重复道。

她听到低沉的隆隆声，虽然还远，但正迅速接近。"把枪放下，欧文。"

"我的想法是，'不行'。"欧文说。

娜嘎看看天空，咆哮起来。住宅区街上，不但活死人出来了，连狗也来了。听到娜嘎的咆哮，几只狗已吠了起来。有个活死人大叫："来——呀，猫咪猫咪！"

漆黑寂静的夜空蓦地白亮喧闹起来。一架直升机，飞得很低，越过山脊线。直升机打着探照灯，发出炽热的白光。机身侧面伸出短翼，挂着炸弹、导弹和机炮。

"这是什么?"卡萝琳大声喊道，以盖过飞机的嘈杂。

"AH 64，"欧文回答，"阿帕奇武装直升机。"

稍后，第二架直升机也出现在夜空中。两架飞机在铜牛空地上方盘旋，探照灯亮如白昼，螺旋桨卷起了松针、尘土、落叶和小枝。灯光刺得人眼睛生疼。

玛格丽特从铜牛里往外瞧，看到底是怎么回事。她说了句话，但声音太轻，卡萝琳没听见。然后，她又缩回了牛肚子。

"他们在干吗?"斯蒂夫问。

一架直升机装了高音喇叭，开始朝他们喊话："放下你们的武器，放下你们的武器，离开那条狗！"

娜嘎又咆哮一声。斯蒂夫拍拍她的肩。"她不是狗！"娜嘎用肩膀蹭蹭斯蒂夫的腰，优雅地甩甩尾巴。卡萝琳笑了。他俩关系真好。

"我估计他们是来找我的。"欧文放下手枪，对飞行员挥挥手，朝卡萝琳大吼道（为了盖过螺旋桨的嘈杂声）："直升机上装了M230链式机炮，子弹口径有整整三十毫米。”他用手指比画着大小，“我见过有人被这种机炮打中胸口，最后只剩下两条腿。”

“跟他们说走开。”卡萝琳回答。

“没法说。没无线电，而且他们也不会听。”

“你想让我动手吗？”

斯蒂夫碰碰欧文的肩膀，“欧文，我觉得你还是应该……”

欧文摇摇头，“我真的没办法。”

“好吧，”卡萝琳说，“那就这样。”她转身面对住宅区，不知对谁轻声说道：“Orlat keh talatti.”

“你说什么？”斯蒂夫喊道。

“发射，保卫。”

7

起先,没有动静。

接着,加里森橡树林的黑暗深处传来响动……是什么?有东西过来了。斯蒂夫打了个寒战,可怕的东西。哪怕在直升机螺旋桨的噪音下,他也能听到那声音。起先很低,慢慢增强:指甲猛地划过木头的尖锐低音,哗啷啷玻璃破碎的声音,粗粗的松树枝断裂的声音。

街灯的光很微弱,而天上自然也不会有月亮。即便如此,眯眼沿着街道望去,远处的阴影中仍能清晰地看到有东西在动。不管动的是什么,块头都不小。他感到身旁有动静,便转头看看欧文——他也看见了。

欧文眯起眼睛,眼角的细纹明显加深。他转向带高音喇叭的直升机,朝它挥挥手,"快走!他妈的快离开这儿!"

"闭上眼睛。"卡萝琳对斯蒂夫说。

"什么?"

直升机没理欧文。欧文改用更复杂的手势语:"快走,免得她——"

"斯蒂夫,闭上眼睛。"

话虽如此,还没等他闭眼,她就站到他身后,伸手捂住他的眼睛。一瞬间,闪光亮起,就像足球场那么大的闪光灯咔嚓一下亮过。

"呀,妈的,"欧文说,"我瞎了。"

"是暂时的,"卡萝琳说,"目标不是你。过几分钟就没事了。"

直升机螺旋桨的转动频率顿时提高,引擎听来简直像在疯转尖叫。

"他们要走了?"斯蒂夫问道。声音太轻,只有他自己听得见。

"你刚才说什么?"

“只是暂时的。”卡萝琳回答。

“你说什么？太吵了，我听不明白。”

打在三人身上的探照灯晃动了一下，随即离开了他们。斯蒂夫眨眨眼睛，抬头看看阿帕奇。阿帕奇偏向一侧，似乎接到了什么紧急命令。直升机随即毫不犹豫地以专业的姿态直指地面，开始加速——速度可真惊人——一头撞在一百米开外的街上。即便隔这么远，飞机坠毁的火球仍旧烫得惊人。

“妈的！”斯蒂夫说。

“呀，该死的。”欧文说，“我没看错吧？”

片刻后，另一架直升机也做出了同样的举动：直指地面，猛然加速，干脆利落地以专业姿态坠毁。在火球的映照下，斯蒂夫认出了他那天早晨慢跑时经过的悬崖。火球的热量使冰冷的夜暖和得让人不自在。没有了螺旋桨的轧轧声，终于又能用正常音量对话了。

“我说，这只是暂时的。”

“什么是暂时的？”斯蒂夫问。

“欧文的眼盲。这只是种手段。信号是量身定制的——只有敌人会死，但其他人都会眼盲。”

“量身定制？”斯蒂夫问，“什么意思？”

“意思就是‘专门为某人做的’。”欧文解释。

“什么信号？”

“就是你看到的光。那是一种防御机制，它会经由视神经传递入大脑，激活奴隶神经。”

“什么？”

“奴隶神经，让人听话的神经。刚才的光亮激活了这些神经。一旦奴隶神经成为思维结构的一部分，一个人就会不折不扣地按命令行事。就像那些银行出纳。”欧文说。

我根本没想到，斯蒂夫想。听他一说，倒的确如此。这个欧文可真聪明。

“一点没错。”

“给这些飞行员的命令是什么？”斯蒂夫问。

“干脆利落地自杀。尽量无痛，立即执行。”卡萝琳顿了顿，“怕你介意，我先说明，他们大概没受什么罪。我听说整个过程还挺愉快。”

斯蒂夫很反感。奴隶神经？“耶稣啊，卡萝琳。那些人只是在执行任务。我是说，他们很可能也有家庭，有孩子，还有……”

她耸耸肩，“这是他们自己的选择。”

“卡萝琳，他们——”

“他们自己选择了与人为敌的职业，变成危险的人物。”她回答，“那就得冒风险，随时可能遇上比自己厉害的高手。”

欧文的嘴唇咧开，露出两排牙齿，就像凶相毕露的猩猩。卡萝琳盯着他，像希腊神话中可怕的女妖斯芬克斯。

斯蒂夫夹在两人当中。*危险人物，一点不假。*“嗨，”他说，“那是什么？”

“什么？”

“那边有东西在动，在天上。我看到它挡住了城里的灯光，但我分辨不出到底是什么。”他转向卡萝琳，“会不会是……呃，你的母舰什么的？”

她没理他，“你的眼睛好些没？”

“嗯，好一点了。”欧文说，“我觉得她不是外星人，孩子。”

“好，再过几分钟就该全好了。斯蒂夫，回山下去。我过几分钟就来跟你会合。”

斯蒂夫不安地瞥了一眼铜牛，“卡萝琳，我真觉得你不该……”

“快走吧，斯蒂夫。我知道你不明白，但这是玛格丽特的心愿，我得满足她。”接着，她柔声说，“但那场面你还是别看的好。去山脚下等我，我这就来。”

“欧文呢？”

“他过一个小时就没事了。”

“我们会去哪儿？”

“回家。”

8

“来呀，娜嘎。”斯蒂夫转身背对欧文和卡萝琳，沿着台阶走下去。回到78号公路后，他朝燃烧的直升机走了几步，想找找有没有幸存者。可即使隔这么远，火焰的热量也烤卷了他手臂上的汗毛。不可能有人幸存。他被熊熊烈火迷住，又走近了几步——突然，他听到一连串爆炸声。砰！砰—砰—砰！

弹药被火烤炸了。“哎呀，妈的！”

他转身就逃，弯下腰，躲到加里森橡树林的路牌后面，背脊紧贴着装饰石柱，把石柱当掩体。小区里有几个人在游荡，还有几条狗。没人注意他。

几分钟后，从山顶上传来敲锣般响亮的哐当声。看来卡萝琳总算想办法关上了铜牛的盖子。他好奇难耐，竭力止住颤抖，站起身朝山顶望去。山顶上新燃了一堆火，比直升机的大火小些。卡萝琳正朝他走来，黄色的火焰勾勒出她的轮廓。

她身边没别人。

“你干了什么？”卡萝琳走近后，斯蒂夫问道，“你是不是……”

她摇摇头，“好了，没事了。来吧。”她一步也没停，径直走过他身边。小区里漆黑一片，只几步，她就走进了阴影里。

“欧文呢？”

“他不肯来。他要跟自己人在一起。快来，斯蒂夫。”

斯蒂夫最后看了一眼山顶。新燃起的第三团火越烧越旺，俨然已有熊熊大火的架势。他想起玛格丽特苍白的手，摸着漆黑的铜牛肚子，不禁打了个寒战。接着,他又想到,燃烧的直升机是很好的路障,至少直到天明,这儿都不会有人来。只剩我俩了。

某种程度上这话不错,但他们并非唯一活动的生物。活死人都出来了,足有几十个,也许几百个,男男女女,大人孩子。他们穿着几十年前的旧衣服:涤纶,旧牛仔衣,佩斯利漩涡纹衬衫。有个孩子还拿着雅达利的游戏控制杆,连接控制杆的电线松松地垂在他赤裸的脏脚中间。电线像是被嚼过。他看看斯蒂夫,说了句“星际开拓者[1]”。

“一点没错。”斯蒂夫小跑几步,追上卡萝琳。身边的娜嘎让他深感安慰。卡萝琳解开拴着大卫的鞋带。斯蒂夫看到,大卫眼中的黑暗已经开始扩大,占据了约两英尺见方的身体,包括整个脑袋,还有胸膛的大部分。

“别怕,”卡萝琳指指街上游荡的人,“他们不会伤害我们。”

“哦,好。”斯蒂夫不怎么相信。

他们身后的篝火开始映照天空,亮得惊人。活死人站在街上看着,面孔映着黄色的火光。有些人的面颊上淌着眼泪。起先他以为他们在哀悼——也许为了玛格丽特?难道她是他们亲爱的领袖?接着他又看到很多人在微笑。也许是欢喜的眼泪?就像婚礼上那样?“嗨,卡萝琳,这些人为什么这么激动?”

“因为火。在这儿,火有特别的意义。”

“哦。”

斯蒂夫还看到了狗,甚至认出了袭击过他的那几只。狗似乎不记得他了,也可能对他不屑一顾。它们就像无主的野狗,在人群中自由穿梭。街上还有其他动物—— 一只狐狸,一只看起来像野猫的动物(也可能是山猫),还有——“妈的!”

“怎么了?”

“那是老虎吗?”

“对。别担心,他不会伤害你。他是哨兵的一员。”

“听到了没?叫我们别担心呢。”他和娜嘎互望一眼,“老虎旁边的又是什么?”

“那是未来的动物。别担心,斯蒂夫。”

①Star Blazer,1979-1984年的美国动画片,根据日本《宇宙战舰大和号》改编。

动物、人群和……其他东西……游荡在街上和草坪上。只要卡萝琳走近，他们就会自动让开路。有几个活死人朝她伸出手，用指尖触摸她，同时还喃喃自语，不断低声重复某个单词。斯蒂夫听不懂这种语言。

“他们一直在叫你什么？”

“Sehlani.”

“什么意思？”

“用英语说不好。字面意思是‘首席图书馆员’，但内涵不对。”她做个鬼脸，“这是他们从前对父亲的称呼。”

“哦。”

最后，他们终于站到了伍德米尔222号的门前。应该说，伍德米尔222号残垣的门前。斯蒂夫想，这就是图书馆，我们走了多长多苦的路才到。他上下打量着这座建筑。不管那种所谓“发射、保卫”的东西是什么，它可真把这地方毁得够厉害的。砖砌的正墙还在，但整座建筑也就剩这一点了。侧墙和后墙都已倾颓倒塌，只有正墙像戏台布景似地兀自立着，其后只有断砖碎石。

“就这么点？”斯蒂夫有点失望。就算没倒，图书馆也着实不起眼：小小的砖砌建筑，门口竖着四根圆柱，墙上嵌着几扇窗户。

就在这时，他抬头看见几百米高的夜空中，有个巨大黑暗的东西呼地飞过，带起的风吹在他的脸颊上。他蓦地不安起来，“我们要去那东西里面？”

“差不多。确切地说，不是那里面。上面那东西不过是个投影。真正的图书馆在，嗯，很远的地方。这儿的门不过是个通道。”她走上砖砌的台阶，手伸向门把手，“来吧。”

“秘密通道？”他翻了个白眼，“我早该料到。”他走上台阶，正想跟着卡萝琳进去，突然想起一件事，打了个响指，四处张望，“嗨，等等……”

“怎么了？”

门廊上什么都没有，连写着欢迎的脚垫也没有？“那个标记物呢？就是你派我来拿的那个？”

“那个无关紧要。已经不重要了。”

“我还是想看看。经历了这么多，我很好奇。”

卡萝琳耸耸肩。她指指一根圆柱的底座阴影，“就在那儿。”

斯蒂夫走过去，蹲下身。那东西几乎跟阴影融为一体，很难发现。“是书？”

她笑了，“当然是书。”

他捡起这本书。书残破陈旧，书页因为年深月久而泛黄，还有无数次手指翻阅沾上的污垢。封面已经遗失，但有什么东西让他觉得很熟悉……“呀！我知道这本书。”

“是吗？”

“对！我小时候也有一本。讲的是一匹马，对不对？那匹马被人带走，过着悲惨的生活。我记得叫黑美人？”

卡萝琳转向他，小腿和大腿上的肌肉在火光中闪亮。她的脸半藏在阴影里，“差不多。”

斯蒂夫皱皱眉，“真滑稽。我记得我读过，却想不起结尾。”

“你来不来？”

“嗯，”斯蒂夫说，“我想我来。要不要把书带上？”

“不，就放这儿。”

“要是下雨，或者……”

“就放这儿。这本书久经风霜，它比看起来结实得多。”她伸向门把手，还差一点的时候，问道，“准备好了吗？”

“嗯……大概吧。有什么问题吗？”

“你看了就明白了。”她用指尖轻轻碰碰把手，接着退开一步。

门后响起金属转动的咔嗒声。声音不大，顺滑流畅，就像世界上最大的铜锁的内部结构开始转动。大门打开，露出里面的黑暗。温暖的空气一涌而出，就像沙漠的风一般干燥，带着陈年积灰的沉重味道。

娜嘎在他身后号叫，显得凶猛而反常。斯蒂夫从没听它这么叫过。

他转身安慰她，发现她身上毛发竖起，几乎可以戳人手掌。“怎么了，姑娘？”其实他知道怎么了。他自己也有感觉。

“动物不喜欢这地方。她可能不愿意进来。来，把大卫给我。”

他把鞋带递给她，大卫在鞋带的末端上下浮动。“这是……”他截住话头，眯眼看着黑暗。

“来吧。”卡萝琳走了进去。

斯蒂夫眨眨眼。跨过门槛的时候，卡萝琳的身影突然变小远去，就像一颗从炮口射出的炮弹。“得了，”斯蒂夫说，“去他妈的这一切吧。”

他刚转身要走，突然僵住了。身后，活死人和动物都站在草坪上看着他们。他试探着走下一级台阶，一条狗低吼一声。东边，公路的西头，阿帕奇仍在熊熊燃烧，风中夹着汽油味，每隔几秒钟就会响起啪或砰的声音，是弹药在炸裂。

再远处，警笛声遥遥可闻，且越来越近。我在外面能撑多久？独身一人，囊中空空，而且是全国最凶恶的通缉犯？就算逃过马上进监狱的命运，我能去哪儿？非洲？玻利维亚？月球？

山顶上传来女人的声音，不知是尖叫，还是一首歌的起头，他分辨不出。

斯蒂夫叹口气，转身朝向门口。“你准备好了吗？”

娜嘎抬头，狐疑地看了他很久，尾巴轻轻甩了甩。

他们一同跨过了门槛。

第十二章　图书馆

1

斯蒂夫记得卡萝琳的身影如何突然远去，还以为会有……拉扯感，被突然朝前拽什么的。但没有。他前一脚跨进黑暗，稍后就站在干燥古老的橡木地板上了。卡萝琳正等着他，朝他伸着手，防他跌倒。

“呀，这也没多……”刚说到这儿，他看清了自己的所在，跌跌撞撞地退了几步，靠着身后的墙壁，“耶稣啊。妈的。”

“对，”卡萝琳放松了一点儿，“我第一次来也是这反应。你总算没晕过去。很多人都会晕的。”她靠在身旁的书架上，脱下暖腿套。

“什么……我是说……耶稣……这是什么地方？”

“这是父亲的图书馆。”接着她想起了什么，“嗯……我想……现在是我的了。”她眨眨眼，“唔，我的。”

“图书馆。”斯蒂夫机械地重复道。娜嘎在他身边号叫，他拍拍她的肩，“我知道，甜心，我也一样。”他四下一望，吸了口气。“耶稣啊。”他又说，这一次带着由衷的崇敬。

图书馆大得没边。

这无疑是他到过的最大的建筑物内部，也是他听说过甚至能想象的最大的室内结构。目力所及，都是书架。头顶极高处似乎有天花板，但实在估不出到底有多高——几千英尺？几千英里？他所在的地方，比“超级巨蛋"[1]还高,比亚特兰大机场还宽。"在这儿都能飞飞机了。"他说,"波音737可能不行,但一架塞斯纳[2]肯定没问题,我看连一架里尔[3]也行。"

"嗯,大概吧。"她的声音好像蒙在布里。

斯蒂夫眼角余光扫过,发现卡萝琳正在脱毛衣,急忙用手遮住眼睛,"你在干什么?"

"把这些可笑的衣服除掉。想穿长袍吗?只有一个码子,谁都能穿,而且干净。"布料拖到地上的沙沙声。

"什么?哦,不用。"他从指缝中偷偷瞄了一眼,卡萝琳的自行车运动短裤正卡在脚踝上。他转过身背对她,睁开双眼。过了一会儿,她走过来,穿着一身粗布做的灰绿色袍子,有点像僧袍。这袍子比圣诞毛衣更适合她。

"你饿不饿?"卡萝琳问,"我饿坏了。"

"什么?"

"食物。"卡萝琳回答,她一手揉揉肚子,"我突然觉得饿坏了。跟我走走行吗?我带你参观。"

"呃……"他眨眨眼,想着刚才看到的不起眼的建筑,还有破烂的门廊。之前她说图书馆的时候,他脑中出现的是一座地下堡垒,就像避难所。可这里……"好大。怎么可能这么大?"

"没有看起来这么大。我步行测量过,一边只有大约两英里长。"

"边?"

"对。我们在一座金字塔里。看到没?"她竖起一根手指,朝天一指。

他们四周的书架太高,遮挡之下,斯蒂夫无法看清地面的形状。这时,顺着她的手指,他看到三个等边三角形在高空中的某点会合。"哦,"斯蒂夫说,"看到了。我的意思是——"他迅速心算一番,"——这么大的占地面积,这么大的建筑——不会违反什么建筑条例吗?或者物理法则什么的?"

"违反建筑条例嘛,倒是有可能。至于物理法则,在这儿不适用。"

"你到底在说他娘的什么鬼东西,亲爱的卡萝琳?"

---

①Superdome,位于美国路易斯安那州的大型体育馆。

②③Cessna和Lear都是小型飞机。

“你能不能一边走，一边抓狂？拜托！”她不耐烦地扯扯鞋带。鞋带末端的大卫几乎已经全部变黑了，被她一扯，又上下浮动起来。

地下铺着原木木板——又宽又光滑的木板，面积得用英亩计量。几英尺开外，地板上开始镶嵌玉石地砖。镶玉的地板有三车道公路那么宽，就像一条长长的走廊，穿过整个大厅。玉石走廊并非笔直，而是呈自然的曲度，就像树叶的经脉。卡萝琳踏上玉石地砖，没回头看斯蒂夫是否跟上，自顾自地快步走着。

斯蒂夫在她身后小跑。“那是什么？”他指指。从他所在的地方到远端墙壁大约一半的位置立着某个像是DNA双螺旋的东西，一路盘旋延伸到高空，单薄细弱，顶上托着个玉石平台。难道是观景台？就像摩天大楼楼顶上的装置？平台上有一团光在缓缓转动，给大厅洒下蜡烛般温暖的光亮。

“那就是我们要去的地方。”

“天！”他叹道，“这地方真大。我们，呃，还在房子里面吗？”

“不。房子无关紧要，重要的只有那扇前门。那扇门是图书馆和普通宇宙重合的地方之一，就像军事防御的险要隘口。父亲对他的作品的观众筛选非常严格。”

“‘他的作品’指什么？”

卡萝琳伸开双臂，朝成千上万、不可计数的书架一挥，“他的作品。”

“这么多书都是一个人写的？这儿有，大概，几百万本书呢。”

“应该没有几百万本。我说过，父亲活了很久。他每天都会写几页，有时写这个主题，有时写那个。日积月累，书就多了。”

“哇！”玉石走廊上随处可见一摞一摞没上架的书、卷轴托盘和摇摇欲坠、放对开本的小架子。娜嘎正在嗅闻其中一摞。哎呀……她脸上的表情让他想起马上要在地毯上拉尿的派迪。他赶紧跑到她身边，拍拍她的肩膀，“别在这个魔法图书馆撒尿，行吗？甜心。”

卡萝琳一边走，一边回头对他说：“世界上没有魔法，斯蒂夫。”

“你说什么就是什么。”斯蒂夫看看四周，又看看头顶，眨巴着眼睛。就连头顶之上的金字塔墙壁上也都是书架。难道那些书架是钉在天花板上的？它们离他起码半英里远，可以看到整体布局呈分形①，四处散落着

①分成数个部分的几何形状，每部分都是整体的缩小版。

小片空白区。斯蒂夫眯眼细看,发现空白区里放着小沙发和小书桌,显然同样不受重力法则制约。三条宽宽的红宝石走道从几何中心辐射而出。这一切,就像飞机即将降落时,从舷窗看到的陆地景象。

只看了几秒钟,他的头就晕了。斯蒂夫伸手扶住身旁的书堆,一把抓起最上面一本紫色皮革装订的大部头书。斯蒂夫一边翻书,一边加快脚步追赶卡萝琳(她的移动速度快得惊人)。书太重,一边走一边翻没法完全打开,只能瞄到里面的内容全都是手写而成。"要是这些书的内容不是魔法,那还能是什么?"

"各种各样。主门类有十二种。"卡萝琳回头瞥了他一眼,"紫色的书都是数学类——我想,你手上那本是变换几何初级。"

他把书翻开一条缝,又瞄了一眼,"看起来像中世纪的遗物。就像那个,什么来着,祈祷书?"

"那本书至少有两千年历史。要是异端裁判所发现你在读这本书,你就等着上拇指铁夹[①]吧。"

"真的?"斯蒂夫的好奇心大涨,在下一堆书旁边停下,把手中大书放在书堆顶上摊开。书页都是上等的厚牛皮纸,挤满了墨水书写的整齐竖排象形符号,像是楔形文字,或者象形文字。斯蒂夫读不懂,就连猜也猜不到是哪种语言。翻了几页,他发现一幅大插图。插图是淡色墨水手绘而成,装饰着金叶子,因年深日久有些褪色。画的内容很怪,有一部分是技术图表——横平竖直的平面,精准的角,难以辨认的、可能是等式的符号——另一部分则是战斗场景:各种线段和平行四边形之中,有一支长脖尖牙的生物组成的军队,正用利爪扒住天上的大洞,向外逃窜。底下的森林中散落着这些生物的尸体。少数幸存者抖抖索索地匍匐在穿黑袍子的男人脚下。

斯蒂夫脖子上的汗毛竖了起来。*她父亲的作品。*

娜嘎在他身边低吼,弓起了背,盯着书架之间的阴影。

顺着她的视线,斯蒂夫似乎看到远处黑暗中有一点动静。他拍拍娜嘎的脖子,既是安慰她,也是安慰自己。娜嘎身上的肌肉紧绷,打着哆嗦。

斯蒂夫望了一眼玉石走廊。卡萝琳没停下等他,已经走到半个足球

---

①中世纪刑具,用来压碎受刑者的手指。

场的距离之外，手中鞋带牵着的大卫已经涨成黑球，上下浮动。“卡萝琳？”

她没回答。

“卡萝琳？”他把那本大书留在书堆上，翻过书的手指在衬衫上擦了擦，跑步追赶。没多久他就追了上去，比想象中快得多。他发现，脚下的玉石地板好像在帮他朝前移动，就像机场里的自动人行道似的。“我好像在那儿看到了什么东西。”他喘着气说。

“嗯？哦，对。有可能。我们这儿有管家。记得你见过的割草老人家吗？就是他那样的人，负责干这儿的杂活：除尘、把书放进书架之类。一旦有活人进来，他们就会尽量退到看不见的地方。”

“哎，真他妈的怪。刚才那幅画是怎么……”他截住话头，“老天！”没想到，他们原来已经来到这么远的地方——刚才远远看到的DNA双螺旋近在眼前。从近处看，这东西果真是一架楼梯。巨大的楼梯，悬在半空，足足有几千级台阶，却没有扶手，一直伸向顶上的大团光云。“那是什么？”

卡萝琳指指光云，“是宇宙。普通宇宙。就是你从小生活的地方。”

“就像天文馆的模型，还是……”

“不，就是真正的宇宙。原初宇宙。”

“这不可……”话没说完，他叹了口气，“怎么可能？怎么可能有这种事？”

“你听说过‘超集’吗？”

“听过。没听过。可能听过。还是没听过。”他揉揉太阳穴，“听起来稍微有点耳熟。”

她拍拍他的肩膀，“别太懊恼。东西太多，很难消化，尤其是一开始。我也一样。”

“谢谢你好心安慰。”

“图书馆是另一个宇宙，是你从小生活的宇宙的超集。它跟普通宇宙有交集，但不多。”

“另一个宇宙？”

“对。有些十分危险的，呃，人，愿意付出任何代价换取父亲写的这些书。父亲曾试过在地球上建造堡垒：高塔、城堡，还有些非常先进的防御机制。但只要是锁，能锁上，就能打开。风险太大，有好几次差点被人得手。最后,他创造了这个地方。”

“但……”他抬头看看顶上的光云,“我是说,宇宙不是,呃,很大吗?”

“对,也不对。大小是相对的,跟空间的结构有关。刚才我们进来的门既是通道,同时也是转换函数。通过这扇转换门后,可以说,你已经变大了。”

“我没觉得自己变大嘛。”

“嗯……你这么说不全对。这其中涉及数学。”

斯蒂夫翻翻白眼,也可能是看着顶上的天堂寻找精神支撑。我觉得她不是故意说些深奥难懂的话,而且她说的话听起来也像是英语……

“你就把图书馆想成麦当劳巨无霸汉堡的包装纸好了。”

“好。那巨无霸是什么?”

“就是宇宙。另一个宇宙。”

“这么说好懂多了。”斯蒂夫说,“谢谢。趁着你说的话还算浅显易懂的时候,我赶紧问一句:我们上去干吗?”

“我得把大卫挂在那儿。”她扯扯鞋带,大卫轻飘飘地浮动。他身体涨成的黑球一路走来又变大了,只留下脚趾系着鞋带的半只脚还能看见。

“挂他?”

“对。还有,上面冷柜里有吃的,还有沙滩椅和烧烤架。我们可以来次野餐!你喜欢野餐吗?”

“呃……当然。野餐不错。”

她嘴角上扬,竟然咯咯笑出了声,让他大吃一惊。随后,她登上楼梯,“吃东西喽!”

斯蒂夫抬头看看,顿觉气短。抛开他恐高不说,也不提这些梯级就这么光溜溜地悬空浮着,一点支撑物都没有;光是这架螺旋形高梯本身就够瞧的——这无疑是他见过最高的人造物,起码有两千级台阶。而且没有扶手。梯子顶端的碟形平台看起来还没他的大拇指指甲大。“你真要一路爬上去?”

“对。其实没看起来那么可怕。”果真,只几秒钟,她就升到了五十英尺以上的高度。

“这儿没电梯?”

“没。父亲说电梯太丑了。要是你愿意,我可以让你飞上去。”

他琢磨了一会儿,“还是算了。谢谢。”

“哎呀,快来！这是很好的运动。”她踮着脚上下弹跳了几下,展示小腿的肌肉,“能让你的身材结实匀称！再说还有牛排!”

他还是犹豫不决。

卡萝琳用狮语说了几句,也许提到了午餐什么的,娜嘎头也不回地爬上了梯子。

“叛徒!”

“还有啤酒哦。”卡萝琳说。

“啤酒?”

“啤酒。”

“哎,”斯蒂夫叹口气,“好吧。”

2

还是有不少梯级要爬，大约相当于五段普通楼梯的长度。不过一点儿也不像在底下看起来那么艰难。从底下往上看，斯蒂夫还以为要有一场攀登高峰的苦役，得带上三明治在上头过周末那种高峰。斯蒂夫说了机场自动人行道的类比设想，卡萝琳回答“差不多”，接着解释说——如果那些难懂的话能算解释——玉石地面改变了距离的特性。斯蒂夫应了一声：“哦。”爬了几级后，斯蒂夫低头往下看，发现他们已经离地超过一千英尺。此刻，斯蒂夫的感官均已麻木，唯一的想法是：幸好这儿没风。又爬了一阵，斯蒂夫的小腿肌肉刚开始酸疼，两人就到达了高梯顶部。

顶部是个类似观景平台的地方，同样是玉石质地，厚达一英尺，跟足球场差不多宽。斯蒂夫在高楼里经常会眩晕，但不知为什么，这儿就像在飞机舱内一样，没让他头晕目眩，总之，脚下的感觉非常坚实。斯蒂夫在平台一角看到了烧烤架，还有半打沙滩椅，肚子立即咕噜噜地叫唤起来。

接着，他又发现了一样东西。

靠近碟形平台几何中心的地方，光云低垂，近得能伸手触摸。光云下的地面上有一团小小的褐色隆起。他走近几步，眯眼细看。卡萝琳没跟来，她正抬头望着光云。

“哎，那是谁？”那团隆起是个年轻女子——几乎还是个孩子——正睡在地上，蜷曲成胎儿的姿势，“也是你的姐妹吗？”

“什么？”卡萝琳皱皱眉，“不是。这儿应该没人了。斯蒂夫，让开。”她的声音又冷了下来，就像之前他俩在车里那样，“那肯定是米拉戈妮。”

“谁？”

“米拉戈妮。第三纪被父亲选中的人之一，我想是诺布朗加的妹妹。她就是从前的太阳，几小时前才落了下来。”

“太阳？”

“对。还记得几小时前天黑了吗？是我把她变回来了。”

“哦……你说是就是吧。她在这儿干吗？”

“不知道。她本该死在天上的。”卡萝琳绕过斯蒂夫，朝那姑娘走去，“她肯定想办法爬了下来。”

“从哪儿？”

她朝上指指。斯蒂夫顺着她的手指望去，顿时呆住了。起先他还没注意到，从这么近的地方看去，光云中的亮点根本不是小点，每一个都是螺旋形的小小漩涡。难道是银河系？他伸长手臂去摸——

“Poru sinh Ablakha？”姑娘说话了，音调很高，就像个孩子。她已经醒了，用手肘撑起身体。她的发色浅得像铂金，生得很美，只是身上沾满了污迹和血渍。她的眼睛是一种特别的灰色，斯蒂夫只在战舰上见过这种颜色。

卡萝琳微笑着蹲在她身边。“你很快就会跟他团聚啦。”她用右手手背抚摸这孩子的前额，左手移到背后腰胯处，拔出黑曜石刀。

她在搞什么？“卡萝琳，别！”

卡萝琳一刀捅进姑娘的脖子，只一下，随即往后跳开，深深吸进一大口气，双足和一只手撑地，另一只手握紧刀子，眼睛紧盯着那姑娘。

三人就这么僵持着。*我们三个就像蜡像馆的谋杀现场塑像。*斯蒂夫吓得差点叫出声来。姑娘的脖子喷出手指粗细的血柱——一股，又一股。血落到玉石地板上，掷地有声。又是一股血柱。地下开始积起血泊。

姑娘用手摸摸脖子，手指变红了。她朝卡萝琳举起手指，“Moru panh？ Moru panh ka seiter？”

卡萝琳就像屋檐的滴水嘴怪兽一样微笑起来，“Chali seh Ablakha.”

姑娘瘫倒在地。又一股动脉血喷出，这次血量少些。

“耶稣啊！”斯蒂夫大喊，“卡萝琳，你做了什么？”他朝姑娘跑去，想用手按住伤口，止住喷血。但要去那孩子身边必须先经过卡萝琳，而经过卡萝琳的时候，他不知怎么绊倒了，重重地摔在玉石地板上。

“没事的,斯蒂夫。”

他的门牙磕破了,断面粗粝扎人。他嘴里有血的味道。“没事？怎么可能没事？那姑娘还是个孩子,卡萝琳,她怎么对不起你了?”他感觉娜嘎来到了自己身边,肌肉紧绷,凶相毕露。

卡萝琳的声音里不带一点感情,“她已经六万岁了,而且忠于父亲。”

“那又怎么样?”他差点喊了起来。

卡萝琳眨眨眼,“你不知道风险多大,斯蒂夫。你不了解父亲,不知道他有多危险。”

“她只是个孩子,卡萝琳!”斯蒂夫挣扎着爬起来,跑到姑娘身边。她用血淋淋的手扯住他的运动裤,用他听不懂的语言恳求。她的嘴唇是蓝色的。

斯蒂夫拉开她的手,检查伤口。她的颈动脉开了个口子,就像没唇的嘴巴。“别动,”他说,“我来……”

卡萝琳把手搭在他肩上,“别费事了。再过一分钟,就结束了。”她没用刀子威胁他。

“我能不能……你介不介意我握着她的手?”娜嘎在他和卡萝琳之间来回踱步,保护他。

“不行。”卡萝琳说,“太危险了。”

斯蒂夫犹豫了一秒钟,仍然握住了姑娘的手。他听到卡萝琳的牙齿咬得咯咯响,但她没上前阻止。米拉戈妮的手很小,握在他掌中就像鸟儿的小爪。她用灰色的眼睛望着他,一脸乞求的神情。

“我不知道该怎么做,”斯蒂夫说,“实在对不起。”

“Moru panh?”她又说。她的声音已经低了下去。

“她说什么?”

“意思是‘你为什么这么做’?”卡萝琳回答。

“实在对不起。”斯蒂夫伸出手,想抚摸她的面颊,但她怕得躲开了,眼皮垂了下来。

她死了。

“行了,”卡萝琳说,“结束了。”

斯蒂夫替她阖上眼睛,看着自己的手。手变红了。他举起手给卡萝琳看,“对。我想是结束了。”

看到他脸上的神情,她似乎清醒了一些,脸沉了下来。“你不明白。”她说。

“这话一点没错。”他想,她的刀子使得再熟练,我总比她个子大,而且我们离平台的边缘不远。

卡萝琳神情阴沉,手摸向自己的后背,“别这么做。”

“别做什么?”他的语气很愉快。

“就是别做。行吗?我不会杀你,但如果有必要,我会伤害你。我不想伤你——我真的不想——但我会的。”接着,她恳求道,“斯蒂夫……听我解释。”

“好吧,”他说,“行。”

“米拉戈妮看起来像孩子,但她不是小孩。”

“那是什么?”

她揉揉前额,“我不知道,不确定。记录都遗失了,也许是被毁了。但她很重要。她是父亲的肱股重臣。要是她仍然对他效忠——没有理由不这么想——她可能会想办法让他复活。”

“嗯,好,行。但……那又怎么样?”

卡萝琳目瞪口呆,笑出声来,“我们真是两个不同世界的人,你明白吧?”

“嗯,啊,我脑子里也曾一两次闪过这念头。你能不能解释给我听听?用通俗英语解释?”

“父亲是……”她停住话头,又笑了,“知道吗?世上所有的词语我都知道,一点不夸张,但我想不出有哪一个能回答你的问题。父亲就是父亲。”

“这跟没解释一样。”

“我知道。”卡萝琳举起手来,“给我一分钟。”她捏着下巴,想了几秒钟,抬起头,“那年,我有个兄弟刚九岁,父亲命令他去说服一个深者,让它答应收他为徒。”

“深者?”

“类似大乌贼。”

“哦。”

“麦可努力了一次又一次，可深者就是不答应。也许跟森林之神有关，也许它就是憎恨人类。我估计，如何克服这个困难才是真正的试炼，但我们当时都还小，不明白父亲的用意。我兄弟跟父亲解释自己的困境，父亲不听。他说我兄弟‘内在动力不够’。”她打了个寒战。

“你没事吧？”

“我只是——光听到这几个词，‘内在动力不够’，我就想吐。”

“不想说就别说了。”

“不，谢谢，但我得说。不说你不会明白。”她望着头顶的光云，声音中透出铁一般的意志。

“那么……后来怎么样？”

“他烧红拨火棍，烫瞎了麦可的眼睛。”

“什么？耶稣！他弄瞎了那孩子？”

“对，弄瞎了。嗯——跟你想的有些不同。不算永久失明。”

“怎么可能……”

“白色门类，詹妮弗学习的门类，是医药。不一般的医药，能治愈我们身上任何伤口。父亲什么都能治好。詹妮弗的本领更高。”

“这可太方便了。”

“嗯……算是吧。对。方便是方便，但也有代价。哲学意义上的代价。”

“我彻底糊涂了。”

卡萝琳跪在那孩子的血泊旁，背对着他。血液尚未凝固，表面光亮，映出了她的脸。“我们跟你们不一样。对你们美国人来说，要是事态实在太糟糕……嗯，你们总还有条出路。”

“自杀？”

“死亡。”

“可……你们没有？”

“没有。每天晚上，父亲都会烫瞎麦可的眼睛，一次又一次。我们其余人被迫随伺在旁，一同观看。每一次耗时约二十分钟。第一只眼睛很快，之后，麦可必须、必须、必须看着，用剩下的一只眼睛看着父亲，呃，看着他重新烧红拨火棍。第二天早晨，詹妮弗再让他的眼睛长回来。两只眼睛都长回来。就这么一遍遍重复。”说话时，她背上的肌肉就像粗粗的蛇，从袍子底下隆起虬结。

“后来呢？怎么结束的？”

卡萝琳鼻子里冷笑一声。孩子的血泊中倒映出一排雪白的牙齿。“麦可有了足够的‘内在动力’。”她狠狠吐出这几个字，就像吐出腐烂的食物，“十一天后，我兄弟想出了让深者屈服于自己意志的办法。”

她在发抖。斯蒂夫想过去摸摸她的肩安慰她，但他不敢。“这是我听过的最可怕的事。”

“那，”卡萝琳说，“就是父亲。而且他当时根本没发怒。这只是对孩子的日常管教。懂了吗？”

斯蒂夫思忖片刻才回答：“嗯，也许懂了。懂了一点儿。这孩子，叫什么来着——米斯罗尼？”

“米拉戈妮。”

“她跟这人是兄弟？”

“嗯……曾经是。”

斯蒂夫呻吟一声，胃里直翻腾。他走到平台边缘，往下看去，“有一次，我上过世贸中心大楼的楼顶，”他说，“这儿比那儿还高。”

“对，高多了。”

“假设我相信你，关于那姑娘。”

“你信吗？”

“不知道，有可能。虽然她在我看来丝毫无害。”他耸耸肩，“但我不习惯来这么高的地方，也许这儿的规则不一样。对不对？”

“这儿没什么规则。”卡萝琳说，“我赢了，这是我知道的唯一规则。”

“为什么我会在这儿，卡萝琳？为什么是我？我不明白。”

“嗯……因为你手脚笨，斯蒂夫。我需要有人掉下那一匣子子弹，又不能自己做，连看都不能看。大卫也许会在我脑中看到。”

“就因为这个？你把我拉进来，就因为我手脚笨？”

她张了张嘴，扫了一眼大卫，又闭上了。“还有别的理由。不过，我得先把他挂好。”她扯扯鞋带。黑暗已经彻底吞没了大卫，就连最后一只毛茸茸的脚趾也变黑了。

斯蒂夫在五英尺外也能感到大卫发出的热量。他就像一只熔炉。“他怎么了?”

“还记得我说过他的时间停止了吗?”

“嗯。”

“那你还记不记得,我停止时间的时候,他在做什么?”

“这是测验吗?”

“更像是教学。如果在我的启发下,你能自己想出来,会理解得更深。你还记得吗?”

“嗯……对,我记得。他马上就要死了,对吗? 你在他脑中的痛觉中心刺了一下。你说,这是‘理论上的痛苦极限’。”他压低声音添了一句,“我的……天哪。”

“一点没错。这就是区别。痛苦——普通的痛苦——是转瞬即逝的。我们体验到的情感只是三维空间和更高的物理位面——比如愤怒、愉悦、快乐等等——的短暂连接。情感的回响也许会持续几年,但真正的连接通常只有几分之一秒。”她又露出滴水怪兽般可怕的微笑,“通常。”

“但……这次不同?”

“非常对。”她扯扯黑球,“在这里面,时间是静止的,而且我的时机扣得正好。大卫正连接在纯粹的痛苦上,而且没法脱身。”她期待地望着他。

斯蒂夫想了好久,还是放弃了,“嗯,那又怎么样?”

“那么,”她回答,“位面之间的潜在能量就会不断转化为真正的能量,就像给一个电容器无限制地充电。”

“‘能量’。”他看看已经一团黑的大卫。两人说话的当口,黑球又明显变大了,而且更热了。站在五英尺外也能感到。“你是说,这些黑东西是能量?”

“没错。”

“这球会变得多大?”

“我不确定,直径一百万英里左右吧。所以我们才要来这儿。我们得把他放到天上去,那儿地方大。”

“你说什么?”

“到明天这时候,大卫就是我们的新太阳。”

3

她把手伸进头顶的星辰云团中,做了个驱赶的手势。星云随之缓缓转动起来,就像中餐馆大桌子台面上的转盘。等转到合适的位置时,她竖起一根手指停止旋转,往后一拉。太空从他们身边急速掠过,眼前各种天体的比例尺越来越大——先前的整个银河系变成了星云,又变成一颗颗的星星,最后现出各个行星。“认出这一颗没有?”

“呃……木星?”他的嘴唇发木。

“不,是土星。有光环的。”

“对。土星。我就想说土星。”

“没关系。现在先别说话,我得专心。”

斯蒂夫看着她用鞋带(现在露在外面的鞋带只剩几英寸了)把大卫拉过来,轻柔地穿过分隔斯蒂夫生长其间的现实宇宙和图书馆的薄膜。穿过这层膜的时候,大卫似乎缩小了。

“好了,”她夸张地作势拍去手上的灰尘,“万事大吉!”

“他要多久才会变成太阳?”

“不确定,至少几个小时。我等会儿再来修正运行轨道。我们可不想让小星星石块儿们撞来撞去,对不?”

管子工斯蒂夫嚅动着干干的嘴唇说话了:“对,还是别撞的好。他什么时候会变亮变黄?”

她的脸色晴转多云,“呃……他不会变。”

“什么意思? 他就这么一直黑着?”

“对。痛苦位面就这样。”

“那光从哪儿来?”

她皱皱眉,“那个,嗯,不会有很多。光,我是说。热量很多——痛苦很烫——还有伽马射线之类,但可见光谱中的光不多。”

“天就这么一直黑着?哪怕太阳升起也是黑的?永远黑?”

“但是热量足够了嘛。”她分辩道,“大家不会冻僵,而且人会适应的。”

“适应?”

她点点头,“人几乎什么都能适应。”

斯蒂夫想说话,却找不到合适的词句。

沉默许久,卡萝琳开口道:“嗯……该说说我带你上来的第二个原因了。”

“找吃的?”

“不。呃,对,吃的也算。但还有个更重要的理由:我想送你一份礼物,斯蒂夫。我知道你不明白——我还没向你解释过——但我欠你很多。毫不夸张地说,我的一切都是你给的。这一天,我已经在脑子里想了很久。我……我想说的是……要是能稍微回报一点你的大恩,我会觉得非常快乐。我带你上来,是想让你看看大卫是怎么升上天空的。”她郑重微笑着,望着他。

“嗯。然后呢?”

“然后,下一次你看到太阳升起来的时候,你就会相信,我什么都能给你——确确实实什么都能给——只要你开口。”

“你是说,比如一辆玛莎拉蒂什么的——”

“当然,只要你喜欢。不过,你大可以要点更好的。”她靠过来,“我可以让你永生,让你天下无敌,或者两者兼得。还有药剂,能让你变得比历史上最聪明的人还要聪明。”

“呃……”微妙的一刻过去了,“现在,我只想烤点东西吃。”

他第一次发现,卡萝琳大笑的时候,还蛮漂亮。

“好吃。”斯蒂夫舔舔手指。冷柜里不但有牛排,还有长得像巨型蝎子、吃起来有点像猪肉的动物。卡萝琳说,那是更新世[①]灭绝的史前动物,是她最喜欢的食物之一。斯蒂夫没有细问。这东西味道不错,肉多极

①距今258万8千年–11万7千年的地质时期。

了。娜嘎一口气吃了三只这东西,外加两块牛排和八个汉堡。吃完,她像只家猫似的蜷起身子睡着了。斯蒂夫很想把自己吃剩的留给娜嘎,想了想还是没叫她。可怜的猫咪,这一天够她受的。

“你喜欢就好,”卡萝琳说,“谢谢你掌勺。”

“不客气。”卡萝琳掌握的本领虽多,但厨艺明显不在其中。她当厨子太蹩脚,一连烤焦了两份汉堡。之后,斯蒂夫就接手了烤架。这会儿,斯蒂夫心满意足地叹口气,朝后靠在沙滩椅上。起先,离平台边缘这么近让他挺不自在;几罐啤酒下肚后,他稍微放松了一点。这儿的景色委实妙不可言。宇宙在他们头顶旋转,给底下迷宫般的书架罩上一层温暖的光亮。

卡萝琳在冰柜里掏掏,拿出个冷冻盒,“还要啤酒吗?”

“好啊。”他咕咚咕咚咽了几口百威淡啤酒,轻轻打了个嗝,胃里蝎子的独特肉味翻了上来。“嗯……说到礼物,你能让我当总统吗?”

“哪国总统?”

“美国。”

“当然可以,只要你喜欢。不过我实在想不出当总统有什么好。”

“有道理。那地球皇帝呢?”

“简单。”

“嗯。”他想了一分钟,“我能比出膛的子弹跑得更快,一跃就能跳过高楼吗? 眼睛还能射出激光?”

“激光?”

“嗯,严格地说叫热视。还有喷一口气就能把人冻住的本事。你能给我吗?”

她点头,“可以。这些要花几周时间,不过一样一样都能做好。你想要这个?”

“呃……不,我在开玩笑。”

“哦,好吧。你忍不住总想说说笑话,我明白。但你记住,我是认真的。绝对什么都可以。我们小时候,父亲有时会跟我们玩游戏,让我们给他设计各种不可能的任务。要是能把他难住,我们就有奖品。”她看着他,“但没人做得到。从来没有,一次也没有。”

“骑着会飞的短吻鳄穿过浮在空中的西班牙辣肠做的甜甜圈呢?”

“身体改造在珍珠楼层，第三区，第七排。重力在第二区，第三排。反重力也在同一位置。猪肉食品制作方法在绿松石楼层的某处。”她专注地望着他，“我得去查查。”

“什么都行。”他的口气认真起来，“真的什么都行？”

她点头。

“这可……哇！这可真是一份大礼，卡萝琳。谢谢。”他喝干啤酒，又拿起一罐。

“乐意效劳。你喜欢就好。一下子是不是很难接受？”

“这几天都这样。怎么突然这么问？”

“如果你希望，我可以详细地讲给你听听——有关发生的一切。要是你有问题，我也乐意回答。”

斯蒂夫拉开啤酒，冰凉的泡沫喷了他一身。“那再好不过了。不过，这样你会不会崩溃啊？”

“什么？”

“解释完了以后，如果我觉得你说的话不再那么高深难懂，你会不会难受啊？”

她竖起无名指。

“你干什么？”

“我想这个动作叫‘去你妈的’。我做得对吗？”

“改用中指。”

她换了根手指，“这样吗？”

“嗯，这下对了。”他思忖片刻，“有了，我有个问题。你好像对，呃，普通人的世界只知道个大概，比如谁是总统啦，怎么用电话啦，其他事儿什么都不知道。就像我们第一次见面那天晚上，你连车门都拉不开。这是怎么回事？”

她微微笑了，“这个嘛……有时候我可能会装一装，装得比实际更加柔弱，以防有人在窥视什么的。他们都以为——该说从前认为——我只爱窝在房间里。所以，除了语言，我应该对外部世界所知寥寥。另外，也有我真不懂的东西。比如，我开始还以为‘手机先生’是制造固定电话的人，你知道，我小时候可没有手机。”她翻翻白眼，“还有，我想我永远也搞不清你们这些人对衣服的审美爱好。”

“那，你还真是人类小孩子长大来的？不是外太空飞来的？”

“哎呀，怎么会？太荒唐了。你哪儿来的这念头？”

“不知道。电视里吧。那……你们这些人是不是被魔鬼附身了？还是被魔法附身了？”

“天哪，赶紧闭嘴吧，别犯傻了。”

“对不起。”他真心诚意道歉，“我只是……卡萝琳，我实在想不出有什么能解释……这一切。”

“不，不是魔鬼。而且我说过，世上没有魔法。”

“那你到底是什么人？”

“我是……就是第一次见面告诉过你的那种人。我没撒谎。我就是个图书馆员。”

斯蒂夫想了想，“我觉得我们对这个词的理解不一样。”

她点头，“嗯，很有可能。”

“我说图书馆员的时候，想到的是……”

“茶和无害的小谜语？”

“对，一点没错。瞧，你果然明白。”

“其实不明白。我很喜欢茶，却不知道什么是‘无害的小谜语’。这话是你说的，就在初次见面那天晚上，在华威厅。你说图书馆员这个词让你想到这些。”她用躲在洞穴里的小动物般的眼神看着他，“可这儿的图书馆员根本不是这样。”她轻声说。

“对。”斯蒂夫朝后一靠，“我也有点儿明白了。不过，你也许该给我讲讲这儿的图书馆员究竟是什么样，免得我再问傻问题。”

她的目光聚焦在不远处，犹豫了很久，最后点点头，“好，我也有点想好好给你讲讲。真的。”她张开嘴，皱皱眉，又闭上。

“……但是？”

“只是……长久以来，我一直被迫隐藏自己的真实意图和想法，哪怕对自己，我也得藏起一切。你懂吗？”她仿佛在恳求，他从没听她用这种声调说过话。

“我想我不懂。”斯蒂夫柔声回答。

“对，你当然不懂。怎么可能懂？”她自言自语似的点了下头，“我不知道该从哪儿开始。”

“从头开始？”

“好吧。”她深深吸了口气。再次开口时，铁一般的意志又回来了，“那就从头开始。那时候我还是个小姑娘，才十岁或者十一岁，在森林里度过了一个夏天。那是我们父母双亡，被父亲收养几个月后的事。那个夏天，我跟两头鹿做了朋友，她们被称为伊莎和艾莎。然后……”

卡萝琳讲了好几个小时。斯蒂夫觉得她也许跳过了某些片段，但确实给他讲了很多。她给他讲了大卫和铜牛；讲了玛格丽特怎么一点点变疯，直到舔死人面颊上的眼泪竟让她觉得有趣；提到麦可如何开始用野性惊惶的眼神打量室内的物品；她还用无动于衷的冷静语调讲了大卫对她干下的事，向斯蒂夫展示前臂上的墨水点——大卫用钢笔扎穿了这个部位，把她钉在桌子上。

到了黎明前的几小时，她终于讲到了欧文——她的“东方的雷霆”。

“瞧，”她喝干杯中最后一点葡萄酒，“你该说我是个大混蛋了吧。”

斯蒂夫摇摇头，“不，不会。别人也许会，我不会。”

她等了一次心跳的时间，接着，又一次心跳。“但是？”

“没有但是。虽然我只是个三脚猫佛教徒，卡萝琳，但佛教教给我最重要的一件事，就是对人慈悲。不是‘怜悯’，而是慈悲——很难区分，至少一开始很难。对你发慈悲不难。要是我眼见那孩子被活活烤死，我大概会用枪打死自己五次。我真想不出那会有多可怕。”

“皮特就做过，”卡萝琳轻声说，“我想詹妮弗也做过。”

“做什么？”

“用枪打死自己。铜牛事件之后。不对，詹妮弗用的是毒药。”她迷茫地抬头望着他，“父亲复活了他们，又惩罚了他们，大概是各抽五十鞭什么的。我忘了。”

“但你没有。”

“没有什么？”

“你从没企图自杀过，或者逃跑？”

“是，从没有。”卡萝琳的眼神坚硬得像花岗岩，一切柔软的东西都会在上面撞烂撞碎，“我还有工作要完成。”

现在她丝毫没装，斯蒂夫明白，这就是她无须伪装时的真正面目。他轻声叹道：“耶稣啊。”

卡萝琳闭上双眼。再睁开时，她眼中的警惕重新出现，“该睡了。”

“不，我还不……”

“我困了。”她疲倦地笑笑，“对我来说，今天很不寻常。而且……我不……我不习惯讲这么多话。我几乎从来不说自己的事。我感觉，呃……”

“很脆弱？”

无言许久。“对，脆弱。”

“对不起。”

“不用道歉，不是你的错。只是……我不善于……那个什么。”

“人类基本的交流？”

“差不多。让我很不舒服。但你问了，所以我就回答。现在你都明白了？”

斯蒂夫点头。

“有件事我确实很抱歉——抱歉让你受了这么多苦。这一切肯定让你既莫名其妙又惶恐不安，我本该处理得更好些。”

他挥挥手，让她不必道歉，“小事一桩。懦弱无能的人连上帝都不待见。而且，你脑子里的事已经够多了。”他笑了，“再说，我还有世界上最大的安慰奖。”

“没错。关于你要的东西，有什么想法吗？”

“没，没有。”

“好吧。好好想想。咱们明天再谈。”

“你有没有带，呃，睡袋之类的东西？”

“什么？哦，不用。玉石楼层底下有很多寝室。我替你准备了一间，装饰成美国风格。”

“什么意思？”

“嗯……这么说吧，我借来了一整套顶楼套房，问一家酒店借的。你听说过沙特阿拉伯的Al Murjun集团吗？据说他们的酒店非常舒适。来，我带你去看。”

4

“晚安，”她说，“要是你有事，我就在楼上。”

“你不睡吗？”

“现在还不能睡。还有几件事要处理。”

“谢谢。”斯蒂夫关上门，稍稍松了口气。玉石楼层底下的所谓“大厅”，简直就像巨兽的金属动脉。好在有件事她说得对——这套不知从哪儿弄来的顶楼套房的确非常舒适，就是有点儿异国风情过浓，装饰过度，不合他的口味。*光是沙发恐怕就比我的公寓值钱。*不过沙发很舒服，娜嘎一进来就趴在上面睡着了。斯蒂夫给自己调了杯酒，四处转了转，然后一屁股坐在娜嘎身边。娜嘎的鼾声戛然而止，抬起头，露出了獠牙。

他揉揉她耳朵中间，“好好睡吧，臭脾气姑娘。”

电视遥控器上的文字全是阿拉伯语，不过“开”键还是很容易找的。电视机还有分屏幕功能。捣鼓了一阵子以后，他开始同时收看CNN、福克斯和阿拉伯半岛电视台。

看来大卫仍在地狱里受苦。现在，肉眼已经能看见他了。弗吉尼亚天还黑着，但悉尼、北京和斐济的城市街道上已经挤满了张大嘴巴、呆若木鸡的上班族，望着新世纪的黑色黎明。正如卡萝琳承诺过的，大卫够温暖，大小也和原来的太阳差不多。但哪怕到了正午日光最炽时，他的光芒也非常微弱，就像繁星布景上挂着一只深灰色的碟子。

CNN召集了一帮天文学家开电话会议。安德森·库珀正逼问他们，为何太阳会突然变黑。请问，这到底是什么导致的？哈佛的几个人扯到了暗物质，以及人类对暗物质的了解多么有限。

斯蒂夫听了几分钟，朝电视里的人举起苏格兰威士忌的酒杯，“大胆猜测，勇气可嘉。”

他不停地换频道，看了一个钟头电视。醉意越来越浓，可惜神经绷得太紧，他睡不着。全球音乐电视台在放老片子《瘪四与大头蛋》，外加各种新闻视频。当然，大量的镜头都是白宫大火。还有，加州发生了轻微地震——没什么可大惊小怪的，真的！还有些镜头是从国际空间站拍下的黑太阳，真是漂亮。副总统在某个秘密的安全场所主持国政。有几个在挪威玩滑雪板的人说，他们看见某座冰山的一角站了起来，走掉了。这话当然荒诞无稽，但之前和之后的照片对比显示，这座冰山的确缺损了一大块。月亮也有点儿不稳定。也许是太阳这事儿造成的重力异常，这可能会影响……

“知道了，”斯蒂夫自语，“*去他的这一切*。”他走出公寓的双开门，让门敞着，怕娜嘎关在里面不自在。“卡萝琳？”

寝室层的金属大厅是管状的，就像一条动脉，长约一百米。里面很黑。

“卡萝琳？”

没人回答。他还是朝前走去，只穿着袜子，觉得金属地板高低不平。看来他比自己想象得更醉。幸好只要步子跨得小些，就不会蹒跚得太厉害。大厅尽头是橡木楼梯，被无数次的赤脚踩踏磨得光滑圆润。楼梯浮在半空中。斯蒂夫爬了上去，站在图书馆的书架中间。

他本来担心地方这么大该怎么找她，结果却一点也不难。卡萝琳就浮在离地几百米的空中，原地旋转，就像花样滑冰运动员的招牌动作。她伸出双臂，呈V字型高举过头，长袍过分宽大的袖子因为旋转不停地飘动。她正用最大音量叫喊，说着斯蒂夫听不懂的语言，身上仍旧带着大卫干涸结块的鲜血，面颊上淌着泪。斯蒂夫分辨不出她是在哭，还是在笑，也许是边哭边笑。她身下，玉石地板发着微光。斯蒂夫抬起头，看到自己熟悉的宇宙挂在图书馆中央，卡萝琳的影子投于其上，就像两扇黑翼。

斯蒂夫默默注视许久。他本想上来找她聊聊，说说外面的世界遭了多大变故，说说她是怎么犯了个错误，然后他们会一同大笑。但眼见此景，他一句话也说不出来。最后，他转过身，悄悄回到金属大厅中的“顶楼套房”，重重关上房门。娜嘎听到声响，抬了抬头。

他走进洗手间，再次重重关上门，在马桶边弯腰呕吐起来—— 一次，两次，三次。他把嘴里黏糊糊的口涎啐进马桶，前额布满油腻腻的汗珠。他想起卡萝琳是如何旋转、如何疯笑，想起她用不带丝毫感情，只陈述事实的平板语调说起晚餐时的斧劈谋杀，说起孩子们被活活烤死。

在酒吧初见她的那天晚上，他很自然地认为，她跟他一样，都是普通人类。现在他明白，根本不是这样。

他走出洗手间，回到客厅。娜嘎已经彻底清醒了，正等待着他，眼中充满关切。斯蒂夫打开一瓶水，拍拍它的屁股，“没事，我还好。”

他一点也不好。他有点儿明白了，却焦虑不安。这里只有我们，没人来帮忙。不会再有人来了。“我们该怎么办？啊？我们该怎么办？”

他又把频道转回CNN，发现安德森·库珀问到了一位有明亮蓝眼睛的老妇人。屏幕上，她的脑袋下方打着一行字：格丽塔·阿班多罗斯，卢卡斯教授[①]。她正在回答安德森的问题，或者说正尽可能挤出话来。因为她笑不可抑，笑得眼泪一串串流下。她说其他教授都是笨蛋，说现有的理论永远没法圆满解释黑太阳这事。她朝他们咯咯大笑，说承认吧，你们也不比我知道得更多。人类的学问就是个拙劣的笑话，向来如此。

有些参与节目的教授冒火了，其中一位说她的话就像出自迷信的农民之口；另一位说了些“好吧，也许不是暗物质。既然她这么聪明，干吗不给咱们解释解释到底是什么”之类。安德森·库珀点点头，等待回答。

阿班多罗斯沉默了。谈话类节目斯蒂夫看多了，很有经验。他觉得她的眼泪大概已经在眼眶里打转了。可她开口的时候，声音很平静：

“我想，上帝大概生气了。”

斯蒂夫突然很想给阿班多罗斯博士买杯酒。整个世界，除了他，只有她知道到底发生了什么事。“嗯，”他说，“你说的没错。不过我觉得不止生气这么简单。”他朝阴暗处投去多疑警惕的一瞥，“我想，她大概他妈的疯了。”

---

①全称为卢卡斯数学教授席位，是英国剑桥大学的一个荣誉职位。授予对象为数理相关的研究者，同一时间只授予一人。此教席的拥有者被称为“卢卡斯教授”。获得过此项荣誉的包括牛顿和霍金。

话一出口,一个清晰的念头突然凭空出现在他脑子里:像她这样的生物,就算使用同样的语言,从她口里说出的词,含义必定跟我熟悉和习惯的不同。

就在那一刻,他开始明白自己究竟该做什么。

第十三章　歌唱，歌唱，歌唱！

1

一个多月后的某天。

卡萝琳走下图书馆的楼梯，目标是寝室大厅。她抱着个大纸板箱，箱子体积太大，她看不到脚下的阶梯，只好用脚尖摸索着走路。

箱子里装着一碗爆米花、两瓶“永清”[①]酒，还有半条万宝路香烟。烟酒都是斯蒂夫指名要的，爆米花是她自己的主意。她不怎么指望他感激，不过，礼貌回应的可能性还是有的。

她本想叫他帮忙，转念一想还是算了。斯蒂夫讨厌这些楼梯，因为它们悬空浮着，没有支撑。斯蒂夫说，这东西让他“背脊发毛”。

一点不奇怪。斯蒂夫不喜欢的东西很多，而且不断增加。其中包括图书馆本身（“家具怎么能挂在天花板上呢？太诡异了。”），玉石地板（“玉根本不该发光”），药房（“天杀的，那东西是什么？我出去了。”），军械库（他看到大卫的战利品就吐了），佩拉匹语（“听起来像是猫打架”），她的长袍（“你是不是找死神借的？”她不是找死神借的。）当然，还有卡萝琳本人。

只需稍微一句问话，他就会滔滔不绝地跟你讲上一堆。

“我的长袍？”她嘟哝道，眼睛越过箱子顶瞄瞄脚下，想看看该往哪儿踩，“我的长袍又怎么了？不就是袍子吗？老天。”

卡萝琳隐约记得自己刚来这儿时的感觉：巨大空旷的主厅，熟悉的一

①美国烈酒品牌。

切突然被夺走的难受和不知所措。迷茫是肯定的。不过,都过了一个月了,他总该适应些了吧?

可惜没有。把顶楼套房运过来费了不少劲,但现在想来,幸好她这么做了。斯蒂夫似乎决心在那儿安营扎寨,其他地方哪儿都不去。

卡萝琳年轻几岁的时候,在准备自己的计划的同时,有时会做做白日梦,想着他俩能一起做的事:野餐,度个短假,在炉火边一同阅读。现实却是,他要么喝个烂醉,要么玩电脑游戏。

哦,他也干过别的。有时他会和娜嘎在书架之间玩猫咪游戏:轮流躲进阴影里,趁对方不备猛扑。今天呢,那两个刚从非洲塞伦盖蒂大草原度了三天假回来。去之前,斯蒂夫曾邀请过她,她谢绝说自己太忙。他明显松了口气。太明显了。

她耳边响起詹妮弗轻柔怜悯的声音:"她有个心煤。"还有更糟的,"回忆总是跟现实有差别。"

"去你的,詹妮弗,"卡萝琳说,"我总能想出办法的。向来如此。"

在美国地毯和柏油路上踩了几个月后,寝室大厅光滑金属地板的脚感让她熟悉安心。不用说,斯蒂夫也讨厌金属地板。

在大厅浑然一体的光滑金属轮廓中,斯蒂夫住处大门那木质的精致线条显得格格不入。她放下纸箱,用酒瓶当镜子照了照。她让某个活死人给自己做了特别的发型。那时候她觉得弄头发是个好主意,可现在……

唔……跟平常不一样。她知道,问题出在自己根本不知道头发应该弄成什么样。这发型总不算糟吧?我是说……至少还算整洁嘛。是啊,算是吧。可是,现在想来,弄头发这举动散发着强烈的绝望味道。要是这都不起作用,那怎么办,卡萝琳?"我会让它起作用的。"她又说。

可她声音里没什么自信。

她嗅嗅自己的腋窝——至少腋窝挺干净——接着紧张地吐口气,把脸部调整成微笑的表情。咚—咚—咚。

过了很久斯蒂夫才来应门,他只开了一条缝,"嗨。"

"嗨!我能进来吗?"

"用得着问吗?"他脖子侧面的动脉不住地跳动,汗水里有恐惧的味道,“你直接进来就好了。我又拦不住你,对不对?没人拦得住你。”

“我……我不会这么做。对你不会。”她的心一沉。难道他真的怕我?她摇摇头。肯定不会,那太傻了。她脸上的表情流露出心中的悲哀,只一点儿。

斯蒂夫的表情也随之柔和了一点儿,“嗯,好吧。可以,进来吧。”

一进门口,她拼命忍着不皱鼻子。房间里满是连日积累起来的烟味和狮子的尿骚味,臭气熏天。她给娜嘎预备了一个儿童充气泳池和几包“Fresh Step”牌猫砂,可等他们说动娜嘎试试猫砂的时候,地毯已经被尿浸得没救了。

“请坐。”斯蒂夫自己一屁股坐了下来。

“谢谢。”沙发很大,但卡萝琳就坐在斯蒂夫身边。娜嘎躲在房间阴影里,金色眼睛专注地盯着她。

“非洲怎么样?”

“很黑。”斯蒂夫说,“你以为会怎么样?”

“斯蒂夫,我——”

他举起一只手,“对不起,就当我什么都没说。娜嘎过得很开心。她碰到了一个婶婶,我们还一起吃了野味。”

“好吃吗?”

“娜嘎很喜欢。我觉得太生了点,不过非常、非常新鲜。”

“等等——他们带你去打猎了?”

“对。应该说他们一定要我去。”

“哇。”

“怎么了?”

“这可是极大的荣誉,斯蒂夫。”麦可在草原上住了两年才得到随同学习打猎的许可——这还是沾了诺布朗加介绍的光,“极大。”

“哦,是吗?哦,那好啊。”

她等着,可他没细说。她在脑中无奈地耸了耸肩。不说就不说吧。咖啡桌上摊着一本三环活页本,四周围了一圈烟灰缸,缸子里的烟灰都快满出来了。“学习有进步吗?”

“有。”他转身对娜嘎说道,“谢谢你今天不吃我。”

娜嘎的声音从暗处传来。“小东西，你的感情对我不是没有意义。我改天再吃你。”

“不坏嘛。”卡萝琳评论道。斯蒂夫的狮语口音很重，但他的发音比她预想得要好。“我觉得你开始上路了。猫族语言都很难。”她瞄瞄活页本，他的进度已经远远超过了一半，“你什么时候要下一本？”

“大概再过一周吧，我想。”

“行。我这就开始翻译第二册。你会喜欢的，那一册里讲到了打猎。”麦可的课本有一半都是图示，所以翻译起来比较快。即便如此，她的时间仍十分紧张。

“谢谢。”

“不客气。”

尴尬的沉默。

这一次，斯蒂夫先开了口：“那……你这一头法拉·法赛[1]是怎么回事？”

“什么？我——抱歉，我不明白你的意思。”

斯蒂夫望着她头边的半空中，“法拉·法赛，就是海报里的那个姑娘。你的头发……”看到她的表情，他没说下去，“啊，没什么。”他叹了口气，“你看起来，呃，挺好，就这样。”

她知道他在说谎，不过是个好心的谎言。“谢谢。”这么回答应该没问题，“要不要爆米花？”她掀开“特百惠”碗的盖子，递给他。

他看着她，“爆米花？”

“对啊。你不喜欢？”

“不，不是不喜欢。”他犹豫一下，“我只是觉得你不像是会吃爆米花的姑娘。”

“嗯……的确很久没吃了。小时候，妈妈给我做过。我还记得。我觉得你可能会喜欢，呃，熟悉的东西。”

“嗯，好。”

斯蒂夫把碗放在咖啡桌上，抓了一把。

“谢谢，味道挺好。”

---

①美国演员，艺术家。

两人嚼了一会儿爆米花。

“我们上次谈的事,你有没有考虑过?”斯蒂夫假装随意地问道。两人都能听出他声音中的紧张。

卡萝琳在脑中翻了个白眼——斯蒂夫抓着这念头就不肯放手了,他总觉得有办法把大卫发出的光芒变成黄色。两人一聊天他就会提这事,每次至少提一遍。“斯蒂夫,哪怕我想做,也做不了。”此刻,她几乎真的希望自己能做了。放弃计划了十五年的复仇?当然可以!只要能让他闭嘴就行。“技术上不允许。你怎么就这么难接受呢?”

他露出一脸知根知底的傻笑,仿佛她没说实情,而他太聪明,骗不倒。她真想掐死他。

“哎呀,卡萝琳,我们前一个太阳就是黄色的,而且天上到处都是这样的星星……”

“形势不同,斯蒂夫。大卫的精神垮了,半个头都没了。他只能连接到痛苦位面,其余任何位面都不可能。”

“可要是你……”

“够了,斯蒂夫。”接着,她冷静了点,“这不可能。”

两人无言地坐了一会儿,嚼着爆米花,躲开对方的视线。

打破沉默的是娜嘎:“我的猎手老爷,你有没有把我的问题告诉暗者?”

“还没呢,甜心,就快了。给我一分钟,行吗?别忘了我们说好的。”

娜嘎露出牙齿,“好吧。”

卡萝琳张大嘴巴瞧着他们。

“怎么了?”

“你没听到她是怎么叫你的?”

斯蒂夫摇摇头,“呃……没。我是说,听到了,但我的狮语还不行……”

“她叫你‘我的猎手老爷’。”

“哦!”斯蒂夫挠挠娜嘎的耳朵,“谢谢,甜心,真好听。”接着,他看到了卡萝琳脸上的表情,便问:“怎么了?”

“你根本没明白。”

他耸耸肩,“这有什么奇怪的?”

“‘我的猎手老爷’是……是个尊称。说尊称还不够。这个词表达了极度的尊敬。狮子只在特殊场合才用这个词。”

“哦。”他皱眉,“这么说,还挺隆重的?”

“对,斯蒂夫,非常隆重。从狮子口里听到这个词,相当于美国人把你的脸雕刻在总统山上。而用这个词称呼一个人类……哇!我从没听过这种事,从来没有。你到底做了什么?”

斯蒂夫不安地动了动身子,“呃,没什么,还没做。”他接着小声地说,“我们只是谈了谈。”

“谈了什么?”

“这个那个的。”

“娜嘎,他做了什么?”

狮子看着她,“我的猎手老爷会成为大家的拯救者。预言是这么说的。他会——”

“娜嘎!”斯蒂夫高声截断她的话,“我们说好,由我来处理这事,记得吗?”

娜嘎甩甩尾巴,退回阴影里。

“到底处理什么?”卡萝琳装出明朗的声音。

斯蒂夫放下爆米花碗,“你有没有看新闻?”

她在心中呻吟一声。他们上次谈话后,她答应去看,而且当真打算看。但她忙着处理跟公爵有关的传闻,分了心,然后就……“对不起。我肯定是忘了。”

斯蒂夫下巴上的肌肉跳动起来,但他说出口的却是:“没关系,我知道你很忙。你介不介意我们现在看一会儿?我想让你看些东西。”

她强作微笑,“当然可以。”

他按下按钮,电视屏幕亮了。“你喜欢这电视吗?挺大的!”应该说巨大。她指望这电视能让他高兴——美国人不都喜欢花哨的东西吗?——但他好像无动于衷。

“嗯,挺好的。”他翻了几个频道,“好了,这个台不错。看吧。”

屏幕的下方写着“俄勒冈州爆发争抢食物骚乱”。画面上是手持摄影装置在超市里拍下的镜头。货架空空荡荡，地上还有血。停车场里蓝灯闪亮。

“你听说了吗？”

“没。”

“本来该有一整列火车皮的小麦从堪萨斯州运过来，这列火车却始终没出现。也许被劫持了。一整列火车怎么可能失踪？没人知道。”

“我可以查查，如果……”

“谢谢你，但我想说的不是这个。”

卡萝琳发觉阴影中的娜嘎正盯着她，“不是？那是什么？”

“我想让你看的是争抢食物骚乱。这种事原本很少，每十年左右才会出一次。现在每天都有几件，而且还在恶化。”

“哦？有趣。”沉默许久，他期待地望着她，“那么，你觉得是什么原因导致的？”

“食物所剩不多。这是，嗯，部分理由。”

他没提大卫，但她知道他的意思。她心中的紧张度又提高了一点。

“大家都吓坏了。”斯蒂夫说，“南加州有个牧师——人们叫他埃尔金兄弟——到处宣讲什么这是世界末日的征兆。我觉得他就像一只发疯的负鼠，可很多人都把他的话当了真。他说他现在是州长，估计他已经率众退出了美国联邦。”

“这算大事吗？”

“对，还算大。前几天，他和军队展开激战。几辆坦克轰开了州议会大厦。埃尔金兄弟让一群正在读大学的孩子手挽手组成人肉盾牌。死了几百人。他跟军方最终大概会讲和。仅仅几周以前，一切都……你知道，都那么平静，正常。”

几周前？“哎呀呀，那你是在怪我喽？”

“我不该怪你吗？”

“当然不该！这些人反应过度了。”

“反应过——”斯蒂夫截住话头，在茶几上笃笃手指，“好吧。也许从你的角度看，这话也不假。我知道这并非出自你的本意。我猜你甚至都没发觉。对不对？”

卡萝琳腹中升起一丝怒气，又把它压了下去，至少他还在努力表现得有礼貌。她叹了口气。而且他也没说错。“对。好吧，这些算是新情况。可我实在太忙了！”

“对，我知道，我也明白。我真的明白。你父亲的死让世界不安定。他的宿敌都磨刀霍霍，指向新继承图书馆的孩子，对不对？”

“一点没错。但我有优势。”

“什么优势？”

“他们低估了我。”她微笑着回答。见此，斯蒂夫打了个寒战。尽管他极力掩饰，可当然躲不过她的眼睛。*他真的害怕我*，她心中念道。这一点深深刺伤了她，但她不会流泪。她从没流过眼泪。

可这伤真疼啊。

她把视线转向电视屏幕，想让自己分心。屏幕的一角写着“CNN”，旁边用更大的字体写着“零号元素保护壳”[①]。文字上方是一座黑色金字塔。这座金字塔比任何人造物都大，不停地原地翻滚，就像掷出的骰子。金字塔的表面纯黑，但摄像师似乎用了某种高感光的镜头，让金字塔发出诡异的绿光。直升机绕着金字塔上上下下飞行，就像沙滩排球周围的萤火虫。

“那是我们吗？”斯蒂夫手中握着爆米花，指指电视，“是欧文打死大卫那天晚上从空中飞过的东西吗？出来‘现身保护’的东西？”

“对。”

“那就是图书馆？我们在里面？”

她犹豫了一下，“差不多吧。这是十七维宇宙的四维投影，就像影子，也像文氏图[②]中圆圈重叠的部分。”

电视里，镜头从图书馆转向一个身穿大衣的漂亮女子。女子站在78号公路上，身后是一堆路障。卡萝琳认得这地方。电视处于静音状态，但卡萝琳能读唇语。女子说着“第32天”“不寻常的举动”，以及“军方尚未做出反应”之类。她的牙齿白得耀眼。接着，她身后出现几个一脸严肃的

①根据《星际迷航》的设定，有了零号元素（中子态物质）构成的合金保护壳，其内部结构无法扫描。

②表示几个有限集合之间关系的圆圈图。

士兵,他们绕过坦克,挥动手臂,做出“快走”的手势。

“什么情况?”斯蒂夫四处寻找遥控器。

“军方要求所有记者撤离。”

“什么? 怎么了?”

“他们几分钟后就要轰炸我们。”

斯蒂夫瞪着她,“你知道?”

“当然。”

他扬起一边眉毛,“那你不打算,呃,逃?”

“我觉得看看也挺有趣。大卫有时候会炸东西,爆炸的闪光还蛮漂亮的。”她笑了,举起碗,“再说,还有爆米花!”

斯蒂夫瞪着她,没说话。

少顷,她明白过来,“唔。他们伤不到我们的。我保证。”

“啊哈。你听说过有种东西叫原子弹吗?”

“我很熟悉。他们不会用的。嗯……他们的确讨论过,不过我想最后应该决定不用。欧文和某个中国人坚持使用,但总统一直说什么‘不能用在美国国土上’。反正我对自己的判断挺有信心,所以我没听完就退出了。”

他疑惑地看着她,“你到底是怎么知道这些事情的?”

“我从大卫的门类里偷学的。只要有人计划害我,我就会知道。”她瞥瞥娜嘎,“这儿会痒起来。”她拍拍自己后脑根部,“一旦这儿发痒,我就会进去听他们说什么。轰炸马上就开始。”

斯蒂夫揉揉太阳穴,“卡萝琳……就算他们不用核弹,还有其他东西呢。有个叫‘堡垒毁灭者’的,还有一个……我想是叫‘雏菊切割器’? 都是大个头炸弹,几乎和核弹一样厉害。”他紧紧盯着她的脸,“你确定不会——”

“放松。”她误会了他的意思,“没什么可担心的。我保证。”她看看电视机后面的墙壁,“其实,已经开始了。电视里的新闻应该是早先录好的。瞧。”她打了个手势,墙壁变透明了。

强光逼得斯蒂夫眯起了眼睛,“太阳回来了?”

“不,只是爆炸的闪光。等等。”她又打了个手势,强光稍微减弱,“好多了。”

视野所及的天空中，密密麻麻挤满了战斗机，让她想起冬天迁徙的鸟群。他俩眼看着几颗巡航导弹刺破夜空冲来，在图书馆的墙壁上开了花。黑夜中亮起橙色的花朵。“瞧见没？我说过蛮漂亮的。”她往嘴里丢了颗爆米花，“你不觉得吗？”

“啊……算是吧。”

接着来的是三架大轰炸机。飞机肚腹上的弹舱门开着，飞近后，炸弹从里头落了下来。这时，电视里也开始转播这画面。火球一个接一个落到金字塔侧面，整齐得让人惊讶。其中一个正中金字塔，卡萝琳只好再次调整墙壁的透明度。

斯蒂夫走过去，把手放在墙上，“我感觉不到。一点都没有。”

“当然没有。”她指指电视里的金字塔，“我说了，这只是个投影。我们所在之处，轰炸机根本够不到。你这么想就明白了：要是有人朝你的影子开枪，你不会痛吧？对不对？”

“唔。”斯蒂夫又坐了下来——比刚才离她远点——抓了一把爆米花，“我得坦白一件事。”

“什么事？”

“我知道他们会轰炸你。应该说……我知道他们在讨论这事。”

“哦？真的？”

“对，我跟欧文聊过。还有总统——我是说新的那个，不是死掉的头颅，还跟其他几个聊过。”他举起迈克吉利卡迪太太的手机。

她在空中挥挥手，“谢谢你肯告诉我。不过，这不成问题。”

“你早知道，对不对？”

“对。”

“你是不是一直在偷听我跟人家说话？”

“我绝不会这么做。对你不会。”

“那你怎么知道的？”

“我们在另一个宇宙里，还记得吗？我得设置转接处，你的手机才能用。还记得你起初想打电话，结果打不通吗？”

“噢。”他顿了顿，“你不生气？”

“没什么可生气的。”

“几乎可以说，我跟人家密谋杀你。这也没关系？”

她摇摇头，“没关系。其实你心里也有几分明白，轰炸对我肯定没用。”

“什么意思？”

她拍拍后脑，“没痒。”

“啊。”斯蒂夫思索了几秒钟，跟娜嘎交换了个眼神。最后，他点点头，“对。”他轻声对自己说，“好吧。”接着，他转向她，“能替你调杯酒吗？有些事我想跟你说。”

“当然。”有酒实在太好了，“你想说什么？”

“第一件事，我想跟你说说我的愿望。”

“你想好要什么了？”她竭力掩饰声音中的迫切。难道他真的回心转意了?!

“对，我想到了一件事。你还记得我提过我养的狗吗？那只英国可卡？”

“呃……”

“我们第一次见面的晚上，在酒吧里。”

“哦。”她撒谎，“当然记得。”

“你能找到它吗？保证它安然无恙？它叫派迪。”

“嗯，当然可以。不过斯蒂夫，这事实在太小了，如果你还有……”

他热切地望着她，“你保证？”

“嗯，我保证。我不擅长对付狗，不过我会想办法的。”

斯蒂夫朝后一靠，点点头，“谢谢，卡萝琳。我很感激。”

他沉默下来。等了好久，她用手在空中虚拉一下，做了个“快说吧”的手势，“斯蒂夫？”

“唔，抱歉。该怎么说呢……”他撇撇嘴，“首先，我想告诉你，我想了很多。想你那天晚上跟我说的话，想你的遭遇，想你是怎么变成……现在这样的。”

“我说了，我只是个图书……”

他举起一只手，“这不重要。我只想让你知道，我真的很努力站在你的角度思考问题，理解你行事的理由。可以说，那天晚上之后，我一直在做这件事，只做了这一件事。”

他的话音中有些东西让她不舒服，“哦？那你现在有了……想法？”

“没有。”他用手指拔拔头发，“关于你做的事，比如对大卫和玛格丽特，我本人极力避免思考那些东西，复仇什么的。不过话说回来，我从没被人钉在桌子上过。所以，我没有说三道四的权利。”

冰块在杯子里叮当作响。她心中有什么东西松开了。“谢谢。”

“但我对其他东西的确有了些想法。”

“你指什么？”

“你的经历对你的影响。”

“什么意思？”

“嗯……比如，如果听到有人讨论该不该用核弹炸自己，我认识的大多数人都不会因为厌烦而中途退出，哪怕十分确定自己不会有事也一样。他们都会很好奇，想知道讨论的结果如何。”他摇摇头，“你不一样。对这种讨论，你连兴趣都提不起来。”

“我不懂你想说什么。”

“起先，我以为你他妈的疯了。也许照医生的标准看，你是疯了，但我觉得‘疯’这个词对你不合适。”

“那是什么？”她嘴唇发木，好像被人下了毒似的。

“我想不出恰当的词。就好像，你跟我们其余人生活在不同的位面上。普通的东西——恐惧、希望、慈悲——都到不了你心里。”

“这太……好吧。也许。也许是有这种情况。”她话音中含着警惕。他没打算害她；假如他有这打算，她会知道。但这里头有什么东西，什么东西不对劲……

“只能这样。”他说，“我是说真的，否则你不可能活下来。但问题是，这是把双刃剑。”

“斯蒂夫，你得说清楚，否则我不明白。”

“嗯，好吧。我尽量。”他在她杯子里倒了半英寸永清酒，然后换成橙汁，把杯子斟满。接着，他把瓶子里剩下的酒都倒在一个不锈钢炖锅里。“让酒液透透气，醒醒酒。”他解释道。说罢，他走过来，把杯子递给她。

她啜了一口,做个鬼脸。

"不喜欢?"

"好烈的酒。"她还是喝了。

"是啊。"他举起自己的杯子碰碰嘴唇,又放了下来,"我说过,这几天我看了很多新闻。你知道农作物已经出现问题了吗?就因为你放上去的新太阳。"

"什么问题?"

"嗯……大多数植物都快死了,应该说几乎所有植物。树,草,小麦,大米,整个亚马孙丛林……差不多没有活下来的。某些人为此有点儿担心。"

"操心植物?"她完全糊涂了。美国人不是你杀我就是我杀你。你每转个身,喏,又一场战争爆发了。

"他们怎么会操心植物?"

"问题出在,地球上很快就会没有食物了。"

"哦!对。这容易解决。有很多霉菌真菌之类能在黑太阳底下生长。我有书,等有时间我会翻译出来,然后——"

"这太好了,我想人们会感激的。不过,食物这问题有些紧急。"

她不安地动了动身子,"我看能不能在下周试试,让普通宇宙的时间停一停。"

"CNN已经制作了一系列专题,教人们怎么从平常不可能当作食物的东西中获得营养。"斯蒂夫说,"比如用鞋革炖汤,用家庭宠物做菜。诸如此类。"

"唔。现在想来,商店里的确没有牛油果泥色拉卖了。"

"你有没有注意永清酒的价格?"

"没。"

"七千美元一瓶,比平常贵一点儿①。"他说,"这种酒需要的粮食少,只用工厂化学品也能生产。这大概是你还能买到这种酒的唯一原因。我想,除了不知好歹的高中小子们,没人真会去喝这东西。"

---

①永清酒的通常价格是十美元左右,贵了不止一点儿。跟上文的"某些人有点儿担心"一样,是斯蒂夫故意轻描淡写。

“你一说我倒想起来了，商店的货架确实有点空。”

“想必如此。”他一脸专注，“前几天我看到一则新闻，让我想起你的鹿，伊莎和……”

“艾莎。”

“对了。前几周，有个孩子，才十六岁的样子，被人抓到偷猎某个富人家养的鹿。现在这是要判死刑的重罪。被人现场抓到的时候，他还满手鲜血，正在吸鹿大腿骨的骨髓。他为自己辩护说，反正鹿要饿死，为什么不能让它先填饱某人的肚子呢？我似乎能理解。”

卡萝琳忽然想起那个夏天的早晨，她跟艾莎一起嚼着浸透了露珠的苜蓿草，望着春天的黎明一点一点降临。这让她心中有点儿……但她很快压了下去。

斯蒂夫凝视着她。

“后来呢？”她问道。她的声音毫无异样。

斯蒂夫沉默了很久，方才轻声说：“他们还是吊死了那孩子。后来，争夺食物的骚乱越来越多。就像我说的，几乎每天都有。”

“哦。”她一饮而尽。

“再来一杯？”他的声音响了一些。

“好。”

他走到厨房，打开第二瓶酒。他调好她的酒——这次倒了整整一英寸——把剩下的倒进刚才的炖锅里。

“继续说。除了饥荒，还有别的问题。地震是其中比较大的一个。现在每天都会新发地震。旧金山已经没剩多少了。东京没了，墨西哥城也差不多了。黄石公园底下的火山也在蠢蠢欲动。目前还没发生什么事，但地质学家很担忧。”他盯住她的眼睛，“他们说，肯定跟这地方有关。”

“跟图书馆有关？”

“对。悬在加里森橡树林上空的这座金字塔状建筑很重。他们说大概跟月球差不多。它移动了大陆板块的位置。”他从她的杯子里吸了一口酒，然后递给她，“你听说了没？”

她摇摇头。

“嗯，”斯蒂夫回答，“我想也是。你得留意父亲的敌人，对不对？还要补习其他——什么来着?”

“门类。”她说,“我一直在温习其他门类,谋划盘算,为可能发生的突发事件做准备。以防万一。”

“当然,”斯蒂夫回答,“当然,你向来小心谨慎。你要操心的事情很多。这是你生活的世界,是你熟悉的世界。”

“是啊。”她也用手指梳梳头发,有点紧张,“斯蒂夫,地震啊,饥荒啊,还有其他问题——我都会想办法解决。但也有你不知道的异动。北方Q33已经开始行动了,我找不到他。要是公爵或者巴利·欧席打算对我不利,结果就会——”

“——就会对所有人都不利,包括每个普通人。我明白。这些无疑是大问题。我一秒钟都没怀疑过。”他用手指笃笃大理石茶几台面,“不过,这就导致了另一个问题,我自己的问题。”

“什么问题?”

“我跟欧文谈过,还有其他人——总统啊,军方人士啊,只有欧文能明白。”

“明白什么?”

“明白我没法跟你真正沟通。”他温柔地朝她伸出手,掌心向上,“我用了能想到的所有表达方法,可你似乎连听都听不见。我跟欧文说了这个问题,他回答说,这是因为你没法理解我说的话的含义。”

卡萝琳的眼睛眯了起来,“我英语说得挺好。”

“我也是这么跟欧文说的,但他不是这个意思。他告诉我,他打完仗复员回家时,每个人都跟他说,要他忘掉从前,去做些自己觉得高兴的事。他说他听到了这些话,甚至知道这些话的意思,但他就是没法从心底里接纳。后来,他帮助了一个孩子。之后,他才真正觉得自己可以朝前看了。之后,普通人说的话才开始有意义。”

“得施恩。”她说,“我记得那孩子。”

“于是,我开始思考你如何不得不关闭心门,压制所有情感,变得冷漠无情。非这样不可,对不对?否则就没法熬过诸如小孩子的脑袋被斧子劈开,以及人们被活活烤死这种事。”

卡萝琳没回答。

“冷漠。对。”斯蒂夫的视线又落在她身上，“但你的心还没有结冰。现在还没有。还剩下一点东西，对不对？就是心煤。最后一点温暖。”

过了很久，她终于肯微微点了点头，动作轻微得几乎看不见。

“我想也是。对，这是打动你的心，让你……醒来的唯一办法。对不对？让你不再冷漠。”

她没回答。

斯蒂夫自己点点头，笑了。

他的微笑中有什么不一样了。究竟是哪里不一样？

“你从没明白说出来，但我想我已经猜到了。你的心煤到底是什么。”他微笑着站起来，朝炖锅走去。

她思忖片刻，终于明白了。他内心平静了。她想，这就是不一样的地方。这是我第一次见他真正幸福快乐的样子。

斯蒂夫站在吧台边，微笑着举起橙汁，“再来一杯？”

“不用了。”她的声音嘶哑，“你在干吗？”

“很高兴听你这么问，谢谢你耐心听我东拉西扯。真的不想再来一杯？”

她摇摇头。

“嗯，不要就不要。”他举起盛满永清酒的锅子，把酒一股脑儿浇在自己头上。

房间里顿时充满了纯度高达百分之九十的乙醇刺鼻的化学味道。卡萝琳突然明白了：这东西高度易燃。

斯蒂夫对娜嘎说：“行动，甜心。”

卡萝琳动作很快，马上起身阻止。但娜嘎动作更快，跳起来挡住她的去路。

斯蒂夫微笑着，神情平静友好：“在我采取行动、靠近我心中的佛之前，我想充满敬意地恳求你，对世上的小生命发发慈悲。”

他闭上眼睛，手里不知何时握着玛格丽特的打火机。

叮。嚓。咔。

蓦地，蓝色火焰燃起。卡萝琳的眼中只剩下了这团火焰，仿佛要烧到时间穷尽。娜嘎守在她和斯蒂夫之间，凶恶的尖牙利爪，无法逾越。卡萝琳只能眼睁睁地看着火焰把斯蒂夫变成了一支耀眼的蜡烛,冒出黑烟。她第一次发现,普通人烧得真快。不到一分钟,他就死了。单就这一点而言,或许体现出了上帝的慈悲。除此之外,一切都是纯然的黑暗。

孤身一人的卡萝琳,感到伊莎和艾莎正冷冷地注视着自己。

有人在尖叫。

插曲V　泰坦

1

自然，卡萝琳复活了斯蒂夫。她花了几个星期时间才完成。虽然她医药方面的造诣越来越高，但烧焦的身体很难治。复活后，他又让她买两瓶永清酒来，这回，她回答外头买不到了。一周后，她下楼，发现他死在浴缸里，身边放着剃须刀片。她给娜嘎打了镇静剂才把他的尸体拉出来。治疗只花了一两天，但她弄错了血型——这错误的确愚蠢，但她当时心烦意乱——所以，他一复活，就死于心力衰竭。第五次对斯蒂夫施行复活术之后，她用电动剃须刀代替了剃须刀片。谁知，第二天晚餐的时候，他对她重复了一遍第一次自杀前的遗言——发发慈悲？鬼知道这究竟是什么意思——然后把一整杯下水道疏通剂灌进了喉咙。

这一次，她没救他。

她受不了了，实在不想再来一遍。

那是一个月之前的事。现在，她埋首于学习。有一天，在查找存在于现实世界的病毒的理论资料的时候，她碰巧看到了一本放错位置的棕色文件夹，挤在浅紫色的数学书中间。这份文件夹原来是alshaq shabboleth[①]的草稿。

这东西改变了一切。

Alshaq shabboleth的草稿本身无关紧要。她之前在书签纸上找到的

①见前文。意思是“让缓慢的东西加速”。

Alshaq urkum[①]版本比这个更晚,也更完善,让她得以实现隐身,在图书馆自由来去。跟Alshaq urkum相比,Alshaq shabboleth唯一的优势是发动简单,只需一个词就行。她平生只见过一次Alshaq shabboleth。

"收养日。"她轻声说。图书馆的巨大空间似乎变成了共鸣箱,它抓住这个词,并把它的音量放大。她低头看着手中的羊皮纸。

在研究能驱使一切的终极语言之时,我开发出了Alshaq shabboleth——让缓慢的东西加速的办法。

她又展开了几寸羊皮纸。这东西很古老,成于父亲取得统治地位之前,而且几乎从未使用过。若不是碰巧,她也许会一连几十年——甚至几千年——都不会发现它。碰巧?也许吧,不过,但凡事关父亲,她对所谓"碰巧"总是十分怀疑。

他是安排好了,故意要我发现的。

旁边是一幅手绘墨水插图,画着一个人奔跑着,超过了闪电。还有一幅墨色新鲜一些,画着这个人浑身着了火,正在尖叫。卡萝琳的神情阴沉下来,轻轻念出"Alshaq shabboleth",体会这几个音节。说完,她想起,这大概是一万年里这个词头一次被说出声来。

使用Alshaq务必心怀敬畏!哪怕运用精当,这也是危险的技术。需要时,它也许是有力的盟友,但也会是可怕的敌人!唯有智者方可……

在这行褪了色的古老墨水文字之下,圆珠笔潦潦草草涂着:

卡萝琳:

玛瑙-7-5-12-3-3.7

父亲

这串数字是索引号,指向特定门类的某一本书:玛瑙楼层,第7区,第5排,第12架,第3层,左数第3本,第7章[②]。血液在卡萝琳耳中嗡嗡直响,她极轻地呢喃道:"父亲?"

没人回答。

---

①一种隐身术,详见前文。

②索引号中的"9"未作说明,可能是作者的疏忽。

卡萝琳发出一声类似悲鸣的声音，把褐色文件夹重重丢在书架中间。远处某个正用羽毛掸子打扫灰尘的活死人闻声露出梦游般的惊恐神情，拖着脚步逃开了。

收养日。他们管那天叫收养日。那一天，他们的父母亲死了，他们不再是美国人，变成了图书馆员，成为父亲世界的一分子。那一天之前，加里森橡树林只是个普通的住宅区，大家只知道父亲是个住在街那边的老人家，名叫亚当·布莱克。

那天，有敌人袭击。袭击计划得不算聪明，但强度很大，速度也快。打了父亲一个冷不防——至少他看起来措手不及。她觉得这次袭击甚至有可能杀了他。可能性也许不大，但的确存在。正是这念头，以及这念头带来的一切，最终给了她行动的勇气。父亲并非全知全能，有时也会被偷袭。只要能偷袭成功，就有可能让他受伤。

之后的一切都由此而来。

卡萝琳脑袋发木，魂不守舍地走过玉石楼层的主廊，爬上金字塔的玛瑙楼层，独自穿过空荡荡的巨大空间，走向父亲指定的书。书在药剂学部分，属于詹妮弗的门类，名叫《多种常用万能灵药》。第7章是“完美记忆水”。

指　南

按说明配制好液体后，寻一清静无人处，开始冥想。此配方会开启你最细微的记忆，就像你再次亲历现场、亲眼看见一般。

她取下书，又浏览一遍附近的书架，多拿了几本：一本化学书，一本实验室技术书。她走下楼梯，进入药房，开始收集原料。

2

卡萝琳不擅化学。磕磕绊绊地研究了三天,她才学会必要的基本知识,弄明白配方到底说了些什么。又过了几乎不休不眠的长长一周,她才制作出一份澄清度似乎符合要求,而且没毒死老鼠的药剂。

等到终于对自己调制的药剂相当有信心之后,她回到房间大吃一顿,然后睡了整整十二个小时。第二天早上——或者晚上?在房间里没法分辨,再说,又有谁在乎呢?——她回到大厅,坐在自己的书桌旁,看着那个小小的玻璃瓶,里面装着她劳作的结晶。她轻柔地拔出木塞,小心不让液体洒出,然后把木塞放在吸墨纸上。接着,她切了个柠檬,分成四瓣,放在木塞旁边。

瓶子里盛着大约两汤匙棕色液体,味道苦涩,闻起来像眼泪。她做了个鬼脸,如饮烈酒般一仰脖子,将液体一饮而尽,随即咬下一瓣柠檬,去掉嘴里的怪味。

开始冥想。

"嗯,"她说,"好吧。"

她隐约记得收养日似乎是个节日。那是她一生的转折点之一,应该说是最重要的转折点,但她已经许多年没回忆过这一天了。时值夏末,白天仍然炎热。但到了夜晚,如果在露天,有时能感到冬日的第一缕呼吸从北方吹来。学校一周前才开学。她记得自己当时觉得这么安排挺傻。干吗开了学,一周后又放假?这时候实在不……

"劳动节[1]。"她说出声来。果然是完美记忆。一小时前,哪怕有人威

①美国的劳动节定在九月的第一个星期一。

胁要杀她,她也想不出这一天的名称。

1977年,劳动节。她当时应该是八岁。早晨,她在父母家中自己的卧室里醒来。床上有个毛绒玩具,是只绿色的木偶青蛙。柯米特,她想起来了,木偶的名字是青蛙柯米特[①]。柯米特旁边坐着猪猪小姐。这一天,她醒得比往常迟些,因为前一晚她熬了夜,收看“沃尔顿一家”[②]。

记忆中,卡萝琳走下楼梯。她妈妈是个漂亮的金发女子,年纪跟卡萝琳现在差不多,正在厨房忙活。妈妈走到架子前面,拿下一盒“霜冻麦片”[③]——卡萝琳还太矮,够不到——然后又回去忙着做饭了。

之前,卡萝琳已经记不清妈妈的长相了,只留有几个碎片式的印象——笑声,开司米羊毛衫,发胶。

直到现在。嗨,妈妈,她想,见到你真高兴。独个儿待在图书馆的卡萝琳微微笑了。

幸好,妈妈的脸并不眼熟。她松了口气。要是妈妈是活死人中的一个,她简直不知道自己会怎么做。她很高兴不用面对这个问题。卡萝琳用心记下妈妈的脸。对不起,妈妈,这次我不会再忘了。

1977年,小卡萝琳吃完了麦片,妈妈还在为当天的野餐预备一大盘土豆沙拉——煮土豆,切蔬菜,把原料放到碗里搅拌。快完工的时候,卡萝琳真正的父亲从五金店回来了。他是个英俊的男人,比母亲大几岁,太阳穴处的头发已经开始变得灰白。小卡萝琳没叫他“父亲”,叫的是“爸爸”。在成年卡萝琳听来,这称呼亲昵得让她心里美滋滋的。小卡萝琳亲亲他的面颊。他脸上的胡子茬戳着她的嘴唇。他没洗澡,闻起来一股汗味,还有昨天的“老香”[④]留下的余味。

等土豆沙拉准备停当,卡萝琳用“萨兰”保鲜膜封住碗口,把碗放进冰箱。帮妈妈收拾好厨房后,还有几个钟头才到中午野餐时间,于是她上楼回到自己房间打发时间。半个世纪之后的现在,成年卡萝琳无比想留在

---

①美国木偶大师吉姆·汉森创造的著名木偶形象,出现在包括《芝麻街》等诸多电视及电影中。后文的猪猪小姐“Miss Piggy”也是他创造的木偶形象。

②美国1972-1981年的家庭类电视连续剧。

③美国早餐麦片品牌。

④美国男士洗护除臭品牌。

厨房里，最后一次跟父母相聚。但记忆无法更改。父亲进入她的生活之前，卡萝琳就很爱看书，她更喜欢待在房间里阅读。

接近正午时分，三人擦上防晒霜，步行穿过街道，走向住宅区后面的小公园。爸爸伸出手让卡萝琳拉着，大大的手指摇晃着她的小手指。记忆中，他的掌心很粗糙。他肯定是做手工活的。不过，是什么活儿呢？可惜在那一天，小卡萝琳并没有思考这个问题。现在，这问题的答案永远消失了，就像爸爸的名字，爸爸讲的故事，还有他们一同度过的其他日子一样。

他心不在焉地低头朝她笑笑。他的脸可真和善。这画面让卡萝琳的眼泪夺眶而出，从面颊流下。她自己一点也没发觉。

去公园有条近路，要穿过某家后院。那家主人名叫亚当·布莱克，正站在自家后门廊上，他穿着短裤，头上戴着厨师帽。后院里有块水泥平台，上头立着个古怪的烧烤架。烧烤架由黄铜铸成，形状是头公牛。卡萝琳记得这东西很让小时候的自己着迷。她还曾在某个狂风暴雨的下午偷偷潜入他家后院，把自己小小的手放在铜牛光滑的腿上，看着亮闪闪的牛肚皮上映出自己的倒影。这会儿，铜牛鼻孔正在冒烟。

“你好啊，亚当。”爸爸喊道，“我们能不能借你的院子过一下？”

“亚当”挥手致意。“你好！”尽管着意压制，他的英语仍带有佩拉匹口音，“可以啊，来吧。”

三人走上前，闲聊了几句。这叫“邻里和睦”，卡萝琳想。二十年前的父亲跟她不久前最后一次见他时一模一样，一点没变。

“老天，闻起来真香。”她爸爸说，“你在里面放了什么？”

“什么都有，这一炉大部分是猪肩肉和羊羔肉。再过一小时就能好。我已经熏了它们一整夜。等猪肉好了，我准备做几个汉堡包。”

“你什么时候教教我吧。我得告诉你，你去年做的那些东西真是我吃过的最好的烤肉……”

“可以呀，没问题。我最近正好想当老师呢。”他用木头叉子戳戳肉，“秘诀是，开头的火温要高，越烫越好，这种猛火能净化肉里的杂质。另外，这么做还有一层仪式的意义。火能让人集中精神。”他曲起指关节敲敲铜牛，咧嘴笑了，“嗯，对。火。这是第一步。”

“是吗？就这一点？”

“还有，肉还需要某些特别的香料调味——古老的波斯烤肉配方。”“配方”这两个字露出了一点佩拉匹口音，变成了“配弗昂”。

八岁的卡萝琳咯咯笑了，“你说话真滑稽！”

“卡萝琳！”爸爸赶紧阻止。

“没关系。”亚当·布莱克说着蹲了下来，跟她视线齐平。她记得他的眼睛，这双眼睛让她的笑声慢慢轻了下来。“不……”卡萝琳说，把脸藏到爸爸的腿中间。

“别害怕。”亚当·布莱克说，伸手抚平她的头发，“你说得对。有时候我说的话的确滑稽。大多数人都听不出来，你耳朵真灵。”

“谢谢。”她从音调里听得出，他说这话是想安慰她。但她并没安心，一点儿也没有。

“我该怎么说呢，亲爱的？”

卡萝琳从爸爸的腿中间偷偷朝他看，“配方。”

“配弗昂。”

尽管还是怕，卡萝琳又咯咯笑了，“不对，配方！”

听到她的笑声，他似乎满意了。他的脸上又露出了方才温和的微笑，“嗨，你们想不想坐下来聊会儿？我想公园那边还没布置好呢。我冰柜里有啤酒，还有软饮料，给你女儿。”

她爸爸望望公园。公园里有人在搭排球网。

“我能喝一瓶吗，爸爸？”她喜欢雪碧，但爸妈平常不给她喝。

爸爸想了想，“好啊，当然可以。我也来瓶啤酒。”

卡萝琳随身带着书。她坐在一把金属沙滩椅上阅读，大人们聊天。

“我能问问你从哪儿弄来这烧烤架的吗？”爸爸问，“从没见过这样的东西。”

“哎呀，我还真不记得了。大概是中东的什么地方吧，年轻时候我在那儿讨生活。”

“哦，是吗？做什么呢？”

“大部分时候是当兵。前前后后加起来，我几乎走遍了亚洲的所有地方。”

“真的？哇，你肯定有不少故事。”

“有一点吧。”爸爸等了一会儿，但布莱克先生没主动讲故事。

“你现在还当兵吗？我们不常见你在家。”

他大笑，“不当了，很多年前就不当了。当兵是年轻人的事儿。其实，我正在考虑退休呢。”老人回答。

“真的？你要退休还太早吧？”

“听你这么说我真高兴。不过啊，我比看起来年纪大多了。”

“我能问问你是从哪个行当退休吗？”

“完全可以。我是家小公司的头儿。嗯，虽然小，但还是蛮有影响力的。我们经营的是图书行业，算是家族企业吧。”

“不赖啊。你喜欢这行吗？”

“这行挺有意思，不过也很残酷。竞争太激烈。我的继承者估计会过一段苦日子，至少在开头几年。”

“哦，你已经选好继承人了？”

“选好了，是个女继承人。我花了很久才定下人选。现在的问题是该怎么训练她。”卡萝琳那时没注意到，说这话的时候，布莱克先生直直地注视着她。他眼中的神情激起了她妈妈母性直觉的不安，于是妈妈用手臂环住卡萝琳。这是两人最后的身体接触。

如今，孤身一人坐在图书馆里的卡萝琳下巴都快掉了。继承人？选定？他肯定不会指……

“那个幸运的姑娘是谁？”卡萝琳的妈妈问道，同时捅捅丈夫的肋部。她和她丈夫有时会因为女权问题拌几句嘴。

“她名叫卡萝琳。可以说，她是我的侄女——我们是远亲，不过她身上有很多地方像我。”

“哦？”她爸爸说，“可真巧啊，我们的女儿也叫卡萝琳。”

“还真巧。”亚当·布莱克用一把抹刀给烤炉里的肋排翻面。

她爸爸喝了一大口啤酒，“那，到底有哪些训练内容呢？”

“呃，如果你不介意，细节我得保留。商业机密嘛。”

“哦？嗯，当然，没问题，我明白。”其实他一点也不明白。

“不过我可以告诉你，最难的部分是，如何让她熬过训练课程，同时让她的心完好无损。”看到妈妈脸上的表情，他补充道，“这是比喻。”

“这行当这么艰难啊？”

“一点没错。某些竞争对手实实在在就是怪物。”

她爸爸插嘴道：“真的？到底有——”

父亲没理会爸爸的话，他的声音中多了一点如铁的意志：“我不担心这个。她像我，如果有必要，什么都会做——只要我想办法让她专注于此就行。”亚当·布莱克微微一笑，给汉堡翻个面，眼睛发亮。

妈妈不安地笑了笑。爸爸显然毫无察觉，继续喝啤酒。

“难题在后头——她赢了之后该怎么办。我年轻那会儿，眼里只有战争。”父亲灼热的眼光注视着她，“为了贯彻自己的意志，我把心掏空了。直到很久很久以后，我才明白失去了宝贵的东西。可为时已晚，宝贵的东西再也找不回来了。”他耸耸肩，“但愿她能比我明智些。”在陈年积灰的记忆里，卡萝琳看到亚当·布莱克对小时候的自己挤了挤眼。现实中，成年卡萝琳几乎昏厥。

妈妈的眼睛眯了起来。虽然她没看到布莱克先生对女儿挤眼睛，但母亲的本能直觉仍然亮起了红灯。“好了，”她说，“我想我们该走了。”

“可我——”爸爸开口。

“我们不该占用布莱克先生太多时间，亲爱的。”她声音中带着明显的寒意。

“哦。嗯，好。”爸爸朝亚当·布莱克笑笑，“谢谢你的啤酒。待会儿见。”他拉起卡萝琳的小手，三人朝山下走去。

3

当时的加里森橡树林还有个公共休闲区，是个小公园，如今变成了一个湖。小区的住宅均围绕公园而建，于是人人都有个错觉，以为自己多了个三英亩大的后院。这时候，公园里已经很热闹了。大人们坐在野餐凳上，就着绿玻璃瓶喝可乐雪碧，或者抽塔里敦[①]烟。孩子们围在秋千架旁，还有些在木质丛林攀爬架上玩耍。亚当·布莱克的房子坐落在小区内最高的山坡上，沿山而下的路挺陡，所以卡萝琳只能牵着爸爸的手小心翼翼地往下走。爸爸的手很温柔，抓得也很紧。一路上，卡萝琳几次脚下一滑，爸爸都拉住了她。到了山脚，卡萝琳最后一次挣脱开爸爸的手。

"爸爸你看，是斯蒂夫！"她挥挥手，"你好，斯蒂夫！"斯蒂夫比她大一点，他当时十岁，她想，或者十一岁。他正和别的孩子一起追逐打闹。

她还看到了大卫。大卫正朝一个摔倒在草地上的孩子伸出手。那孩子比他小一点儿。"你没事吧，麦可？"大卫说。他的声音真亲切，倒在地上的小男孩儿本来都快哭了，一听这话，勇敢地站了起来，破涕为笑。大卫也笑了，拍拍他说："你真棒！"于是，两人一同大笑着跑开。

玛格丽特也在。她看起来比其他人小一些——九岁，或者十岁？篮球场上用黄色粉笔画了单双格，她正在那儿玩跳房子。玛格丽特头上扎的小辫子在阳光下跟着她一蹦一跳，粉色的皮肤因为运动透出健康的红晕。看来她玩得很高兴。

"你好，卡萝琳！"斯蒂夫回应。

听到他的声音，她的小心脏雀跃起来。那时候，斯蒂夫就住在街对

①美国香烟品牌。

面。我们的父母是朋友，有时候两家人会一起吃晚饭。我觉得他很“帅”。她还记得有一次，自己在一张粉红色的美术纸上用蜡笔并排写下两个人的名字，还画了一颗心把两个名字围起来。这事她跟谁都没说过。

他爸爸低头瞧瞧女儿，有些莫名其妙，似乎也有点不安。他朝斯蒂夫挥挥手，“你好。”

斯蒂夫也挥挥手，“你好，索巴斯基先生。”

“爸爸，我能不能跟斯蒂夫一起玩？”

“哎呀，亲爱的，斯蒂夫不想——”

“没关系的，先生。”斯蒂夫回答。听他这么说，卡萝琳八岁的心儿飞了起来。“想不想去疤癞平地那儿投几下？”

“想！”卡萝琳回答。

“哪儿？”她爸爸问道。

“就是篮球场。”她解释，“这是我们给它起的名字。”她和斯蒂夫给小区里好些东西起了别名。比如篮球场，因为是黑色柏油和粗糙碎石铺成，被叫作“疤癞平地”。她房间里有张蜡笔手绘地图，上面标注了所有他们起名的地点。街尽头的树林叫“流浪狗乐园”，树林里的小溪叫“猫溅溪”（得名于某桩好笑事件）。诸如此类。

“哦，”她爸爸说，“行。那……你们好好玩儿。”

两人走向篮球场上空着的篮架。斯蒂夫边走边拍球。

“你好吗？”卡萝琳小心翼翼地问。她有好几个月没见他了。上学期结束的时候，斯蒂夫爸爸出了车祸。霍奇森先生在医院住了一周，随即不幸去世。斯蒂夫和妈妈在威斯康星州外公外婆家过了暑假。

“我挺好。回来真好。”他在柏油路上拍拍球，“真怀念老疤癞平地呀。”

他看起来并不好。卡萝琳十分理解。爸爸去世是她能想象的最可怕的事。设身处地，卡萝琳心中就像开了个无底洞。“真的？”

“真的。难受当然难受，但人得适应。”

她抬头看着他，目光中充满敬畏。对八岁的卡萝琳来说，这句话包含了世上所有的勇气。“是吗？”

他点点头。

“怎么适应？”

“就是适应。只要不放弃，人几乎什么都能适应。”他疲倦地笑笑，“爸爸从前就是这么说的。”

“哦。”

“嗨，我们说点别的怎么样？”

“好啊。”她想说别的，可心中的无底洞把话都吞了进去。过了很久，她才轻声问：“说什么呢？”

斯蒂夫嘻嘻笑了，“你这段时间看了什么书？”

斯蒂夫是附近唯一跟她一样爱读书的孩子。两人对书的兴趣不同：他喜欢太空船和超级英雄，她则喜欢动物故事和贝芙里·克莱丽[①]。但他们都喜欢把读过的书讲给对方听，有时，他们甚至会喜欢同一本书。“《时间涟漪》[②]。”她说，“你看过没？”

“看了！真好看！你知道吗？后面还有一本呢！”

“什么，里面的角色也一样吗？”

“差不多，对。要是你想看，我借给你。”

“谢谢！”

“谢什么。”他把手伸进衣袋，“不过我今天给你带了另一本。我觉得你会喜欢。”

她看看封面，“《黑美人》？是讲马的，对不对？”

“对。”

“是不是悲伤的故事？玛格丽特说故事挺惨。”

“有点儿。不过结尾挺圆满。呃，算是吧。最后——”

“别说！”

“抱歉。”斯蒂夫举起球想投篮，却歪了歪头，侧耳倾听，“你听到没？”

“什么？我没——”她没说完，因为这时她也听到了。天上响起了哨音，越来越响，越来越近。她抬起头，看到一条又长又细、拱门似的飞行尾迹。刚看到的时候，尾迹还在高空；就在她注目的当口，尾迹越来越近。

“我想是冲我们来的。”斯蒂夫说。

她明白他说得对。不知为何，这让她心生恐惧。她伸出手拉他，这时——

---

①美国著名童书作家。

②美国作家玛德琳·蓝格所著的少年奇幻小说。

……一切……

……都停止了……

我开发了alshaq shabboleth——让缓慢的东西加速的办法。而在孩子眼中,世界就像原地停止了。她看到爸爸在街那头跟雅各布先生聊天,爸爸的话说了一半,嘴巴一直张着。雅各布先生正吐出一口烟,烟一动不动地悬在空中。

飞行尾迹也停了下来,悬在他们头顶约一百英尺的高处。应该说,不算完全停止。她抬头望的时候,那东西移动了一英寸,又一英寸。

年幼的卡萝琳看出那是冲他们来的。起先,她以为那是电视里放过的太空舱。等那东西飞近了一点,她发现不是。首先,它太小了,装不下人;其次,它没有窗户。不过,那东西也是金属制成,呈圆锥体,形状很像太空舱,旁边印着美国国旗,还写着USAF-11807-A1。下面还有一行艳红色的手写文字:“你好,亚当!”还涂着个笑脸。

卡萝琳记得当时自己心想:这东西是冲他——冲亚当·布莱克来的。可它到底是什么呢?现在她已经知道了。几年后,大卫跟她说过。“那东西叫‘泰坦导弹’,”他说,“是种武器。里面含着许多叫‘百万当量’的东西。这东西通常是用来炸平城市的。美国人觉得它能杀掉父亲。”

不过,那时的卡萝琳一点也不知道自己在看什么——说不定是烟火?——不管是什么表演,都挺漂亮的。她记得悬在头顶的东西裂开一条缝,里面亮起强光,就像一个蛋中要孵出某种魔法生物一样。

她看看斯蒂夫。斯蒂夫在说话,至少他的嘴唇在动,但她什么都听不见。这个细节已经被成年的卡萝琳忘记了。现在她明白,这是因为我们太快了,Alshaq shabboleth让我们变得比声音还快。

裂口越来越大。里面的强光迸射出来,就像山顶上初升的太阳。强光融化了写着USAF的金属。

斯蒂夫把手放在耳根,朝山顶望去。稍后,她也听到了。她脑中响起亚当·布莱克的声音。不,卡萝琳想,他已经不是亚当·布莱克了。他现在是父亲。

“想活命的,都躲到我身后来。”他说。那不是跟爸爸聊天时温和快活的老头子的声音,而是父亲真正的声音——能劈开高山、从黑暗中召唤出光明的声音。声如响雷，在孩子们的脑中响起。

闻声，卡萝琳本能地靠近斯蒂夫寻求保护。这时，她才发现异样。只要一动，暴露在外的皮肤就会发烫，就像那次她把手放在吹风机出风口，烫到了手指一样。

如今她当然明白其中缘由。因为摩擦，跟空气的摩擦。在Alshaq的作用下，他们的速度太快，快到连身旁的空气都会发烫。

但那时她只知道皮肤烫得好疼。在无声的恐惧中，她跟斯蒂夫大眼瞪小眼。头顶五十米高处，一个小小的明亮的太阳诞生，光耀夺目。

她朝爸爸呼救，嘴唇开合却没有声音。她朝爸爸靠近一步，感到面颊上出奇的温暖。她爸爸仍像雕像般立着，手中握着亚当·布莱克给的啤酒，放在嘴边。

他就站在火球下面。

后来，当卡萝琳自己学会Alshaq shabboleth之后，她才明白为什么Alshaq在爸爸身上没起效。Alshaq会首先作用在无生命的东西上，然后是年幼的孩童，最后才是大人。她爸爸没救了。即便今天，她也想不出办法来救他。而且，尽管她当时没意识到，她自己处境的危险程度也小不了多少。

但斯蒂夫猜到了。他摇摇她的肩膀，指指头顶的火球，瞪大眼睛，接着指指亚当·布莱克——父亲——他正在山顶上等着他们。

卡萝琳看看天上的火球。火球越来越大。她点点头表示明白，随后跟着斯蒂夫朝山坡进发。

他们立刻碰上了真正的难题。刚开始，两人一路小跑。没几步，她就停了下来，发出无声的哭叫。

斯蒂夫也咬着牙，却没叫。他看看天空，她跟着抬头。*要是火球一直变大，会把我们都吞掉的。*

她看得出，他也明白这一点。他的脸涨得通红，头发开始冒烟。他看着她，眼中满是恐惧和痛苦，小心地朝前迈出半步，在突然变得可怕残忍的空气中地缓慢前进。

山顶上，父亲看着这一切。他什么都没说。

两人一起朝山坡挪动。其余受到Alshaq影响的孩子，也面临同样的问题。有些慌了神,一动不敢动,还有些跪倒在地哭泣。有个大约八岁的男孩子,瘦得皮包骨,吓丢了魂。他叫吉米,她想起来了,脑子不太好使。吉米朝他妈妈跑去——快速奔跑,而不是她方才的小跑——只几步他的皮肤就起了泡。他尖叫,却没想到停下。又跑了三步,他的衬衫着了火。她别开了视线。

她和斯蒂夫一边避免烫伤,一边尽可能快走,但速度有限。两人比身后的越来越大的灼热等离子火球快一些,但也快不了太多。

有些孩子比较幸运。大卫和麦可方才追追打打,正好跑到了山脚下,他们肯定能在火球落地前早早安全抵达山顶。而她和斯蒂夫却不幸处于导弹的正下方,他俩也许来得及赶到承诺护佑他们的亚当·布莱克身边,也许来不及。

火球变大的速度加快了,赶上了斯蒂夫和卡萝琳。他俩刚到山脚下,火球就碰到了地面,吞噬了第一个受害者—— 一个十六岁的姑娘。她的位置离山脚不远,但,因为年龄偏大,Alshaq 起作用的时间晚。她马上就会成为在卡萝琳眼前死去的第一个人。火球的强光逼近,她的皮肤被烫焦剥离。她的眼睛在极度痛楚中瞪大,嘴巴张开,发出无声的尖叫。

接下来的许多年,这一刻都会出现在卡萝琳的噩梦中。她加快了一点速度,又加快了一点。恐惧胜过了疼痛。

这时她几乎在小跑了,根本顾不上烫伤的疼痛。她的衬衫在冒烟,鼻子里能闻到头发烧焦的味道(不知道是她的,还是斯蒂夫的)。但山顶就在眼前。*我能及时赶到!*

就在这时,她绊倒了。

她踩到了一块从泥土中松脱的石头。石头滑了开去,她伸手撑地,石头割破了她的手掌。更糟的是,她失去了平衡,往山下滑了宝贵的几英寸。

斯蒂夫已经到达了山顶。他安全了。他转身想微笑,却发现她处境危险,马上不笑了。他的嘴唇动了动,但她辨认不出他想说什么。他挥手让她加油,她读出了他嘴唇的形状:“站起来。”

可她站不起来。她擦伤了手和膝盖。她要妈妈。她害怕。她的下巴在颤抖。她记得自己当时想着:*这太难了,我放弃了。*

见此，斯蒂夫从山顶跳下来。他的脸发出不同寻常的光亮，因为火球就在她身后五米左右。他只蹦了两大步就到了她摔倒的地方，抓住她的手腕，拉她站起来。她站起来的时候，发现他的头发和衬衫都着了火，小小的火苗越燃越旺。

尽管身上着了火，他还是抓住她的手腕拉她站起来。火球只有几英尺远了。她的肩窝因为斯蒂夫的猛拉生疼，但她没感到火焰的炙烤；斯蒂夫把她护在身后，替她受着煎熬。他的左半边衬衫一瞬间就烧没了……但他俩都安全到达了山顶。

他们跑到山顶那群幸运的孩子当中，只比火球早了几英寸。这些孩子就是她未来的兄弟姐妹：大卫和玛格丽特，麦可、丽莎、理查德，还有她当时还不认识的其他人。他们聚集在父亲身后，嘴巴因为恐惧张成O型，发出速度太快以至无声的尖叫。

能量火球到达山顶，父亲张开双臂。强光碰到他的时候，他皱了皱眉……但没有烧起来。大卫后来告诉卡萝琳，这次爆炸足有三十个“百万当量”。他似乎觉得这个数字挺惊人。也许的确惊人，但这三千万吨爆炸能量碰到父亲手指的时候，竟然停了下来……颤抖了一会儿……随即消退。

火球退去后，公园变成了一个浑圆的弹坑，边缘发着红光。卡萝琳沿着弹坑边缘一路望去，终于发现一样熟悉的东西：一个印着金色“305”“拉法耶特”的邮箱。拉法耶特一家是卡萝琳家的隔壁邻居。他家的房子只剩下一半，被爆炸整整齐齐地从中切开，她能看到戴安·拉法耶特的卧室（戴安有个芭比娃娃梦想之家，让卡萝琳眼馋不已）。而她自己的家，那个她跟妈妈刚刚一起做过土豆沙拉的地方，正处在弹坑之内，已经化为了灰烬。

这时，她才想起寻找自己的父母。

最后见他们的时候，他们正在公园里。现在那地方是个一百英尺深的大洞，融化的沙子在深处发出红光，就像岩浆。妈妈和爸爸肯定是第一批被火球吞噬的人。

卡萝琳明白，她现在是孤儿了。

更远的地方，原本进行着排球赛，那儿的大人们也躺在地下，死了。身上血肉枯焦，几乎被撕成碎片。她认出了他们。是活死人。

父亲停止了Alshaq。时间回归正常。孩子们的说话声突然响起，就像有人把静音的收音机音量猛地开大。但卡萝琳耳中只有斯蒂夫的声音。

“——知道你在想什么。”斯蒂夫说，“你永远不能放弃，卡萝琳。你不能放弃，永远。”

她睁大眼睛看着他。

接着，斯蒂夫一脚踢下一块石头，石头从山顶滚下去，带动了一片。他说：“你必须坚强。”

4

亚当·布莱克转向孩子们,用漆黑镇静的眼睛注视着他们。

“你们的父母死了。”他说。一部分孩子哭了起来,剩下的孩子则茫然地望着他,还没明白过来。“你们大多数人都没有其他亲人。在美国,这意味着你们会被带走,住到孤儿院里。你们年纪太大,长得太丑,没有新家庭会收养你们。没人会爱你们,没人会要你们。

“但这儿不是美国。”亚当·布莱克说,“在这儿,我们按老规矩行事。我会收养你们。我是怎么长大的,你们也会怎么长大。你们会成为佩拉匹。”

“我们会成为什么?”卡萝琳记得自己问。

“佩拉匹。这是个古老的词汇,英语中没有对应的词。它的意思是‘图书馆员’,也是‘学徒’或者‘学生’。”

“佩拉匹。”她第一次试着发出这个音节。那时候他们以为他说话的对象是所有孩子。卡萝琳现在明白,他仅指她一个人。在生命另一端,孤身一人守着图书馆的卡萝琳也跟着说出了这个词。“你想让我们学什么?”

“我们从语言开始。这种语言也叫佩拉匹,你们都得先学会这个。”

“为什么?”

“你们的绝大多数课程都是用这种语言书写的。不学这种语言,你们寸步难行。”

“什么课程?”卡萝琳问。

“你嘛,我想你会学习其他语言。”

“比如什么? 法语什么的?”

“对。法语,还有其他语言。”

“要学多少种?”

“每种都要学。”

她做个鬼脸,“要是我不想学呢?”

“没关系,我会让你学的。”

她没再说话。她已经察觉,亚当·布莱克很可怕。但她记得他刚才的话让她内心首次燃起了小小的叛逆火苗。如今,这火苗已经烈如黑日,燃遍了地球上每一座高山和峡谷。

“那我呢?”大卫问。

“你? 嗯……”父亲蹲在大卫身前,捏捏他的小臂,“看来你挺强壮啊,小家伙。你让我想起自己小时候。你想不想学怎么打架?”

大卫咧嘴笑了,“想学! 这真酷。”

父亲又开了口。这次他说得很快,而且不是英语。那时的卡萝琳自然不懂他在说什么,只以为是胡言乱语,很快就忘了。今天,在记忆中,她一下就听出那是佩拉匹语。完美记忆水的使用指南说得没错:就像你再次亲历现场、亲眼看见一般。

“你会成为她最害怕的人,最后被她征服。”父亲用佩拉匹语说。他带着真正的爱意温柔地拍拍大卫,“你的路途会非常艰难,非常残酷。我必须对你做下可怕的事,你才会变成怪物。对不起,我的儿子。我本以为你会成为我的继承人,但你不够坚强。必须是她才行。”

成年的卡萝琳吃了一惊。他的儿子? 他竟然这样对待他的亲生儿子? 而且,更可怕的是,他这么做竟然是为了我?

“那我呢?”玛格丽特问道。

父亲转向她,“你好,玛格丽特。”

“你怎么会知道我的名字?”

“我还知道很多你的事。我已经观察你很久了。告诉我,你喜欢探险吗?”

她耸耸肩,“还行吧。”

“好。我知道个很特殊的地方,那地方几乎没人了解,除了我。我可以让你去那儿,学习各种东西。”

“那地方有意思吗？”

父亲撇撇嘴，“我得说，更像是探险。你喜欢吗？这会让你非常特别。”接着，他用佩拉匹语飞快地对卡萝琳说：“等时机成熟，玛格丽特会给你最后的警告。”

就这样，父亲一个一个地给孩子们分派任务。最后，他来到斯蒂夫跟前。“我呢？”

“我看到你刚才的举动了。”父亲说，“你真是个勇敢的孩子。”斯蒂夫的胸膛骄傲地挺了起来，“但我恐怕不得不送你走。我没法用你。”

“什么？”卡萝琳和斯蒂夫同时叫了起来。

父亲摇摇头，“总共只有十二个门类，每个都已经有学徒了。对不起。”

斯蒂夫怔怔地望着他，不知道他的话是否当真。父亲摆摆手，做了个“快走吧”的姿势。“去吧。你的玛丽姑姑会接你同住，我想。我们会做好安排，让你母亲跟父亲一起死于车祸，而你受伤严重。这些日子你一直在医院，什么都不记得了……对不对？”

“什么？”斯蒂夫一脸迷惑，“我……”

“去吧。”父亲用佩拉匹语接着说，“我必须把你放逐在外，这样你才能成为她的心煤。真人永远比不上回忆那么完美。必须有个完美的回忆，她才能活下去。以后她会一无所有，只能靠回忆你温暖自己，撑过残酷的生活。”

斯蒂夫揉揉脖子，沿着大路走到加里森橡树林的入口。他在那儿停了停，回头看看，朝卡萝琳挥挥手，脸上带着热切的渴望。

她也挥挥手。

接着，斯蒂夫一言不发地走出了加里森橡树林，回到了美国。八岁的卡萝琳抬头看看父亲，问道：“他不能留下来吗？他是我最好的朋友。”

“抱歉，”父亲说，“真的很抱歉。只能这么安排，没别的办法。”然后，他点燃了她心中的煤，“但将来，说不定你还能再见到他。”

卡萝琳泪流满面，用力点点头。

斯蒂夫走后，父亲擦干她的眼泪。有些孩子的屋子还在。他让他们回家一趟，拿些玩具衣服或者其他喜欢的东西——但只能搬一次。大卫拖着一个行李箱回来。麦可在一辆红色的小推车上放满了衣服，拉着车子沿街而来。

卡萝琳的房子已经化为灰烬，所以没什么可拿的。在这世界上，她只剩下身上穿的衣服，还有斯蒂夫给她的《黑美人》。她跟父亲一同走向后院。

“我真希望他们快点。”父亲扫视着街道，看有没有孩子们的影子，“我时间紧迫。很快就是晚餐时间了，而我还得惩罚勒梅总统。”

“惩罚总统？为什么？”

“就是他把炸弹丢过来的。你觉得该不该惩罚他？”

“噢，应该。”她想起妈妈和爸爸，嘴唇颤抖，“怎么惩罚？”

“首先呢，他不会再是总统了。”

“你真能做到？”

“哦，能。我能。”

“怎么做？”

“嗯……我以后再告诉你。现在嘛，你只要知道，历史任我摆布就行了。”

“这没道理。”

父亲耸耸肩，“也许吧，但这是事实。告诉我，你觉得我该让谁代替他？卡特？莫里斯·尤代尔？杰瑞·布朗？”

“谁心地最好？我爸爸说勒梅总统是个坏人。”

父亲想了想，“应该是卡特[①]吧。”

“那就让他当总统。”

“行，就卡特。你想不想看我改变历史？”

卡萝琳说：“想。”

她想问还有没有别的惩罚，难道杀了她的爸爸妈妈，勒梅受到的惩罚就只有不做总统吗？但她始终没机会问。不过，根据现在的她对父亲的了解，很可能绝不止这么点。她正想张嘴问，大卫就拖着几乎跟自己一样大的箱子回来了。父亲说他真是个强壮的小家伙，大卫笑了。

孩子们都回来以后，父亲带着他们绕到前门廊，打开了通向图书馆的

①美国前总统，任期从1977~1981年。

大门。从外面草坪上看,房子很普通;但门一打开,里面的空间似乎就开始延伸,而且很黑。"进去吧,"父亲说,"你们还等什么? 该开始学习了。"

孩子们一个接一个地走了进去。先是大卫,然后是玛格丽特、麦可、理查德、雅各布、菲利希亚、丽莎、皮特、阿莉西亚和瑞秋。卡萝琳留在最后。到这时候,她仍然在门槛边犹豫。

"别怕。到最后,一切都会好的。来吧,我们一起进去,好吗?"父亲朝她伸出手,微笑。

她还在犹豫。

"来吧,"他说着,摆摆手,做了个"别让我等着"的姿势。

犹豫了很久,卡萝琳终于拉住了他的手指。他的手指粗壮,皮肤粗糙。虽然她不太情愿,但终究是自愿决定进门的。两人一起跨过了门槛。

"跟我一起进入黑暗吧,孩子。"只有这一次,父亲用真正慈爱的目光看着她,"我会让你成为上帝。"

第十四章　第二个月

1

药房的入口在图书馆的玛瑙楼层，治疗学和怜悯学之间。卡萝琳很少上这儿来。确实还是少来的好——那天晚上，她让图书馆投射到普通宇宙，害得很多活死人又死了一遍，没人替她做家务了。药房已经有十个星期没人打扫，詹妮弗的架子上布满了蜘蛛网。卡萝琳走下去的时候，地板上的灰尘多得能留下脚印。

她自己的寝室里备有一套医疗用品，虽然没有詹妮弗的齐全，但也足以应付她的个人所需。虽然医药永远不会是她最喜欢的科目，但这个科目对她很有用。卡萝琳从十六岁起就一直抽红盒万宝路，烟瘾很重。现在，她的身体开始为此付出代价了。詹妮弗从前替她治过两次早期癌症；几周前，卡萝琳还替自己治过一次肺气肿。不过，今天她要对付的可没癌症这么简单，所以她需要补充另外的药品。“开启。”

前方地板应声散开，重新组合成一架延伸向下的阶梯。阶梯尽头的大厅中有油灯照明，使青铜制成的墙壁泛出特殊的光亮。见此，卡萝琳皱了皱眉。这种光亮总让她想起詹妮弗。虽然卡萝琳的外表已不会再变老，但按照日历，她已经三十好几了。她做出的各种决断开始变成条条皱纹，显现在她脸上。

其中，皱眉形成的纹路特别深。

詹妮弗的药房很大。哪怕以巨大的图书馆作参照也够大的——足足十英亩。卡萝琳推开门，立刻被各种气味团团包围：茄属植物，乙醚，还有淡淡的炸蛤蜊味。卡萝琳不由得露出怀念的浅笑。记得有次深夜，她来找詹妮弗要阿司匹林治头痛，却发现她大麻抽得欲仙欲死，正在煤气炉上炸蛤蜊。詹妮弗已经嗑得连话都说不清了，更不用说替她找到阿司匹林了。没奈何，她鸡同鸭讲地陪詹妮弗演了好一会儿闹剧，总算弄明白了詹妮弗的意思：大麻对她的头疼有好处。绝望的卡萝琳只好屈服，抽了几口。没想到，这东西真有好处，而且还让蛤蜊的味道不同凡响。真是个有意思的晚上，她想，这儿的日子也不全是可怕的。有些还挺不错。

药房就像个小小的奇异迷宫。在卡萝琳看来，这儿的物品摆放原则就是“让人找不着北”。就算真有某个分类系统，卡萝琳也需要一份地图的指点。幸好她需要的东西挂在显眼处，钉在远处角落詹妮弗的书桌上方。卡萝琳朝桌子走去，一路上用手指抚摸各种东西：小小的木质抽屉，里面装着干燥的植物根须；一个直径两英尺的铜球，刻着合体如尼文[①]；一只养在一缸液体中的小剑龙，她路过的时候，它还朝她眨了眨眼。

詹妮弗的书桌上堆满了一摞摞笔记本，摇摇欲坠，而且，在卡萝琳看来，邋遢得让人难受。即便如此，这些东西又让她微微笑了笑。詹妮弗和父亲一样，对办公用品有特殊的迷恋。她桌子上摊着一本“米奎鲁斯”[②]线圈笔记本。卡萝琳捧起本子，吹掉上面的积灰，嗅了嗅本子的味道。

卡萝琳发动reissak那天，詹妮弗正在绘制一幅解剖图。本子摊开的这一页上画着某种动物，有节肢动物的足，却有小象的身躯。詹妮弗还来不及画上肌肉组织。卡萝琳认不出是什么动物。是遥远未来的生物，还是远古史前生物？她耸耸肩，谁知道。不管它是什么，本子边缘的注解里写着它有“过度发达的腹股沟乳腺组织”。

鬼知道这是什么意思。

她放下笔记本，合上，把头靠在封面上。“我希望……”她开口道，却支吾着说不下去了。*什么，卡萝琳？你到底希望什么？希望不管詹妮弗现在在哪里，那地方都有美味的蛤蜊？*她心头突然涌起一股怒气。*省省吧，*

①中世纪拉丁语普及前的日耳曼族语言，尤其通行于北欧斯堪的纳维亚地区。有时如尼文会把几个字母合成一体表意，成为合体如尼文(bind rune)。

②著名文具品牌。

你没权利希望。

除了急救药品，卡萝琳还在寝室里备着充足的复活用药——虽然对斯蒂夫已经死心，但时不时地总有某个活死人会出点事故。而今天，她还需要其他东西。她展开墙上挂着的地图。在地图的指点下，她在药房的阴影中来来回回，找到了自己需要的东西：一只装着蟒蛇血的半满克莱因瓶，还有两盎司镓-67砷化物。收集原料花了她一个小时。之后，她逃也似的上了楼，忍住没哭。

在她身后，地板呼的一声重新合拢。卡萝琳叹口气，仰起头。头顶高处，银河的光亮照耀着她，已是午饭时分。要不我上去，来一顿野餐，然后——

不行。

有个词正好可以形容你的做法："拖延时间"。她一步一步，慢慢地、笔直地朝红宝石楼层走去，来到第7区，16排。

他的尸骸就躺在倒下的地方。

他身下的木质地板已经被尸液沾染变黑，但他的身体没有腐烂，而是变成了木乃伊。好在尸臭已经散去。大概是昨天吧(她不记得了)，她用小推车推来了一箱纯净水、两加仑氨水、足够一两周的食物，还有一大袋子兴奋剂安非他命。这活儿恐怕得花上一段时间。

她放下身上的背包，脸上的表情却像扛起了一个包袱。这次复活的困难程度极高，哪怕对詹妮弗也不轻松。但卡萝琳觉得自己总会想办法做成的。她向来如此。

她又叹了口气，坐到尸体旁边，开始工作。

复活父亲花的时间比她想象的还长，接近三个星期，说不定更久。她已经记不清日子了——最近她经常记不住日子。等到所有的饮用水耗尽，安非他命也快吃完的时候，她才总算让父亲的心脏跳动起来。又过了三天左右，经过数次试验和失败，她让他恢复了正常的大脑活动。不久，他开始打鼾。

她背痛，膝盖痛，就连手指也痛。为了预防万一，她后撤了六排书架的距离，还戴上一副从大卫的武器库里找来的剧毒致命的手套。她蹲在书架后，原打算紧盯着父亲的动静，确定他没有恶意以后才现身。可她实在太累,竟一头栽倒在地,丧失了意识。说是“深睡眠”还不够,更像是“浅昏迷”——只不过对外界刺激会做出反应而已。不知过了多久,她慢慢意识到,有人在摇晃她的脚。

“滚该(开)。”

那人没滚,反而摇得更重了。卡萝琳慢慢想起睡前的情形,猛地清醒过来,举起手套挡在身前,就像一块盾牌。

他不摇晃了,朝后退开半步,举起一只冒着热气的杯子:“你好啊,卡萝琳。”

她闻了闻。咖啡?她警惕地看了他一会儿,这才放下手套。

“你好,父亲。”

2

一般来说,卡萝琳讨厌咖啡。但现在,有人趁她睡着时把药片都藏了起来,她只好接过杯子,点头致谢。“你醒来多久了?”

“十二小时吧。我死了多久?”

她揉揉眼睛,“我记不清了。有一阵子了。好多个月吧。”

他点点头,“我想也是。”

“你怎么知道?”

“一方面,身上的味道已经不算太难闻了;另一方面,身边的东西积了很厚的灰。”

“哦。”她忽然想起,“对不起,呃,关于……”

“关于杀了我这件事?”

她点头。

“别在意。我们都明白,这是我计划好的。不过你干得真漂亮。已经很久没人能打我个冷不防了。”

“真的?”想起父亲在收养日当天所作所为,她还以为,任由自己被她杀害也是父亲的计划之一。

“一点不假。我知道你在想什么。不,我不会任由你杀死我。要是我知道你想杀我,我肯定会把你打趴下,狠狠地打趴下。不,你赢得光明正大。”他轻轻拍了拍她的肩膀,“我真为你骄傲,卡萝琳,这么说希望你别介意。”

“介意?”她想了想,“不,我不介意。”

“那么……剩下的还有谁?”

她摇摇头，“只有我。”

“哦。”

“你吃惊吗？”

“有点儿。我觉得你可能狠不下心……大卫和玛格丽特嘛，没问题。杀他俩不算难。但其他人，比如詹妮弗？还有麦可？”

麦可。麦可一直善待于她——在图书馆，善待某人已经算是稀罕事了——而且还不止如此。大卫第一次杀害她的时候，麦可远在澳大利亚，可不知怎么，他却得知了这个消息，为她赶了回来，第一个发现了她的尸体。叫来詹妮弗后，他潜回森林，日落才回来，带着一群狼和两只老虎，在屋后空地伏击了大卫。他肯定知道这完全是白费功夫，而且大卫还会因此伤害他，但他仍旧这么做了。“对。”她回答，“还有麦可。我不能留破绽。你明白的，对不对？代价太高。”

“这么做是对的。是我做了安排，逼你没别的选择。不知这么说会不会让你好过些——根据当时你掌握的情况，容留任何活口都是冒不起的风险。”

“我明白。但还是不好过。”

“嗯，我理解。说起来，你是怎么干的？去找了公爵？”

她摇摇头，“我利用了美国人。”

“啊，有意思的一步棋。”

“这步棋下得不错。”

“斯蒂夫呢？”父亲的声音温柔起来。

她没回答，只做了个鬼脸。

“死了？”

“对。”

“我猜大概是戏剧性的自杀？”

她眨眨眼，“你怎么知道？”

“他血脉中流淌着这种基因。他的曾曾曾——17世曾祖母就是这么死的。”父亲装出悲壮的表情，作势朝自己的心脏刺了一刀，“还我的人民自由，阿布拉卡！”接着，他头一歪，舌头从嘴角伸出，听起来耳熟不？”

“的确很像。”

“他怎么死的？”

“第一次用火，后来还用了其他几种办法。”

父亲皱皱眉，“对不起。你肯定很难过。”

她耸耸肩，“人只能适应。”

他点点头，“这话没错，但我还是替你难过。”顿了顿，他又问，“你愿不愿意听听一个父亲的建议？”

“你在请求我的同意？”

“对，请求你的同意。现在这儿是你管事了，卡萝琳。要是你想让我闭嘴，直说就行。”

“不……不。”她从惊异中清醒过来，“谢谢你好心这么问。但凡阿布拉卡有所赐教，我都会洗耳恭听。这是我的荣幸。”她微微低下头。

父亲也低头朝她致意，比她弯得更低。“第一次，用火的时候，斯蒂夫什么样？是否和平常不同？”

“对。”

“是什么不同？”

“他看起来……高兴，我想，比我见过的任何时候都高兴。嗯……也许‘高兴’不恰当，更像是平静。那是我唯一一次见他面露平静。”

父亲点点头，“这就对了。他心怀高尚目标，而且不乏勇气。就算没有你，他也会为别的目的牺牲自己。”他一眨不眨地盯着她的反应，“或者呢，他会因为没有机会牺牲，悲伤而死。”

“你是说这是他生来就注定的？”

“有一部分是天生的。他天生就有牺牲自我的倾向。有些人特别容易感觉内疚、觉得自己活该什么的。他朋友的死让这种倾向变成了无可更改的事实。你再次见到他时，他的命运就已经注定了。”

“对了，”她说，“这也是我想跟你谈的事情之一。我一直在学习，我想我能……”

“什么？”父亲轻声问，“改变这一切？好让你俩在一起？”

“不！不是这样。也许可以……但这不是我想说的。”

“那你想说什么？”

“他是我的朋友。”卡萝琳轻声回答。

“你跟他谈过没?”

她点点头。

“谈话顺利吗?”

“他对我很……亲切。慈悲。至少他一直在用这个词。但……”

“但?”

她叹口气,“但也仅止于慈悲而已。我们之间没法像童年时期那样心有灵犀,总有条鸿沟。就算我们用同样的语言和词汇,意思却不同。而我……我不知该怎么改变这个局面。”

“这不奇怪。你俩的生活环境太不一样了。”父亲的眼神有片刻飘向了远方,“对不起。”

“我该怎么做呢?”

父亲摇摇头,“这我无法回答。不过,在我看来,你有三个选择。”他举起一个指头,“第一,你可以改变过去。在那一天让斯蒂夫也成为佩拉匹。”

“我也在考虑这个办法。”

“决定了吗?”

“我不知道。我明白你为什么用这种办法抚养我们——抚养我——但是,有时候……”

“很难。我知道。对不起,卡萝琳,我只能这么做。”

“这我也明白。但我有些不忍心让斯蒂夫同样经受这一切。应该说,我不忍心让任何人经受这一切。”她叹口气,“第二个选择呢?”

“你可以逊位,”父亲说,“改变过去,让你们这些孩子都变回普通的美国人。你和斯蒂夫可以一起长大,无波无澜地静静长大。”

她思索着这个可能性,“那你怎么办?”

父亲耸耸肩,“我还是会退休。要是你逊位,我就一把火烧了图书馆,切断这儿和低维宇宙的联系。1977年的劳动节,大家会尽情享受一顿美味野餐,晒伤皮肤、撑圆肚子回家。几天后,有人会发现老布莱克先生失去了踪影。一切就这么结束。”

有一两次,卡萝琳也想过,如果是这样,后来会怎么样。“那,没有了图书馆,没有了你,你觉得我们会怎么样?”

“我可以一五一十地告诉你。你想知道吗?”

“拜托了。”

“你是个安静的孩子，”父亲说，“有点儿害羞。你和斯蒂夫在高中是甜蜜的一对儿。高三毕业舞会之后，你们把贞操献给了彼此。但你们的关系没能延续到成年。”他耸耸肩，“你俩都跟别人结了婚，不过仍然保持着友谊，互有往来，直到四十多岁。”

“我是做什么的？”

“做什么为生？”

她点点头。

“你啊，是个图书馆员。”父亲说，“美国式的图书馆员。”

她从鼻子里发出嗤嗤的笑声，“没开玩笑？”

父亲也笑了，“绝对认真。这我可编不出来。你过着安静祥和的生活，在俄勒冈大学图书馆工作。你很擅长办公室政治，可惜从来没碰到过大挑战。生下第二个宝宝以后，你有点发福，所以开始参加铁人三项。”

“铁人三项是什么？”

“有点像赛跑。先游会儿泳，再跑会儿步，最后骑自行车。”

“哦。”

父亲情不自禁地露出微笑，“还有呢，你在业余时间学了法语。”

“哈！学得好吗？”

“过得去。你掌握的词汇和语法还不坏，但你的发音实在可怕。不过你没能去成巴黎。49岁那年，你得了甲状腺癌。”

“哦。”她想了想，“第三个选择呢？”

“你可以放他走。”他等了很久，但她没回答。最后，他说：“嗯，你想想吧。其他还有什么？”

“什么其他？”

“你说，斯蒂夫是你想跟我谈的事情之一。其他还有什么？”

“哦，对了。我想我理解你对我做的一切——对我的训练，我是说——但我不明白为什么。还有，你说你要退休，是什么意思？你，呃，难道打算买一辆露营车开到博卡拉顿[1]去度假，诸如此类的事？”

父亲哈哈大笑，“不是不是。你说我死了多久？一年左右？”

①美国佛罗里达州度假胜地。

“差不多。”

“那你这段时间在学习哪些门类?”

“我学习的重点是策略和战术。北方Q-33有了行动,森林之神那边也有骚乱,他有个女祭司——算了,不说了,这已经不是你的问题了。”

“有没有学数学?”

“只学了皮毛。怎么了?”

“你对‘始终回到原点’这个概念熟不熟?”

这个词她在哪儿听过,却想不起意思,“不熟。”

“这个概念的意思是,无论你有多了解这个宇宙,无论你解开多少宇宙之谜,总会有另一个更深层的谜在等待着你。”

“啊。”

“你知道这个宇宙不是我创造的,对不对?虽然我留下了自己的印记,也觉得自己做了些改进,但我只能遵循前人设下的规则操作。这种规则在第三纪就已经存在了。我给这个宇宙添了光亮,还有愉悦。”

“这个问题我们一直在猜测,”卡萝琳说,“但没人能肯定。不过,如果宇宙不是你创造的,那是谁?”

父亲摇摇头,“我有一次也问过同样的问题。就算有答案,这个答案也早就遗失了。”

“哦。”

“不论是谁,他都是个出色的手艺人。多年来,我一直在研究他的作品,也学到了一些技巧——”他朝图书馆内数不尽的书、卷轴和对开本挥挥手,“——但我对宇宙的整体框架的了解并不比刚开始的时候多多少。”

“你这么觉得?”

“我可以证明这一点。这个宇宙是个‘始终回到原点’的东西。我永远不会搞懂它的整体结构。没人能搞懂。所以,我打算离开。”

“离开?”

“我要去创造自己的宇宙,一个属于我的地方,设定自己的规则。这就是我的退休计划。”

“听起来挺寂寞啊。”

父亲摇摇头,“我有朋友。”

“朋友?”

“你睡着的时候,我复活了诺布朗加和米拉戈妮。”

卡萝琳想起麦可说到他导师时的情形:你知道诺布朗加远不止一只老虎这么简单,对吧?她记起诺布朗加一步一步踏进reissak的样子,还有他对父亲不可动摇的信念。他说父亲不会让他受到任何伤害。到头来,他说的一点没错。

“他们在哪儿?”她有些不安。

“在等着我。”父亲指指玉石楼梯,“你想见见他们吗?”

卡萝琳想起米拉戈妮伸出小小的手,手上满是鲜血,质问她“Moru panh ka seiter?”你为什么这么对我?她摇摇头,“还是不见的好。”

父亲点头,“也对。”

她想象着父亲、诺布朗加和米拉戈妮三人在一起消磨时光,打打排球什么的。这画面实在不合父亲的性格。不过,她已经慢慢意识到,父亲真正的性格也许并非从前她看到的那样。“我能问你个问题吗?”

“当然。”

“你记得……记得铜牛那天吗?大卫?”

“当然。”

“那天你为什么微笑?”

父亲看了她很久,“跟我一起走走,卡萝琳。”他站起身(他的身体依然灵活柔软),穿过书架。

卡萝琳急忙跟上,“我们去哪儿?”

“不远。”

他带她走出红宝石门类——大卫的门类,对暴力和死亡的冥想——来到紫色区域。紫色门类不大,属于皮特的门类。她一直不知道这儿的地板是用什么宝石做的。紫水晶?石榴石?坦桑石?记忆中,她似乎从没来过这儿。

父亲在一座积满灰尘的高高书架旁边停下。架子上放着诸如《拉鲁斯烹饪百科全书》[①]《在家上蓝带学院》[②],以及《做饭的乐趣》之类的书。我

①法国的烹饪美食百科全书,以法餐为主。

②蓝带学院,是法国第一家专业厨艺学校。

们来这儿到底要干吗?

父亲取下一本三环活页本。本子很薄,看起来很廉价,原本半藏在教人做玉米肉馅饼的书后面。封面上印着“查理的天使”五个字,还有三个漂亮的女士。

他把笔记本递给她。她眼角瞟到了什么东西。图书馆深深的阴影中有轻微的动静,有什么东西一闪而过。

“这是什么?”

“这,”父亲说,“就是黑色对开本。”

卡萝琳盯着他,“真的?”据说,黑色对开本里藏着改变过去的办法,因此拥有无限的力量。早先,她花了很多年寻找这本本子,最后认定它并不存在。

他点头,“这本本子故意放错了书架。我不想让你在没准备好之前找到它。”

她翻开本子。里面的纸张是古老的上好牛皮纸,上面的笔迹并非出自父亲之手。她眨眨眼。就在她凝视的当口,上面的文字改变了。少顷,又变了。第三次改变的时候,她已经看明白,变的只是语言,黑色对开本里的韵文内容并未改变。每过几秒,上面的墨迹就会重新排列组合。一会儿变成阿拉伯语,一会儿是斯瓦西里语,一会儿又变成风暴的诗句。“哎呀,我的上帝。”

父亲点点头,“很可能也是我的上帝。”

黑色对开本。“谁写的?有多久了?”

“没人知道。”父亲定定地望着她,“本子是我从第三纪的皇帝手里拿来的,上面的字也不是他写的。”

她合上本子,“不过,这有什么关系?和——”

“我们把大卫放进铜牛那天我之所以微笑,是因为他求饶了。”

“噢。”她的脸色阴沉下来。

他举起一只手,“不是你想的那样。”

她摇摇头,迷惑不解。

“你已经知道他是我儿子了,对吧?我是说,你们在某种程度上都算是我的孩子——尤其是你,卡萝琳——但大卫的母亲是唯一一个跟我有性关系的女人。”

“哎呀,父亲!”

“抱歉。”

“但……我是说……我不明白。这个,他是你亲生儿子这事,不会让你感觉更痛苦吗？对他做这种事的时候?”

“会。”父亲神情严肃,“非常痛苦。比你所知的任何事情都痛苦。希望你永远也不必经历这种痛苦。”

“那你为什么还要微笑?”

“因为他求饶了。而你却从来没有。一次都没有。”

“要是你把我放进那鬼东西里面,我大概也会的。”

“不,你没有。”

“什么？我没——”

他弹弹黑色对开本,“历史任我摆布,卡萝琳。”

“我还是不明白——”这时,她忽然明白了,“大卫……原本是你的继承人？在某些……某些其他版本的过去里?”

“没错。”

“但……他没成功?”

“没有。”

“为什么?”

“因为大卫不够坚强。”父亲回答,“训练课程最难的部分是征服一头怪物。他一次也没成功过。我给了他很多次机会,太多了。整整九次,我把一个无辜的孩子活活烤死,以此制造出一头怪物让大卫来杀,可是,整整九次,得胜的都是那头怪物。最后我才明白,这是因为接受训练的人不对。”父亲耸耸肩,“所以我就给了那头怪物一个机会。那一天,大卫求饶的时候,我知道,我终于成功了,终于找到了继承人。”

“九次?”铜牛的肚皮在黑夜中发出橘红色的亮光,“我?”

“你从没求饶过,”父亲说,“一次也没有。我到现在也无法相信。你当然不记得了,但我自己也在牛肚子里待过几次。”他又耸耸肩,“有一回,我甚至一连烤了你两次,好让你知道,真正一清二楚,自己究竟会面对什么。我想看看你会有什么反应。结果你只是看着我。”他摇摇头,“直到现在,这还是我的噩梦。”

“那时候我什么样?”

“就像大卫,”他说,“但可怕得多。比我更可怕,甚至比皇帝还可怕……比任何地方的任何东西都可怕。你是魔鬼。恶魔。”

“唔。”

他等了一会儿,“还有其他问题吗?”

“没了。我——”

“谢谢”两个字已经到了嘴边,但她没说出来。之后没多久,她就后悔了。“没了。”

“那么,阿布拉卡宣布,第四纪世界终结。世界是你的了,卡萝琳。‘祝贺’这个词不恰当,但我知道你会干得很出色。”父亲站起来,抖抖身上的灰尘,“是时候了。我该走了。”

就这样?“我们还会见面吗?”

他摇摇头,“不,永远不会。我们要去的地方没有回来的路。”

“哦。”

父亲转过身,走向玉石楼梯,走向诺布朗加和米拉戈妮,走向等待他们三人的未来。

卡萝琳看他走了几步。他没回头。“等等!”卡萝琳喊道,“还有件事。”

“什么?”

“你怎么知道我会复活你?我是说这一次。”

“我不知道。”

“那是什么——”

“我不知道,卡萝琳,但我对你有信心。”父亲的眼睛闪着光,“你也应该开始习惯这一点啦。”

她没懂这有什么可高兴的。

父亲叹口气,“你很坚强,卡萝琳,可偶尔放松一下也不为过。”他打个响指,“哦!我差点忘了。我给你留了点东西。”

“什么?”

“一个惊喜。”

她对父亲给的惊喜向来警惕,“是开心的惊喜?”

父亲只微笑,没回答。

她看着他走远,直到确定他听不见自己说话。这时,她才轻声道:“再见,父亲。”

她从此再也没有见过他。

3

斯蒂夫躺在顶楼豪华公寓的地板上，活了过来。他已经习惯了死亡，能清清楚楚地记住直到最后一刻的所有细节。现在，公寓里积满了灰尘。那杯他喝剩的通厕剂已经干涸凝固，就在老地方没动。那是多久之前了？他还记得这东西的味道，像金属，不算特别难喝，不过进了肚子就烧掉了他的肚肠。杯子里剩下的还能再喝一次。它一直在等我。敞开肚子吧，兄弟！

不知为何，这让他觉得很滑稽，于是呵呵笑起来。

"别这么笑。"

"什么？"他听到卡萝琳的声音，于是转向她。她正蹲在厨房和客厅之间的花岗岩地板上，就像只屋檐滴水嘴怪兽，还抽着烟。

"别这么笑。听起来像玛格丽特。"

"可我浑身都是灰。嘿嘿。嘻嘻。"

"你在那儿躺了挺久。"她扔给他一包半空的万宝路，还有玛格丽特的打火机。

他伸手接住，"谢谢。娜嘎呢？"

"回家了。"卡萝琳回答。

"回非洲了？"

卡萝琳点头。

"为什么？"

"她想跟自己的同胞在一起，当……你知道……"她没说下去。

"末日来临的时候？"

她点头。

“耶稣啊，卡萝琳，外头到底糟糕到什么程度了？”

卡萝琳沉默了一会儿才回答：“嗯，还没到末日。”接着声音轻了一点，“现在还没到。”

斯蒂夫点点头，“你没变。”他看看通厕剂，忍住没发抖。又来了。这次我也许能找到某些爆炸——

“不用麻烦了。我有。”看到他盯着通厕剂，卡萝琳说，“给。”她举起一把手枪，“替你省点事。或者你嫌吞子弹不够可怕？”

“我想凑合着也行。我死前说的话你有没有多少理解一些？”

她只是看着他。

斯蒂夫坐起来，掸去厨房椅子上的灰尘，点了支烟。“复活这事你越来越在行了。这次我连酸痛都没有。”

“谢谢。”

他抽着万宝路，眯眼看看她，“你看起来有点不一样。过了多久了？”

“三四个月吧，我想。我没记时间。怎么个不一样？”

“我不确定。你看起来没老。”

她摁灭烟蒂，“我不会老了。我的外表不会再衰老。这是父亲的小把戏之一。”

“不过多了几条皱纹。”他的手抚过她的面颊。

“嗯，对。你们那儿怎么说来着？‘让人变老的不是岁月，而是历练。’”

这时他忽然明白了，“我知道哪儿不一样了。你不愤怒了。呃……还有点儿暴躁，不过已经和从前不一样了。”

“什么意思？”

“从前，你的眉毛老是这么拧在一起。”他扮个鬼脸学她的样子，“你以为没人看到的时候，下巴肌肉总会跳动。现在嘛，少多了。”

“唔。”

“那，你这段时间干了些什么？”

“很多。”她回答，“先是学习，然后想事情，还跟父亲聊了聊。”

“真的？我以为他死了。”

她耸耸肩。

“嗯。只是聊天？没打架什么的？”

“没，还蛮文明的。怎么了？”

“嗯……我打赌，你俩要是吵起来，那场面一定壮观。你有没有看过一部电影叫《金刚猩猩大战超级恐龙》？”

“根本不明白你在说什么。”

“真可惜。我还挺风趣的。”

卡萝琳皱了皱眉……不过很快松开了眉头。“是啊，”她微微笑了，“没错。我挺怀念你的风趣。我大概确实没那么愤怒了。”她伸出手索要打火机。

斯蒂夫递给她，“这是好事。你得把身体里积蓄的怒气发泄掉。要不然，它会腐烂流脓，最后毁了你。”说到这里，他发现她正用奇异的眼神盯着他，“怎么了？”

“你还真是个——没什么。”

“那么……已经过了四个月，是吧？”

“差不多。”

“比上次复活间隔的时间长啊。”

“对。”

“为什么等这么久？”

“我本来都不想让你活过来了。”

“你生我气了？”

她一惊，“没，没生气。我只是……我只是觉得再也受不了了，如果你……如果你再做这样的事。”

“噢。”斯蒂夫想了想，“那……对不起。”

“没关系。我理解你的用意。至少我觉得我理解。”

“唔，这两者可不一样。所以你把我叫回来了？”

“对，也不对。我想出了个提议。”她说，“本来，跟父亲聊完后我就想把提议讲给你听，但北方Q-33企图——”

他举起一只手，“没关系，我明白。公事优先。什么提议？”

“要是我告诉你，有办法让一切都好起来呢？”

斯蒂夫警惕地看了她一眼，“‘一切’到底指什么？”

“太阳，”她回答，“地震，一切。”

“你要把那个叫什么名字的姑娘重新放回天上？”

“不是，那个我办不到。米拉戈妮已经跟父亲走了。”

“你是说他们都死了？”

“没，没死。他们去别的地方了。米拉戈妮，诺布朗加，还有父亲。我们不会再见到这三个人了。”

斯蒂夫扬起眉毛，“‘别的地方’是哪里？”

“我想是个新宇宙。父亲自己创造的宇宙。里面所有的规则都由他来决定。”

斯蒂夫摇摇头，“你知道吗？你们这些人玩儿的完全是另一个尺度呀。”

“哎……说了你可能不信，但我跟你其实差不多。我做的事谁都能做。”

“我实在相当怀疑。”

她站起来，默默伫立片刻，低头望着他，柔声说：“但这得付出代价啊。为了贯彻自己的意志，我把心掏空了。”

斯蒂夫点点头，“嗯，我明白。”

她望着他，“真的？你真的明白？”

“对。真的明白。”

卡萝琳笑了，“我相信你明白。谢谢你。”她伸出手，抚摸他的面颊。她的指尖是那么温暖，让他有些吃惊。“但我以后会更明智些。”

“是吗？”

“对。”她垂下手指，“我会弥补犯下的过错，斯蒂夫。我早该听你的。你一直都是对的。”

他扬起一边眉毛，“是吗？你会把太阳叫回来？”

她点点头，“明天这时候，太阳就会和从前一样了。”

“可你说过这不可能。大卫不能——”

“大卫不在了。我让他死去了。”

“什么？什么时候？”

“几小时前。”

“那你的报仇大计怎么办?”

她耸耸肩,“我的仇报够了。不想再干了。”

“呃……干得好,非常明智。可是,如果他不当太阳了,你怎么——”

她望着他,“我找到了其他办法。”

“哇。实在太好了,卡萝琳。真的。可外面怎么办?不是有饥荒吗?大家都快饿死了。还有火山,和——”

“情况还不算太糟,至少目前如此。而且我不会让情况继续恶化。我已经跟黄石底下的火山谈过,安抚了他。至于饥荒……我有个办法,可以把云彩做成面包一样的东西。当然要花不少能量和时间,幸运的是,两样我都不缺。明天日出时分,食物就会从天而降。全世界都有。每隔几天我都会下一次面包雨,直到庄稼长出来为止。”

“真的?”

她点头。

“图书馆呢?地震呢?”

“图书馆又藏回了原来的地方,地震随之消失。我已经让月亮回到了原先的轨道,所以潮汐也会回归正常,很快。”

“卡萝琳……这太……这太了不起了。但你……为什么这么做?”

“因为你,斯蒂夫。因为你做的一切。”

“我?我什么都没干呀!”

“你是我的朋友。”她说,“这就是原因。你是个非常、非常好的朋友,是我一生难求的挚友。而且,你不只是我一个人的朋友。”

卡萝琳双手掬起,仿佛要从掌心喝水。雾气从她掌心中冉冉升起,凝成一个球体。斯蒂夫过了一会儿才认出,那就是地球,只有篮球大小,而且底朝上——南极洲在顶上,接着是南美洲,还有云层,大洋。地球在她掌心上方几寸远的地方悬浮着,慢慢转动。斯蒂夫眯起眼睛,发现有一架小小的喷气机正飞越太平洋,身后拖出一条细细的尾迹。

“瞧啊,斯蒂夫。就是这儿。几十亿人,他们都会安然无恙。也许不能说‘无恙’——至少他们的生活会恢复成从前的模样。我向你保证:我会让一切都好起来。只因为你。”

斯蒂夫望着地球,伸出手想碰,随后决定还是不碰为好。他看着卡萝琳,迷惑不解,眼睛却闪着亮光。

“你救了他们,”她说,“每一个都是你救下的。娜嘎,派迪,还有其他人,都是你救的。你一个人救的。”

“真的?”

“对。”

斯蒂夫笑了。

一滴眼泪夺眶而出,从卡萝琳面颊上流下。

“卡萝琳,你为什么——”

她撤开双手。地球就那么凌空悬浮着,仍然慢慢旋转。斯蒂夫着迷地望着它,看着那架小小的喷气机又拖出几分之一英寸的尾迹。

救了他们?我?有一会儿,在脑海中,他看到杰克走进了阳光里面。

卡萝琳走到他身边,在他耳边轻声说出以下几个字——很久很久以前,当父亲召唤第四纪的第一个黎明时,便是如此在米拉戈妮耳边细语。

斯蒂夫听到……

……时间……

……停止。

4

斯蒂夫处于无重力状态,飘浮在豪华套房的厨房里。卡萝琳从冰箱里找出一瓶积灰的俱乐部苏打,在厨房桌子旁坐下。她没喝手里的饮料,反而一根接一根地慢慢抽起烟来。有时候她甚至连吸都不吸,任由手里的烟卷一点点闷燃成颤巍巍的灰柱。

烟盒空了的时候,斯蒂夫的脑袋已经笼罩在了沸腾的球形能量里——橘黄色的光球,跟从前的太阳一样。要说跟前任太阳有什么不同,那就是斯蒂夫跟愉悦位面的联系十分紧密,只怕会比米拉戈妮更加灼热明亮。她得稍稍折叠一下空间,免得水星被他烧成灰烬。

她解开斯蒂夫的一根鞋带,用作牵引绳,牵着他穿过大厅,走上台阶,来到宇宙底下的玉石平台。大卫血淋淋的尸体就躺在那儿,上面盖着塑料布。大卫已经不再受苦受痛了。稍后,她会让活死人把他抬下去,再回收玛格丽特的遗骸,然后用裹尸布把他俩裹起来,一同埋葬。

她把斯蒂夫放进天空,把星辰的轨道调回原先的位置。这次她连计算器都没用。*我摸到窍门了。*

手头还有大堆事情等着做,但她今天不想再待在图书馆了。虽然加里森橡树林的出口被炸成了碎片,周围还堵着坦克和士兵,但图书馆还有其他出口,通向其他伪装的住宅。她选了其中一座俄勒冈州的农舍。农舍位于一条漫长道路的尽头,十分安静。

进了农舍,她先去厨房煮了一杯咖啡,然后下意识地拿起杯盘清洗。洗完后,她又进了浴室——浴室有点难找——放了一缸滚热的水,泡澡。浴缸后面的瓷砖是难看的青柠色,水龙头也因为长久不用而艰涩难拧。

好在浴缸还算干净。

她泡了很久才出来擦干身体。斯蒂夫还没升上地平线，所以温度很低——大概零下十摄氏度左右。她不知道该怎么生炉子。不过衣柜里有一件崭新的毛巾浴袍静静等着她，大小正合适，连标签都没摘。几乎可以肯定，从一开始，这件袍子就挂在这儿了。她摇摇头。父亲呀。

浴袍下面放着一只盒子，里面装着一双厚厚的棉拖鞋，是卡通猫的形状。塞饱了棉花的猫头竖在脚尖部位，咧嘴大笑。她把鞋拿在手上翻来覆去地看，讶异不已。父亲居然还有幽默感，谁能想到？尽管滑稽透顶，这身衣装倒挺软挺暖和。

她穿戴完毕，走向后窗，朝外望去。窗外是一片宽阔的田野，覆盖着皑皑白雪。田野上有座谷仓，还有条小溪。

她眨眨眼。

田野尽头站着一个男人，身影几乎被森林遮住。她又眨眨眼。“这不可能。”她脱口而出，想起了迈克吉利卡迪太太的房子，冒着青烟、千疮百孔。

接着，父亲的声音在脑中响起：“我差点忘了。我给你留了点东西。”然后是另一个男人支支吾吾的温顺声音：“我跟，跟，小东西一起。父亲说的。父亲说要学习低贱的小东西。”

还有大卫的声音：“如果是老鼠，说不定还能溜出去。大东西就不可能了。”

她急匆匆走向后门，几乎跑了起来，猛地拉开门：“麦可！”

他朝她走来，左边跟着一头美洲豹，右边跟着三只狼。一行人在院子外停下。麦可瞪大眼睛盯着他，用父亲从前的头衔称呼她道：“sehlani?”

卡萝琳张嘴想否认，接着又闭上。怔了很久，她用难以察觉的动作点了点头。

麦可跟狼和美洲豹说了些话，然后跟着它们一同仰天躺在雪地上，朝她露出肚皮。

卡萝琳惊呆了，“不！别这样！你干什么呢！快起来！”

麦可不肯起身。他仰天躺着，害怕得直抖，不敢直视她的眼睛。

她深一脚浅一脚地蹚过雪地，脚上只有卡通猫黄色的眼睛露在雪外。她走到他身边,轻轻揪了揪他的耳朵——“起来,麦可,请起来。是我呀!”

麦可慢慢站起来,“你……你做的事……你……”

“对不起,麦可。我非做不可,没别的办法。你明白吗?”

他迷惑地看了她很久,没回答。

绝望中,她微微笑着碰碰他的面颊,“外头冷死了。你的朋友们饿坏了吧?你们都进来,里面可能有吃的……”

麦可想了想,慢慢也笑了。看见他的笑容,卡萝琳心中有什么东西松了开来。麦可转向狼群,说了些话。她没听懂,但狼们都摇了摇尾巴。

她带他们进屋。

屋里真有吃的,还不少。冰箱里有五大块烤牛肉,还有一整只火鸡。麦克和动物们狼吞虎咽地吃饱后,挤成一团躺在客厅凸窗前,很快陷入了梦乡。卡萝琳拉了把椅子,坐在他们身边。

接着,许多个月来的第一次,太阳升了起来。橘色的光芒下,麦可和朋友们的影子长长地拖在地板上。

卡萝琳看看日出的角度,思忖道:美语里,一年中的这一时节叫“四月”,有时候也叫“春天”。这诚然不错,但在图书馆员使用的历法里,这是一年中第二个月,即“希望燃起之月”。卡萝琳坐着,望着自己熟睡的朋友们,身上干干净净,暖暖和和。粉红色的棉质浴袍柔软地贴着皮肤,卡通猫塞饱了棉花的脑袋保护着她的脚趾。她就这么坐了很久,望着新生的太阳慢慢融化漫长凛冬的灰色寒冰。

她脸上带着微笑。

尾　声

那，欧文最后怎么样了？

1

害欧文蹲监狱的那档子糟心事儿发生在某个让人大汗淋漓的下午，其结果是欧文被判十年有期徒刑，如果表现良好，还能减刑。那是“金字塔空袭”之后，食物开始严重紧缺之际。审判什么的有是有，但只持续了短短一周。之后，他被直接投入警卫级别最高的科罗拉多联邦超级监狱。

欧文惊讶地发现，自己根本不介意蹲监狱。

首先，他觉得一身轻松。那事儿发生前，整整一两个星期他都紧张得浑身冒汗，最后一咬牙才挟持了人质，同时不停地质疑自己这么做对不对，还担心最后，嗯，得蹲监狱。现在嘛，一切都结束了，事情做完了，该来的也都来了，他可以放松了，彻彻底底放松了。多年来，他第一次觉得无忧无虑。

超级监狱里的生活严格有序，让他想起军队基础训练阶段。他跟人家达成了协议，闭口不提自己真正的所作所为，以此换取相对仁慈的判决。不过，检察官坚持要把他送进某个没法轻易越狱的地方服刑。欧文私下觉得这招非常明智。十年徒刑听起来挺长，但就欧文干下的事情来看，算得上挺宽松了。总统明明白白地跟他说过，要是他给他们难堪，他们完全可以给他弄个“无期徒刑，不得保释”。

其次呢，监狱生活也舒适得叫人意外。当然不能跟豪华饭店比，但他一人一间牢房，设施还算新，而且干净。在这儿，几乎人人都看过那部纳坦兹的电影，或者读过写他的书，所以全都知晓他的大名。有个挂着胸牌的警卫也是他的粉丝，名叫布雷克利。布雷克利心甘情愿替欧文跑腿，去巴诺书店[①]买书，好让欧文时不时给他讲个战争故事。小得施恩已经二十

①美国电子及实体书籍零售巨头。

多岁了，成了个挺赚钱的证券交易员，他坚持要替欧文付书钱。欧文挺感谢这些不怕麻烦帮他忙的人。再说，在牢房里有点别的消遣也蛮不错。

至于其他囚犯嘛……欧文的判决书上写着“伤害及殴打”——从技术上说这话没错，只是有点误导人。不过，在监狱里，罪名才是最重要的。要是你犯下的是强奸幼童罪，差不多可以肯定，你的牢狱生活会特别痛苦。而判决书上的“伤害”两字，则会替你赢得某种尊敬。

他甚至连人都没揍过。他来科罗拉多的时候，太阳才刚刚回到天上；几周内，犯人们的伙食仍然实行配给制——靠每天600卡路里的口粮，人根本没力气寻衅滋事。等到面包之类的东西从天而降，警卫和同狱犯人已经达成一致共识：是聪明人，就别去惹欧文。

这正合欧文心意。

作为新犯人，头两个月他本来应该既没书看，也没信件可读。不过，有些警卫是他在阿富汗和伊拉克的老相识，他们时不时会不小心地在他牢房门口掉下一两封信，有索普写来的，有得施恩写来的，还有他从前的军中同袍写来的。当然，这些人都不知道欧文入狱的实情，但他们坚定不移地相信欧文。

这种感觉真好。

就这样，他有书看，有信读，想一个人待着的时候有自己的房间，想有人陪的时候能找人下象棋什么的。尽管饭食糟糕，不过也没办法嘛。有一回，晚饭以后，他不知怎么感叹道：“只要再来杯玛格丽塔鸡尾酒，我就像在度假啦。”大家似乎觉得这话很好笑。

总而言之，他对这种生活很满意。

不过，今晚的熄灯把他搞了个措手不及。他正在看一本盼望已久的新书——《整装待发》[①]，最新的斯黛芬妮·普拉姆系列——忘了时间。欧文跟警卫布雷克利点名要这本书的时候，布雷克利的眼睛都快凸出来了。欧文告诉他，得过荣誉勋章的好处之一就是想看什么书，就能看什么书。话说回来，他妈的作者伊娃诺维奇写得实在太他妈的滑稽，他一边读，一边笑声如雷。受惊的布雷克利问他，等读完能不能借他看看。欧文

①美国作家伊娃诺维奇的系列故事，以业余侦探斯黛芬妮·普拉姆为主角。

回答,当然可以。

他原本打算明天就把书借给布雷克利。没想到,今天收到了一封得施恩的信,花了他半小时回信,所以熄灯的时候还剩下十页没看。他考虑要不要借着牢门上观察缝里透进来的光线继续读——反正没多少了,而且他正读得兴起——想想还是算了。他折了页角做记号,把书塞到铺位后面。这样,要是有人在外面监视,也不至于太过显眼。

他正在放书,有人抓住了他的手腕。

欧文没有惊叫,但只差一点。他扭过身子,想看看铺位下到底是谁,却只见一条手臂从地上冒出,越升越高。

“搞什么鬼?”

欧文一边扭身子,一边加倍用力,想挣脱抓他手腕的手,可惜不成功。首先是角度不对,其次那个人——不管那是人是鬼——都力大如牛。片刻后,地上冒出另一只手掌。就像从游泳池中出水一样,那人抓住水泥地,把自己撑了起来。

水泥地上出现了一个女人的脑袋。她放开欧文的手腕,双手撑地,把自己的身子拉了出来,接着是腿——这腿可真漂亮,欧文吃惊过度,脑袋里竟冒出了这么个念头——然后站了起来。

“你好啊,欧文。”

他眯眼仔细一看,长叹一声靠在墙上,“哎呀,该死。是你啊。”

“对,是我。”卡萝琳说,“你在这儿干吗?我花了好久才找到你。”

欧文本想说“我也想这么问”,话到嘴边还是咽了回去。“呃,”他坐起来,说,“你知道,我对某个家伙粗暴了点儿,也没干什么,就打掉了几颗牙齿,但——”他耸耸肩,吐口唾沫,“——他怀恨在心。”

卡萝琳莫名其妙地皱皱眉,“我不明白这有什么大不了的。这本来就是你的日常职责嘛。”

“那个家伙正好是总统。”看到她脸上的表情,他补充道,“是新的,不是死掉的那个。”

“哦。”她思考了几秒钟,“你干吗打他?”

“他不停地挣扎,扭来扭去。我怕枪走火。”

“枪?你杀了他?”

“没，只打掉了牙齿。外加挟持他为人质，一共，嗯，三四个小时。”

“哦。然后怎么样？”

“他屈服了。我就知道他会的。”欧文在自己的杯子里吐口唾沫，“娘炮。”

“‘屈服’是什么意思？”

“嗯，”欧文回答，“我差不多算是威胁了他。我跟他说，要是他不下令发射几颗导弹，我就让他的脑浆涂满这间漂亮的办公室。他想了一会儿，就下令发射了。”

“目标是谁？”

“呃……你。”

“真的？我？为什么？”

欧文在铺位上坐正，直视她的脸。他的眼睛已经慢慢开始习惯黑暗，“斯蒂夫那孩子跟我说，要是空袭不成功，他另有打算。你也知道，空袭果然没成功。我等了一个星期，看他能不能说服你解决外头的糟糕问题，但没有任何改变的迹象。”顿了顿，他又说，“他真的那么做了？永清酒和……”

“打火机。”卡萝琳说，“对，他做了。”

“老天啊。”欧文沉默片刻，“嗯……不管他做没做，总之没转机。我觉得我们没别的选择了。但总统不同意，他说他还在‘尝试其他途径’。也许吧。但我肯定他担心的只是自己能不能连任。”欧文耸耸肩，“后来，我受够了跟他辩论不休。”

卡萝琳盯着他，“于是你就轰炸了三明治山？用核弹？”

“我炸了什么？”

“你说什么？”

“你说我炸了……三明治山？”

“我说了？”

“说了。”

“哈。”她微微一笑。

“嗯，我没听懂。”

“什么？哦，抱歉。小时候，我和斯蒂夫给很多东西起过别名。疤癞平地，猫溅溪，还有……”她挥挥手，“不用管这些。三明治山是我们给父亲的房子起的名字。那都是在图书馆和……一切之前。”她笑了笑。欧文觉得她笑容中充满对旧日的怀念，还有一丝甜蜜。“那时候一切都再正常不过。不知道我怎么会想起这个名字的，有多少年没叫了。”

“哦。”

“你把它给炸了？用核弹？”

“差不多，对。”欧文看着她，“你没发觉？几颗导弹都是正中目标。总共两千万吨。两个州以外都能看见腾起的蘑菇云。”

“抱歉，没看见。我肯定错过了。”她抱歉地朝他望了一眼，“我太忙了。”

“没关系。”欧文眉头打结，“我还以为你是来杀我的，复仇什么的。看来不像啊。”

“杀你？别傻了。”

“那你为什么来？”

“我有份工作给你，欧文。”

“啥？”

“你已经帮了我很大的忙。我还有好多事想请你做。”

“谢谢，可我有点儿受够拿枪打人了。”

“我没想让你打人。嗯，偶尔也许需要，但不是主要职责。”

“那你想让我干吗？”

“这个那个的，各种杂事，我不擅长的事。”

“比如？”

“我想到的第一件事是，我想让你帮忙找条狗。”

“狗？狗他妈的遍地都是。”

“不，我是说特定的某一条。我一定得找到它——我答应过——但我跟狗相处不好。”

“噢？哪条？”

“那条狗叫派迪，是条英国可卡。”

“我不认识叫派迪的英国可卡。”

“说不定它已经死了。”

沉默良久，“你在拿我要着玩儿吗？”

“我永远、永远不会这么做，欧文。”

牢房不锈钢便池里传来一个男人的声音：“答（她）不会。卡萝琳喜你。”

“什么鬼？”

“那是我兄弟，名叫麦可。”接着，她轻声补充，“他的英语不够好，还在学。能耐心点吗？”

“嗯，当然。”欧文也放低声音回应。然后，他用正常的音量说：“嗯，我很乐意在牢房四周找找，要是它不在这儿，那我就无能为力了。”他竖起大拇指，指指牢房门，“那门锁着呢。”

“别傻了，欧文。我当然会把你弄出去。哪怕你不接受我的工作，我也会这么做——这是我欠你的。不过，要是你肯干，还有别的好处。我能教你其他东西。”

“东西？”

她点头，“很有趣的东西，而且很多。我现在拥有一间图书馆啦。”

他咀嚼着这句话，思忖一会儿，“也许你能教我你在银行里干的事？就是你让出纳们如此合作的办法。”

“当然，只要你——”

另一个男人再次开口，这回说的是某种连珠炮似的陌生语言，欧文听不懂。

“Cha guay.”卡萝琳说。

“Aru penh ta——”

“Cha guay.”卡萝琳又说，这次口气更加强硬。便池那儿不说话了。

“怎么回事？”

“他说他们来了。”

欧文听到监狱大厅里轰隆隆一阵巨响，就像世贸中心倒塌发出的声音。接着便是尖叫声。透过门上的观察缝，他看到大厅里腾起一大团灰色的尘埃云。

卡萝琳做个鬼脸，“做决定吧，欧文。我尊重你的决定。不过，我现在马上得走了。你来不来？”

欧文想了半秒钟，“行，妈的，算我一个。”

“有什么东西要带吗？”

“没。等等——”他拿起伊娃诺维奇那本书，“就这个。”

卡萝琳笑了，“你肯定适合在图书馆生活。来，抓住我的手。”

欧文照办。外头大厅里，他听到钢铁被掰弯的痛苦吱吱声。“说起来……你说‘他们来了’，‘他们’是谁？”

“我还不确定。我父亲有敌人，其中某些也是我的敌人。这些人已经开始对我不利了。”

“很危险？跟你一样危险？”

“有些的确危险。”

“唔。”

“别担心，”卡萝琳说，“我有个计划。”